我本闲凉

壹

时镜 著

世界知识出版社

图书在版编目(CIP)数据

我本闲凉.1 / 时镜著. —北京:
世界知识出版社，2017.9
ISBN 978-7-5012-5595-5

Ⅰ.①我… Ⅱ.①时… Ⅲ.①长篇小说—中国—当代
Ⅳ.①I247.5

中国版本图书馆 CIP 数据核字(2017)第 247616 号

责任编辑	余　岚　刘　喆
责任出版	赵　玥
责任校对	陈可望
出品人/监制	赵　雷
总　策　划	紫　总　依　依
封面绘制	棉花圃
赠品绘制	棉花圃
装帧设计	何嘉莹　周艳芳
书　　名	我本闲凉.1 Woben Xianliang.1
作　　者	时　镜
出版发行	世界知识出版社
地址邮编	北京市东城区干面胡同 51 号(100010)
网　　址	www.ishizhi.cn
销售电话	010-65265923　010-57735442
经　　销	新华书店
印　　刷	北京嘉业印刷厂
开本印张	710×1000 毫米　1/16　18 印张
字　　数	332 千字
版次印次	2017 年 12 月第一版　2017 年 12 月第一次印刷
标准书号	ISBN 978-7-5012-5595-5
定　　价	35.00 元

目录

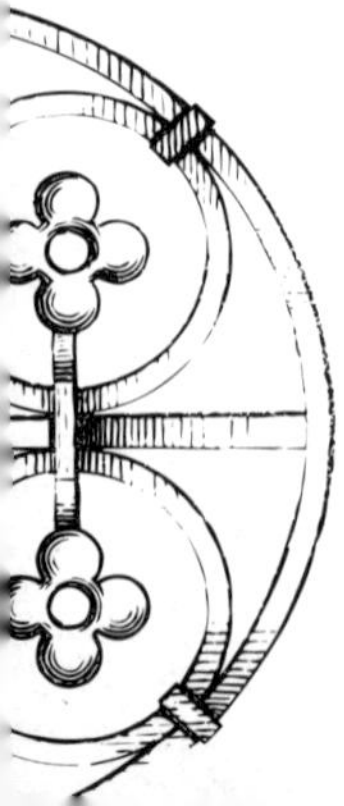

第一章

未知初遇

立春刚过，天还没回暖。昨夜下了场雪，盖得满山银白。

京城鼎鼎有名的大昭寺，建在山腰上。金黄的琉璃顶上堆着厚厚的积雪，过了晌午，才见雪水滴滴答答地，顺着檐角往下流。

天空一片铅灰色，有些阴沉压抑，还没有放晴的意思。

觉远方丈年纪很大了，皱纹满脸。他走在山道上，向下望了望，又看一眼前面那一道身影，道："十日后，便是他五十大寿……你该回去了吧？"

顾觉非没有说话，脊背挺直如青竹，朗朗昭昭。他穿着暗竹叶纹的藏蓝缎袍，外面虽披了一件玄青云鹤纹大氅，却掩不住宽肩窄腰。其眉如墨画，鬓若刀裁，天生一副好相貌。

六年前年少成名的狂气一洗，岁月磋磨之下，已是一身沉似深渊、稳如泰山的镇定老成。若非亲眼见证他的变化，便是觉远方丈，也很难把那些过往和如今这人联系起来。眼见对方不开口，觉远便是一叹。

"我虽不知你为什么上山，可父子之间，哪有隔夜的仇？何况都过了六年。再过个几年，他也快到致仕的年纪。听闻府上二公子争气，去年考了举人，今年又逢科举，该要参加春闱。你乃家中嫡长，若回去指点他一二……"

"你从何处听闻的？"

顾觉非听到"嫡长"两个字，终于不耐烦再听，撩着眼皮，看了觉远一眼，似笑非笑，打断了他的话。若仔细瞧，便会发现他眸底覆着一层寒冰，没有半点笑意。

觉远知道瞒他不过，道："是你父亲。他昨天下午来的，在禅房里跟我谈了许久，到了亥时才下山。那时，雪很大……"

当朝太师顾承谦，官拜一品，乃是文官中的第一流。十三年前宫变，他为保护当时的三皇子，被流矢射中了腿。后来三皇子登基，加封他为太师。岂知旧伤却落了病根，每到天阴湿寒季节，总如针扎斧凿，痛苦不堪，请遍名医，也没能治好。

新皇感念他当初护驾有功，体恤他如今为国操劳，特准了雨雪不朝。可昨夜天寒地冻，冒雪下山，又该是何等情状？

觉远方丈还记得，那一位手握权柄的朝廷重臣，在昨天开门告辞的时候，他那满头银白，看着竟跟寒夜里飘飞的雪花一个颜色。

觉远看了顾觉非一眼，对方似乎陷入了沉默。

长长的山道上一个行人也无，已经开始融化的白雪上，只有觉远方丈上来找他时，留下的一串脚印。山腰的寺庙里，隐隐传来了诵《佛说阿弥陀佛经》的声音。

风不知何时急了一些，刮面生寒。顾觉非只觉得一双脚都有些僵了，才想起自己是要往山下去的。他又迈开脚步，到底还是没说话。

觉远方丈也不打扰，只是心里却不由想起那些陈年往事。

顾觉非，昔日人称一声“顾大公子”。出身京城名门顾氏，乃是长房嫡子，自幼饱读诗书。十一岁师从酉阳先生，十五岁出门游学，待十九岁归京，已是名满天下的少年才俊。他行冠礼那一日，京城里的名门，有多少就去了多少。顾太师满面肃然，为这个嫡长子，取了“让先”为字。

不久后，顾觉非参加科举。一路乡试第一，会试第一，才学惊艳了朝野。直到殿试，才因为年纪尚轻，被皇上往下压了压，仅点了个探花。

饶是如此，他也是大夏最年轻的探花郎。那时候，京城的大家闺秀、小家碧玉，哪个不想嫁给他？去说媒的冰人，险些没把顾家的门槛踏破。

可谁也想不到，就是那年，顾家老太爷驾鹤西去。顾觉非无端端跟家里闹翻，在一个雨夜来到了大昭寺，从此再没回过家。

多少人想不明白，一个二十三岁的探花郎，父亲又是当朝太师，万里鹏程摆在面前，竟然说舍就舍，跑去庙里住着，当个劳什子的俗家弟子！

人们琢磨来琢磨去，到底还是给他找了个理由——为情所伤。

传闻，顾大公子极为心慕卫太傅家三姑娘卫仪，那年十九，被选召入宫，成了皇上的宠妃。无巧不巧，这件事就发生在顾觉非住进大昭寺的前一阵儿。

至于顾觉非是不是个痴情种？这就没人知道了。就连看着他这六年变化的觉远，也不大说得清楚。

一路走着，没多一会儿，两个人已经一前一后，顺着山道下到了山腰，前面就是大昭寺了。

顺着墙根绕过去，就是入寺的山门。

这时候，山下来了一拨人。男女都有，皆穿得素净，脚步齐整没声，前后簇拥着一顶青帷小轿，停在了山门前。

轿子一落，一个身穿绿夹袄，梳着双髻的丫头紧走两步，到得轿前，便忙招呼轿夫，道：“压轿。”

远远看见这一幕，顾觉非停了步。那小轿是女眷用的，他不好贸然往前。乍一看，这一行人没什么特殊的地方，可他却能敏锐地觉出，这是大家族里才有的整肃。

而且有些奇怪：这样的天气，又不逢节日，寺里本不该有什么香客来的。觉远方丈也远远望着，一双苍老的眼睛里，却流露出几分悲悯与叹息，他道："是将军府的轿子。前阵子生了场大病，不然本该半个月前就来了的。"

他没提"生了场大病"的到底是谁，可顾觉非在听到"将军府"三个字之后，心底的疑惑，一下解了。

"原来是她……"

轿子里坐的，大约是陆氏吧？——将军府掌事夫人，大将军薛况的孀妻。

十一年前，她与卫仪、孙雪黛并称为京城三大美人。

那时候，因着卫仪，对这个陆家小姐，顾觉非也依稀知道一些。

与卫仪海棠桃李般的浓艳鲜妍不同，也区别于孙雪黛高高在上的冰冷娴雅，陆锦惜是清淡婉约的。即便容色同样出众，可在其余两位的光芒映衬下，她实在没什么存在感。在及笄后的次年，她便得了新帝赐婚，嫁给了将军府二公子薛况。

薛况出身将门，年纪轻轻已随父出征数次，身上有清贵子弟绝不会有的铁血傲骨，曾引得不少闺秀垂青。赐婚旨意下去的时候，他人还在边关，接旨之后才马不停蹄，赶回来成亲。只是，同他一起回京的，还有一个妖娆的女人和一个有腿疾的小孩儿。

当时听说这件事，整个京城都炸开了锅。谁都没想到，薛况镇守边关，竟然已经纳了一门妾室，还生了个五岁的孩子！想想这一年薛况二十二，正是血气方刚的年纪，有个通房再正常不过。只是连儿子都搞出来了，家里人一个也不知道不说，还在被赐婚这当口，带着小妾回京，这不是打陆家的脸吗？

陆大人爱女心切，当夜便气得长跪在宫门前，大骂武夫粗人不知廉耻，坏了礼法，不给人活路。哭天抢地，央求新皇收回成命。可皇帝开口，金科玉律，岂能随意更改？陆大人到底还是被同僚强劝了回去。

没过两天，薛况带回来的那一名妾室便传水土不服，得了急病，不幸没了。被人抬出府去，草席一裹，扔去了乱葬岗。

大概是将军府那几位话事的也知道，此事是他们薛府理亏。不过那五岁的小孩儿，却没处置，养在了府里。

陆氏一门诗书传家，一屋子读书人，没想过把人逼上绝路，更没歹毒到还要个瘸腿小孩儿的性命。又是薛家血脉，回头得叫自家小姐一声"母亲"，到底没再追究，由了他去。

等到成亲的那一日，一家子吞了千般万般的不忿进肚，忍气把个心疼得跟眼珠子似的宝贝姑娘，嫁进了薛府。

薛家长房嫡长前些年参战，葬身沙场，嫡次子薛况便成了继承家业的人。陆锦惜虽性情温婉，处事懦弱，也没什么手段，可因着薛况的身份，也有惊无险地成了将军府的掌事夫人，勉强处理着府中大小事宜。

成亲的当年，她便怀了身孕，生了位千金。次年薛况被调去了边疆，开始领兵作战。三年荡平敌寇，五年收复玉门，执掌虎符，可调兵百万，官封大将军，一时令夷狄闻风丧胆。

于大夏而言，那无疑是难得的风光时期。只是这段时间，薛况极少回府。少年夫妻，聚少离多。陆锦惜封了一品诰命，陆续为薛况生了两个女儿，到第六年终于怀了第三胎。

也就是这一年，西边匈奴大举进犯。

薛况百战百胜，已经是大夏最亮的一杆军旗，他自然责无旁贷，领命之后，立刻发兵，西进迎击。

一月里，函山关一役，夏军大败匈奴，彻底击退敌人。

可在捷报从边关传来的同时，一个惊天的噩耗也随之传来，震动了朝野——

年仅二十七岁的大将军薛况，战死沙场，为国捐躯。

薛况久战匈奴，杀敌无数，西域上下各族无一不恨之入骨。函山关一役，匈奴军队得了号令，先拿下薛况。薛况若死，大夏三十万大军则群龙无首不足为虑。

所以，敌军不惜一切，直取薛况首级！幸存的将士说，那是一场极为惨烈的围杀。

最终，他们甚至连薛况的尸首都没找齐，仅拼凑出了残缺的宝剑银枪，牵回了那一匹瞎了左眼的乌云踏雪……

京中将军府里的陆锦惜，听了这消息后，惊痛交加，眼前一黑便晕了过去。她人在孕中，受惊之下，自然早产。当时情况凶险万分，皇上给太医院下了死命：一个是薛况孀妻，一个是他的遗腹子，大人小孩一个也不许出事！

于是，大半个太医院都挤到了将军府，乱作一团。幸好老天垂怜，陆锦惜险险从鬼门关前捡了条命回来，平安诞下麟儿，便是薛况唯一的嫡子。

她抹着泪，为此子取名为“迟”。

后来……顾觉非就不大清楚了。因为在那之后不久，他便心灰意懒，一怒上了大昭寺，再没回过京城。

不过猜也知道，陆锦惜性子太温软，在家宅里显得懦弱好欺。偌大一个将军府，头上有太夫人和长公主，左右有小叔子、小姑子和妯娌，下面还有五个儿女，其中一个还不是亲生，日子能顺心到哪里去？

寺里的僧人，好像也曾唏嘘，说将军夫人可怜。薛家在大昭寺给薛况供了个往生超度的牌位，夫人每月廿十都会来看一回，顺道给寺里添几分香油钱。

如果说，顾觉非是最年轻的探花郎，薛况便是最年轻的大将军。只是他们绝非同类，是以顾觉非从未与此人攀谈深交。他到底瞧不上薛况，从边关带妾与子回来，给正妻没脸。

可没想到，昔日无甚交集，今日却是一个供奉在佛堂，一个隐居在禅房，难得“有缘”。

顾觉非目似古井，不起波澜。静静地看着那一顶轿子，眼底甚至不带半分烟火气，像是在想什么。

山门前，轿子早已经压了下来。

“夫人，我们到了。”

那唤作白鹭的绿衣丫鬟，上前打起了轿帘。

轿内隐约露出女子服帖的月白色裙摆，上头用暗暗的银线勾了几朵遍地金，一片冷清中透出几许柔和。她略垂着头，躬身从轿里出来，两只手都揣在手笼里，一身透着暖意的端庄。

从顾觉非这个方向，看不见她的脸容，仅瞧得见一个侧影。素净的月白比甲外罩了水貂披风，挡着外头阵阵的寒风。白玉似的耳垂上空无一物，檀唇微抿；唯那眼里藏着几分难言的变幻，只见她慢慢抬头，向高伫的山门看去。

山风吹来，她动也没动，仅有几片衣角，轻轻翻飞。

这样的姿态……顾觉非看着，忽然就皱了眉，觉出几分说不出的古怪和陌生。

大昭寺是前朝的老寺了，一座山门高昂矗力，灰白的石壁上刻着斑驳的岁月痕迹。离地很近的地方，还有隐约的苔痕。

陆锦惜就这么看着，有些恍惚。

寺里的知客僧早得了消息，此刻都候在山门前。见她出来，他们极为有礼地低垂了头，躬身把人往里面让道：“一应祭品已经备好，夫人请进。”

“有劳了。”

陆锦惜收回了目光，转向他们道了声谢。

说到底，她还是不大习惯现在这身份。好端端地一觉睡醒，就从创业失败的可怜虫，变成了险些病死在榻上的将军府寡妇。

命运待她真是不“薄”，让她从一个火坑穿到一口油锅。幸好老天爷没打算真的搞死她，缠绵了小半月，她的病总算开始好了。

在这段时间里，陆锦惜竖着耳朵，充分地利用机会，把将军府上上下下了解了个遍。她仔细地分析了这个身体的处境，为其编造了病愈后种种合乎常理的反应。除了贴身伺候的丫鬟白鹭，总觉得她好像强势通达了许多之外，好像也没人怀疑什么。

其实哪里是强势通达？不过就是舍不得吃亏。没办法，陆锦惜在原来的世界从商创业，惯于精打细算，生怕陷入入不敷出的烂账里。跟生意场上那些王八羔子唇枪舌剑，她养得一身刁钻脾气。见人说人话，见鬼说鬼话，生存技能一级熟练。栽了几回买够教训之后，她便再没吃过一次亏。

如今她本性难移。要伪装出陆氏原本的温婉善良来，对她来说虽不算是什么难事，不过以陆氏如今的处境……实在已容不得她再扮演一只小白兔。

想到这里，便想到将军府的情况，陆锦惜心里叹了口气，暗暗头疼。不过面上，她瞧不出半点异样，微一垂首，便要步入寺门。

没想到，前脚才抬起来，背后就传来一声惊惶的呼喊："夫、夫人！"

陆锦惜眼皮一跳。

她听出来，这是潘全儿的声音，平日在府里奔走，是个腿脚麻利的。

回身一看，果真是他。

潘全儿穿一身青绡直缀，大冷天里跑得满头是汗，一张脸通红，嘴里呼呼地冒着白气。来到陆锦惜跟前儿约莫两丈远的地方，他就没敢再靠近，腿一弯跪下了，头磕在地上道："夫夫人，小、小少爷、他又，又……"

陆锦惜知道肯定不是好消息，收了步站定，不疾不徐道："起来，气儿喘匀了再说。"

才下过雪，山门前这一块地虽已经被僧人们清扫干净，可也冷得厉害。潘全儿知道夫人这是怜悯他们下人，才让他起来回话。他急忙谢了恩，才一骨碌从地上爬起来。

他喘了好一会儿，终于找回自己的声音。

“启禀夫人，今日下午，小少爷去学塾里念书的时候，把、把隔壁罗二公子给打了，伤了人的胳膊，出了血见了红。”

满地寂静。

将军府随同出行的下人全都唬得倒吸一口凉气！隔壁罗二公子，那可是英国公府世子的嫡次子！这……这好端端的怎么就把人打了一顿？！还出血见红了？！

站在陆锦惜身边的白鹭，更是吓得一抖，一张小脸霎时就白了。她随同众人，都下意识地去看陆锦惜。没想到，陆锦惜纹丝不动，两手也揣在手笼里，尚算镇定。

小少爷薛迟便是原身陆氏在丈夫薛况死后生下的孩子，因是大将军唯一的嫡子，又是遗腹子，所以府里上下格外溺爱，便养成了天不怕地不怕的小霸王性子，听闻素来横行霸道。

她来到这世界时，一直在病中，一则怕自己在孩子面前露馅，二则怕过了病气给孩子，所以陆氏的子女，她都不曾见过。乍听潘全儿说薛迟，她还道这一位小祖宗被人怎么了，没想到是他把人怎么了。话里没提薛迟，他应该是没大碍。

所以，陆锦惜反倒松了一口气，也不问自己那便宜儿子揍人的前因后果，只问：

“罗二公子没伤到头吧？”

潘全儿摇头道：“应该没有，头上没伤，就身上……不过也还没请大夫看过……”

所以，伤没伤到其实不好说。

“大夫请了吗？”

先前展开的眉头，终于微微皱了一下，陆锦惜又问了第二句。

“呃？”

潘全儿一愣，似乎是没想到陆锦惜一下问这个。

他又摇头道：“人一出事，就被英国公府的人接走了，去外面请了大夫。”

“那就是咱们没请？”

陆锦惜长长的眼睫垂着，她的声音还是以往一样的音色，可给人的感觉却截然不同。听上去很平淡，但并不温软。

一阵风吹来，潘全儿不由得打了个战，回道：“小的走的时候，咱府里还没请。”

府里主事的就是陆锦惜。若是她那二房的长公主婶婶在，这事儿当能妥帖地处理了。只是今晨长公主入宫给太后请安，又被留在宫中用饭，一时半会儿怕回不来。

至于府里其他人……陆锦惜心里轻哼一声，不落井下石瞎添乱都是好的了。

手笼里柔软的兔毛，暖暖和和的。她看一眼外头这天寒地冻的，终究还是没把手拿出来。略一思量，陆锦惜搭了眼帘，面上一派温婉，声音却不容置疑道：

“你即刻回去，过城门的时候，跟九门提督刘大人借几个人。到城东回生堂，把鬼手张‘请’去英国公府，好生给他家那孩子看看。另外跟他们说，已经派人来大昭寺通知我，我很快就回。”

潘全儿一听，觉得甚妙。

九门提督刘大人乃是大将军旧部，忠心耿耿，为人又极豪爽。若听是薛府借人，别说是几个，就是调一个营都是一眨眼的事儿！

鬼手张那倒霉催的老家伙……潘全儿在心里给他点上了一排白蜡烛，嘴上忙不迭地应声：“小的明白，这就去办！”

陆锦惜点了点头，潘全儿于是飞快地退了走，一溜烟朝着山下跑，直接跨上先前扔在路边的快马，紧赶慢赶，扬鞭而去。

山门前，知客僧们都知道是将军府那宝贝疙瘩出了事，也就没吭声。陆锦惜站在原地看了一会儿，便回转身，又朝寺门里走。

白鹭诧异道：“您不是说立刻回吗？”

陆锦惜摇了摇头，只道：“来都来了，上炷香再走，也耽搁不了多久。”

她寻摸着，这一位埋骨沙场的大将军，虽怎么也不算是个好丈夫，可在陆氏心底，应该占了很要紧的位置。书架上、匣子里，压的都是一封封从边关传来的捷报，不知她看过了多少次，又抚过了多少回。

可怜无定河边骨，犹是春闺梦里人……

梦醒枕湿，良人不在。

陆锦惜是个局外人，与这一位英年早逝的“夫君”更是素不相识，可她怜惜陆氏一片痴情与付出。便当是代她上一炷香，念两句经吧。两手依旧揣在手笼里，陆锦惜向内走去。只是在走出去几步之后，她脚步顿了一下，侧头向左边山道拐角看去，那两个人还在，先前下轿的时候她就看见了。

一个是年纪老迈的和尚，披着袈裟，应该是寺里德高望重的僧人；另一个则是身穿藏蓝长袍、披着玄黑大氅的男子，倒是一表人才。

隔了这不远不近的一段距离，他们都没过来。将军府的人行事向来没什么禁忌，别人却会主动避嫌。陆锦惜不认得他们，只约略猜到他们为什么站在那边，按理说该生出几分好感。

可是……两道柳叶细眉，微微地拢了起来。

陆锦惜觉得，披着大氅的那位，眼神实在是太通透太明澈，一眼就能把人看穿似的，偏偏半点波动都没有，着实让人不舒服。

遇到了熟人吗？她心里慢慢想着，可又没陆氏的记忆，也没听丫鬟们提起过，这会儿当然也分辨不清。于是她淡淡地收回了目光，只当作什么事都没发生，款步入了寺内。白鹭等人也连忙跟了进去。

山门前很快就空了下来，几名轿夫找了还算干净的台阶坐了下来，在外面等待。

那顶青帷小轿，就安安静静停在山门前的空地上。顾觉非锁着的眉头，此刻终于慢慢展开了。这一位将军府掌事夫人转头来，看到他的那一刻，他已经从对方那一双眼里，瞧出了古怪何在。

他从卫仪口中得知的那个陆锦惜，温婉懦弱，凡事不与人争。小心思一概没有，拿捏人完全不会。

恩威并施？卫仪说这从不会有，陆锦惜只有烂好心，这辈子做得最正确的一件事，就是听她爹的话，好歹嫁了薛况。

可是顾觉非方才所见的陆锦惜，处理起突如其来的棘手事时，体恤下人，思维缜密。而且从头到尾，她那一双手，就没从暖和的手笼里拿出来过。这证明她半点不惊惶，甚至镇定得令人发指。

六年时间……昔日被卫仪讥讽“着急了连人都不会咬的兔子”的陆锦惜，却完全改换了个模样，跟换了芯子似的。

京城里，又该发生了多少他不知道的事？站在这山道的尽头，顾觉非看见了旁边矮树上垂下的枝条，上面还有片干枯的树叶。

这是前几年寺里种下的树，名为“君迁子”。其果实味甘、涩，性凉。他伸出手去，把那一片孤零零的树叶摘了，手指慢慢从树叶背面那清晰的叶脉上，一点点碾过。它们就像是树叶身上的皱纹，一道一道，老迈了，却深深划在他温热的指腹上。

觉远和尚见他掐着的君迁子树叶，心下了然问道：“准备何时下山？”

顾觉非掐着那一片枯叶，负了手，有些复杂地一笑，声音低沉而暗哑：“等山上的雪化了吧……”

雪后的禅院，墙瓦上还覆盖着一片白，地上却已经有了融化了的湿润痕迹。微冷的空气里，有隐约的檀香气息，轻轻浮动。

陆锦惜被知客僧引着，一路穿过禅院，到了后面一处僻静的小佛堂。

进去之前，她把一直揣着的兔毛手笼褪了，递给了白鹭，吩咐道："你就在外头等着，上过香我便出来，放心。"

放心……白鹭有些微怔，接了她递过来的手笼，想要说什么，可张口的时候，陆锦惜已经转过了身，款步朝着佛堂里走去。

那背影，清瘦又挺拔。白鹭看着，这几日的疑惑与隐忧，又渐渐冒了上来。

三年前，她与青雀一起，分到陆锦惜房里伺候。没多久，屋里原本几个伺候的得力丫鬟，就被放出府去配了人家。她们两个小丫头，运气极好，糊里糊涂地就被提拔了起来，成了一等丫鬟，拿着一两的月例银子。

人人都说，二奶奶陆锦惜宅心仁厚，便是下人做错什么，也不轻易打骂。混成了她屋里伺候的大丫鬟，日子怎么着也该很轻松吧？可事实全然相反。想到这里，白鹭就忍不住叹了口气。她们这一位夫人，坏就坏在脾气太"好"。

在她身边伺候这三年里，她们就没见陆锦惜当着谁的面儿发过脾气，甭管受了什么委屈，都是回到屋里自己抹泪，从不在外头哭。一开始她们做下人的，到底心疼，知道她孀居在家，一个人撑着教养子女，很是艰难，便诚恳地劝慰，给她出主意，希望她能立起来。

可后来，她们才知道，说什么都是不顶用的。主仆利益一体，那么多任丫鬟，怎么可能只有她们劝过？一任一任都过去了，这一位该是什么样，还是什么样。

在婆婆那边受了委屈，她不吭声；被三奶奶欺负上门，冷嘲热讽，她也不吭声；就是屋里屋外的丫鬟婆子们没规矩，犯了事儿，到她面前假模假样哭上两声，她竟也不疼不痒地饶过去……青雀回回替她急得掉眼泪珠子，可偏陆锦惜还是主子，她们半句不是也不敢说。

名义上，二奶奶是薛家的掌事夫人，握着中馈，可实际里，日子过得那叫一个折磨。她觉得自己苦，丫鬟们也觉得日子没盼头。就是白鹭，暗地里都想过撂挑子走人，干脆找个拎得清的主子，月例银子少几分也就少几分了。不过，她到底没走成。

前不久，陆锦惜又被三奶奶卫氏给怄出一场大病。也不知是不是鬼门关前走了一遭，有些看破了，醒来之后，她人竟通透了许多，说话做事都变得有条理起来，眉眼间凝着的几分忧郁，也渐渐散了。

一开始，她跟青雀还当是错觉，直到前日——

天气阴沉沉的，正在下雪前。那时陆锦惜病才缓过来，勉强能下床，叫她们扶着披了衣裳，坐在屋里喝药。才喝到一半，账房那边就差人过来，站在门外禀，说三奶奶没拿对牌[①]，支走了府里刚进的一批缎子里最好的三匹。白鹭当时便气得白了脸。青雀则是叹了一口气，眼神灰暗，预备着去拿钥匙，取银子了。因为这种事已经不是第一次。

二奶奶总是会为难半晌，一副老好人的样子，说什么妯娌和睦，到底不会追究，自己拿体己银子，去填上这个窟窿。毕竟，好料子是要给老夫人的。

可她们都没想到，这一次，却跟往常不一样。

陆锦惜听见声音，眼皮一撩，就扫了帘子外头一眼，慢条斯理地把药碗一放，笑了一声，道："没对牌也能叫人把东西取了走，养你们是干什么吃的？那是给老太太的料子，可紧着心吧。"

才摸到钥匙的青雀，险些把钥匙掉在地上。

一屋子的丫鬟，包括白鹭，都跟见了鬼似的瞧着她，不相信这话是从陆锦惜嘴里说出来的。外面站着来禀事的账房就更别说了，隔着帘子都能看见人在外面愣了半天！回过神之后，他那两条腿就颤颤地发起抖来，人还不停地抬起手擦汗。

从头到尾，陆锦惜就没给过对牌。换句话说，她如果不自己掏腰包填这一笔亏空，事发了，料子虽是三奶奶私自拿的，可账房也没问三奶奶拿对牌啊！回头老太太追究起来，可跟陆锦惜没半个铜板的关系。这锅，不是三奶奶背，就是账房背！

能在账房做事的，哪个不是明白人？以前来这边通禀一声要钱，都是惯例。这一回陆锦惜竟然不按常理出牌，简直要吓破人的胆！

要紧的是那声音听着，凉飕飕的，像是外头立刻就要下来的雪。账房当即连屁都不敢放一个，连忙求陆锦惜原谅，保证自己立刻把这事处理个妥妥帖帖。

陆锦惜不冷不热地"嗯"了一声，随手一挥。对方这才火烧屁股一样，一溜烟去了隔壁三奶奶卫氏的院子，估摸着是要把那三匹缎子给要回来。

屋里人见状，全都傻了。只有她们那"脾气好极了"的掌事夫人，不声不响，重端了药碗，一口一口，认真把剩下的半碗药喝了个干净。

末了，她才叫青雀端盘蜜饯上来，自己掐了一瓣在指头尖上，淡淡地说："在鬼门关前走了一回了，我的命，连阎王爷都不敢收，往后也不会由他们作践。放心吧。"

"放心……"

抱着兔毛手笼，站在佛堂外，白鹭很迷惘。过去三年，她们苦口婆心，劝了多少回？嘴皮子都磨破了，可夫人还是那样，半点效果都没有。如今她一朝病好，不但敲

①对牌：即"对号牌"，用竹、木等制成，上写号码，中劈两半，作为信物。用于在家族中支取物品。

打了踩低捧高的账房，从三奶奶卫氏手里扳回一局，还跟她们说“放心”？好不真实，像是一场梦。

她们何尝不想放心？可又怕一放心了，梦就醒了：夫人还是原来的夫人，日子还是原来的日子，上上下下一片昏暗，连点盼头都不给人留下……

如今府里出了这样大的事情，夫人该来上香还是来上香，虽然她说上完香就走，可白鹭心里总是没底。毕竟，往日的陆锦惜，上香总在佛堂里，一待一两个时辰，出来就眼圈微红，谁都能看出她又哭过。便是回了府，也必定三五天不理事，谁来了都不见。

现在迟哥儿的事情迫在眉睫，招惹的又是英国公府，更有个居心叵测的三奶奶……若她还像以前一样，那可真的是要梦碎一场空了。

抬起头来看看天色，也没什么变化。

二奶奶才进去了一会儿，她竟觉得像是过了很久，心底一声苦笑，白鹭只盼着梦别醒，二奶奶好歹拎清楚，早些出来。

一边想着，她又忍不住，向里面望去。

佛堂里，光线有些昏暗。三个蒲团放在地上，前头是一张香案，供着新鲜的瓜果，放了一座紫铜莲花香炉。更上方，才是一座往生超度牌位，底子是肃穆的玄黑，篆着九个大字——武威镇国大将军，薛况。

一切，都显得简简单单。

陆锦惜抬头看着，有些唏嘘。寥寥九个字，似乎就写尽了一个男人的一生。或许，还有一个女人的一生。从这几日听闻的只言片语里，她已能拼凑出这一位大将军曾有的丰功伟绩。

对原身陆氏而言，这应当算不上是个好丈夫。可对天下的黎民百姓而言，他该算是个英雄吧？只是她毕竟不是陆氏，也不伤春悲秋，除了叹一句“嫁错爱错”，惋一声“天妒英才”之外，也只能上炷香了。

她现实，也功利。与其浑浑噩噩，把时间浪费在死人身上，不如多关心关心活着的人。陆锦惜走到香案前，捻了三支香，靠在火上，慢慢地点了，才退回三步，两手执香，高举过头顶道：“今占尊夫人之身，情非得已，又将蒙令千金令公子以母事之，心甚惶恐，受而有愧。往后我自尽心竭力，护他们周全，以报尊夫人此身之恩。”

她如今在陆氏的身体里，焉知陆氏没在她的身体里？她父母如今年事已高，膝下岂能无人照看？将心比心，她愿善待陆氏的儿女，只盼陆氏若在，亦能好生照料她父母。陆锦惜微微垂眸，想起旧事来，心底未免有些酸涩。她躬身，虔诚地拜了三拜，声音低低地道："若大将军在天有灵，万望见谅，万望庇佑。"

拜过起身，她亲手将香插进香炉。

青烟袅袅，细细地凝成三条线，腾向高处，很快又散开来，让牌位上那几个字，变得有些模糊。陆锦惜瞧着，想起自己这离奇的遭遇，多少觉得五味杂陈。不过该做的她都做了，该说的也都说了。

府里还有事情等她处理，便是吩咐了潘全儿，可这人她毕竟不知根底，不怎么放心得下，还是得自己回府看看。

最后看了一眼那牌位，陆锦惜转身便从佛堂里走出来，对候在外面的丫鬟仆妇道："时候不早了，回府吧。"

一直守在门外的白鹭，心里还在念叨，想半个时辰若出不来，就是一个时辰内出来也是好的。

没想到，耳边一下响起这道声音……像是自家夫人的。

白鹭一抬眼，就瞧见陆锦惜已经站在自己面前，正看着自己。妆面虽素淡，可半点没花，眼睫没湿，眼圈也没红！她没哭，而且真的是上炷香就出来了！

那一瞬间，白鹭真说不上是什么感觉。如果夫人在大将军的牌位前都没哭，还有什么能让她怯懦？这几日来的那个梦，不但没有碎，竟然还成了真……

白鹭眨了眨眼，好半天才调整过来，忙把抱在怀里的手笼给陆锦惜捧上去，又接了旁边一小丫鬟递来的水貂披风给她系上，才道："是奴婢该死，方才等着您出来，竟有些走神了。"

"我还没哭呢，你眼圈倒先红上了，也不害臊。"

陆锦惜知道这丫头心眼实，有时候傻得可爱，也不追究她，只随意打趣了一句，待披风系好之后，当先一个迈步出去，走上了他们来时的那一条小径。

"香油钱都添了吧？"

"都按着夫人的吩咐，照往日的份例添了。"

白鹭快步跟到了陆锦惜的身边，回道。陆锦惜点了点头，便不再多问。一行人跟在她后面，很快穿过了大半个大昭寺，出了山门。

轿夫们还在，山道拐角那两个人则已不见。陆锦惜扫了一眼便收回目光，直接上了轿子，被轿夫抬到了山下，然后换乘了将军府的马车，一路回府。

将军府在城东，这一片距离皇宫近，上下朝方便，所以就成了达官贵人聚居之地。只是不同于其他高门大户，将军府乃是这一片里少见的武将宅邸。薛家尚武，为备平日里有个什么急事，东侧门没修任何台阶，也没砌什么门槛，一片平坦路，专通车马。陆锦惜的马车直接从此门进，入府有十来丈远，便停下了。

府里出了这档子事儿，乱得像锅粥。

房里伺候的仆妇得了信儿，早来这里候着，见马车一停，连忙把矮凳搬来，靠在车边。

“夫人，您当心些。”

白鹭先出来，站在下面接了车里递出来的手，小心地扶着。

陆锦惜半点不拖泥带水，踩着矮凳下来，抬头便问：“迟哥儿人呢？”

“刚回了东院，有青雀姑娘陪着呢。”回话的仆妇是周五家的，虽不在陆锦惜房内伺候，不过也算是得力。

陆锦惜听着，便快步走过了这一片空地，转着向东院走去。对这将军府里的路，她其实半点不熟，只是今日出府时候曾走过，凭着脑子硬记，她勉强找得到方向。

“前因后果弄明白了吗？”

“青雀姑娘说，知道您回来就要问这个，早打听了交代老奴来禀。”

周五家的跟在陆锦惜身边，一面走一面说。

“事情就是晌午过后出的。哥儿原是跟罗二公子在下象棋，小书童出去端茶了，回来的时候两个人就不知道为什么打了起来。”

“罗二公子那边，回生堂的张老大夫看过，也说没事，就是伤口深了一点，是被碎棋盘划的。哥儿身上的伤，大夫已经看过，就是些擦破皮的皮外伤。只是不管青雀姑娘怎么问，他都不肯说原因，只说自己没错。”

如果说白露是傻白甜，那青雀便是个稳准静。白鹭心眼实，有时候有奇思妙想，但是欠缺稳妥；青雀则恰好相反，大白鹭两岁，心眼剔透，处理事情考虑得更周到一点。

府里的情况，自然是陆锦惜越早知道越好，所以才叫了周五家的来说。陆锦惜黛眉微蹙道：

“迟哥儿不肯说到底为什么打起来，那罗二公子说了吗？”

周五家的摇摇头道：“已经打听过了，也跟闷葫芦一样，半句话不肯说。”

“这倒是奇了。”

陆锦惜心头纳罕，存了个疑影儿。她没见过薛迟，可人在病中的时候，就听说这是一个小霸王，坏脾气不说，惯能使小性子。薛迟不肯说，很正常。但英国公府的罗二公子，自来很乖巧懂事，出了这样大的事，不该什么都问不出来。

“二奶奶，这里头可是有什么不妥？”周五家的见她不说话，不由问了一句。

“回去看看才知道。”

陆锦惜摆摆手，又吩咐身边的白鹭道：“白鹭，这会儿鬼手张应该还在英国公府，你先给我拦下，一会儿再给迟哥儿看看。”

“是。”

白鹭心里也这么想呢，毕竟鬼手张这等怪医，难得出手一次。英国公府罗二公子金贵，可他们哥儿也不是泥做的。

听了陆锦惜吩咐，她有些惊喜，当即应了一声，往英国公府去了。

英国公府就在将军府旁边，两家隔了道墙。

前不久，国公府的孩子人数多了，英国公预备着给孩子们搬家学，着人请了工匠来给定地方。要宽敞雅致、少人走动，还得安全。左找右找，愣是没个合适的地儿。

到底还是工匠聪明，想起这一片的格局来，隔墙的将军府贴墙有个小花园，若能与国公府墙这边的小花园并一并，地方就刚好合适。

只是两家的宅邸都是朝廷封赏下来的，要动并不容易。英国公考虑再三，想起了薛家那宝贝疙瘩薛迟，正到开蒙的年纪，也该请先生上学。于是，他干脆给将军府递了帖子，想拆墙并花园，一起办个学塾，让两家的孩子，都去学塾里读书，先生也是两家一起请。

将军府的小花园原本就空着，根本没用，又不是要与人争一口气的人家，再加之此事的确可行，便接受了。两家一块上了折子，报过了皇上，便将小花园那一片的围墙拆了，建了几间屋子，又费心布置一番，挂了“光阴学斋”的匾额上去。自此，学塾落成。英国公府那边好几个孩子，加上将军府这边一个薛迟，便开始每日去上学。

陆锦惜那时候刚醒过来，就听下面的丫鬟说，迟哥儿笑着的时候变多了，应该也挺喜欢在里头读书。

可……才过去多久？竟然就出了这样的事。

东院是陆锦惜住的地方，这会儿已围满了人。府里主子十来个，便是将军府再俭省，伺候的人也少不到哪里去。丫鬟婆子们议论纷纷，也不知道是为了这件事着急的人多，还是幸灾乐祸来打探消息的人多。

陆锦惜带着周五家的几个，从二门绕过来，一抬眼瞧见这乌泱泱一片，面色便慢慢地沉了下来。

“小少爷怎么又闯祸了？”

“唉，别捅破天就好。”

“这次竟然把英国公府的二公子弄出血来，也太过分了吧？”……

几个丫鬟站得离门很近，正小声地交头接耳。

其中一个穿红绫袄青缎掐牙背心的丫鬟还在嗑瓜子，嗑了一个便朝地上扔，朝院子里看了看，笑了一声道："迟哥儿的脾气，也真是……"

"真是什么？"

一道清淡雅致的声音，接上了话，平静得溅不起半分波澜。

那丫鬟还没反应过来，心想谁接话这么笨呢？她拿了一粒瓜子起来，一面回头一面说："当然是扶不上墙的烂——"

话已经要说到最后一个字，可没想到抬眼竟瞧见二奶奶带了一群人，就这么浩浩荡荡站在自己身后……

那一瞬间，当真像是被人迎头一个巴掌甩在脸上！那丫鬟瞬间就吓软了腿，一下跪了下来，连瓜子都顾不得拿了，掉了一地。

"二、二奶奶，奴婢、奴婢……"

"不是说得好好的吗？"

陆锦惜唇边拉出一个凉凉的笑，可看着丫鬟的眼神，着实没什么温度。

"说说，烂什么？"

"奴婢知错，奴婢知错，求二奶奶恕罪，求二奶奶恕罪……"

声音里带着哭腔，小丫鬟已经不住朝地上磕头。若换了往日，她不会这么害怕。毕竟她不是陆锦惜的丫头，而是三奶奶那边的人，一般外人不方便责罚。

可前日三匹缎子的事情，彻底改变了她的想法。二奶奶三言两语，硬逼着账房把三奶奶支走的三匹缎子给要了回来，给了三奶奶好大一个没脸。

三奶奶气得两顿没吃下饭，还摔了屋里好多东西。

就是账房和三奶奶这样厉害的人，都没能从陆锦惜手里讨了好去，她一个小丫鬟，又敢有什么想法？

"都是奴婢烂，都是奴婢烂，二奶奶恕罪……"

当下，她磕头更用力，希图能换得一点点怜悯。只可惜，陆锦惜脸上没什么表情，一垂眸，便瞧见了地上那散乱的瓜子皮，真真刺眼得紧。

这丫头人跪了，头低着，很聪明地挡着自己的脸，可她哪里认不出来？这就是三奶奶卫氏院子里伺候的丫头，名叫蕊珠。

东家不论西家事，何况还是主子的事？薛迟好不好，她没见过，还不知道。可眼前这丫头好不好，她却一清二楚。

陆锦惜听她哭闹求饶，甚是聒噪，心中一时不耐，淡淡地转过了眼眸，她随意抬了抬下颌，喊了一句："周五家的。"

"是！"

陆锦惜这架势，谁还能看不出来？周五家的早就预备上了，当下听得陆锦惜一喊，立时就应了，招呼自己身边另一个婆子一起走了上去。

"二奶奶！奴婢知错了！奴婢知错了！啊——"

蕊珠一看，顿时吓得打哆嗦，下意识地就要往后退。

可周五家的是什么人？身材壮实，力气也大，两手就把她摁住了。只是她竟还四下里挣扎，嘴里乱吼乱叫。

周五家看得火起，新仇旧恨一起想了起来。前些日子，自己那可怜的闺女，不也被她们摁着打了个颊烂脸肿吗？三奶奶卫氏房里的人，仗着那一股子嚣张气焰，平时可没少给她们这些二奶奶院子里伺候的人气受。可她们也不看看，菩萨心肠被逼急了，能做出什么事来！

还以为如今的二奶奶是昔日那软柿子不成？

"哼！"周五家的冷笑了一声。她低头看着蕊珠瞪圆的眼睛，直接"呸"了一口，高高扬起了自己的手掌，一个耳刮子甩了上去！

"啪！"

那可真真是用了大力气的，蕊珠脸上立时就是一个红红的巴掌印，连原本齐整的发髻都摔得凌乱了起来，脸上更是一副惊惶错愕的神情。反应过来自己竟然被打了之后，她立时就要张嘴大声哭叫："你——唔唔唔！"

没等她说完，周五家的已经团了手里的巾帕，一把给她塞进嘴里去，堵了个严实！

"叫你管不住自己的嘴！把她拖过去，别挡了二奶奶的路！"

说着，她与另一个仆妇一起，拽着蕊珠头发，便拖人去了路边。这一下，陆锦惜面前的路就让了出来。她也不说话，扫了一眼周围。一圈丫鬟都低下了头去，不敢看她，个个噤若寒蝉，颤颤地发抖。

陆锦惜没打算跟她们计较，随意道："都回去做事吧。"

说完，她也懒得管她们心底怎么想，便迈步朝院中走去。

"啪！啪！"……

清脆的声音，伴着蕊珠挣扎的"呜呜"声，清晰无比地从身后传来。陆锦惜听见了，却也没抬眼，脚步半点没乱。其实还是有那么一点不忍。

只是前阵子，她还病着躺在榻上的时候，遭了这一份罪的，可是东院的丫鬟。那姑娘是周五家的闺女，才十一二岁的年纪，她们也下得去狠手!

东院内，仅有的几树寒梅，已经谢得差不多了，隐约有一点点绿意出来。中庭的石板路被打扫得干干净净，已经看不到半点积雪。

她脚步无声，从上头踩了过去，上了台阶，准备看看薛迟那孩子的情况。陆锦惜此前不曾为人母，自然没经验，更不觉得自己会跟孩子相处。病好之后，府里的事情她固然担心，但更担心的是被这陆氏的几个孩子戳穿。

这会儿，随着脚步越近，她素来淡定的心，也开始生出几分奇异的忐忑与好奇：不知道这位叫府里人人退避的“小霸王”，是个什么模样?

可还没等她走近，一道含着嘲讽的笑声，便从里面传来。

“早说迟哥儿该好好管教管教，可是二嫂一意孤行，半点不听。这下好了，把人给打了，惹了英国公府，岂是咱们担待得起的? 啧，可不知道怎么收场呢……”

第二章

新的陆锦惜

听见这话，正在给薛迟上药的青雀，手指顿时一僵。有一种想直接把药罐摔到卫仙脸上的冲动。可她不敢。她只是个丫鬟。

夫人今日去大昭寺给将军上香，因看她稳妥，才留了她在府里照应，如今这关键时刻，越发不能出什么差错。

所以，强行将这一股冲动压了下去，青雀垂着眼眸，慢慢地给薛迟揉按着。

暖阁里烧着炭盆，暖烘烘的。临窗的炕上摆了一张红木雕漆小方几，上头放着瓶瓶罐罐，都是治跌打损伤的药酒和药膏。

年仅六岁的薛迟，就坐在炕上。他身子小小的，穿着冬月里新裁的八宝纹锦缎袄子，左边胳膊的袖子已经撩了起来，露出上头青一块紫一块的瘀伤，右边手臂却垂着，搁在膝盖上。

在听见那一句话后，他短短的五根手指，慢慢地摁紧了，带着一种紧绷的压抑之感。

“呵，这还不服气呢。”

薛府长房三奶奶卫仙，就坐在前头不远处的玫瑰椅上，一眼就瞥见了薛迟那握紧的拳头，顿时嗤笑了一声。她乃卫太傅继室所出的嫡女，虽比不得她嫡姐卫仪，有艳冠京城的风光，可也是货真价实的名门娇女。嫁进薛府四年来，除了丈夫薛凛实在扶不上墙之外，算是要风得风，要雨得雨。

眼下，她正是双十年华，是女人最好的时候，又长得雪肤花貌，眉眼娇俏。一席喜庆的洋红绣百蝶穿花马面裙，顺着她的腿软软地垂下来，边角落到柔软的地毯上，带着几分柔媚。这一身，可是她在听了迟哥儿打人的消息后，特意换上的。为的，可不就是落井下石吗？只可惜，陆锦惜过午就去了寺里上香，眼下还没回，到底白瞎了她这一番“心意”。

不过没事，出了这样大的事情，她总归是要回来的。所以，自己这一番“心意”，她迟早能看到。

想到这里，卫仙心情又舒畅了不少。端了丫鬟灵珠奉上的茶盏，她慢悠悠地掀了茶盖。

这时候，暖阁里也安静。

外面那一下接着一下的脆响，就传了进来。

卫仙一挑眉问道：“外头干什么呢？”

灵珠往窗外看了一眼，笑道：“打打杀杀，怕是在教训哪个不懂事的丫鬟吧。”

“哼，府里是该整饬整饬了，没规矩的小蹄子，就该往死里打！”

她喝了口茶，润润嗓子，又扫了那边薛迟一眼，开始说风凉话。

“我早就劝过二嫂，棍棒底下出孝子，迟哥儿就不是个肯听话的。若再这样纵容下去，没得叫人家以为我们将军府出来的孩子都这德行！青雀，你回头可好好跟她说说。”

她，指的当然是陆锦惜了。

青雀背对着卫仙，手上动作又是一僵。

薛迟却一下抬起头来，两只眼睛冒火地瞪着她，一张布着零落伤痕的脸都涨红了，牙关紧咬，嘴唇紧抿，像是下一刻就要从暖炕上跳起来跟她叫板一样。

“迟哥儿。”

青雀连忙叫了一声，手上用力，谨慎地压着薛迟的肩膀，把他摁了回去。

卫仙自然瞧见了，妩媚的杏眼一挑，便待再讥讽两句。可眼睛一错，便触到了薛迟的目光。更确切地说……是眉眼。人人都说，薛迟长得像陆锦惜，有一股子文气。可卫仙觉得他眉眼里的味道，更像他父亲。即便年纪尚小，线条却已颇见硬朗，更不用说两道剑眉，斜斜飞上，已然有了那明月关山的苍茫大气。

薛况……卫仙忽然就恍惚了一下，盯着自己手上端的茶盏，有一会儿才反应过来。也不知为什么就有些恼怒，声音彻底冷下来，续上了方才的话。

“不过啊，这些事，也不能全怪我二嫂，谁叫大将军去得早呢？”

“滚！”

“大将军”三个字一出，才被按下去的薛迟，竟猛地起身，劈手抄起小几上一只青玉药罐，朝卫仙砸去！

“哥儿！”

青雀又是一声惊叫，可这一回哪里还拦得住？

“砰！”

一声骇人的脆响！

毕竟是仓促间动手，又是小孩子，准头不够。那青玉的药罐，直直砸在了卫仙左手边的茶几上，立时粉碎！浅绿色的药膏四溅开去，卫仙那一身洋红撒花的裙面，便遭了殃，不少药膏飞溅上来，立时一片乱糟糟的。

"三奶奶！"

"三奶奶没事吧？"……

周围的丫鬟们都愣了，好一会儿才反应过来，一时乱作一团。

卫仙自己也有些错愕。她手中的茶盏都还未放下，看着薛迟那一双被愤怒染红的眼睛，闻着满屋子弥漫的难闻药味儿，再低头瞧见自己满身的狼藉，才后知后觉地明白过来——

她竟然被个六岁的小破孩子拿药罐子砸了！

那一瞬间的感觉，有些荒谬。卫仙气得茶盏往桌上一掼，怒极反笑道："好，好，好，这府里的哥儿，竟连长幼尊卑都不顾了。你娘不好好教你，今儿我就来替她教教！"

说罢，她竟直接从座中起身，一把将挡在自己面前的丫鬟给掀开道："滚开！"

青雀立时如临大敌，连忙横身挡在了薛迟的面前，她盯着卫仙的身影，紧张不已，咬咬牙关就要劝阻："三奶奶，哥儿毕竟——"

话才说到一半，她目光一错，一下就愣住了。不知何时，一道身影已伫在门外。

一道浸着凉意的声音，便在这剑拔弩张的当口儿，轻飘飘地传了过来，像在云端上一样。

"三弟妹好大的阵仗，是要干什么呢？"

好熟的音色，好冷的腔调！乍一听似乎还是往日那柔柔软软心虚气弱的孬种样，可只要稍稍分辨语气，便可察觉那声音里裹了冬月的霜雪。柔软没变，偏夹了尖刀利刃，绵里藏针，有种没来由的寒意。

卫仙动作一僵，心头一凛，停步回头，一下就瞧见了站在门内的身影。

果真是她！月白比甲，雪白手笼，身似弱柳扶风，态则清雅淡泊，即便是脸色苍白，可那眉眼也似大家笔墨描绘，两手一揣，往门框里一站，就是一幅画儿。

居然还是十成十的气定神闲！尤其是那一双凤眸，狭长的眼尾轻扫，就有千般万般的情致，似笑非笑地瞧着人，竟颇有种惊心动魄之感。

这还是那个任谁都能搓扁揉圆的陆锦惜吗？

前几日账房三匹缎那事一出，府里都传她阎王殿前走一遭，不仅捞回一条命来，还大彻大悟，总算通透起来，为着哥儿姐儿，硬气了一回。

卫仙对此嗤之以鼻，为母则强这话没错，但也要分人。陆锦惜当了十来年的娘了，照旧是个孬种样，病了一遭就能好？谁信？她更相信，陆锦惜是病了一回，脑袋还没好全，所以敢跟自己抬杠。

然而在看见陆锦惜的此刻，这个想法瞬间崩碎，连影子都看不见了。

她了解的陆锦惜，不会有这样镇定的神态；不会拿这般森冷的语气说话；若知迟哥儿出事，她应该早慌得六神无主，不哭着回来都是好的……

可眼前这人，温和里透着冷淡，亲切里透着嘲讽。慌张？懦弱？半点都看不到！

卫仙已生出一层又一层暗惊，迎着陆锦惜那目光，竟莫名心虚气短。她强压下那股忌惮与不安，怒喝："若不是二嫂你还睁着眼睛，我真当你是瞎着，还问我要做什么？难道不该问问你这宝贝疙瘩干了什么吗？！"

屋里的丫鬟，早在陆锦惜进来的时候就跪了一地，喊了一声"给二奶奶请安"，便缩在地上装死，大气都不敢喘。

卫仙这一声喝，吓得所有人都颤了一下。

青雀站在那边，看着陆锦惜，眼底有诧异，也有担忧，没敢插嘴。

陆锦惜却还是那波澜不惊模样。她在外面，已听全了这一次冲突的始末，当下还卫仙一声冷笑道："我若是弟妹，在开口问旁人做了什么之前，定要先问问自个儿，方才这一张吐不出象牙的嘴里，到底说过什么混账话！"

"你！"

卫仙惊呆了，根本不敢相信，这会是陆锦惜说出来的话！这等辛辣的讽刺，配着她那一脸极端平静的表情，透着种奇诡的冰冷。

陆锦惜就这么瞧着卫仙，眼神不冷不热。

"到底还是弟妹这样没当过娘的心狠，迟哥儿才多大年纪？你竟也硬得下心肠，拿大将军这话刺他，便不怕他日你自己有了孩子，也遭人这么戳心窝子吗？"

什么叫"都怪大将军去得早"？那是对一个没了父亲的孩子说的话吗？！甭说是砸了药罐子，污了她的新裙面，就是拿这药膏糊了她的脸，药罐子砸了她的头，今儿陆锦惜都站在薛迟这边！

是她卫仙先起了头，专戳人心窝子，就别怪她心黑，也踩她痛脚。入府四年，肚子没个动静，可不是她的难言之隐吗？

这番话下来，卫仙脸上一阵青一阵红。她想开口反驳，可偏被气得颤个不停，还不停咳嗽了起来，活像是被人戳了肺管子。

"迟哥儿是闯祸了，可要管教，咱们府里，太老爷身体康健，老太太身子骨硬朗，还有我这么个大活人在你面前杵着！从上数到下，何时又轮到弟妹来指手画脚？”

听着那咳嗽，陆锦惜没丁点怜惜，声音里更没半分温度。

“怕是我素日仁善，倒让弟妹觉得我好欺负了？泥人都有三分气性，我劝弟妹还是知道收敛。今日之事你若不服，便是捅到老太太那边，我也不怕。”

老太太可是薛况的娘，听了人编排自己儿子早死的事，不狠狠甩她两大耳刮子才怪！陆锦惜谅她也没这个胆气去找罪受。千不该万不该，她不该今日嘴贱，拿人丧父之事做武器，戳一个孩子的伤口。

说完，她也没管卫仙是什么表情和反应，直接一摆手道：“三奶奶衣裙脏了，不便久留。青雀，送客。”

“是。”

青雀险些没回过神来，应了一声，迈步朝卫仙走去的时候，还觉得脚底下软绵绵的，像是踩在云端上一样不真实。她听到自己那说不出到底是战栗还是痛快的声音道：“三奶奶，请吧。”

“好，好得很！”

卫仙好不容易才缓上来一口气，止了咳嗽，连声音都有些沙哑了。她冷笑着扫了已经来到自己面前的青雀一眼，抬头狠狠地盯着陆锦惜。若非她亲眼所见，真是怎么也不敢相信，这是那个被她拿捏了四年的软柿子。

到底怪她自负，听了府里人说她性情变了的传言，也没放在心上，要用旧日的手段膈应她。结果反倒因自己一时嫉恨，口无遮拦，被她掐住了短处，连反击都做不到！卫仙心里恨极，可她乃卫太傅掌上明珠，又曾在那一位完美嫡姐卫仪的手底下过日子，到底不是一般人。

只这片刻工夫，卫仙的心思已经转过了无数。

今日之事，不管原因如何，她已经输了。与其一意纠缠，逼得陆锦惜把事情闹到老太太那边，还不如她自己咽下这一口恶气，先把此事抹过去。

毕竟，她与这一位二嫂可是来日方长。这么打定主意，卫仙竟真的硬逼着自己，把满心翻涌的怒意，都压了下去，反露出个明艳得吓人的笑容。

“二嫂既下了逐客令，我也不稀得多留。只盼二嫂可好生处理迟哥儿这回闯下的祸事，别出什么岔子，祸害了将军府。不然，这中馈你掌不好，我迟早来接！”

说完，她直接拂袖而去。

“灵珠，我们走！”

灵珠连忙应声，顾不得跟陆锦惜告退，就直接追了出去。

一出暖阁，卫仙脸上强挂出来的笑意，便彻底冻结，只剩下阴沉与压抑。

“奶奶，您没事吧？”

灵珠亦步亦趋跟在她后头，尖尖的瓜子脸上，嵌了一双杏仁眼，期期艾艾地问了一声。她是卫仙的陪嫁丫鬟，当初卫仙还是卫府二姑娘的时候，就在她身边伺候了。这么多年跟随下来，她知道卫氏是什么性子，如今见她满面霜寒，想起种种的因由来，又是复杂又是心疼。

卫氏脚步很急，像是要借着这样的步伐，把身后的一切都甩开。

她咬牙道：“能有什么事？无非多了个人跟我作对。可她以为这一点本事够看吗？迟早有她受不了的时候！”

“可……”灵珠欲言又止，看了卫仙几回，还是大着胆子开口，“奴婢看她如今的脾性，倒与往日不一样了，未必就掌不了将军府。她就一个人，膝下还有几个孩子，若再失了这中馈……”

“你懂什么？！”

卫仙厉声打断了她，一双眼已浸着寒意，定定地瞧着灵珠。

“记清楚了，不是我要夺——是她不配！”

灵珠张了张嘴，看看她簇新裙面上染污的痕迹，终究心底一酸，把想说的话都吞进了肚里，叹了口气应道：“是奴婢不懂事，您别生气。”

贴身丫鬟，自来都当副小姐养大。卫仙对灵珠，打小便无话不说，如今见她软了声气，满腹指责的话，哪里还说得出口？

“我只是不甘心……”

她慢慢地说了一句，先头的怒意已散了。只是脑海里，却一下想起自己在暖阁里脱口而出的恶语，还有迟哥儿那愤怒的眼神，就好像是那个人看着自己一样。她也不知怎的，一时觉得很累，那珍珠黑的眸底，也透了几分无力和彷徨。

灵珠不敢再劝，只陪着她一道出了东院。

外面围着的丫鬟婆子，不知何时已经散去，一眼看去冷冷清清。只有前面花圃边上，有清脆的巴掌声传来。

卫仙本没在意，这声音她在屋里的时候就听见了，猜到是外面惩戒下人，现在也不关心。

循声看去，是周五家的正在抽人嘴巴子。

前阵子她还着人收拾过她闺女，没想到如今她也动上手了。卫仙慢慢想着，换了往日她肯定要上去看看，可今日实在没什么心情，转身就想寻路返回西院。可也就是在转身的那一瞬，她脑子里电光石火地闪过了什么——不对！那个被押着跪在地上的丫鬟，怎么那样眼熟？

卫仙的眼皮狠狠地一跳，几乎是立时回过了头来，定睛看去。但见那丫鬟被两个粗使婆子摁着，塞了嘴，一张脸早打得不成人样，唯有那一双眼里蕴满泪光，一个劲儿地看着自己这边，喉咙里发出“呜呜”的闷哭声。

这不是她屋里伺候的蕊珠，又是哪个？一时之间，卫仙眼前都黑了一片。

灵珠也终于反应了过来，惊怒交加，一声喝问：“你们这是在干什么？！”

屋里，陆锦惜才坐到了暖炕上，就听见了外面的动静。她眉头一皱，不大高兴道：

“这闹哄哄的，又做什么呢？”

“回奶奶，是蕊珠那边。三奶奶刚走过去看见了，这会儿闹起来了。”

站在门外的丫鬟瞧见了，战战兢兢地躬身回了话。

“那也不打紧。”陆锦惜半点没把那蕊珠的事情放在心上，“她那样能忍，不是个真傻的。今儿这件事还没抹平呢，就算要向我讨还那丫头的‘公道’，也不会挑在今天。出不了事。”更何况，何来的“公道”？蕊珠那丫鬟是活该挨打，只是恰好落在周五家的这仇人手上，挨打得比较惨罢了。

卫仙又不傻，回去自己问问就能掂量清楚。

“门窗都关上吧，吵得厉害。”

陆锦惜吩咐了一声。丫鬟们立刻关门的关门，关窗的关窗，动作麻利。

青雀见了，只依旧怀疑自己在梦中。往日她们都是不戳不动，动了还抱怨，今日二奶奶使唤，竟个个跟手脚贴了符一样，比谁都快……变化太大，她都有些不自在起来。

倒是陆锦惜没觉得有哪里不对，她只是收回了目光，重新看向面前的薛迟，正好对上一双大眼睛，里面盛着几分诧异、几分探寻、几分犹豫，还有……几分畏惧。

在目光相接的一瞬间，他立时一颤，迅速狼狈地低下头去，躲闪开了。浓密的眼睫，长长的，黑黑的，像是两把小扇子，垂了下来。

青雀早已将他小脸上的脏污擦干净，剩下的都是紫一块红一块的伤痕，他年纪虽小，鼻梁却很挺，两瓣嘴唇抿得死紧，很有股倔强的味道。

这还是陆锦惜进屋之后，第一次仔仔细细打量这孩子。

只一眼，她就知道，这的确是个小霸王，怕还是个犟脾气。不过，他应当没有想象中那么坏，毕竟还知道畏惧呢。想是她刚才与卫仙一番唇枪舌剑，太过剑拔弩张，吓着他了。

陆锦惜并不知陆氏往日怎么跟孩子相处，只听说她教孩子读书认字，便估摸这母子两人的相处，更像学生和先生。可如今这壳子里是她，不是陆氏，要复制原本的相处模式，难如登天。

陆锦惜没带过孩子，也很少跟小孩子相处，她只能按着自己的猜测，摸着石头过河，一步步来。眼见薛迟不肯抬头看她，她放缓了声音："是娘刚才吓着你了吗？"

薛迟埋着头，没吭声。

陆锦惜忖度，这孩子与陆氏的关系，应当没有差到连句话都说不出的地步，约莫还是他吓着了，或者心里装着事，不愿搭理自己。

这种时候，要撬开一个孩子的嘴，就像是跟人谈判。要怎样才能让人放松警惕？很简单，把自己划到他的阵营里，让他认为你站在他那边，你们是一伙儿的。

心念一动，陆锦惜就重新起了个话头："你六岁，年纪不大，可也已经是小男子汉一个了。娘相信，你很聪明，心里也有自己的是非。刚才你也看见了，你拿药罐子砸你三婶母，娘可是站在你这边的，没说你一句不是。"

薛迟的头，终于慢慢地抬起来了。他似乎有些心虚，飞快地扫了青雀一眼，又把目光垂了下去，声音闷闷地道："我知道娘是为我好。可我、我不喜欢三婶母……"

不喜欢三婶母提他的父亲。

虽然人人都说他是个小霸王，可薛迟觉得自己很懂事。就像娘亲不说，他也知道自己名字里这个"迟"字，到底意味着什么。他觉得自己只是脾气坏了一些，耐心差了一点……当然了，在大人们看来，这些就是不懂事。

"我知道你不喜欢她什么。听得明白的，没一个会喜欢，你并没有错……"

陆锦惜的声音轻轻的，像是飘在天上的云。薛迟就这么听着，还是那样细细软软，却好像有些不一样。

以前他听娘亲说话，念诗也好、吩咐下人，总会想起灰蒙蒙的细雨天，再柔和，也有一层轻纱似的忧郁和荫翳。可现在听娘亲说话，说的不是什么喜事，他的心情也并不很好，却偏偏想起春日里，蓝蓝的天，白白的云。

这种感觉很难形容。薛迟也说不上到底是怎么回事，只模糊地觉得并不讨厌。他又忍不住抬起头来，仔细去看她。 半个多月没有见，听说娘亲生病了，差点就没有醒来。所以现在她看上去，比以前瘦一些，苍白一些，明明应该觉得她很憔悴，可她的眉眼里都透出一种凝聚的神采。薛迟竟觉得，他娘亲看着，倒比以前没病的时候还精神。

“所以呢，你应该也知道，娘现在是个明辨是非，会为你着想的人。”

陆锦惜已经说了有一会儿了，她尽量地引导着他，最后再把话题往英国公府那件事上一带。

“之前他们说，你跟隔壁罗二公子打了起来，青雀姑姑问你原因，你也不想说。那现在娘也回来了，你愿不愿意跟娘说呢？”

“我不！”

先前还不怎么敢开口说话的薛迟，听了她这一番话，当即就一口拒绝。小小的身子，几乎瞬间就紧绷了起来，瞪大了眼睛看着她，两道剑眉斜飞起来，有些怒意，充满了警惕和防备。

陆锦惜有些错愕。她本以为前面这小子看着也是顺毛驴一头，结果一提打架的原因，竟立刻就炸给她看。看来，这事还不能提了。可若是不知道此事的原委，她又何从判断到底谁对谁错？

陆锦惜的心思慢慢转动，只看着他，与他对视，这一刻陆锦惜并不把他当成个小孩子。她眼神平静，声音更平静，淡淡开口道：“你既不提，那我也不问。只是如此就不能判断，你们二人谁对谁错。我只知道，罗二公子伤得比你重，胳膊划出了血。一会儿，我就得去英国公府赔礼道歉，你要不要随我……”

“不去！我没错！你也不准去！”还没等她说完，薛迟直接大声吼道，一下打断了她的话，愤怒的小脸涨得通红，竟然像是一下炸了。

“不许你去赔礼道歉！我不许！”他像是被冒犯激怒的小狮子一样，两手紧握成拳，一张脸涨得通红，注视着陆锦惜的眼神充满了愤怒，还有……隐隐的受伤。陆锦惜注视着他的眼睛，有一种极其微妙的感觉。先前刚硬起来的心肠，竟莫名柔软了下去。

“不告诉我原因，又不准我去赔礼道歉……”慢慢地叹了一声，陆锦惜脸上却挂了隐约的笑意，很浅很淡，“那你想要娘怎么办？”

“反正不许去道歉！”

在这件事上，薛迟固执得可怕，一根筋就这么拧上来，身侧紧握的拳头，半点松开的迹象都没有，眼眶已然微红。

“我没有做错！娘你根本不相信我……除了道歉，你还会什么？”

除了道歉，你还会什么？短短的一句话，竟像是一把尖锤，猛地擂进了陆锦惜的心底。她微微错愕，一双潋滟的眼眸注视着薛迟，一下说不出话来。

可她没想到，薛迟的反应会这样大。乍一开始，她还没明白为什么，可待薛迟这话一出口，愤怒且看似无礼，她却终于了然。

想也知道，原身陆氏性情温软仁善，很少与人交恶。薛迟却是个人尽所知的小霸王，惹的麻烦不会少，若是陆氏遇到这种情况，又岂能不上去道歉？未必每件事都是薛迟的错。可听他说“除了道歉你还会什么”，怕是陆氏总是道歉。大人们道歉，总是为了顾个面子，全个礼数，可落在孩子的眼中，又是何等模样？

陆锦惜沉默了良久，与他对视。

薛迟执拗地不肯移开目光，像是要将自己的不满、愤怒，一并宣泄出来。可自始至终，他都将那一点点的受伤，藏在这些拙劣的情绪后面。

“你啊……”

陆锦惜才笑出声来，心底有些暖。看着薛迟紧握拳头，她慢慢地伸出手去，慢慢把他一根根收紧的手指抠开，温柔而坚定。

“除了道歉，我会做的还有很多。你要娘亲相信你，可你相信过娘亲吗？”

薛迟一下怔住了，对着陆锦惜那温然的目光，竟说不出话来。

手指被打开，可他一点也不想反抗。就好像是他把什么东西，深深地藏在一重又一重的匣子里，可现在，陆锦惜在慢慢地、耐心地，将它们打开。

他有一种恐慌，想用力收紧手指，挣脱陆锦惜。可当他垂下目光，看到他娘亲那苍白纤纤的细指，好像轻轻一碰，就能碎掉一样，他又不敢挣扎，怕自己伤了她，虽然，他只是一个小孩儿。

于是，一只小小的手掌，就这样慢慢展开。陆锦惜低头看了看，掌心和指节都已经捏红了，背后还有点青紫的痕迹，不由微微皱眉道：“都成什么样了，不许再握着。”

说着，陆锦惜又拿了他另一只握紧的小拳头，慢慢掰了起来。她没管他是什么表情，续道：“若要人信你，你得先信人。我是你娘亲，出了这样大的事，你却连个原因都不告诉我，这是信任我吗？你让我怎么去说服别人呢？”

薛迟没说话。

陆锦惜又道：“至于道歉，大人们之间，赔礼道歉是常有的事，就算是你没错，长辈们也会相互客气两句，免得伤了和气，倒不一定就是你错了。”

“大人们都这样吗？没错也要道歉？”

似乎有些不相信，薛迟闷闷地，问了一句。

“这事多了去了。”

道歉并不意味着什么，虽然很多时候让人不舒服。陆锦惜对此深有感触，早年她还在底层打拼，为了混口饭吃，为多少人背过黑锅，又咽下过多少苦水？

“人生在世，哪里能件件事都称心如意？想要不道歉，要么你要有足够不道歉的理由，要么你就得有足够大的本事。”

陆氏不可能不爱孩子，端看薛迟对母亲的体谅，便知她应当是个好娘亲。所以，她不希望薛迟对陆氏有任何怨怼，此刻便一一将话说开来。

“你也到了晓事的年纪了，小男子汉应该担起责任来。”

右手手掌也掰开了，陆锦惜便用自己的手掌，握了他两只小手，另一手则搭了他的肩膀，与他并排坐着。

“娘愿意相信你，可伤人的事，应该敢作敢当。娘病了一遭，也想明白了很多。所以，以后但凡不是你的错，我都不会替你向别人道歉。现在，你能告诉娘亲，为什么与罗二公子打起来吗？”

因才从大昭寺回来，陆锦惜的身上，还沾染着佛堂里那一股淡淡的檀香味儿，渐渐地弥散了开来。薛迟闻见了，心也慢慢地静了下来。他眼睫轻颤，放在陆锦惜掌心的两只手也不自觉地蜷缩了一下。

陆锦惜知道，他在思考，内心也在挣扎，所以也不催促。只是很久之后，他还是固执地摇了摇头，声音很低地道：“我不想说。”

至少，他不想让娘亲知道。

这脾气，真够倔的。陆锦惜其实有些没想到，可她也不恼羞，只从座中起身，站在薛迟面前，慢慢蹲了身，使自己的视线能与薛迟齐平。

“来，看着我。”

薛迟抬起眼来，一双乌黑的眼仁，像是在深井里浸过，有微微的湿润，反显得亮晶晶。那一瞬间，他竟有一种可怜巴巴的味道。陆锦惜想笑，可没笑出来，她就这么看着他，眼底很平和，也很平等，没有半点强迫。

“考虑清楚了再回答，真的不想说？”

这是一个很郑重的提问，薛迟能感觉得出来，可是他坚定地回道：“我不想说。”

“好吧。”

陆锦惜知道，这就是最终的答案了。薛迟并非不懂事，相反，他很聪明。她其实有点欣赏起这个小子来，道：

“你不愿意说，那我就相信这个理由是你不愿意告诉别人的秘密，等你什么时候想对人说了，再来告诉我。”

“夫人！”

留在屋内伺候的青雀，听了这一句，忍不住惊呼了一声，声音里带着几分不确切的惊惶。

“英国公府那边……”

“我自有交代的办法。”

陆锦惜不在意地摆了摆手，笑容却很轻松。她摸了摸薛迟的头道：“现在你就乖乖坐在这里，继续让青雀姐姐给你上药，不许再乱动。我先去一趟英国公府……”

“你——”

“我知道，不许道歉！”

抢在薛迟开口之前，陆锦惜接道，她不由失笑。薛迟一下有些发窘，把一颗小脑袋转过去，哼了一声。

陆锦惜也不介意，收手拍了拍，起了身。

“总之这一回娘尊重你，你说什么就是什么。只是去之前，我也有一句话要跟你说。”

耳朵一下就竖起来了，薛迟慢慢地重新扭过头来，望着她。陆锦惜眸底一片清澈，嘴角含笑地注视着他道：“要关心谁呢，就好好地说出来，有时候别人太笨，可不知道你在关心谁。”

“谁关心你了？！”

她话一出口，薛迟立刻就奓了毛，差点撞了一旁的小方桌。他愤怒地瞪向她，可陆锦惜眼底只有一片冰雪般的了然。

那一瞬，薛迟只觉自己像是雪地上的狍子一样，无所遁形，被人看得透透的，连忙狼狈地逃开了目光，不耐道：“要去就赶紧去吧，别在这里，烦死了！”

把头生硬地一扭，他转去看那早已关闭的雕窗。看起来没有任何异样，还是昔日的小霸王，可陆锦惜却很轻易地看到了他红透的耳垂，似快滴血。

陆锦惜险些笑出声来，小孩子面皮薄，自己不打自招，又被人看破，颇有点恼羞成怒的味道。她也就十分配合地假装什么也没看出来，道：“好好好，我这就走了。”

说着，便转过了身来。

青雀忙凑上前两步道：“奴婢已着人备好了一些珍贵药材和补品，您一会儿也带过去？”

“还是你妥帖。”

陆锦惜点了点头，对青雀的稳重和周全很是满意。只怕陆氏若没这两个丫头，过去的日子还要艰难上一些的。

“哥儿这边还是你照顾，一会儿张大夫会来亲自给哥儿看看，你留神着些。英国公府那边，就让这两个小丫头跟我一道吧。”

她随手指了立在门帘前的两个青衣丫鬟。两个丫鬟都有些惊讶，反应了一下，才忙躬身道：“是，夫人。”

“东西都放在那边了，你们赶紧捧了，陪夫人前去，路上当心。”青雀指了一个方向，又叮嘱了两句。两个丫鬟这才将那一应的补品和药材捧了，跟在了陆锦惜的身后，走出了暖阁。

周五家的已经在外面候了一会儿了，见她出来，连忙行礼。

陆锦惜一摆手，随意道：“三奶奶把人领回去了是吧？我知道了。你家闺女还要人照顾，准你两日的假，先回去看顾着些。”

周五家的一下愣住了。她原是来回蕊珠的事儿，哪里想到陆锦惜竟给开了这样一个大恩？一时眼眶有些微湿，周五家的颇为动容道：“奶奶心善，老奴替荔儿谢过了。”

“去吧。”

陆锦惜站在屋檐下，点了点头。周五家的这才诚心诚意给她弯身纳了个福，告退离开。

廊檐外的天空还是灰蒙蒙的，屋檐下有滴滴答答的水声。

陆锦惜听见了，只抬首这么一望，竟半点没有被这阴沉的天气影响，反觉得心情舒畅，好像一下放晴了一样。一想到薛迟那反应，她的嘴角就忍不住勾起来。

实在是太可乐了。说什么“不准你去赔礼道歉”，压根儿就是不想他娘平白受委屈，毕竟堂堂的一品诰命，老低三下四，算个什么？可薛迟实在是不会说话，也不会表达关心，反倒一副凶神恶煞的表情。

“是个笨小子……”

陆锦惜微微地笑起来，收回了目光，向着院子外面走。

“太霸道了，还有没有王法了？老朽一糟老头子，你们竟也忍心胁迫！就你们高门大户需要看病，就你们达官贵人需要看病吗？！也不看看穷苦人家……往日只听说你们二奶奶宅心仁厚，菩萨心肠！今、今日老朽算是见识了，真是世风日下，世风日下……”

还没等她走出去，一连串抱怨声就传了进来。

陆锦惜微微挑眉，只是心情不差，面上的暖笑还没散去，出得门来，便瞧见了南边夹道上，白鹭带着一婆子和一背药箱的老叟走了过来。

白鹭当然也看见了她，忙摆手叫婆子与老叟停下，自己则紧走两步，上前便唤道："夫——"

剩下的一个字，忽然就卡住了。抬起头来的白鹭，怔怔地看着陆锦惜，被她脸上那一片带着暖意的明艳笑容，晃花了眼。

这……是夫人？芙蓉美人面，嘴唇粉白，抿出了一道浅淡的弧度，清透的双眸底下，更有潋滟的波光，因为自然的笑意而微微眯起来一些，竟显得很慵懒。

这些微的笑意，就好似一轮朝阳朗照，驱散了常年笼在面上的忧郁，让残雪化了，融得一池春水流淌，清丽逼人，叫人目眩神迷。

白鹭就这么呆呆地看了好半晌，才忽然想起——

她们家夫人，也曾与当今宫中得宠的贤妃卫仪、远嫁金陵的应天巡抚兼兵部侍郎夫人孙雪黛并列，乃京中三大美人之一。

可为什么……她如今才觉得，夫人这样漂亮？

"怎么了？"

人才喊了一半，就没了声息，陆锦惜不由看了她一眼，问了一声。

白鹭这才反应过来，忙敛了心神，向她躬身一拜道："夫人，张大夫已经请过来了，这就要给哥儿看看去。您这是？"

说着，她便看向了陆锦惜身后的两个丫鬟，还有她们手里捧着的东西。

"我去一趟英国公府，看看罗二公子的情况。"

陆锦惜随口回答，同时拿眼扫了站在夹道那边的老叟一眼。

这是个年逾花甲的老人家，穿着一身简简单单的灰布袍子，已经洗得发白。他面皮干瘪，但两只眼睛很有神，整个人显得干干净净，就连下巴上一把花白的胡子，都打理得整整齐齐。老旧的行医箱箧，就被他一手挎在肩上，握得紧紧的，倒像是与他长在一起似的。

这一位，便是享誉京城的"鬼手张"了。

他本姓张，名远志，出身杏林世家，如今六七十岁年纪，行医已近四十年，不管是见识还是医理，都广博精湛，信手拈来。其医术之高绝，被人称为"敢从阎王爷跟前儿拉人"，遂谓之"鬼手张"。

庆安八年，德安府瘟疫，便是这糟老头子拖着一副残躯，冒着染病的危险，进了城去，花了足足两个月，研究出了对症的方子。德安百姓，因此免于瘟疫之难。

一时江南上下，无一不奉之为“救世神医”。朝廷在得知此事之后，派人前去传旨，要召他入宫，封他为太医院院使。这可是多少人一辈子都盼不来的好事！

谁料想，鬼手张接旨后，只把圣旨往传旨太监手里一扔，一句“老了，懒得去”，便拒绝了朝廷的封赏，缩回了自己那小小的医馆。

这么多年下来，多少达官贵人许以重金，要他去帮忙诊治，都无功而返。除非你是救命的病，不然他动都懒得动一下。相反，平民百姓中，若谁有个头疼脑热，去他的医馆，三两下就给治了，遇到捉襟见肘、实在家贫的，他还会分文不取。

满京城的百姓，去回生堂开过方子拿过药的，不说有一半，至少也有三成。

前阵子，陆锦惜的病也是眼看着不行了，终于求到回生堂那边。

鬼手张于是破例前来府上诊病，狠狠给灌了好几碗汤药下去，才算是让人回了魂。之后，他又给开了调理的方子，交给府上下人，照方伺候。

没半个月，陆锦惜的病就好了起来。也就是那个时候，她彻底记住了“回生堂鬼手张”。

今日将军府国公府两位小祖宗闹起来，罗二公子胳膊都划出血来，不管是不是将军府的错，态度先得摆出来。所以在问得将军府未先请大夫之后，她才会要潘全儿去借人，强“请”鬼手张去一趟。

只是……此时此刻，这一位顽固得可敬的老人家，就站在夹道上头，吹胡子瞪眼地看着她，两道眉毛都气得扬了起来，一双眼底更是怒意翻腾，充满了愤懑。

陆锦惜想起了先前听到的那一堆质问和抱怨，这会儿也约略猜到对方为什么生气。她心底一叹，只朝路旁一让，又摆摆手让两个丫鬟也让开道，对那站在鬼手张面前的婆子道：“别愣着了，张老大夫都已经来了，赶紧请进去为哥儿看上一看，莫耽搁老先生的时间。”

“是，老奴这便去。”

那婆子吃了一惊，有些不很明白陆锦惜的态度，可这时候她也不敢生疑，只伸手一引。

“张老大夫，您这边请。”

鬼手张顿时皱眉，跟着婆子走上来，正好从陆锦惜面前经过，眼神里的愤怒，还是没消下去。

陆锦惜却只异常谦卑地站在路旁，微微躬身道：“有劳您了。”

“哼。”

老头子不客气地哼了一声，横了陆锦惜一眼，恨恨地将袖子一甩，又咬牙切齿地骂了一句“世风日下”，才疾步入了院中。

“夫人，这……”背后白鹭瞧着，整个人都有点傻，“这也太无礼了吧？他会不会记恨上咱们府了？”

“记恨什么啊？”

陆锦惜朝前面迈开步去，笑了起来，眼底有慧光闪烁，只拉白鹭与自己一道去英国公府。

“你想想这一位是什么人。若不是他自己愿意来，我们哪里又请得动？”

白鹭一听，脑筋才一下转过弯来。鬼手张天不怕，地不怕，连圣旨都敢扔。潘全儿带着人去强“请”，便真的能将人请来？

她皱紧了眉头，百思不得其解道：“可既然这样，他又为什么要来？”

“这就要问他去了。”

陆锦惜心下其实也好奇，只是并不在这个话题上深究，只吩咐道：“一会儿回来，你记得与青雀一起张罗一下，叫外面人置办些药铺里常用的普通药材，备上足够的量，回头我要送去回生堂，作为答礼。”

常用的普通药材？干什么不送真金白银呢？

白鹭下意识又要问，可一想到自己方才已经问了不少，再问不显得很蠢吗？于是心里纠结了一下，还是将到嘴边的话给咽了回去。

这一会儿雪已经开始化了，天气越发冷起来。沿着花园那一片，都是白雪盖着早早发出的新绿，倒衬得那树梢枝头的一点绿意，像绿玉翡翠一样好看。

陆锦惜向隔壁国公府的方向望了一眼，问道：“你方才去拦人，英国公府那边的情况，打听过了吗？”

“打听过了。”

白鹭点了点头，却苦笑了一声，禀道：“此事已经让英国公知道了，他才从朝上回来，本张罗着请个太医，不过见咱们请来了张大夫，便没再提。世子夫人是何态度，现还不知。奴婢只知道，张大夫给罗二公子瞧病，除了胳膊上的伤口之外，还看出一体寒的毛病来，把国公府伺候公子的人给骂了一顿，说不会照顾，这才给开了药方。”

陆锦惜闻言，不由愕然片刻，随即又释然。

她微微一笑道：“这可不是鬼手张的作风吗？天生见不得人有病，甭管给谁看诊，即便你要看的只有腹泻，他也能硬逼着你把咳嗽给治了。”

白鹭捂嘴笑了起来：“正是呢。”

当初陆锦惜治病，其实也这样。怕是国公府也想不到，找个名满京城的老大夫看病，还会被骂上一顿，反倒瞧出二公子有别的病来吧？

英国公罗府，乃是世袭的列侯，到现在传了四代。

现今的英国公便是罗正茂，是先皇在时就已经袭了爵的，这几年眼看着年纪大了，夫人料理起府中事宜来也渐渐有心无力，所以夫妻两人一合计，便为自己的嫡长子罗显请封了世子。

家中中馈，也就顺势交到了世子夫人叶氏的手上。

陆锦惜来拜访的时候，叶氏就坐在屋里，拧了两道远山眉，瞧着坐在面前连头都不敢抬一下的次子。

罗定方今年七岁，要比隔壁那呆霸王大上一岁。因府里人口复杂，他从小见的东西多，又有罗显与叶氏时时教导提点，他懂得也多。只是越是如此，这孩子便越发不爱说话。前段去了光阴学斋，才渐渐有开朗活泼起来的意思。

所以便是听说罗定方与薛迟玩到了一起，叶氏想了想，还是睁只眼闭只眼，由着他去了。毕竟是嫡次子，于承继家业上，担子不重，叶氏希望他能开心些，快乐些，别再跟嫡长子一样养出个闷葫芦的性格来。

可她哪里想到，半道上竟出了这事。将军府那边没办法从薛迟的口中撬出两个孩子打架的原因，到了叶氏这里，其实也一样。

自打被接回来之后，罗定方就一声没吭。一开始叶氏心里还恼怒不已，觉得将军府欺人太甚，出来的孩子未免也太没教养，竟还伤了人。

可很快，叶氏就推翻了这个想法。自己养的儿子，自己清楚。罗定方虽也不爱说话，可平日里最是孝顺。父母问了什么话，都是老老实实恭恭敬敬地回答的，似这样拧着一句话不说的时候，实在少有。

要紧的是，她从儿子眼底看出了那一点点的愧疚。这件事，到底谁对谁错，还不好说。叶氏心里其实有隐隐的预感，所以一直没有去将军府。因为她不知道，去了到底是该赔罪，还是该问责。

“你在学斋里的事情，我向来是不管的。可如今闹得这样大，你祖父也都知道了，回头必定要问起。若是有错，你赶紧给我认了，别到时候让人找上门来，我可兜不住你……”

叶氏想着，便盯着罗定方，一字一句，生硬地开了口。

罗定方穿着一身新换的锦缎袍子，瞧着有些瘦削，是偏文弱的长相，这也是遗传自他父亲和母亲。

听了叶氏这一问，他颤抖了一下，咬了咬嘴唇。过了好半晌，才终于鼓起了勇气，抬起头来。可也就是这个时候，外头忽然传来了急匆匆的脚步声。

一个丫鬟来门外禀道："启禀夫人，隔壁将军府陆二奶奶来了，说是带了些药材，来看望二公子，已在院外了。"

"什么？"

她来了？

叶氏闻声，一时惊疑不定，从座中站起身来，顾不得再盘问罗定方，只忙吩咐道："快赶紧请进来。"

"是。"

丫鬟立刻退走，去院门口迎陆锦惜。

屋里的叶氏，却是站定了，一下想起了有关将军府掌事夫人陆氏的种种。

她尚在闺中当姑娘的时候，何等艳羡京中这三大美人的风光？尤其是陆锦惜，性情其实一般，并不十分出挑，却运气极好，嫁给了薛况，没多久就成了朝廷一品诰命夫人。

一时，京中无数人嫉妒不已。

庆安五年，玉门收复。薛况率军还朝，兵过长安街，她与罗显都在人群里看着。

那一位将军，身披明光重铠，骑在神骏的乌云踏雪之上，风尘虽染，一身金戈铁马、凌霄之气，却半分不损。

他从长街尽头的城门过来，身后是身经百战的铁血将士。每个人的脸上，都带着久战的疲惫，甚至还有不少人负伤。可在瞧见夹道欢迎的百姓之时，都会忍不住微笑起来，畅快的，意气风发的。

就连薛况，那塞北风霜砥砺过的眉眼，都消去了冰雪，慢慢变得柔和下来。

叶氏还记得，那一日百姓们抱来了家中的陈酿，献给了带给他们平安家国的英雄。薛况却没沾酒。他只在马上，与众人一道看着，看着这峥嵘尽洗，回归了平凡的将士。

那一日的长安街，热闹了好久，也有好多人哭了出来。即便是将士们已经走了，人群也久久没有散去……

六年后的今天，当日的情景，又历历浮现在眼前。

叶氏长叹了一声，知道陆锦惜将至，只回身，肃然了一张脸，看着罗定方道："隔壁陆二奶奶便要来了。你没错，我自不追究。只是你若有错，便趁此机会，乖乖地给我当面道歉……"

毕竟，就剩下陆锦惜一个了。

薛况昔日为家国征战，为天下戎马，她乃薛况孀妻，谁又忍心去为难她、欺负她？

第三章 承蒙错爱

“夫人，请进。”

外头守着的丫鬟，打起了垂着的厚门帘。

叶氏闻声，便敛了心思，转头看去。这一看，竟生出几分暗惊。

来的是陆锦惜不错，她身量纤瘦，看上去面色有些苍白，只是那肌肤竟有雪光般的通透，好似天然一块羊脂玉雕成，精致的五官更如巧匠细细描摹。神采温润，行云流水，翩然夺目。

“世子夫人，打扰了。”

一嗓子温软的声音，真跟天上飘的云朵一样。一切似乎还跟以前一样，可叶氏险些没把她认出来，反应了一下才忙还礼：“夫人客气了，您是稀客，快请坐。来人，上茶。”说着，一面将她往靠窗的暖炕座上引，一面吩咐丫鬟去倒茶。

屋里有清苦的药味儿。暖炕上放着秋香色金线蟒引枕，对设了两个锦褥，中间则摆着一张红木小方几，上头与陆锦惜那暖阁里一样，都摆了不少瓶瓶罐罐，还有三张才写了不久的药方，散发着松烟墨的香气。

陆锦惜入座的时候认出来，这鬼画符似的字迹，正是鬼手张所留。

叶氏就坐在她对面，打量着她，猜测着她的来意，问道：“您今天是为孩子们的事情来的吧？”

叶氏这是开门见山，陆锦惜自然也不好绕弯子，软声道：“眼下来，还能是为了哪件事？出事的时候，我人还在大昭寺，这会儿才得空赶回来，看看二公子的情况，也顺带带了点不足道的药材来，盼能表份心意。”

说着她一摆手，白鹭便立刻让丫鬟将药材都捧了上来。托盘里都是些珍贵的药材，还有上了年份的人参，可不是什么“不足道”。

叶氏一眼就看出来，不由叹了口气道：“难为您有心了，定方也就是皮外伤，不打紧的。倒是你家迟哥儿，也没大碍吧？”

这声音听来，透着一股和善，陆锦惜顿时就感觉出来了。她本以为今日来会受到国公府这边好一番刁难，已经做好了坐冷板凳的准备，哪里想到，叶氏竟没有半分为难的意思？心思一转，她便有了隐隐的猜测，笑起来：“他皮糙肉厚，摔打惯了，将养两天就好。”

“是吗，那就好……”叶氏其实有些犹豫，但还是一招手，叫一旁的罗定方过来，又对陆锦惜道，“本来我家定方性子不活泼，学斋一开，与迟哥儿玩到一块，我心里还很开心。谁料想出了今天这件事？把人接回来之后，我一通盘问，这小子竟然半点不说为什么打起来，跟个闷葫芦似的。他是我肚子里掉下来的肉，我了解他。别看他受伤重些，可到底谁的错还没准儿呢。定方，还不去见过你陆伯母？”

早在陆锦惜进来的时候，罗定方便极有规矩地从炕上下来站着了。瞧着七八岁年纪，比迟哥儿大，更高些，也瘦弱些；眉清目秀，很有一股书卷灵气；只是眼下，他左胳膊被药布裹了起来，厚厚一层。

叶氏一唤，他便颤了一下，走了上来，声音低低地道：“定方见过陆伯母。”

“还伤着胳膊呢，快起来吧。”

叶氏那话，一下就证实了陆锦惜先前的猜测，再想想之前薛迟那执拗的态度，只怕这一回的事情里还真有隐情。但罗定方也不过是个孩子，更没告自家迟哥儿的状，想也知道很善良，她又如何忍心为难，便忙扶了他一把。

她的手掌是温温的，很舒服，就像是她脸上挂着的笑容。罗定方被她扶了一把，只觉得有些发怔，一下想起来的却是今天在学斋里，他和薛迟的争执。事后原本就生出来的愧疚，顿时变得更强烈了，他不由把头低了下去。

叶氏一看，还能有什么不明白？眨眼就知道一定被自己猜中了。她强忍住那种揪心的感觉，便一伸手轻轻戳他，带着三分埋怨道：“现在知道愧疚了？都晚了。先才你也不跟我说到底发生了什么，道理我都告诉过你了，现在你陆伯母就在这里，有话不说可就晚了。”

罗定方站在地毯边上，有些发怯地抬起头来，看了陆锦惜一眼，一张清秀的小脸，顿时涨得通红。

手指握得更紧，胸膛也不断起伏，连呼吸都乱了。真的可以说吗？他想起了自己跟迟哥儿之间的约定，一时又是忐忑恐惧，又是挣扎为难。

过了好久，他才期期艾艾地开了口：“陆、陆伯母，都是我不好，是我跟迟哥儿下棋的时候吵架。但是、但是我、我不能说……”

“死不悔改！你还不说！”

叶氏一听，面色立刻就沉了下来，只觉失望极了，立刻就要训斥他。罗定方却是吓得肩膀一缩，一双沉默的眼睛里带着几分惶恐，却是有些湿润起来，张了张口想要说什么，却又说不出来。

眼见着叶氏便要发火，一旁却有一道温软的声音响起："不想说便不说就是了，本也不是什么大不了的事情。世子夫人还望消火，没事的。"

竟然是陆锦惜。她望着罗定方，眼底带了一点了然，还有全然的笑意，言语间都是诚恳，半点不作伪。叶氏也是顿时一惊，惊诧之余，自然不解，可隐隐竟也有一种松了口气的感觉：训斥孩子当然也有三分是做戏，真要她骂，到底也有几分舍不得的。

"夫人您？"

"大人的事情小孩子都不能插嘴，他们小孩子的事情，我们大人管什么？"

陆锦惜双眸清澈，并不觉得小孩子就一定要听大人的，尊重每个人是她的原则。即便对方只是小孩。

"您是不知道，我回去之后，迟哥儿也是半句话不肯说，甚至也不要我问。我想他是不想让我知道。如今就算罗二公子告诉了我，焉知我回去他不会朝我发脾气？"

"这……"叶氏有些没想到。

罗定方也怔住了，眼底还有一种分辨不明的情绪，他道："您说……可是我、我本该告诉您的，毕竟欠您一个交代。"

陆锦惜听了却是一笑，只慧黠地朝他眨了眨眼道："罗二公子可不欠我什么交代。若您觉得自己的确应该说些什么，伯母想，不如等回头伤好了，上学了，你自己去找迟哥儿商量，看看怎么办，可好？"

这是一个谁也想不到的提议。罗定方甚至有些不敢相信，眼前这个脸上挂着明媚得体笑容的，是迟哥儿的母亲，传说中那个懦弱无能也配不上薛大将军的女人。

"我……"他声音一时哽住，竟说不出话来。

他打小内向，国公府里只教读书写字尊师重道。可去了光阴学斋的第一天，他就看到了薛迟，一个长在将军府、有着英雄梦的人，完全不同的人。他敢跟先生吵架。先生说"万般皆下品，唯有读书高"，他敢说带兵打仗、保家卫国，抛头颅、洒热血，一样很"高"。

先生自然哑口无言，学生们也立刻知道了他，只是没人敢去亲近：薛迟年纪小，人聪明，功课不差，但很贪玩；脾气坏，力气也大，一打架就没输过。这种人，本该是罗定方敬而远之的。

可他没想到，因为薛迟太调皮，先生终于忍无可忍把他的座位往后挪，于是坐在靠后位置的罗定方，就这样成了他的"邻居"，又因为薛迟的自来熟和话痨，他们很快成为朋友。

这是罗定方第一个由自己交的朋友。

今天意外打起来之后，他都很后悔，觉得自己不应该那样说话，也不应该与迟哥儿打起来，更不应该受伤。因为他受伤，一定会连累迟哥儿被骂。

如今听了陆锦惜这一番话，竟是半点没责备的意思，罗定方不知怎的，眼眶一热，眼泪珠子便啪啪往下掉，竟哭了起来。

叶氏一见差点就气笑了。没哪个父母不心疼孩子，陆锦惜这是专门来给台阶下了，可这小子，竟哭了！

“爱哭包，可收收你那眼泪珠子吧，别吓着你陆伯母。问你话呢，怎么哑巴了？”

“没、没事……”罗定方使劲儿举起袖子，胡乱抹了一把脸，在脸上留下几道红印子，一副死憋住绝不哭出来的模样，“谢、谢陆伯母体谅。我、我的确与迟哥儿有约定，先生说过，不能失信于人，也说过知错能改，我上学了一定会跟迟哥儿道歉。伯母，这件事都是定方的错，您、您回去能不能不责罚他？”

声音磕磕绊绊，发着颤，可听得还算清楚。他一双黑眸里，怯生生的，有感激，有愧疚，也有一种鼓起勇气的希冀……

陆锦惜听了，险些没反应过来，一下乐了道：“你让我别责罚他？”

罗定方显然会错意了，连忙摆手道：“定方不是那个意思，定方的意思是，这件事不是迟哥儿的错，所以不责罚他，也不是……”

向来内向嘴笨的他，一时找不到合适的言语来表达，一张脸通红，看上去慌乱极了。

陆锦惜憋不住笑，有一会儿才解释道：“你放心，伯母知道你的意思。只是你呀，这都什么时候了，还担心那小子。他生龙活虎着呢，小霸王一个，我哪里敢动他？你就放心吧。”

刚才还拿药罐子砸卫仙呢，力气可大。只是罗定方不大敢信道：“真的？”

“真的。”陆锦惜耐心地点了点头，“回头你好全了，见着就知道了。”

“你陆伯母还能骗你不成？”坐对面的叶氏，一见就知道他心里在想什么，不由伸手摸了摸他的头，只道，“把心放回肚子里去吧，看看这哭得跟小花猫似的。我让你秋月姐姐带你去把脸洗了好不好？”

罗定方却没回答，反而看向了陆锦惜。

陆锦惜知道他担心什么，只笑着点了点头，示意自己刚才说的都是真的。他这才应了叶氏，“嗯”了一声，被旁边上来的一个丫鬟，牵着下去了。

屋里的白鹭，几乎都不敢相信自己的眼睛。来之前她还以为今天势必是一场硬仗，处理不好还不知会被三奶奶卫仙怎么糟践。可这才多久工夫，她家夫人三言两语就解决了？

陆锦惜端起了面前还没来得及碰的茶盏，是甜白釉的小盖钟，掀开盖来一看，茶色深红，怕是武夷的红茶。江南喝茶清淡，京城喝茶则讲究一个“酽”字，得要泡得浓浓的，方能对本地人士的口味。

陆锦惜自己是喝不惯这种茶的，只是原身必定熟悉。是以她也没露出异样，慢慢地饮了一口，便主动寻了话头，开始与叶氏闲聊。毕竟过来走一趟，表面叙叙话的功夫总要做。于是从光阴学斋里的先生，说到学斋里功课不错的学生，又说到京城里别家出色的公子哥儿，气氛都还不错。

只是说着说着，叶氏就生出几分感慨来道：“说是孩子好，什么都好，将来能出人头地就满足了。可我最近听着京城里的消息，竟是有些怀疑的……”

“此话怎讲？”

陆锦惜才来没多久，加上原身本也不是那种耳目灵通的人，自然什么都不知道。叶氏却是略带着几分复杂地看了她一眼，问道：

“您忘了顾大公子吗？昔年还与您扯得上几分关系的……”

顾大公子？陆锦惜顿时一怔，心电急转间，已经在脑海里搜索了一圈，眨眼就有了结果，问道：

“夫人是说……顾觉非？”

“可不是他么，我还当您真的忘了呢。”叶氏叹了一口气，“前阵子不是顾太师要办寿宴吗？京城有头脸的人家都收到了请帖，都在思考送什么寿礼呢。可今早京城里就有消息传来，说老太师腿疾又犯了。您猜怎么着？ 听人说啊，他昨个儿上了大昭寺，回来的时候冒着雪，可不就着了……”

当朝一品顾承谦啊，十三年前宫变里的大功臣。辅佐当今庆安帝萧彻登上大宝，从此以后在朝中是说一不二。只是他很聪明，也克制自己，私底下并不做什么出格的事情，连寿宴都少办。如今大寿了，却还要往山上跑，还能为谁？不就是为那离家出走近六年的顾大公子吗？六年前被其气得直骂“忤逆”，六年后却要亲自上山去，还要冒雪回来。

“您说说，顾大公子够厉害，够有才华了吧？可我觉着，如今这样，太师大人心里又怎么高兴得起来？”叶氏摇了摇头道。

陆锦惜却是听得眼神微闪。这什么顾觉非，她自然半点不了解。只是府里伺候的那些小丫鬟们，最喜欢的就是才子佳人的故事，陆锦惜听过的故事里，恰好就有这么一个版本：

太师府嫡长子，姓顾，名觉非，字让先。才华盖世，游学天下，二十三岁高中探花，春风得意；太傅府嫡小姐，姓卫，单名仪。面如晓月，色若春花，美貌动京城，乃是京中的第一美人。这二人因为出身的关系，早就相识。

人人都说他们郎才女貌，极为登对。可没想到，六年前卫仪竟然被选召入宫，成了得宠的贤妃娘娘；于是才得了探花的顾觉非，伤心失望之下，竟然不顾家人反对，一怒之下出家当了俗家弟子，隐居在大昭寺雪翠顶。

好一出棒打鸳鸯。那些丫鬟们提起的时候，都是惋惜的口吻，倒好像成了故事里的贤妃娘娘卫仪一样，更对那一位顾大公子倾慕不已，但每每她一出现，立刻就不敢提了。

后来她才隐约听见几个丫鬟嘴碎，说陆氏跟这个京城第一美人卫仪，好像有些过节。

陆锦惜当然还是不知道。她浓密的睫毛轻轻颤动，淡笑了一声：

“十五出门游学，十九归京，朋友遍布天下，不管是寒门出身还是纨绔子弟，都对他心悦诚服。顾大公子自然是厉害的，别人都说顾家上上下下没一个比得上顾觉非呢，顾太师最中意、最寄予厚望的不也是他吗？太师大人既然上了山，焉知事情没转机呢？”

“您……”叶氏心头一惊，“您难道知道点什么？”

“世子夫人误会了，我不过随口推测，您可别当真了。”陆锦惜连忙摇头，笑了起来，“但毕竟听说太师大人六年没去过，昨天忽然去了。太师府如今就他一个人撑着，殚精竭虑，年纪也大了。父子间哪有隔夜的仇？所以我才想……”

“啊，我还当您是从长公主或者陆老大人那边，得知了点什么呢。毕竟长公主与顾太师有着多年的交情……”

叶氏叹了一声，难免有些遗憾起来。她说的“陆老大人”乃是陆氏的父亲，也是顾承谦的同窗、同科兼同僚；“长公主”，指的却是当今庆安帝的姐姐，永宁长公主，也就是陆锦惜的婶母。

长公主早年嫁了薛况的叔叔，也就是薛老将军的次子薛还为妻，成了陆锦惜婆婆的妯娌，虽是二房但因其身份贵重，大房这里都敬着她几分。

后来薛还战死，她便守了寡。但在朝中，她的地位却依旧举足轻重：盖因十三年前宫变，便是她带兵在宫内接应顾太师，由此将当时的三皇子推上皇位。这么多年下来，永宁长公主与顾太师的关系已经十分深厚。

所以，叶氏才会以为是陆锦惜从永宁长公主那边得知了点什么消息。

陆锦惜也能想到这一点，更知道这一位长公主在府里好像也挺照顾她，若没长公主，她早就被啃得剩骨头渣滓了。但她“醒”了之后，还没见过长公主，并不敢评头论足，更不好对叶氏说什么，只好岔开了话题。

“总之都是别的府里的事情，咱们又何必太在意，备件得体的寿礼也就是了。”

“你说得是轻巧，可咱们府里的底蕴，哪里能跟太师府比？说到底还是要聊表心意的……”叶氏也不敢有半分轻慢。

国公府有爵位，但实权很小；薛家世代将门，握有实权，能跟太师府比肩。

可先皇在时，战事频繁，薛家长房与二房都战死沙场，就连长房长嫡也折在里面，陆锦惜的婆婆孙氏守寡，陆锦惜的婶母永宁长公主守寡，陆锦惜的长嫂贺氏还是寡妇，更不用说陆锦惜自己了。

家里有本事的都上了战场，下场不好；没本事的，都还在混日子，要爬上去谈何容易？所以都比不得。这京城能跟顾家平起平坐的，也就卫太傅府了。

“所以啊，我国公府是家小业小。回头若有太师府那边什么消息，比如顾大公子是不是要回什么的，我还要厚着脸皮，求夫人暗地里告诉我一声。我好准备些合适的礼物呢。”

陆锦惜听了，温温地一笑，只道：“那回头我打听打听，若真得了消息，必定叫人来知会您一声。”

这话是不是客气，叶氏是不知道，但她依旧喜笑颜开地道了谢。

这时候，外头忽然有人影在晃，竟是个将军府的丫鬟找了来，陆锦惜一眼瞥见，只当是府里有什么事，便让白鹭去看。

不一会儿，白鹭回来，面色古怪，凑到陆锦惜耳旁说了一句话。

陆锦惜两道细细的远山眉，一下惊讶地扬了起来：真是说不得，一说曹操，曹操就到。

叶氏一看，便猜到恐怕是将军府有什么事。果然，下一刻，陆锦惜便带着笑容起身道：“真对不住，府里来了亲眷，正等着我去招待呢。虽与世子夫人投机，却不敢再多聊，这就告辞了。”

“无妨，回头来多坐坐就是。”

叶氏没有不理解的道理，也跟着起身来相送。

陆锦惜便一路带着白鹭，也带着刚才来找她的那个丫鬟，一路出了英国公府，待得半道上看不见别人了，才微微拧了眉问："长公主在府里等我？可有说过是什么事？"

那小丫鬟就是陆锦惜院子里伺候的丫鬟，对永宁长公主这种地位的人，本就怕得慌。一见人来了，她差点腿都软了，这会儿舌头都还打卷道："长公主刚才来的，在屋里等了有一会儿了，后来才叫我们来找您。但也没说是什么事儿。"

陆锦惜一听，心悬了一些。

似永宁长公主这样在朝中都有地位的女人，可不多见。虽不知道是为什么事来，但她得小心。于是她没再多问，直接回了将军府，又回了东院。

外面站了几个陌生的丫鬟，一身桃红的袄裙都显得很精致，站着的时候两腿并拢，脊背挺直，却将头微微垂下来一些，双手交叠在身前，看着规矩极严。

最外面的那个一见了陆锦惜，便躬身行礼，道："夫人请进，长公主在里面等您。"

屋内安静得过分。

薛迟还在，只是已经睡着了，就躺在暖炕上铺着的锦缎大条褥上，因屋里烧着炭盆，他仅盖了一条薄被。

青雀就侍立在一旁，神情格外整肃。

雕漆小方几上的药罐子已经收起，反倒是放了一封拆过的信，左侧坐了个有些年纪的女人，华服加身，满是威仪。

檀色的宫装未曾换下，上头用金线刺着的祥云瑞凤还很扎眼。头上绾着的是凌虚髻，坠着金簪玉钗，佩了孔雀衔珠一对耳坠，显得贵气逼人。即便因上了年纪，眼角有些细纹，可她五官却很精致，带着点淡淡的凌厉和雍容。不管是气质还是仪态，都是久居上位者才有的。

陆锦惜进来的时候，她正拿着一根细细的小银火箸，有一下没一下地拨着手炉里的灰，像是等久了。听见脚步声，她头也没抬一下，像是知道陆锦惜要行礼，只淡淡道："坐下吧。"

陆锦惜要行礼的动作，一下便顿住了。前者的嗓音，冷冽里带着几分雍容，语气似乎也算熟稔。可说不上是为什么，她听了，竟觉得有些不安。总觉得，长公主这一次来，好像不是为了寻常事……

端看她这一身宫装，还没换下，便知她一回宫，就来了自己这里等着。她一个后辈，又身份微末，哪里值得堂堂长公主来等？

怀着疑虑，陆锦惜到底还是应了一声，坐下了。只是便给她一百个胆子，她也不敢坐到炕上永宁长公主对面去，因此只捡了她右手边一把玫瑰椅，正襟危坐。

这一下，永宁长公主，才撩了眼皮，看了她一眼。目光由上而下，带着一种毫不掩饰的打量，甚至有些利，像是一把刀，要把她给剖开了，研究个仔细。

陆锦惜端庄温和的眉眼，素净淡雅的妆容，双手交叠在一起，显得规规矩矩，从上到下，这身上的确不大挑得出错来。

宫廷朝堂，什么事永宁长公主都知道。论看人，她也是一把好手。

今日刚回府来，她就听了好一通的热闹，甚至听说那个嚣张跋扈的卫仙，也终于在陆锦惜手里栽了一回。不仅是主子丢脸，就连丫鬟都被打成了猪头。

要知道，陆锦惜这性子，她骂了不知多少回，都没起色。现如今，竟一下子变了。

该说是世事难料，人心难测，有时候她看人也不一定准吗？她不仅没料到陆锦惜的改变，也没料想她竟有胆子做出那等事来……

心念及此，便有一股火气往上蹿。还好她眼角余光一闪，瞥见了旁边熟睡的迟哥儿，只眉头一皱，压了下来，吩咐了青雀："先把迟哥儿抱下去睡吧。"

免得一会儿说事，吵着他了。

青雀下意识看了陆锦惜一眼。陆锦惜微不可见地点了点头，也没说什么。

薛迟这会儿睡得很熟，一点看不出那蛮横的呆霸王样。他脸上有伤，可脸色红润，香甜极了，青雀动作也轻，没把他吵醒，没什么动静地把他抱了出去。

这一下，屋里便只有几个丫鬟。永宁长公主挥了挥手，也叫她们出去了，只留下她自己身边的几个丫鬟。

看到这里，陆锦惜哪里还不明白，只怕是真有什么严重的事情了。她两道细眉微皱，恭敬道："侄媳方才去处理英国公府的事情，一时回来得晚了，并不知婶婶已经到来，还望婶婶容谅。"

"事情本宫已听说了。"永宁长公主捏了捏那银火箸，在手里转了转，似乎不大关心，随口问道，"处理得如何？没出什么大事吧？"

"都是两个小孩子间的玩闹，世子夫人通情达理，并未追究。先才侄媳已请了鬼手张大夫为两个孩子看过，都是些皮外伤，养上几日，便会痊愈。"

陆锦惜谨慎地回答了，也不敢问更多。

窗外有寒风吹刮而过，摇得窗纸扑簌。在这少人的屋子里，显得格外冷寂，又格外叫人心颤。

“也算你病了一回，有些长进。”

永宁长公主向着窗外看了一眼，声音有些莫测，随即又转头来看她，见她眉眼低垂，一副小心模样，不由笑了一声。

“说句实在话，当年这掌家的权，是你硬要薛况给的。本宫也知道你们是什么情况，可你性子太软，镇不住他们。没想到，今日你却叫本宫另眼相看一回……”

陆锦惜顿时无言。薛况与原身陆氏之间的恩怨，实在难说。庆安帝一旨赐婚，把两个人凑了一对。可薛况回京就带了个妾室和孩子，对陆氏似乎也没什么感情。

没了爱，还不能要个权吗？陆锦惜琢磨着，陆氏便是出于这样的心理，也要维护自己作为薛况妻子的体面，所以才提出了这样的要求。

太太孙氏丧夫，身子骨虽硬朗，一颗心却淡了，对府里的事情本就不爱管。所以，这条件，据说薛况答应得很容易。

只是这些年来，陆氏的表现，实在算不得很好。如今听永宁长公主提起，陆锦惜便知道，这一位婶婶在背后撑着自己，也提点着她，多半是因为昔年薛况的承诺。

给不了的，永远给不了；能给你的，就是护你周全。陆锦惜想来，竟觉得有一点点讽刺，只是不知道该讽刺赐婚的皇帝，还是讽刺这夫妻两个。

她沉下了心思，慢慢回道：“婶婶记挂，侄媳病好之后，想通了许多，再不敢跟往日一样，浑浑噩噩。”

“若真是开悟了，那也算好事一件。”唇角一弯，永宁长公主笑得雍容，可话却让人难以捉摸，“前几日你人在病中，府里大小事情也没叫去打扰你。不过如今却是等不得了，正巧你病好了，我今日便来找你说上个一二。”

下意识地，陆锦惜想到了叶氏说的那些。她斟酌了片刻，大着胆子问道：“婶婶要说的，可是顾太师府的事情？”

“你竟知道？”

永宁长公主一下有些惊讶起来，不由多看了她一眼。

陆锦惜微微一笑，回道：“原是不知道的，不过方才去隔壁国公府走一遭，世子夫人正好与我谈到此事，还向我打听顾大公子的事情。所以我们聊了三两句，于是知道了个一二，只是都不知道昨夜顾太师上山，到底是什么原委……”

原来是这样。还当她是自己关心起外面的事情来了，没想到是巧合。不过她知道一些也好，省得自己费太多口舌。永宁长公主捧着手炉，想起了今日在宫里听的那一堆闲话，还有出宫门的时候，顾家那边传来的消息。

“顾太师昨夜上山，是去拜会觉远方丈了，也就是顾觉非的师兄。”

觉远方丈是名高僧，只是他继承他师尊苦行大和尚的衣钵，也没有几年。

二十多年前，顾觉非才出生不久，身体虚弱，生了很大一场病。苦行和尚当时游方在外，略通岐黄之术，无意逢着，使了妙手，给治好了。

那时候，顾觉非还未起名。顾太师顾念苦行和尚的恩情，又觉得这一遭实在是有缘，便请苦行和尚将顾觉非收为了记名弟子，也略作消灾解难。所以，顾觉非名字里的“觉非”二字，乃是出自苦行和尚，按着佛门的辈分给排的。

如今的觉远方丈，也是苦行和尚的弟子。算起来，顾觉非虽是俗家，却是觉远的师弟。若真要在大昭寺论资排辈，不少小沙弥都要唤他“师叔”或者“师叔祖”。

“觉远方丈，与顾觉非算是交好，又是个有大智慧之人。”

永宁长公主思索着，却是慢慢地笑了起来，仿佛是看到了不久之后，这风云涌动的京城。

“顾觉非的确是不择手段，且性情诡谲，狡诈难测。可对着他爹么，也不一定就能狠心绝情。再说了，京城如今这一盘棋，正正好在点上，他又怎么舍得不回来？”

话里，不乏一点辛辣的嘲讽。陆锦惜却听得有些迷糊起来——

她从丫鬟们嘴里听说的顾觉非，老跟卫仪纠缠在一起，是个痴情种；她从叶氏口中听说的顾觉非，二十三岁拿了探花，是位才华盖世的如玉公子；可如今，永宁公主口中的顾觉非，竟是“不择手段”“性情诡谲”“狡诈难测”，又成了一个叫人不寒而栗的心机高手？

只是永宁长公主半分没有解释的意思。

“一个时辰前，大昭寺那边有人传了消息来，说顾觉非会回，只是时间还没定……”

说到这里，她顿了一顿，望着陆锦惜，颇带着点玩味地笑了一声道：

“说是要等，那山上的雪什么时候化干净，他什么时候才下山。”

陆锦惜顿时有些咋舌：这架子，也真是够大的……

永宁长公主却感叹，顾太师这么头老狐狸，一生荣华，就没怎么摔过跤，结果人老了，想见见自己的儿子，还要看老天爷的脸色。

她只对陆锦惜道：“如今京中知道这消息的没几个。这十日里，若不下连绵的雪，总归还是有雪化的一日的。你如今是将军府掌事夫人，少不得十日后要去太师府走一趟，备的礼不必太厚，最好送到点子上。此事是重中之重，不得马虎，你看好了。”

“谢婶婶提点，侄媳省得了。”

看来，十日后的太师府寿宴，有好戏看了？得了顾太师上山之事的确切消息，陆锦惜心中有了底。

叶氏所言，的确不假。顾太师府在朝中的势力，应该异常扎实，不然一个大公子要回来的事情，也不至于这样牵动人心；永宁长公主也的确与顾太师府很亲近。人人都求不来的消息，到她这里轻飘飘的，半个铜板也不值的模样。

而且她对顾觉非的评价，与旁人完全不一样。要么是她对此人有偏见，要么就是她知道的，远远超过旁人的想象。

陆锦惜心念闪动，微有沉思。只是很快，她便感觉到了一道目光的注视，抬起头来，便发现长公主竟又在打量她了。略迟疑了片刻，她开口道：“婶婶可是有事？”

“本宫今日出宫的时候，在宫门口，碰见了翰林院侍讲学士宋知言大人。”

这是平直的陈述，几乎不带有感情。连带着那一双眼睛，也没有温度，有一股暗藏风雨的味道。

陆锦惜听了却是半点不明白。宋知言？她是没听过，可不知道跟原身陆氏是有什么关系？

单从陆锦惜的面上，实则看不出什么情绪波动。她本就不是什么简单的人，商场谈判桌上混着跟吃饭喝水一样寻常，即便在她面前的是永宁长公主，她也没露出什么破绽。

这样的不动如山，落到永宁长公主的眼底，便多了几分复杂味道。是她一直小看了她么？听了宋知言的名字，她都还这样不动声色。想起今日撞破的这件事，永宁长公主心绪难平，可一看陆锦惜的模样，一下又想起她跟薛况那一笔烂账来。谁又欠谁呢？本就是一旨诏书，瞎凑的一对。

雕漆方几上，那一封拆开的信，已经放了许久。

“你是将军府的掌事夫人，一品诰命。本宫知道，薛况对你不起，你本也没有为他守寡的道理。我一直想你改嫁，可你……”永宁长公主只把那一封信拿起来，起了身，冷笑道，“可你做的都是什么？”

陆锦惜听到半道已经觉出不对，皱紧了眉头。永宁长公主却直接将信一扔，摔到她怀里，一张雍容的面目上，已经看不到半点笑意，只有浓浓的失望！

“不过一个从五品的翰林院侍讲学士，还是有妇之夫，也配得上我将军府堂堂的一品诰命？你就不能找个配得上的吗？”

“便是你与他青梅竹马，又何苦这样糟践自己？！”

陆锦惜傻了。这个发展完全超出了她的预料，跟过山车一样刺激，让她好半天没说出话来。她大致听出发生了什么事，可这一位长公主婶婶，竟这么开明？她一时不知道说什么，只用一种奇异的目光，望着永宁长公主。

永宁长公主见了，却是气不打一处来，怒道："你就这么糊涂死了算了！"

说完，竟片刻都不想再待，直接拂袖而去。

屋里，一下就剩陆锦惜一个。

手里拿着那一封已经被拆开的信，她现在还反应不过来，怎么觉得，这一位婶婶的口气，这样恨铁不成钢？不仅不反对她改嫁，竟然还上赶着撺掇……

一时之间，陆锦惜皱起了眉头。只是很快，她又根据自己所知，分析出了一二原因。

历朝的公主们身份都不低，明里暗里豢养面首的不在少数。到了本朝，端看永宁长公主在朝中举足轻重的地位，便知道这里的公主不是什么菟丝花，似豢养面首之事绝不会少。

永宁长公主自薛还去后，便不曾改嫁。她到底养不养面首，陆锦惜是不得而知，但耳濡目染之下，对待男女之事很开明，倒实属寻常。

为今最大的问题，也不是这个……陆锦惜很快将思绪拉了回来，皱着眉头，紧抿着菱唇，直接将信封之中的信笺取出。

那是一张背青面白的青白笺，看着素净又雅致。一拿出来，就有淡淡的檀香味儿。陆锦惜刚闻见，心底便生出一股不祥的预感来，定睛一看，信笺上顶头四个字便是："伯羡爱鉴。"

她瞬间心凉半截，眼前发晕！满纸精致素雅的簪花小楷，一看便知是诗书世家出身，字迹也是陆锦惜曾在陆氏书房里见过的。不是陆氏本人所留，又能是谁？

陆锦惜慢慢退了一步，坐回了椅子上，用手指指腹压了压太阳穴，才强迫自己镇定下来，重新看去。

"伯羡爱鉴，前日偶感风寒，未及复信，歉疚难安。今病疾稍愈，提笔陈君以情。君之请，妾每每翻而阅之，固心之动之，情之往之。然羁绊实多，左右徘徊，上下踟蹰，问天不明，问佛不答，心难自辨，恐误君深，不敢轻易答君。盼君许梨花为期，容妾思之。冬末残雪，天犹寒极，望君保重。锦惜亲笔。"

陆锦惜瞧着最后这四个字，一时都不知道自己应该怎么去想陆氏了。她原以为陆氏对薛况是痴情一片，甘愿付出，没想到……

"伯羡"两字，该是那从五品侍讲学士宋知言的表字，一句"爱鉴"则是称亲密之人用的。她看完，还能有什么不明白？陆氏是真与人有了首尾。似是宋知言提了请求，陆氏也一直在考虑，只是顾忌太多，难以下定决心，希望宋知言给她时间。

她将在梨花开时，给出确切答复。

“羁绊实多……”

能不多吗？一个是武威镇国大将军薛况的孀妻，朝廷诰封的一品夫人，膝下还有着三个亲生的子女和一个妾生的庶子。一个虽是竹马，从小认识，可如今已经是有妇之夫！

改嫁？宋知言的原配怎么办？私奔？对两个人来说，都不现实。

陆锦惜看得出，陆氏是动了心、含了情的，可也难以抉择。也幸亏她还没抉择。这一封信，阴差阳错，落到了永宁公主手上，又辗转回到自己的手里，才没酿成大祸。

坐在椅子上，她背后出了一层的冷汗。青白笺上，则被她紧紧掐着，留下了几条深深的褶皱，格外刺目。

过了好半天她才缓过劲儿来，轻轻揉着自己的眉心。

宋知言跟陆氏之间，到底是怎么个经历？这一封信肯定是陆氏病重之前送出的，她已经来了有半个多月，这一封信也至少送出去半个月，今天怎么会才落到永宁长公主手里？

陆氏大门不出，二门不迈，这封信又是谁送的？无数的疑惑，浮了上来。若放在平时，陆锦惜对这等情爱的事，半点不感兴趣，可现在她顶着这壳子，便万万不敢放任这些随时会炸的雷，藏在她身边。

深吸了一口气，她缓缓将信笺纸，压到了方几上，向门外看去。

青雀和白鹭都在外面，方才被永宁长公主的人给遣开了，怕都还不知道屋里发生过什么。一个跳脱活泼，俏皮可爱，很机灵；一个沉稳持重，思虑周全，很妥帖。原身久居深宅大院，有什么事，能瞒得过自己贴身的丫鬟呢？这两个丫鬟，要么都知道，要么至少有一个人知道。

很快，陆锦惜的目光，便落在了青雀身上，念头一闪道：“白鹭，你带个婆子，去外头找潘全儿，准备准备答谢张大夫的事情。青雀，你进来。”

“是。”

两个大丫鬟一齐应声。白鹭没怎么多想，躬身便退了。青雀却是不知为什么叫自己，刚迈步进来，却一眼瞧见压在陆锦惜手底下的那封信，她一瞬间就变了脸色。

她两腿发颤，惊惶不定道：“夫人、这、这封信不是……”

不是早送出去了吗？什么时候回来的？陆锦惜打量她，便知道自己猜对了。真的是青雀在帮陆氏处理这些事情。看这战战兢兢的模样，神魂都要不在身上了。

她精致的面容微沉，没有什么表情，只慢慢道："刚才长公主来，便是为了这一封信……说是半道上碰见了宋知言大人，截下的……"

"不、不可能的。"

青雀一下跪在了地上，磕了个头，颤声道："夫人明鉴，二十多日前，您将这信交给奴婢，奴婢便照规矩给了印六儿，绝不敢拖延半日！若、若印六儿还跟往常一样，这信早该送出去了……"

印六儿……这名字很生。陆锦惜是看过府里下人名册的，并不记得有这名儿。想来，该是个外面收钱给人办事的。

她垂了眼帘，看了青雀一眼道："我知道不是你。我倒霉了，对你又有什么好处？起来吧。"

叫青雀进来，不过是因陆锦惜猜到是她，套上几句话。虽不多，可已经足够她弄明白这件事的问题出在哪里。

"亏得今日是婶婶撞见，胳膊肘到底向我拐。若是被旁人截了，不死也能脱层皮！"陆锦惜眼底凛冽，笼了薄霜，声音渐渐发冷，"不是你的问题，便是印六儿那边出了差错。回头你找人，给我好生寻个由头，问他一问！我倒要看看，这办的是什么差事！"

青雀刚起了身，又是忐忑，又是惶然，道："如今已被长公主撞破，夫人您……"

"此事本就是我糊涂。今日被婶婶一通教训，便知道自己错得离谱……"

幡然醒悟，当然得推成长公主的功劳。

她重新拿了那信笺来看，声音渐渐低沉："去把剩下的拿过来吧，今儿……一道都烧掉。"

"夫人……"

青雀诧异了，不敢相信地看着她。这几个月来，她的日子都在提心吊胆里过。哪个大丫鬟愿意帮自家夫人传递私信，帮着她私相授受？回头被人发现，头一个倒霉的便是她们。她是心软，到底架不住陆氏几番哀求，这才不得已，找了外面那个信得过，且有求于夫人的小混混印六儿，帮忙送信。

如今陆锦惜这意思竟然是……要放弃了？一时间，她也不知是欣喜还是感动，即便是青雀向来稳重，面上也复杂，好半天才反应过来，生怕陆锦惜反悔一样，忙道："奴婢这便去，这便去！"

说完她便退出了这屋，进了对面那屋。那是陆锦惜平时休息的屋子。想来，有点私密的东西，都藏在那边了吧？

陆锦惜坐在椅子上，回想起青雀那表情，竟觉得有些好笑，可一回想，又尽是心酸。陆氏的信上写“每每翻而阅之”，证明宋知言送来的信，她反反复复看过多次，并有极大的可能保存了下来。可她不知道在哪里。

陆锦惜穿来之后，大部分时间在病中，身边十二个时辰都有人伺候，并不敢四处翻箱倒柜探寻原身的秘密。现如今要找这些信，她自然只能找个借口，让熟知的青雀去寻了。

“烧”，便是借口；叫青雀去取，则是一“诈”。

没想到，还真成功了。没一会儿，青雀便捧回来一只不大的紫檀匣子，轻轻搁在了陆锦惜身边的方几上。

“奴婢没敢动过，都是您平日里自己放的，都在里面了。”

匣子一打开，里头便是一层一层的信笺。不同于陆氏用的青白笺，这匣子里多是泥金的冷金笺，上头的字迹也可谓是颜筋柳骨，自有一股沉稳规整之气。

这些，便该是宋知言的信和字了。陆锦惜拿起来，从头到尾，一封一封地瞧了一遍。

青雀只当她是烧之前，想要缅怀一遍，就站在一旁不敢催促，只是时刻注意着。陆锦惜浏览的速度很快。凭着这宋知言信中的只言片语，她竟然也拼凑出了一个囫囵的故事。

原来陆宋两家乃世交，陆氏与宋知言更是打小认识。二人一道长大，青梅竹马。到得那情窦初开年纪，便私订了终身。没想到，十一年前，新登基没两年的庆安帝，一纸诏书，拆散了他们，让陆锦惜嫁给薛况。

他们不是没想过反抗。加之薛况从边关带回来一个五岁大妾生子，他们以为可以改变。可陆老大人去求了，庆安帝依旧铁石心肠，旨意照旧。

陆氏还是嫁了。嫁了人，便了断了与宋知言的昔日情，想与薛况好好过日子。可没想到，她渐渐对薛况上了心，薛况却对她无意。一腔真情错付，连半个温暖的眼神都换不回。

陆氏的人生，到这里便已十分灰暗。待得薛况战死沙场的消息一传来，便算是彻底没了光，陷入昏昏沉沉的黑暗。她如槁木一般，活在世上，浑浑噩噩。直到，一年前她去大昭寺上香，重逢了宋知言。

彼时的宋知言，已有妻子，可也是父母之命，到底不是他心中所愿。昔日青梅竹马，两人只远远看了一眼，回去后便辗转反侧。

不久后，就有宋知言的一封信，经难历险，到了陆氏这里，旧情于是复燃。宋知言愿为陆氏休妻，以正妻之礼，重新迎她进门，并多番表白心迹。试问谁的感情，能持续十多年不改变？陆氏亦为其所感，无法放下，渐渐挣扎。

看到这里，陆锦惜已是心底一声长叹。她一面觉得陆氏可怜：青梅竹马被拆散，嫁的丈夫与她貌合神离，守寡后再遇竹马，却已物是人非；可另一面，又觉得陆氏的行为甚是不妥。

能大胆遵从心意，追求感情，本没什么大错。可与她私相往来的，是一个有妇之夫。

他的妻子，是一个与她一般可怜的女人。

“哗……”信笺纸翻动的声音，一如陆锦惜飘荡的心绪。

她很复杂。这已经是最后一封冷金笺了，内容恰好是要陆氏给他一个答复，正好能跟今日永宁长公主给的信对上。

她拿了起来，便准备先烧掉，再回头寻处理之法。可没想到，就在她把这冷金笺拿起后，底下竟然又露出一张略小的青白笺！

秀雅的簪花小楷，字迹挺新。这不是？陆锦惜顿时一怔，错愕了片刻，才将之拿起，一看，一时竟不知做何感想——悬崖勒马，犹未晚矣！

陆氏啊……这样可怜又可爱的一个人，到底善良得让人心疼。

“宋大人台鉴，复信后，辗转反侧，幽思难眠。妾之半生，坎坷零落。得遇大人，青梅竹马，幸甚之至。若彼时彼地，不敢违心。然大人贤妻在侧，无过无错，事大人至亲至爱。尊夫人之今日，犹妾之昔日。妾不愿为挚爱之人辜负，有何颜面，夺他人所爱重？水月镜花，不必久望。数月以来，承蒙错爱。妾青灯古佛，愿祈大人安平。陆氏亲笔。”

从“伯羡爱鉴”，到“宋大人台鉴”；从“锦惜亲笔”，到“陆氏亲笔”，这等的转变，中间又藏着一个女子，多少年以来的辛酸和苦楚？

宋知言，该是她真正的良人。可她几经挣扎犹豫，心里即便再想与他在一起，也无法放任自己伤害另一个与自己一样的女人。

陆锦惜读完这短短的几行字，竟忍不住心生敬佩。

“夫人，您……没事吧？”

许是看她表情不对，一旁的青雀又悬了一颗心起来。陆锦惜摇了摇头，指腹摸索着这一封墨迹尚新的信，另一只手却是厚厚的一沓冷金笺。她看了一眼，随手将之投入了炭盆。笺纸遇火，霎时燃了。不一会儿，便成了一片灰烬。

陆锦惜没看一眼，只将自己手中仅剩的那一封青白笺，装入了信封，递给青雀道："这封信，你最后送一次。叫那个印六儿当心着，再要出事，我保管叫了人去扒他的皮！"

青雀差点就惊得咬了舌头。不是说好了到此为止的吗？怎么又——

"最后一次。"

陆锦惜叹了口气，示意她上来接信。

"你若不放心，可打开看看。"

"奴婢不敢。您怎么说，奴婢便怎么信好了。"

青雀连忙摇头，咬了咬牙，还是接了信，迟疑道："那奴婢还是尽快去送？"

"去吧。"

陆锦惜点了头，也不想把这件事拖太久。这封信，即便是又被永宁长公主截了，想也不会再来骂她了。

青雀得了准，便将信向袖子里一藏，出去了。她前脚离开，白鹭后脚就回，禀陆锦惜道："夫人，事情都向潘全儿交代了，也指明了只要普通药材。这会儿他已叫人去拟单子，说赶明儿就递上来让您瞧。"

陆锦惜点了点头道："这人我是不大熟，不过瞧他处理迟哥儿那事的模样，该是个得力的。我也不介意抬举抬举他。明儿他人来了，直接禀我便是。"

说完话，她便走过去，扶着雕漆小方几坐回了炕沿上。不过一抬头，她就瞧见了白鹭脸色不对。

一张圆圆的脸盘子上，似乎藏了几分迟疑，有些小心地看着她，似乎在打量她的脸色。

陆锦惜奇道："你这丫头，向来直肠子一根，有话就说了。这一副犹犹豫豫的神情，是遇到什么事，这样难开口了？"

"奴婢这不是怕您生气吗？"

白鹭小声地为自己抱屈了一句，可随后，那声音便越发低了下去，像是忌讳着什么一样。

"方才奴婢打道上过的时候，听伺候两位姐儿的焦嬷嬷说，琅姐儿近半个月，又开始往大公子那边跑了……"

大公子……那个薛况带回来的瘸腿庶子？

第四章 庶子廷之

如果她没记错的话，这个孩子被薛况起名为薛廷之，回府已经有十一年，今年该有十六岁了。

当年那件事闹得沸沸扬扬，陆锦惜也是有所耳闻的。

陆氏与薛况被皇帝赐婚，结果薛况自边关赶回来成亲就罢了，还带回来一个小妾，闻说是边境上的胡姬，生得妖娆美艳。

那瘸腿的小孩，便是她为薛况生的孩子。

京城里说书的那些先生们，也不知是从哪里听来的消息，只说这胡姬原本被人看上，要送给匈奴的呼耶可汗，结果半道遇到大夏与匈奴交战。

她于是抓住机会，从匈奴军队手中逃出，被当时还是副将的薛况遇到。为了不被匈奴那边抓回去，胡姬冒险为薛况等人提供了一个绝密的消息，在这一仗之中起了很关键的作用。

当时的匈奴军队，很快被大夏击溃。那胡姬，便也再没有回过西域。

一个是少年将军，一个是美艳胡姬。一段边关的风月情话，不就这样生出来了吗？

只是……那胡姬的下场不大好。说是跟薛况回了京城后，就因为水土不服病倒，没几日便死在了府里。

至于到底是不是真的“病死”，谁又关心？她留下来的，只有薛廷之。

这个孩子，或者说少年郎的存在，简直像是横亘在薛况与原身陆氏之间的天堑鸿沟，是一道无法弥补的裂痕。

陆锦惜曾翻阅过旧日府里的账本，知道在份例上陆氏并未苛待这个庶子，但也几乎不闻不问，只是一应吃喝没短少罢了。

想来，陆氏算不得很待见他。

琅姐儿则是陆氏的幼女，比长女薛明璃小三年，如今七岁。陆氏待这两个嫡出的姑娘，自是爱若明珠，琅姐儿身为幼女，陆氏更是疼得不行。

可白鹭却说“又往大公子那边跑”，倒像是琅姐儿不听陆氏的话，与薛廷之走得很近。这怎么也不应该啊。

陆锦惜的眼帘，慢慢地垂了下去，手指搭在微有凉意的小方几上，陷入了沉思。

白鹭则是心中忐忑。夫人一向不喜欢琅姐儿与大公子走太近，每每总是敲打着，可这半个月来她病着，也根本空不出心力去管孩子们。

这不，琅姐儿便又悄悄去了。

她生怕陆锦惜生气，眼见她好久没说话，便吞了吞口水，小声道："要不，您现在病也好了，叫姐儿们来请个安？"

原本晨昏定省都是有的，只是陆锦惜病着已久，一则没力气，二则怕过了病气给孩子，请安早免了。就是病好，也不过才这两日的事。

今日一早她赶着上香，还没进寺门就出了薛况的事，回来又是好一阵折腾，连着长公主这件事在内，算得上是连轴转。眼下，其实她已经有些乏累。

只是听了白鹭的话，陆锦惜看了一眼外头的天色，听着那呼呼的风声，只道："天色还不算很晚，刚近黄昏呢，风又这样大。璃姐儿与琅姐儿都算不得身子骨硬朗，你给我寻件厚些的斗篷，我亲自去看看吧。"

"是，那奴婢找找。"

白鹭想想也对，便应了，去对面屋子翻了一领厚厚的雪狐裘大斗篷，给陆锦惜披上了。她想想又把那兔毛手笼给换了，说道："姐儿们虽住得近，可身子骨真弱的是您。眼瞧着近暮了，天又凉，这雪貂手笼是前几日奴婢新制的，该更暖和些。"

陆锦惜披了斗篷，又把手放进给她的新手笼，才算是妥了。临走前她吩咐屋里的丫鬟："迟哥儿那边也好生看着，若一会儿你们青雀姐姐回来了，只管叫她先看顾着哥儿。若有什么事，待晚些我回来再禀，不必出去找我。"

"是。"

小丫鬟们一一应了。

陆锦惜这才在白鹭的陪伴下，出了门，打左边跨院里，到了正屋后面的三间抱厦外。

天还亮着，屋里却已经点了灯。焦嬷嬷把那灯芯挑亮了一些，看着坐在炕上一针一线慢慢绣着的薛明璃，叹了口气道："您绣了这小半月，总算是差不多了。等夫人见了，一定高兴的。"

"真的？"

薛明璃今年十岁，早已经懂事。她声音很柔软，很像她娘，五官也长开了一些，有点诗画般的精致。听见焦嬷嬷这话，有些喜出望外。

"我就是希望娘快些好起来，以后也康康健健，不要再病着……"

她手里绣的是个藕荷色的小荷包，已经到了最后，一针下去，才拿剪子断了线。

“可算是绣好了。”

焦嬷嬷一脸赞叹地看着，又道：“您别担心，我先才撞见奶奶屋里伺候的白鹭姑娘，说是奶奶已经大好。只是回来之后事多，今还脱不开身。晚点，或者是明日，大姑娘去请安就是。”

“嗯，那要叫妹妹一起去。”

薛明璃笑着点了点头，不过看着自己手里的小荷包，又为难起来，思考了一会儿，才咕哝了一句：

“到时候就跟娘说，这是妹妹跟我一起绣的。”

焦嬷嬷一听，顿时无奈，哭笑不得。但看薛明璃已经自己拿了主意，一副护着琅姐儿的模样，她又不好说什么，只是想起琅姐儿来，不免叹气，正想说让璃姐儿回头劝劝。

没想到，屋外传来小丫鬟行礼的声音：“给二奶奶请安。”

二奶奶来了？焦嬷嬷一惊，颇为诧异地起了身，便瞧见陆锦惜走了进来，连忙上前行礼道：“二奶奶怎么来了？”

“缠绵病了有半个月，想璃姐儿跟琅姐儿了，才忙完，便来瞧瞧。”

陆锦惜走了进来，很容易就知道眼前这是焦嬷嬷，至于另一个……她看了过去，是个身量纤纤的小姑娘，差不多到她胸口高度，应该是璃姐儿。

一身锦缎绲边的粉色袄裙，戴着白狐毛的围脖。小瓜子脸一张，五官也精致，跟陆氏有些挂相。还不多的头发被绾成了双螺髻，留了片刘海，看上去乖巧极了。

她定定看了陆锦惜一会儿，小嘴张大，好像有些惊讶，但转眼就转成了惊喜，眼底还有隐隐的泪光。

“女儿给母亲请安。”

“起来吧。”

陆锦惜上前扶她，握着那一双手，只觉得温温软软，又见这女孩儿一身秀雅气，真不是寻常人家能教出来的。一时心里爱极。

“最近病着，都没见你们，你跟琅姐儿都还好吧？”

“回母亲的话，有焦嬷嬷看顾着，青雀姐姐也时时着人来问，我跟琅姐儿都好。”

薛明璃是极懂事的。她被陆锦惜牵着手，只觉得暖和，倒比往日还要亲近。她有些忍不住，心跳加快，悄悄侧头看她。

娘亲虽是瘦了，苍白了，可恢复得好像不错。半个月前他们去看的时候娘亲的憔悴、枯槁，已经完全不见了。

也许是因为先前听下面的丫头们说，母亲责罚过三婶母那边的丫鬟，打得很惨，她又觉得，母亲好像比原来多了几分威仪。

桌上还放着绣花用的针线篓，陆锦惜扫了一眼，想起自己刚才从窗下经过时候听见的话。

陆氏的这个女儿，却是个有孝心的，而且还很护着妹妹。想着，她拉薛明璃坐下来，打量了一眼她一直紧紧攥着的右手，不由微微笑了起来："你们没事就好。旁边这手上，拿的是什么？"

"这个……"

薛明璃一下有些红了脸，不大好意思起来。她犹豫了片刻，却还是拿出了荷包，两手递给陆锦惜。她眼睛有些发亮，声音里有喜悦道："前阵子娘亲病着，都说绣着福纹的荷包可以祈福，明璃便跟妹妹一起，绣了一个，正准备去请安的时候给娘亲呢。"

大约是因为说谎的原因，她眼神闪烁了一下，耳根也有些发红。但她在说出"跟妹妹一起绣了一个"的时候，也没有什么勉强的神态。

荷包小小的，藕荷色的缎子上走着银白的五福云纹。针脚虽然不算很好，却一针一针绣得很密，像是生怕针脚太疏、福纹太薄一样。

陆锦惜见了，心底有些暖暖的。她刚才其实是听见薛明璃跟焦嬷嬷说了什么的，哪里能不知道，这小荷包其实是薛明璃一个人的心血？

只是她有心护着妹妹，所以陆锦惜也不拆穿。含着笑意，带着几分实打实的惊喜，她从薛明璃的手中接过了荷包，笑了起来道："璃姐儿长大了，这荷包绣得好看，比娘亲的都好。"

"二奶奶可谦逊了。"旁边的焦嬷嬷听了，恭维了一句，"您的女红，当年在京城可出名呢。"

陆锦惜笑笑，那是原来的陆氏了，至于她自己？能缝个衣服就不错了。所以她没应声儿，只把荷包挂在自己腰间，藕荷色的荷包，正正好很衬她今日浅色的衣裳。

白鹭打量了几眼，便夸了起来："姐儿做的这荷包真好看，夫人皮肤白，五福云纹又是专选的银白。怕是姐儿花了好一阵心思呢。"

薛明璃一听，脸上便露出点娇羞的笑意，好像便很满足了。自己的心意，被在乎的人承认，最好不过了。

陆锦惜没有过孩子，这一瞬间，却觉得暖暖的，拉着她坐下来，又看了看她手，只道："往后天色一暗，便别绣东西了。况你是将军府的姑娘，往后自有一应丫鬟伺候着，女红即便差一些，也不打紧。只别伤了眼睛才好……"

将军府的女儿，哪里愁嫁呢？只是这话，很少从陆锦惜的口中说出来，薛明璃听了有些发怔。

陆锦惜却是想起陆氏那屋里的一些衣裳袍服，崭新崭新的，都是做给薛况的，却没人穿，心底便叹了一口气，只与薛明璃说了一会儿话，打量打量周围，却没瞧见别人，于是奇怪道："怎么没见琅姐儿？"

薛明璃一下就不说话了。

焦嬷嬷也是有些惶恐，硬着头皮说道："琅姐儿在……在大公子院子里，老奴劝过了，只说传饭了再回。见老奴不走，她、她还糊了老奴一身的泥……"

"劝不回？"

陆锦惜顿时讶异，见焦嬷嬷这情态不似作伪，慢慢便皱了眉。这胡姬所生的庶子，到底有什么本事，把个七岁的小姑娘迷成这样？她倒好奇起来了。于是一笑："也算不得什么大事。我倒想看看，我去了，她能不能也糊我一身泥……"

陆锦惜此话话音一落，屋里竟安静了一瞬。

从年纪不大的薛明璃，到平日机灵的白鹭，甚至是先才还忐忑不已的焦嬷嬷，此刻都睁大了眼睛看着她，怀疑自己是听错了。

夫人竟然说要亲自去看看？可是过去的十一年里，别说是去看看了，她根本连问都懒得问一句啊！

焦嬷嬷想起陆氏昔年对大公子的态度来，又想到了如今琅姐儿的不听话，生怕陆锦惜为此发上一阵火，天知道要出什么事！今儿个，二奶奶可是连三奶奶都整治了啊！想到这里，焦嬷嬷头上的冷汗，立时簌簌而下。她惶然不已："这、这……夫人，您不是从来不去的吗？要不还是老奴立刻带人去，把琅姐儿带回来……"

"琅姐儿连屋都不回了，我这个当娘的，还能在这里坐着等不成？"

陆锦惜却没把焦嬷嬷的话当一回事。她只一招手，示意还愣着的白鹭跟自己走，随即便拉长了口气，凉凉地道："大将军在的时候，他不愿我去。如今都过了这许多年，还有什么不能去的？"

那一瞬间，焦嬷嬷彻底僵硬住了。她望着陆锦惜，只觉得夫人的眼底，带着一点雪亮的冷光，甚至还有一点隐约的嘲讽。就好像是，积压了这许多年的一些东西，全出来了。

屋内一时安静极了。

陆锦惜好像没瞧见焦嬷嬷脸色的异样，只对薛明璃温温地笑道："外头天冷风大，璃姐儿就在屋里好好等着，叫焦嬷嬷陪着你。娘呢，这就去看看琅姐儿，不会出事的，你放心。"

她笑着的时候，眉眼都好似化作了一湾春水。

薛明璃本是想要为琅姐儿求情，又经常听琅姐儿提起那庶出的哥哥，觉得不坏，有些怜悯他。可被陆锦惜这样一看，立刻又想，娘亲这样善良，怎么会做出伤害他们的事情？所以，微微发怔一下，薛明璃便点了点头，娴静地立着，乖巧道："那等娘亲把妹妹找回来，我一定好好说她。"

"好。"

陆锦惜帮她理了理额头上那细碎的刘海，这才搭了旁边白鹭的手，道一声"我们去看看"，出了门去。

焦嬷嬷与薛明璃送她们到屋门口，便站住了。

外头还是黄昏，不过风又急了些许，陆锦惜脚底下踩着那微黄的天光，走出了抱厦，下了台阶，很快便消失在了花木掩映的小径拐角。地上铺的都是规整的青石板，因才开春，园子里的花木都没发出来，显得格外萧条。

尤其是她们走的这一条路，越是往前，便越是偏僻。陆锦惜走在上头，绕过了几排房屋，随意低头一看，便能瞧见道上缝隙里生着的青苔，不知道多久没有人走过了。唯一有的，是偶尔能看见的沾着泥水的脚印。她一看就笑了起来，伸手一指，对白鹭道："你瞧，这道都没人走，这脚印小小的，怕是琅姐儿呢。来来回回，倒是一副轻车熟路的样子。"

私底下，不知朝那边跑了多少趟。

白鹭一路都扶着陆锦惜，因知道她从没去过，所以走在前面一点，也好引着路。闻言她瞧陆锦惜一眼，嘟着嘴咕哝："这路府里也就琅姐儿熟一些了。这道偏僻，地方更偏僻，还要走上一会儿呢。您也是，何必自己去寻，吩咐个人，把大公子并琅姐儿一起叫到跟前儿来，想教训就教训，想责罚就责罚，怎用得着这样麻烦？"

"看一看，又不打紧。"

陆锦惜看了她这一脸小气的样儿，有些无奈地摇头。

"更何况……我怎么能不去看看呢……"

这声音里带着一点点感叹的味道，又有那么几分意味深长。

白鹭一下想起了之前陆锦惜在屋里对焦嬷嬷说的那一句，便想了起来：她只伺候在陆锦惜身边三年，可也听过那个传闻……

心底，一下有些忐忑，又有些心疼。

白鹭低低道："过去的事儿，您也别想了，反正都过去了……"

"我省得。"

陆锦惜不过是给自己去看看薛廷之找理由罢了。一看白鹭的表情，她就知道对方想到哪里去了。事实上，那个传闻她也是听过的——原身陆氏，十一年来，几乎都没往那庶子的院子里踏过一步。

表面上看，薛廷之是薛况带回来的胡姬所生的"孽种"，还是在陆氏进门之前带回府里的，忒不给她面子。是以，这孩子成为府中的禁忌。

陆氏身为原配与嫡母，不管从哪个角度看，都不可能喜欢这么个孩子。不往院子里踏上一步好像说明了她的态度。可实际上，府里也有另一个传言，说是陆氏当初嫁进来之后，薛况便对她说，薛廷之的事情由他来处理，不要陆氏操心。

这不过是好听一点的说法罢了，陆氏当年才刚及笄，性情虽懦弱，可着实冰雪聪明，又如何猜不出这一句话藏着的意思？薛况这是偏袒着那庶子呢。

从那以后，陆氏表面上看不出什么来，至少在薛况在世的时候，真的从没过问过薛廷之任何一句。直到薛况去世后，她才每月按着份例往下拨东西。但也仅此而已，再没有过问一句，更不愿意自己的孩子与薛廷之接触。

这传言是真是假，陆锦惜当然也不知道。可空穴来风，必定事出有因。

陆锦惜心里头总觉着有些微妙的讽刺。她一路上没有再说话，只是搭着白鹭的手，转过了好几条道，才经过府后一个比较大的花园，眼前出现了一座院落。

暗灰的石板铺在院前，显得极为整洁。一大片的空地上，放着一些大小不一的石锁，还有木偶人，地面上还立着一些梅花桩，靠墙的位置则是几个立得整整齐齐的箭靶。一应物什，看上去都有些发旧。可视野却在此处变得极为开阔。陆锦惜一下站住了脚。

在这一片空地的东面，是一墙低低的瓦檐，很素的青色，很有些年头的模样。黑漆的大门没关上，半开着，斑驳地掉了漆。

一个身穿深灰色圆领袍的小厮，此刻正拿着一块饼，坐在门槛上，专心致志地啃着。他面容清秀，约莫十四五的年纪，看上去还有些孩子气，该是伺候在薛廷之身边的书童。

陆锦惜向他背后望去。

隔着半开的大门，隐约能看见里头院落的一角，一口上了年月的水井，边缘长着蕨草和青苔，几个石墩，甚至还有个马厩。正面五间屋子并列着，看上去格外简单。这里与将军府别处大气中透着精致的风格完全不同，显出了一种简洁的粗糙和粗犷。

陆锦惜就这么打量着，便慢慢皱了眉头。她也不说话，慢慢踱步，向门口走去。

白鹭压低了声音道："就是这里了，听说原是将军府还没扩建时候的旧址。那时候，老太爷都还没发家呢，所以简陋一些。外面是演武场，旁边这小院子本是备着累了休息用的，不过……"

不过如今将军府已没几个男丁了，更不用说能上战场的。老太爷早带着老太太归隐田园，对府里的事情甩手不管，这个演武场当然也就荒废了。

这些话，白鹭都没说出来，但陆锦惜想得到。只是这演武场这样大，还这样干净，该是有人时常打扫才对。

她脚步无声，此刻已经到了门口。吃饼的那书童刚听见了白鹭那细碎的低语声，不过听不大真切，一时心中纳闷：奇怪，大公子这院子前，从来都是狗都找不到一只，怎么有人说话？

他下意识地一抬眸，便看见那暗灰的石板上，出现了一对儿精致的鞋尖。月白色的衣角垂了下来盖着，一朵一朵遍地金，用细密的针脚勾了，清雅又简单，富贵却也不俗艳，煞是好看。

书童一下有些发愣。

"大公子可在里头？"头顶上传来一道温软的嗓音。

书童顿时手一抖，一下回过了神来，抬头看去。这一看，他立刻惊得瞪圆了眼睛，手里剩下的半块饼掉在了地上，摔成好几瓣儿！

"二、二、二奶奶……咳、咳咳！"

他还没来得及把喉咙里的东西给咽下，又要说话，起身更急，一下就呛住了，憋得面红脖子粗。

简直见鬼了！今天太阳打东边落下的不成？他竟然看见了二奶奶！书童瞪圆的一双眼睛里，满是不敢相信，但又说不出话来，一个劲儿地咳嗽。他有心想要冲进院子里通禀，但陆锦惜的目光，半点也不挪地定在他身上，叫他连腿都迈不开。

陆锦惜当然看出了这书童一脸见了鬼的表情，也看出了他眼睛底下藏着的那一分担心。她也不等他回答，只直接从他身边经过，无声地迈入了院子，立刻便有嬉闹的声音传来。"大风你别动！你为什么不让我给你洗尾巴？天啊，我这么好心好意的！又甩尾巴了，呜，一身都是水……太不听话了，气死我了！我也是大将军的女儿，你怎么不听我的？"

一连串委屈的抱怨声，听着格外娇俏，带着十分的灵动。

陆锦惜顿时循声望去。

外面的院落很大，里头的也不小。地面上都是规整的青石板，缝隙里的杂草被剃得干干净净，东南角马厩里空荡荡的，但前面不远处的水井旁，却站着一匹神骏的高头大马。

它全身黝黑，似在发亮，唯有四个马蹄乃是雪白。虽只安静地站在那里，马头却是向上昂起，自有一股凌云的傲气，马身上有许多陈旧的伤痕，看着有些狰狞，却偏偏给人一种峥嵘的气魄。完好的右眼卓有神光，可左眼却蒙了一层雪白的荫翳，显得浑浊。

此刻，有两把小凳子摆在这一匹马身边。一个凳子上没坐人，另一个凳子则靠着马腿，一个身穿蟹壳青长袍的少年，就坐在上头，脚边放着一只大大的木盆，里面盛满了刚打出来的井水。

他手中持着一柄大毛刷子，正在给马刷腿。听见那一连串的抱怨，少年不由笑了一声，只道："大风的脾气不好，你别随便碰它，尤其是马尾巴。"

薛明琅刚要伸手去摆弄那马尾巴上的一把鬃毛，顿时僵住了。她穿着赤红滚雪狐毛边的袄子，脚下蹬着一双红色的小皮靴，白皙的小圆脸早成了小花脸，身上更是一片脏污，都是刷马的时候被水溅的。

"那人家不碰就是了。"

她可怜巴巴地一瘪嘴，蹲到了一旁，看着少年，见他动作熟练，心里嫉妒的小火花噌噌往外冒，只是又不敢说出口，生怕下次就被撵出去。

于是，只好问点不相干的。

"大风脾气这么坏，你以前说，它是塞外的一匹野马，那我爹以前怎么收服它的呀？一定很难吧？"

"唰——"

少年举着刷子的手，忽然顿了一下。

陆锦惜站在门口前面一点，一直看着。

少年的身形，瘦削但挺拔。伸出去的手指，即便是拿着半点不雅致的大毛刷，也给人一种修长有力、骨节分明的感觉，但他的皮肤有些苍白。他微微仰着头，昏暗的天色，在他一双眼眸底下，投下一片难明的神光，好像是想到了什么。

陆锦惜看到了他慢慢降下的薄唇弧度，也看见了那明朗的下颌轮廓，以及因仰头而格外清晰和突出的喉结。即便他坐着，也能看出他身量很高。这架子，看着不像十六岁，倒很似十八十九的弱冠少年了。

他慢慢地抚摸着马身上那些或浅或深的旧伤伤痕，声音慢慢地，似乎染上一点边塞寒冷的霜月，吹刮的风雪，道："对着配不上的人，它们当然烈了。真将军，哪里需要花力气去收服？"

"配不上的人……真将军？"

薛明琅一下不大听得明白。其实她读过很多书，自小都是母亲教的。在读书上，她也有超乎寻常的天赋，更觉得书中的世界，自来比真实的世界要简单很多。

书上写，好马遇到明主，就会变得很乖顺。这个她能看懂。但薛廷之这一句话，明明似乎是同样的意思，可她听起来却如坠云雾。

薛明琅小小的两道眉皱了起来，咕哝着问道："你的意思是，我配不上大风？是夸父亲，还是夸你自己？"

闻言，薛廷之却暂时没回答。他的目光落在那不断游走在马身的大毛刷上，平静又深邃。直到一点一点将那些外泄的情绪，收敛下去，他才静静道："是夸大将军。至于你，年纪还太小。等你长大了，会拥有自己的马，但不会是大风。"

可她只喜欢大风，因为这是她几乎毫无印象的父亲的马。尽管它瞎了一只左眼，但据说薛况的宝剑，便是它从千军万马的废墟里衔出来的。

薛明琅的情绪一下有些低落起来，精致的眉眼也垂了下去，长长的眼睫毛盖住了她眼底的神光。她慢慢地把手放到了盛满了水的大木盆里。如果没自己摸过，她是不知道的，刚从井里打出来的水，其实比外面的空气，要暖和一些。

"那父亲为什么要给这么好的马，起名叫大风？"她声音闷闷的，"这个名字，太普通了。"

"大风起，云飞扬；威加海内，归故乡；安得猛士，守四方……"

薛廷之的声音，听起来有一点点的沙哑，但是很迷人。他的刷子有很合适的力度，仿佛十多年来，这件事已经很熟练。

"如果你去过塞外，就知道这个名字有多好。深秋里下雪的时候，戈壁上的黄沙，会被天上掉下来的白雪盖住，像是一床鹅绒。晚上月亮出来，你站在城墙上，拿个火把一照，四下里都是白。看不见戈壁的影子，也看不见翻滚的黄沙，满世界只有白雪，只有狂风……你如果骑着它，提着弓刀，在雪野上奔驰。它把四蹄都甩开，踏在雪上，很重，但会让你觉得很轻。像是携裹着大雪的狂风，从雪地上吹卷而过。等它跑过去，卷起的雪，就会把马蹄的印子盖住，半点看不出来……"

平直的语气，却偏偏给人一种奇异的吸引力。薛廷之说完这些，便没有再说话了，只是摸了摸马头，微微地笑起来。

“大风……”

薛明琅却一时怔忡。他说的，是父亲吧？大雪满弓刀，他骑着马，从城外那一片磅礴的沙雪上过……

院子里，一下没有人说话。只有毛刷从马身上刷过的声音，越发衬得周遭安静。天穹上的暮色，已经渐渐地盖了下来。

刷完了最后一条马腿，薛廷之看了看天色，只对她道：“天晚了，夫人的病已渐渐好了，你也该回去了。”

这原是很正常的一句话。可没想到，薛明琅一听，却像是被人戳着了哪里一样，一下伸手向着木盆里一拍，“哗啦”一片水花溅起来！

“不要你管！”她的声音尖锐，神态更尖锐，就好像是一枚忽然伸出来的利刺，来得猝不及防。方才还算是可爱的一个小姑娘，一下变得有些骄纵蛮横起来。

薛廷之暗暗皱了眉，隐约觉得最近一段时间，薛明琅都不大对劲，便想要开口询问：“你……”

“咳咳！咳咳！”

一阵用力的咳嗽声，忽然从门口的位置传来。院角的薛廷之与薛明琅，几乎齐齐吃了一惊，回头看去。门口处，不知何时已经站着三个人。

正在用力咳嗽，满脸通红的那个，是书童临安，正在给他们使眼色；另外的两个，自然是陆锦惜和白鹭了。

在看清来人的那一个瞬间，原本还蹲在地上的薛明琅，一下就站了起来，面上眼底，一时露出惊喜的笑容，衬得整张小脸都明艳了。脚下一动，她立刻想要跑过去，像是以前一样，扑进娘亲怀里。可就在她第一步迈开的那一刹，当初在窗外听到的那些言语，便在她脑海里回响，迈出的脚步瞬间僵硬。连带着她脸上还没收回的笑容，也一下僵硬了。

薛明琅站了很久，颤抖了一下，面上的血色一下褪尽，控制不住自己一般，向后退了一步，险些踩到了旁边的木盆。盆里的水晃了晃，溅起来打湿了她的靴子。

陆锦惜自然是在门口站了有一会儿了。她本没出声，静静地听着，想知道这兄妹俩到底是在聊什么，可哪里想到，忘了后头还有个坏事的——

书童临安，也就是她们方才在门口遇到的那个啃饼的。这会儿就站在后面，伸手卡着自己的脖子，咳嗽得面红脖子粗。

陆锦惜瞧着他，唇角微微勾起，带着淡淡凉意的笑容，半真半假地夸了他一句：

“对主子，你倒是很忠心嘛……”

临安顿时吓得心跳加速，冷汗狂飙。他不知道自己要说什么，更不知道自己应该说什么，只好朝着这一位传说中的二奶奶，露出了一个尴尬的、看似憨厚的笑容。

陆锦惜倒也懒得跟他计较，直接搭着白鹭的手，就朝那角落里走了过去，第一眼便看到了薛明琅，顿时皱了眉。

方才隔得很远，也看不大清楚她身上是什么情况，如今近了才看清，一身的泥污，袖口都湿了一半。这天气可还冷着，残冬未过，一个七岁的小姑娘，怎么搞成这样？她把自己披着的雪狐裘斗篷一解，走到她身前，就想要给她披上道：

“天气这样冷，出来不多加件衣裳也就罢了，怎么还——”

“不要你管！”

可还没等她走近，薛明琅便突然大叫了一声。她身子紧绷，抗拒地看着她，像是注视着什么敌人一样，她的眼眶一下变得通红，可眼神里又飞快地掠过了什么。

在陆锦惜还没反应过来的时候，她已经直接一把将陆锦惜推开，拔腿就跑道：“我不要你管！”

“琅姐儿！”

站在陆锦惜身后的白鹭，根本就没料到这一出，愣了一下，才伸手想去拦。可薛明琅穿的本就是灵便的小靴子，跑起来很快，哪里是她来得及拦的？只这么一错，薛明琅便一阵风似的，跑出了门去，不见了影子。

这可大大出乎了陆锦惜的意料，她手中还拿着那刚抖开的雪狐裘斗篷，慢慢转过头去看门口，眼底闪过了几分费解，又有几分深思，远山似的眉，慢慢地拧紧。

虽只是那么片刻的接触，可陆锦惜已经看出来了，薛明琅对她竟然很抗拒，甚至脱口而出的就是“不要你管”，一下奓了毛。没记错的话，下人们对琅姐儿的评价，可不是这样：她知书达理，娇气虽有，却只比璃姐儿活泼一些，断不至于顽劣乃至于叛逆。

陆锦惜沉思了片刻，只把手中的斗篷递给了白鹭，道：“她好像不大愿意搭理我，你追出去看看，千万别出事。找不到人，就拿对牌，满府给我搜。”

“是。”

白鹭这会儿也是心惊肉跳呢，忙接了斗篷，半点不敢耽搁，直接出门去追薛明琅了。

书童临安看着这发展，一下不知所措。他在原地站着不是，跟着去找似乎也不是，急得满头大汗。可院子里剩下的两个人，却好像都没有搭理他的意思。

薛廷之是根本没想到，陆锦惜竟然会来。以前在府里的时候，他只远远看见过这一位大将军的嫡妻几次，可她是从来不靠近这一座院落的。好像对她来说，这里是一个禁忌之地。

因为什么，薛廷之是知道的。他的手往木凳子上撑了一下，才不大稳当地站了起来道："夫人……"

还是刚才那样微微带着沙哑的嗓音，但是藏着一点惊异，还有一点警惕。陆锦惜听出来了，打量他。

他站起来之后，竟比她要高过大半个头去，只是左足微微有些跛，让刚刚慌忙站起来的他，看上去有些狼狈。他长眉如剑，自有一股锋芒气在。挺鼻薄唇，并着狭长的桃花眼，又藏着一股很隐约的名士风流。也许是曾跟着薛况在边关待过，也或许因为他是胡姬的儿子，这一双眼底，藏着一种别样的气质，交织着中原江南的烟雨与塞外的大漠沙雪。

几乎是在对上这一双眼眸的刹那，陆锦惜便感觉出了他看似单薄的身躯里，藏着的千刀万剑。欲敛锋芒，却因此锋芒更露！

夫人？叫得这样生疏。陆锦惜迎着他的目光，面上没有什么表情道："看起来，你不大喜欢我。"

薛廷之一怔，一时竟不知应该怎么回这一句话，只觉得心底有一股奇异的忌惮生了出来。

陆锦惜打量他的目光，浸着点凉意。偏偏她本人是极温和的，又半点不觉得迫人。见他如此形状，像是不知如何是好了一般，她又慢慢勾了唇角，含着点真假不知的笑意，半带轻叹道："不过你放心，我也不大喜欢你的。"

太坦然，也太直白。说这话的时候，她面容柔和，眼角眉梢都带着点光彩的笑意。

薛廷之的手，因为刷马才在井水里浸过，此刻冷风一吹，就有些发冻。他素来是又敏锐又聪明的人，可陆锦惜这一句话，却罩着一层迷雾，叫他分不清是真是假，是善意，还是恶意。

十一年了。他在薛府已经很久，久到几乎就要忘记旧日那遍地横流的鲜血，冲上云霄的哭号，还有年幼时脚后跟处那钻心的剧痛……

每日读书、写字、刷马。只有偶尔见天气好了，才会悄悄携了临安，自角门出去，走走那一大片繁华的街道，看看满京城的热闹……一日一日，从无例外。

作为将军府的掌事夫人，陆氏是从不关心他的死活的，也不曾对他的存在多置一分言语；作为一个胡姬所生的庶子，他亦从不离开自己这一亩三分地儿太远，更从不对府里任何事发表议论。

十一年来，相安无事。即便平日薛明琅喜欢朝他这里跑，可夫人也都是教训过了就完，这还是头一次，她自个儿出现在这里。

往日隔得远，他不曾真切瞧见过陆锦惜的容貌。到了方今，才知道，这果真是京城一等一的美人。只是瞧着那精致五官里面蕴着的一股神气，不卑不亢，反有一股刚柔并济的味道，倒与传言不大符合。

不过天下被藏起来的真相那么多，遇着一个与旁人议论略有不同的陆锦惜，也没什么值得惊讶的。薛廷之沉默了良久，才躬身道：

“母亲说笑了。母亲不喜欢我，实乃寻常之事，但儿子断断不敢对您有所不敬。”

从“夫人”到“母亲”，这改口……若细细追究，那胡姬的死，到底也能和陆氏攀扯上几分关系，可他这声音与神态，竟无半分勉强的意思，一身的坦然和从容。

陆锦惜移开了目光，打量周围的一切，尤其是那一匹瞎了左眼的乌云踏雪，只道：“刚才在旁边听你与琅姐儿说话，想是知道我不愿她一个女孩子家，成日往你这里跑。”

薛廷之当然知道，所以陆锦惜说不喜欢他，实在很有道理。只是……他眼帘微垂，态度依旧谦恭道：“廷之久居故院，甚少踏足而出。琅小姐常来，实是惦记着大风，想与它亲近，廷之知道琅小姐金枝玉叶，不敢慢待。”

陆锦惜没接话。

她刚才在门口，也是听见了的。琅姐儿的话，的确大部分都落在这一匹马的身上，可她到底念叨的是马，还是这一匹马代表着的什么，那就不知道了……

薛廷之听她并未反驳，亦不曾斥责，心下稍定，又继续道：“只是廷之也知，长久如此，实不稳妥。月前，廷之曾想让人将大风牵去，交给琅姐儿照看。不过没赶巧，当时您还病着，廷之也不敢给您添烦心事，是以拖到了现在。”

“你这一番话，说得真是体贴又周到，竟叫我也挑不出半点的错处来了。”

陆锦惜莫名地笑了一声，一时心底竟有些复杂。若听传闻，当知道那胡姬该是个卓有胆识与远见的；薛况又是年轻的大将军，南征北战，谋略过人。这样的两个人生出的儿子，是该有这样优秀，才算正常。

说到底，是琅姐儿自己硬要过来。换了她自己在薛廷之这个位置上，也不能做得更好。更何况，他还立时给出了一个貌似可行的解决方案。这世上，能提出问题的人很多，可能解决问题的人却很少，后者才是真正的本事人。因着这短短的几句话，陆锦惜竟忍不住对薛廷之高看一眼。

她随意地在这院子里踱步，那厚厚的大斗篷已经给了白鹭，叫她带着去追琅姐儿了，如今风一吹，便朝袖子里灌，倒有些凉意。

"大风你已经养着有五六年了。自大将军出事后，它便一直跟着你吧？真给了琅姐儿，她养不养得好，暂且另说。你也舍得？"

"琅小姐真心喜欢大风，往后必定待它很好，不会因为它年迈了，跑不动了，便苛待于它。"薛廷之跟在了她身边三步远的地方，也不敢离太近，"如此，廷之还有什么不放心的？"

"你倒很豁达。"

陆锦惜眼角的余光一闪，便注意到了他走路的姿态。左足微跛，虽不是很明显，可走动起来有些摇晃，不是很稳当。虽身量颀长，器宇不凡，可这跛足，却是美中不足。

听闻，是打薛况将他从边关带回来的时候就有了这毛病，只是不知道……

"生下来就有的，说是胎里没长好。"

薛廷之注意到了她的目光，也不待她问，便主动解释了一句，他微微笑着，似乎不很在意。

"也请过大夫，不过到底没养好。"

胎里没长好……那胡姬人在边关，气候是苦寒恶劣，且有频繁的战事，发生点什么意外都不稀奇。陆锦惜想到这里，倒是动了一点恻隐之心：父母辈的事情，与他又有什么相干呢？

天渐渐晚了。院子的风也大起来，越发寒冷。

陆锦惜是大病初愈，身形单薄，站在这里却没有离开的意思，应该是还有话要问。只是她若冻病了，实在不是他能担待得起。是以，略一思量，他便躬身请道：

"外面风大天寒，白鹭姐姐又追了琅小姐去。母亲大病初愈，禁不起冻，不如先进屋里避避风，喝盏热茶。"

"也好，我正还有几句话想要问问的。"

外头的院子已经瞧过一遍，看不出什么来。陆锦惜没拒绝他的提议，答应了下来，便随着薛廷之往那一排五间的屋子走。

正面一间乃是堂屋，不过只排了几把黄杨木的椅子，再没有什么多余的摆设，又迎着风口上，一般是不请人在这里坐的，所以薛廷之向左侧一引。两间耳房，在这里竟然是被打通了的。陆锦惜一进来，便觉出了这里的宽敞。

临窗照旧是暖炕，放着小方几。上头搁着三两本书，其中一本摊开了几页，旁边还有个小砚台，搭着一杆羊毫小笔，水墨未干；几把鸡翅木的椅子，随之放下去，靠在两边。挨着东北两面墙，却立着两大排书架。

陆锦惜上炕坐了，一眼扫过去，便见着那密密排了满书架的书，大部分都旧了，似乎被翻阅过很多次。书架前不远处，置了一张大书案，几张普通的宣纸压在上头，隐约有些字迹。隔得太远，也看不清到底写了什么。

单瞧这屋子里的摆设，应该不是薛廷之起居的屋子，只是用作读书写字泡茶的书房，即便如此，看上去也实在是太简单，甚至简陋。冷得跟冰窖一样，别说是炭盆了，就是炕上都是冰凉的一片。

一句"避避风"，果真不是客气。这屋，也就能避个风罢了。陆锦惜略一打量，心下已皱了眉。倒是薛廷之自己没什么感觉，只走到门边上，吩咐临安：

"先去沏盏热茶来，再去通知一下夫人那边，叫人来接，回来顺道去要个炭盆。"

"是。"

临安一直没走，这会儿眼见着二奶奶都坐到自家公子屋里了，心里头着实吓得够呛。听薛廷之吩咐，他半点不敢迟疑，应了声便去忙了。

薛廷之走回来，陆锦惜只随口叫他坐，目光却落在了这手边方几上放着的那几本书上。随意摞着的几本是《故窗闲话》《周书》《三十六兵法》。

不过摊开的这一本……陆锦惜眸光一闪，便将手指搭了上去，轻轻一翻，便将那深蓝色的封皮转了过来，看到了外面四个大字——治和政要。

治和乃是本朝开国嘉丰帝萧恒的年号，《治和政要》这本书则是当年辅佐萧氏开国的能臣左易所著。但观"政要"二字，她便知道这是本论政的书。

翻开的那几页上，除却印上的铅字，还有两种不同的笔迹。一个字迹看上去有些旧，刚硬有力，在字里行间略作批注；另一个字迹略新，一笔一画，皆显锋芒，利且厉。后者，倒符合陆锦惜对薛廷之的印象。

一身抱负，心怀利刃。

她转眸一看，吩咐完了临安之后，薛廷之已重新来到她面前不远处站着，似乎是见她在翻书，也没出声打扰。

"坐吧。"

陆锦惜与他无仇无怨，也知道他腿脚有不便，更不忍难为他，只一指自己下首那把椅子，叫他坐了。

府里的账本，她早翻过了一回。薛廷之这院子里，一应的开支不少，只是唯独没有请先生这一笔出处，想来也知道肯定没请。可如今见这字迹，再瞧这道理通达的批注，她便知道这人的才学颇为惊人。目光从那新旧两种不同的字迹上移开，陆锦惜只问道："都是你自学的吗？"

"早年在边关时已识字，得蒙父亲教导，如今看的旧书上也都有父亲旧日的批注，是以自学亦可。"

薛廷之不知道陆锦惜为什么问起这个，只如实地回答了。陆锦惜听了，久久没有说话。

书房虽简陋，书也都是旧书，可书上却有薛况的批注。若非他自己拿的主意，谁又敢将这些东西都放到这里来？还"得蒙父亲教导"，这说白了就是"开小灶"！

庶子……这一位大将军，待着这庶子，却比亲儿子还要亲的！心里头一声冷笑，陆锦惜那如削葱根一般的手指搭在书页上，只感觉出了一股子的寒意，便慢慢把手移开了。

怎么想，都会觉得不那么舒服。陆锦惜索性不想了，正巧这会儿临安动作麻利，已经在后头把茶沏好，端了上来。是个再普通不过的青花瓷盏，看着有些粗糙。陆锦惜也没嫌弃，捧在了手里，用它驱了指尖那一股寒意，便琢磨着换了话题道："这几日我病着，琅姐儿却总往你这里跑，也与你说话，想必你们关系近些，她最近没事吧？"

有眼睛的都能看得出，琅姐儿对她不亲近。话问得很模糊，薛廷之却听得很明白，回道："琅小姐往日来，都是想骑马的。只是大风瞎了左眼，并不合适，便只与我一起照看。月前她开始常打听大风的过往，还多问起大将军的旧事，倒像是……"

剩下的话，他似乎不很敢说。陆锦惜撩了眼皮瞧他一眼，却慢慢帮他补上："像是想她父亲了？"

薛廷之顿时微有诧异。

薛况久在边关，很少回家，出事时薛明琅的年纪也还小，对父亲该没什么印象。可陆锦惜乃是薛况遗孀，又对过往之事耿耿于怀。他原以为，若被她知道琅姐儿思念亡父，势必勾起她伤心事，所以才犹豫着并未明说。却没想到，她自己说了，还满脸平静。

这样的陆锦惜，他不是很能看透。

薛廷之正襟危坐，默认了她补的话，又斟酌着言语，生怕冒犯了她，道："琅姐儿性子虽烈一些，不过不管识文断字还是议论道理，都很通晓。她年纪还小，是个耐不住孤独的性子，所以常往向廷之这里跑。方才对您不敬，该只是一时小性子上来，并非故意……"

"都是虚话了。"陆锦惜摇了摇头，她打断了话头，"态度变化，必定事出有因。你不知道，可见这件事她也没告诉你。到底是我这个当娘的有疏忽，回头得要再仔细问问。"

手中茶盏的温度已经差不多，她说着便掀了茶盖起来，准备喝口热茶，可垂眸一看，却是一愣。

一盏绿茶。煮茶的水没什么问题，可汤色黄绿中带着几分浑浊，漂在盏中的茶叶，也多是粗大的叶片，边角更有残缺，更不用说还偶尔有沾着残叶的茶梗。略一闻香，实在浅淡。即便以陆锦惜对绿茶和乌龙茶的了解，这会儿竟也分不出手上这盏茶，到底是什么品类。

薛廷之忙带了几分歉意道："母亲见谅。廷之不爱喝茶，是以屋里没怎么准备。此茶甚是粗糙……"

"不过喝茶暖暖，不妨事。"

陆锦惜拧着眉，慢慢饮了一口，把温热的茶水含在口中半晌，才吞下，舌尖上头便是一片片的涩味儿泛开。这味道，哪里像是给府里公子喝的？她先前在叶氏那边喝的，是好茶之中的好茶，毕竟国公府高门大户，不差那一点半点。可将军府也不是什么破落户。府里每个月的茶钱支出，都有一大笔。

陆氏每月给这庶子的份例不少，且会随着薛廷之年纪的增长增加。这里面，便有一样是茶。西湖龙井，虽不是明前最顶尖的那一批，却也绝不低劣。

可薛廷之捧上来的这茶，却着实不敢恭维。略一深想，陆锦惜便猜到问题所在：陆氏吩咐是一回事，她自己问心无愧；可下面人怎么做，又是另一回事。一个嫡母不管的庶子，大将军在的时候或许还好，可大将军一走，府里便是陆氏说话。陆氏却睁只眼闭只眼不搭理。

再多的好东西，等分到薛廷之这里，又能剩下多少？品着舌尖那一言难尽的味道，陆锦惜这心里，也一言难尽起来。她慢慢把盖子盖回去，终于还是没再喝一口，也不提这话茬儿，只对薛廷之道："你与琅姐儿相处不少，兴许在你这里她还有几分真性情。趁着这会儿还没来人接我，你便与我说说琅姐儿吧。"

原来是来问薛明琅的。他听得出，陆锦惜话里并没有要责怪薛明琅，态度跟往常相比，似乎也宽容了很多。沉吟片刻，薛廷之便说了起来。从薛明琅一般什么时候来，是什么样子，做什么事情，又对什么感兴趣，喜欢什么……一一尽述。

陆锦惜听着，对薛明琅便有了个很全的了解。

可以说，这是未来才女的苗子。读书写字，格外聪慧，一些短的文章诗词，听过一遍便能背下来，且爱极了读书，前年便有了自己的小书房。也许是从书上读到什么"马作的卢飞快"，她终于因为好奇，悄悄跑来找了薛廷之，那时候倒吓了薛廷之好一跳。

这之后，她便常来。陆氏知道，也常因此训她。可孩子的天性，哪里关得住？她会在薛廷之这里翻书看，若有个学问上的疑惑，也总请教他，倒把他当了半个先生。

"半个先生"这种话，薛廷之自然没提，可陆锦惜跟着情况也能推出来，心下对他倒有几分改观。

"琅姐儿性子娇气一些，也承你担待了。"

"廷之不敢，琅小姐知书达理，爱玩些罢了。"

薛廷之打量她，只觉得她听得很平静，感觉不出她有恶意来，却也不敢顺着她的话便接了，只先把自己给撇开，又夸了薛明琅一嘴。

陆锦惜从头到尾，只觉得薛况亲自教养过的孩子，不管是眼界见识，还是胸襟气魄，竟都不是寻常人可比。

她听了他对薛明琅的评价，一时没说话。

外头门帘掀开，临安又进来了，这回他端了个炭盆，往屋中放下，小心禀道："小的已去二奶奶院子外头禀过一声，青雀姐姐那边说，请您就在屋里先坐着，别赶着风儿出去，这就来接您。"

"个个都把我当个纸扎的人了……"

陆锦惜有些无奈，只是也知道原身这身子还禁不起折腾，倒也没起身，只摆了摆手，示意临安退下去。临安于是一躬身，退回了薛廷之身边。

屋里炭盆烧着，好歹多了一股热气。只是那炭，也不知哪里来的，烧起来有一股烟呛的味道。陆锦惜没言语，只拿薛明琅的事来问薛廷之，又说了有半刻多，东院那边便来人接了。

来的是周五家的。在门外通禀过，她便捧着一领猞猁狲大裘走进来道："给二奶奶请安，给大公子请安。青雀姑娘被您吩咐留在屋里守着哥儿，也不敢擅离，老奴赶巧儿在，便接了这差使，先来接您。"

"这便回吧。"

话也说得差不多了，陆锦惜从炕上起身，由周五家的给她披上大裘，反对薛廷之道："大风那匹马，你且先养着吧。即便是牵给琅姐儿，也不急在一时。你也别送了，待在屋里吧，外头冷。"

"是。"

这一番话，依旧出乎了薛廷之的意料。他的确是想送出院门的，陆锦惜这一说，他倒不好再走，只站在屋檐下，目送周五家的并三四个小丫鬟簇拥着她走了。

临安缩着脖子，把两手揣进袖子里，看得艳羡道："这样多的人，二奶奶也是很大的威风呢。"

薛廷之却不说话。

天已经很暗了，府里各处都掌了灯。穹顶上压着一片一片的彤云，冷风在院落四周号叫，半点不像是要晴，怕还要下一场雪。

他慢慢道："把大风拴回去吧，今夜天冷，还得多照看着点。"

"是。"

临安忙答应了一声，又去院子里牵马。

薛廷之看了一会儿，便无声地回了书房。

书架前的书案上，摆着笔墨纸砚，还有几张写好的斗方；一只干干净净的白瓷埙搁在右边，梨形，上了釉的表面很平滑，在没上灯的昏暗屋内，显得光泽清冽。

案后摆了一把花梨木的椅子，也是唯一的一把。他走过去坐下，一手搭在扶手上，一手却抬起来，两指用力地压着眉心，闭了闭眼。

他原本也是想要借着薛明琅那件事，去找陆锦惜。可没想到她自己来了，对人对事的态度，自有那么一股宽厚大度，从容不迫。这对他来说，原该是件好事。毕竟她越通情达理，他的计划便越少阻力。可一旦想起那目光来，沉凝、冷静、智慧……

他竟极为不确定起来，仿佛……这并不是一个他可以轻易掌控的女人。薛廷之一张脸上，温和谦逊的神态，早已褪了个干净。藏在下头很深很深的凛冽，纠缠着一股淡淡的戾气，幽幽浮了上来，在他眸底凝结成一片沉黑。

薛廷之在座中坐了良久，才将那一把埙，放在手中把玩。原想要做什么，最终又放下了。屋内只有那借来的炭盆，还散发着温度和通红的光。

北风敲着旧窗，一片响动。

陆锦惜这边已裹着猞猁狲大氅，回抱厦那边看了一回。薛明琅已回来，只是把自己关在书房里，谁也不见，说要看书，叫人别去吵她，连白鹭都劝不出来。

一整日折腾下来，陆锦惜早累了，也知道今日不是处理事情的最佳时机。她只吩咐准备好给琅姐儿的吃食，又与璃姐儿说了两句，便回了自己的屋。

白鹭一回，便按着规矩去张罗传饭。青雀则上来给她去了那大裘，交小丫鬟挂到一旁去，低声对她道："信已送出去了，只是奴婢没来得及问他出了什么差错，他只说回头向您告罪。"

陆锦惜知道，这说的是那个送信的印六儿。她点了点头，只道："信送出去便好，明日一早还要去给太太请安，也没工夫处理更多的事情了。先扔着，回头再说。"

不一会儿，饭传了上来。

陆锦惜在屋里用过了饭，又喝了盏茶，在白鹭和青雀的伺候下，洗漱一番后，入了西屋里间休息。她实在是累了。来了这里，八成时间都是躺着的，对这一张软床倒是熟悉，即便外面那北风呼啦啦地吹，有些吵闹，可她头一沾枕头，便睡了过去。

只是这一觉并不安稳，梦里头都有一股子烟呛的味儿。

到了半夜，更是咳嗽着起来，竟又醒了。青雀被她惊动，掌了灯，掀了拔步床外的帘子进来，有些担忧道："外头又在下雪了，您身子弱，是不是又着凉了？奴婢再给您抱一床被子来吧？"

下雪了？陆锦惜一时没说话，只竖着耳朵听，窗外果然有簌簌的声响，带着点莹雪的白光。

看来，要办寿宴的顾太师，今夜怕是不能睡了。

缩在锦被里，她略闭了闭眼，喉咙里还是痒痒得难受。她想起薛廷之书房里那一盆劣得令人发指的炭来，还是"顺道要来"的，心里头便有一股火气，只道："被子是不用了。明天一早，你叫库房那边，给薛廷之拨几篓好炭去，给我好生点点下头人，个个都没规矩要上天了不成！"

青雀不知她哪里来这样大的怒意，一时愕然。可陆锦惜也不解释，强压着火，翻身过去便继续闭上眼睛睡了。

第五章

心雪

次日，天还没亮。外头昏沉沉的一片，东屋则点着好几盏灯，照得一片明晃晃。

这一间乃是陆锦惜起居的地方，也是昨日青雀把信翻出来的地方。一应装潢摆设都与西屋差不离，只是更多几分闺阁女儿的气息。炕两头还摆着梅花洋漆小几，几上陈着一只青铜瑞兽小香炉，只是没点香。

一架精致的妆台，陈设在里间。

陆锦惜脸色不大好，眼底带着几分还未消散的倦意，就坐在妆镜前。白鹭拿着一支金竹叶桥梁簪在她头上比画，她只摆摆手道："见太太罢了，也没什么要紧事，不必这样隆重。换支简单的也就是了。"

她说话的声音，比起昨日来，似乎哑了一些。声音沙沙软软的，有一股病弱劲儿。人坐在妆镜前，只觉得腰肢纤细，自有一股弱柳扶风的姿态。

白鹭听青雀说了，猜到这是昨晚上咳的。她把那金竹叶的大簪子给换下了，又从妆奁里拿了一支细细的白玉花果行云纹如意簪出来，给她插在了新绾的流云髻上。

"您昨儿一夜都在咳嗽，都没怎么睡好。太太那边又不要每日里去请安，您要不再回去睡会儿吧？"

"我病已经好全，昨日又出了迟哥儿的那件事，即便她不要人去请安，可论情论理，我都得走一趟，把事情禀一禀。再说了，再困，这不也都起身了吗？"

陆锦惜说着，笑了一声，对着妆镜看了看。

陆氏的五官长相，与她昔日也是有七八分相似的。只是她的眉眼要凌厉一些，陆氏的眼角眉梢，则相对柔和。今日白鹭给她上的是淡妆，瞧着清雅得紧。

"成了，就这样。"

也懒得再费心收拾，陆锦惜看着差不多了，便从妆台前起身，见青雀已经捧了斗篷来，瞧着倒比昨天的还厚，不由问道："外头还在下雪？"

"后半夜就停了，不过雪很大，外头又盖得一片白，天可冷了。您今儿怕得捧个手炉才合适。"

青雀走了过来，给她披斗篷，递手炉，又想起自己半道上听见的那事儿。

"先才奴婢去端热水的时候，听下面的婆子们说，昨儿三奶奶那边可闹腾。"

卫仙？陆锦惜可还记得这一位弟妹那能折腾的样子。她捧着小手炉，不由一顿，奇道："她还能怎么闹腾？"

"您叫周五家的责罚那丫鬟蕊珠，后来三奶奶给带回去了。一开始都好好的，结果一通盘问，才知道蕊珠是因满嘴胡吣编排迟哥儿挨的打。也不知她是做戏还是真怒，知道了后，竟气得又叫人把蕊珠打了一顿。听说那丫头趴在屋里，哭了一宿，现在还起不来呢。"

"这倒是奇了……"

依着陆锦惜对这一位三弟妹的了解，即便做戏也不该做这么真啊。不过……

"由她去吧。说不准她是觉得被我拂了面子，找个出气筒，也说不准是觉得自己的丫鬟自己才能打。"

"也是。"

青雀轻声一叹，只对蕊珠这戏剧性的遭遇有些唏嘘。

陆锦惜心头倒没什么感觉，只存下了一个疑影儿。她临出门前吩咐，叫人去通知哥儿姐儿们，早晨不必来请安："我去见太太，还不知道什么时候回呢，只管叫他们晚上来就是了。"

吩咐完，她便跨出了门。迎面便是一阵冷风吹过，幸好她戴着兜帽，好歹挡了几分风寒，只是那灌进来的冷气，已经叫人忍不住有些发抖。

院子里果真白了一片。两三指厚的雪，压在地面上，挂在枝头，覆在院墙，益发叫人看不出什么早春的意味儿。

这个时辰，伺候的丫鬟婆子们早都起了身。沿路过的几扇窗里，都透出灯光来。

将军府长房太太孙氏，住在最僻静的南院。听闻她今年有五十多岁，但身子骨强健，虽出身小门小户，可曾陪伴长房老爷薛远在边关过苦日子。危急时刻，她还曾女扮男装，出生入死，把受伤的丈夫从死人堆里背出来。只是老天爷终究还是没饶过薛远，人救回来，伤势却太重，拖延了几天，还是死在了边关。

从那以后，孙氏便一力撑起了将军府。

她一个寡妇，膝下养着几个孩子，要处理外务，也要整顿家务，抛头露面的时候少不了。一开始京城里大户人家，个个都非议。可时间一久，哪个不敬佩？薛家的男人们，已经为大夏付出了太多。剩下那些要掌家的女人们，若还跟别家的女人们一样，哪里又撑得起这偌大一个将军府？

所以，薛家将门妇，便渐渐成了京城女子里，最特殊的存在。她们行动自由，不受寻常礼法约束，可代表着家里的男人们出席种种盛大的场合，也可以抛头露面，去处理自家庄子上的种种琐事。没有人敢置喙。

朝中那些讲礼教的酸儒，不是没想过参上两本，可一旦想到那些马革裹尸而归的薛家男儿和朝中拥护将军府的武将，便会觉得手中的奏折有千斤万斤，拿不起来。更别说，如今的薛府里，还有个在朝中举足轻重的永宁长公主。谁敢参？找死还差不多！

所以，陆锦惜其实很庆幸。变成寡妇，她并不幸运；但成了将军府的寡妇，还是薛况的孀妻，便是不幸之中的万幸。

原身陆氏出身书香世家，丈夫死后，大门不出，二门不迈，从来不曾利用过将军府这一点超出了世俗礼教的便利。可陆锦惜，她来自未来，虽没什么野心，但绝不想憋在高门大户里，了此残生。

将军府对她来说，是个不错的地方。婆婆孙氏与婶母永宁长公主，更是她应该感激的人，尽管她知道这妯娌俩的关系并不很好，甚至也知道，这一位婆婆对陆氏的态度，有些问题。

冷风吹过，脚下的路面上，覆盖着还没扫干净的残雪。青雀打着的灯笼，照在雪面上，是一片暖黄的光芒。

南院已经在眼前了，屋子里的灯也早亮了起来。

孙氏有早起的习惯，这会儿手中端着一盏养胃的汤，已经坐在了暖炕上，正喝着。她的两鬓有些花白，脸上生了皱纹，有几分老态。她穿着一身深青色的衣裳，头上仅戴了把银簪，看上去格外简单，只如市井里一个普通的老妇，半点看不出是名传天下的武威大将军薛况的亲娘。

冯妈妈伺候她两年了，见她喝完，便把汤碗接了过来，禀道：“昨日下面人禀说二奶奶今天要来请安。老奴听说，二奶奶的病已经大好，却跟三奶奶闹了起来，打打杀杀，浑跟变了个人似的……”

“鬼门关才是历练人的好地方。”

孙氏靠在半旧的秋香色引枕上，手中掐了一挂普通的紫檀佛珠，声音里带着几分沧桑的味道。

“我当年见过那么多血气方刚的少年郎，上过一次战场，见过了残酷的生死，个个都跟变了个人一样。她还是个有儿有女的。好容易从阎王爷手底下捡回一条命来，是该看清楚一些了。若还没看清楚，死了倒也是应该的。”

年纪大的人，一般很少将生死挂在口中。可孙氏从来不忌讳这些，说话也向来不客气。

冯妈妈听了，忍不住叹了口气道：“太太您是看得开。可若真如此，府里岂不是要乱了？”

将军府曾是孙氏一手撑起来的。只是自打陆氏嫁进来，薛况便请到孙氏这边，希望将家中中馈给陆氏掌管。

孙氏年纪大了，死了丈夫，当时嫡长子也英年早逝，就留下一个孀妻与幼女。薛家长房，怎么算往后都是薛况来撑。所以孙氏也乐得放开了手去，从此偏居南院，没怎么管过小辈们的事。

陆氏一开始也还争气，有薛况在的那几年，府里没出什么大乱子。可薛况一殒身，她失了外在的依靠，便艰难起来。等到四年前卫仙嫁进来，成为长房的三奶奶，情况便雪上加霜。

卫仙乃是太师府的小姐，当今得宠的贤妃卫仪的异母妹妹。没人知道，她为什么会看上薛府长房最平庸的三爷薛凛，还主动找人说媒嫁了进来，可人人都知道她的本事——身份尊贵，性情骄纵；笼络人心，料理内外。她的手段，学自厉害至极的嫡姐卫仪，习从家中长袖善舞的母亲，比嫂嫂陆氏好了不知几倍。

加之她有意针对陆氏，没几个月，府里人便陆续看清了风向，开始怠慢起陆氏，反对卫仙毕恭毕敬起来。这个时候，陆氏性子里的软弱，便暴露无遗。她无力与卫仙抗衡，也护不住自己手底下人，失去人心不过就是那么几个月的事。

孙氏当然知道陆氏是个善良的可怜人，可那又怎样？善良，是撑不起这个家的。

她可以容忍永宁长公主这样压过自己一头的人，因为对方的身份，对整个薛家来说，亦是一种支撑；她也可以容忍放掉中馈，只为薛况一句话。因为薛况是家中的顶梁柱。可她无法容忍陆氏。

卫仙为何一意孤行嫁给平庸的薛凛，甚至为何执意要针对陆氏想夺走陆氏掌着的中馈，孙氏都是隐隐知道的，只是她不去管。即便卫仙有什么过分的言行传到她这里，她也不闻不问。

因为，一个软弱的掌事夫人，从来不是将军府需要的。可如今……又听说陆氏忽然醒转，强硬了、通透了、本事了。

若是四五年前听见这消息，孙氏肯定是高兴的。如今么……她慢慢皱了眉，握着佛珠的手，在顿了一下之后，又慢慢地掐了过去，只道：“她既要来请安，那就见见再说。”

也赶巧了。她这话话音刚落，还不待冯妈妈问上两句，外头的小丫鬟便进来通禀：“太太，二奶奶请安来了。”

斗篷便给了青雀，手炉则给了白鹭，陆锦惜一身轻便进了门来，见那炕上靠坐着一个普通的妇人，上了些年纪，有种老态。五官寻常，穿戴更朴素，但那一双眼睛，却历过世事，经过沉浮，格外有种震颤人心的透彻。

这肯定是孙氏了。陆锦惜也不敢多看，纳了个福："儿媳给太太请安。"

她今日穿的是浅紫色的妆花眉子对襟袄，搭了条白碾光娟挑线裙。孙氏打量她一眼，便看出这料子只是半新，该是去年入冬时候做的，很是清雅素淡。看上去，还是往日模样。可比往日多几分生气和神气，取走了原本的死寂和忧郁。人其实比以前康健的时候憔悴瘦削，可眼角眉梢都透着一股光彩。

看着竟比她刚嫁进薛府那一阵，还要漂亮。孙氏恍惚了一下：即便是她年轻的时候，姿容也及不上陆锦惜万一吧？岁月对这些漂亮的人，总是格外优待。

"不必多礼，坐下吧。"

垂了眼眸，孙氏指了自己下首位置让她坐下，才问道："你这嗓子，听着像是有些哑，怎么了？"

当然是去薛廷之书房里坐的那一会儿，被破炭熏的！只是陆锦惜不说。说了就是揭自己的短，算是陆氏治家不严。

她恭敬道："回太太，是昨日出去处理迟哥儿的事情，道上着了凉。昨夜回去，咳嗽了几声，今早起来就哑了些。不过大病已好全，倒不妨事。"

"病去如抽丝，你这一场是大病，还是得当心。"

孙氏顺着她的话关心了两句。可病这种事，自有大夫照看，所以她也不在这上头费时间，直接问了正事，"你病才好，就跑来请安，想是有事跟我说。迟哥儿与国公府那孩子的事，我也听说了。现在怎么样？"

废话不爱说，单刀直入，很精明。但她的口气很不熟稔，透着股隐隐的冷淡和不喜欢。陆锦惜知道，太太对卫仙种种作为睁一只眼闭一只眼，所以遇到此刻的情况，也没半点惊讶。

她只有条有理地将来龙去脉叙述一遍，又说了去国公府交涉的结果和自己的想法，末了道："这法子，儿媳是偶然想的。世子夫人虽同意，可儿媳心里没底，生怕哪里不妥，今日特来搅扰您清净，想请教一二。"

与人相处，是一种智慧。你若只会表现自己的聪明才智，不给别人展现的机会，即便有千般万般的出色，也大多陷入孤立无援的境地。因为锋芒毕露，陆锦惜吃过很多亏。如今她早已学得很聪明，但凡表达完了自己，或者提出一个完美方案之后，总要将话头递给别人，或者放低自己的姿态。

孙氏听了，却不由得重新审视她，难以分清，她脸上的忐忑到底是做戏还是认真。

过了许久，她才收回目光。

“这个法子，一则全了两个孩子的面子，二则也能让他们成长，不仅不破坏他们的关系，事情若成了，还会增进情谊。英国公府的面子也顾全了。你做得很好。”

孙氏一番话说下来，不偏不倚。陆锦惜对她这缜密的思维，暗生佩服，面上则假作松了口气，庆幸道：“您这样说，儿媳便放心了。不过儿媳当时还真没想那么多……”

“啪嗒，啪嗒。”是佛珠一颗颗被拨动，撞击到一起的声音。

孙氏听着她这话，又瞧她模样，只觉得那一种忐忑和怯懦，似乎还跟以前一样，但言语中透出的智慧与通透，又完全不是昔日的陆氏能比。

真真假假，好似一团迷雾。她竟看不透了。即便是跟陆锦惜随意说几句话，她都忍不住要在脑子里过一遍，好似生怕一不小心说错。

太奇怪了。她这种下意识的反应，只有当年对着朝中几个老狐狸时，才会出现。可陆锦惜，也算那等绝顶聪明之人？孙氏不自觉地拢了眉头，暗道自己兴许是不适应二儿媳的改变。

陆锦惜这边，也是打量了她一会儿，念头闪烁。这一位太太，与原身的关系，实在算不上好。在这里多坐也没意义，不如早些把话说了，早些离开。

主意一定，她温温然开了口道：“儿媳的病已经好了。这一段时日，府里耽搁下了不少事情。迟哥儿这一桩已向您通禀，不过不知道府里其他事情，母亲有没有吩咐？”

原来在这里等着呢。孙氏听明白了，眼底划过一分嘲讽，只道：“没什么要交代的。太师府寿宴，你婶母昨日从宫里回来，想必已提点过了你，届时带着你三弟妹同去即可。我爱清净。你病好了，府里的事情照旧由你管，一应事情也是你自己拿主意，不必来问我，没要紧事也不必每日请安。府里还有不少事等着你料理，你便早些回去吧。”

这是下逐客令了。陆锦惜听出来，也不在这里碍她的眼，起身轻声告了退，从屋里出去了。

孙氏坐在炕上，身子动也没动一下，只瞧着那没了人的门口，终于是叹了一口气道：“我怎么就觉着，她这样，卫仙怕是斗不过呢？”

“只怕是要乱上一阵的。”冯妈妈也是叹气，却劝慰她道，“不过二奶奶能立起来也算好事。她们俩但凡起来一个，都是将军府的福气。还请太太放宽心呢。”

“也是。对我来说……哪个都一样……”

只要将军府好，一切都好。孙氏慢慢笑了起来，不再说话了。

那边陆锦惜出了门，心中却是大定。太太的确偏向卫仙，可执掌中馈的权力，是薛况当年亲自找她要的，为的就是给懦弱的陆氏，留一个安身立命的“权”。

孙氏再瞧不起陆氏懦弱，也不会明着去夺，更不会明着偏帮谁。那么，剩下的事情，对陆锦惜来说，就不算是事儿了。

卫仙聪明，也厉害，可在她看来……还真算不得什么。

“回去吧。这大半月也攒下来不少事情，该理理了。”

说着，陆锦惜披上了斗篷，捧了手炉，带着青雀白鹭往回走。

这会儿天色已稍亮。一座又一座屋顶的轮廓，藏在将明未明的深暗色彩里，格外静谧。

她们出南院，迎面便来了一群穿红着绿的丫鬟，当中簇拥着一名姣美的少妇，正是昨日与陆锦惜起过冲突的三奶奶卫仙。她今日穿着一身沉香色雁衔芦花样对襟袄，配海马潮云羊皮金沿边挑线裙，很有几分贵气。

一见陆锦惜打南院出来，她面色便是一变。只是她也不躲避，反而一甩袖子，抬了下巴，趾高气扬地走上前来道：“二嫂真是好全了，今日起得这样早，还知道来给太太请安了，恭喜啊。”

“承三弟妹记挂，好得差不多了。”

陆锦惜笑意盈然，看着卫仙的目光，和善而且平静。可她说出来的话，却让人无法保持冷静。

“太太这边，我素来没三弟妹勤快。今早也不过是因为解决了迟哥儿的事情，好歹要叫太太知道，免得她担心。如今府里的事情堆成了山，还等着我去处理，倒是没空陪三弟妹一道了。”

“你！”

又来了！牙尖嘴利的陆锦惜又来了！卫仙险些被她这一句毫不掩饰的嘲讽激得跳起来，恨不得掐她脖子！可当着这么多人的面儿，又是在南院前，她强忍了，冷笑一声道：“迟哥儿的事情，不过是你运气好撞上了。可老天爷，不会叫你次次都这样好运。太师府寿宴就在这几日，我可已好好准备了大礼。嫂嫂病了许久，不知可准备了什么好东西？”

“这就不劳弟妹操心了。”

陆锦惜的心情是真不差，也不计较她尖酸刻薄的口气，轻飘飘扔下一句，便搭着白鹭的手，从她身边走了过去。

半句招呼都没打，直接离开！卫仙与她争斗这许多年，哪里见过她这样嚣张无礼的时候？一时之间，她已愣在原地。一直等到陆锦惜人都消失在了拐角，她才反应过来，又是惊诧又是大怒道："她竟然敢无视我？！"

陆锦惜已走出去老长一段路，可这话依旧传进了她耳朵里，叫她失笑。白鹭和青雀对望了一眼，却都很担心。只是一路上也不好说话，一直到回了东院，等陆锦惜坐回西屋的炕上，青雀才忧心忡忡开口道："夫人，三奶奶出身显赫，乃是卫太傅的嫡女，家底厚实。她出手一定很阔绰，我们……"

"长公主都说了，顾老太师的礼，'贵'是其次，要紧的是'对'。"

陆锦惜一脸的轻松，半点没把这当回事。她只觉得头上沉沉，干脆便把头上那金簪子给拔了下来，随手朝炕几上一扔，砸出"咚"的一声响。

两个丫鬟都吓了一跳。

陆锦惜却笑道："该送什么我早想到了。你们去外头找找，看看潘全儿有没有把药材单子拟上来。"

说的是给鬼手张送一大堆普通药材的事情。

潘全儿原本不过一个普通的外院跑差事的，一朝得了陆锦惜的赏识，必定抓住机会往上爬，药材单子越快递上来越好。刚才陆锦惜是去给太太请安，不在这边，所以药材单子说不准已经在外头桌上放着，跟这半月积攒下来的杂事一起，等着陆锦惜处理。

白鹭当即猜到这送药材的事情，说不准与太师府寿宴有关，便连忙应了声，去外面翻找起来。

还别说，真被她给找到了。只是……

"夫人，药材单子在这里了。但这个……"

左手拿着的，是那一卷裹起来的长长药单子，右手里拿着的，却是一封薄薄的还未封口的信。白鹭重新站在陆锦惜面前的时候，已经是一脸见鬼的表情。话说到一半，便不知道应该怎么开口，卡壳了。

在看见那信封的一瞬间，陆锦惜眉梢都跳了一下。她险些以为那是宋知言的回信。可回头一想，即便是有回信也不会这么快，这才定回了神，皱眉道："吞吞吐吐，又说不出话来了。这一封是什么？"

"这个……"白鹭只觉得诡异，张口半天也说不出来，干脆将信递给陆锦惜，古怪道，“下面小丫鬟说，大公子一早来请安，想谢您打点的那几篓好炭，但您不在。他听丫鬟们说您早起咳嗽，嗓子也哑了，就借了笔墨，写了药方，叫回头呈给您……”

薛廷之？！陆锦惜险些一口喷出水来：不是他叫临安借来那一盆破炭，她哪里会咳嗽大半个晚上？这还有脸给她留药方了！真是……面色变幻好半天，她才强忍住把信扔掉的冲动，三两下拆出来看。

的确是封药方，只是字迹更柔和一些。昨日在薛廷之书上看到的批注字迹，是笔锋惊人，透着一种敛不住的锋芒，隐约着凝重的杀气。今日这药方上，却像是怕吓着看药方的人，所以每一笔都显得很克制内敛。

这个庶子，行事罩着一团迷雾。陆锦惜左思右想，也不大看得分明，只觉得对方来请安，还留下一封药方，该有点示好的意思。

可无事献殷勤，非奸即盗。难道就因为她拨了几篓炭去，他就被这个常年不管他的“嫡母”感化了？陆锦惜可不相信。

她皱着眉头，瞅着这一页纸上头一笔一画的字迹，慢慢给放下了，压在炕几上，道：“你们两个回头只管打点，再给大公子那边添点家用摆设，余者一概不管。我倒要看看，他葫芦里卖什么药。”

青雀白鹭两个丫鬟，惯知陆氏对薛廷之的态度。刚才见她说笑不像真笑，说怒不像真怒，一时摸不准她心头的想法，更不知道她跟薛廷之之间是怎么回事，因此迷糊了好半晌。此刻听得她吩咐事儿，这才对望了一眼，应了声。

陆锦惜又伸手要那裹成一长卷的药单子：“这也是今早呈上来的吧？”

“对。差不多跟大公子这一封药方前后脚。”

白鹭连忙把单子给递上去。

“潘全儿留了话，说若您要送得比较多，他赶巧认识一个陕西的药商，也信得过。到时候把药装车，先只给定金，送回生堂看了，再把银钱付讫。如此更稳妥些。”

“这考虑，倒异常周全。”

陆锦惜听得点头，把药材单子展开来看：党参、黄芪、白芷、姜活、地榆……一应治疗日常普通病痛用的药材都齐活了。

“药单子也不用改什么。至于量，回生堂用药甚多，得给他们大致准备个能用小半年的量。”

说着，她已扫完这单子，重卷起来，递给白鹭道：

“另着他顺便问问，张大夫那边，有没有能治风湿寒腿毛病的妙方。不管得没得信儿，都在寿宴前回来禀我。”

白鹭接过单子来，眨巴眨巴眼，双目立刻明亮了起来，一下就知道夫人先前说的送“对”是怎么回事了。

她欣喜不已，脆生生应道：“奴婢立刻就去！”

“等等。”陆锦惜忙拦了她一下，补了一句，“交代完潘全儿，你顺道跑一趟英国公府，替我给世子夫人捎句话。就说，雪化了，那一位就回。”

先前陆锦惜与永宁长公主说话的时候，丫鬟们都不在，所以听见这没头没尾的一句话，白鹭完全不明白，只当夫人跟世子夫人打哑谜，也不敢多问。在心里头把话硬记了下来，不敢错一个字，她才提了裙角，告退出去。她先往二门那边去，把陆锦惜的话儿原封不动传给了潘全儿，才打道转向英国公府。

陆锦惜则留在屋里料理内务，将军府上下二百余口，要打点的事情实在太多了。掌事夫人这位置，她也是坐上了才知道不轻松。

一则陆氏病了大半个月，大小事情攒下来一堆，都等着处理。府内的账册、别家的请帖、庄子上的收成礼单……件件都要她过目；二则天虽还冷，可节气已进了春，府里好些东西都要添置。园子如何打整，各房的份例要怎么添补，冬天里什么东西该裁撤下来……事项着事。

天才刚亮，东院外头，等着回事的丫鬟婆子便乌泱泱挤了一片。陆锦惜透过窗缝一看，头疼叹气，只叫青雀带人出去问：“有要紧事的才留下，领进来回我。若不要紧不要命，都留到改日来，叫她们都回去，别堵在门口了。”

这一来，外头人才渐渐散去大半。可饶是如此，从天刚亮忙到天擦黑，陆锦惜也不过才把事情理顺三分，更有一堆在后头等着。

人口多的大家族，竟比个大公司还麻烦！也难怪原身不大撑得住，便是换了陆锦惜这种常常加班奋战、习惯高强度运转的“铁人”，一天忙下来也觉得脑袋晕晕，吃不太消。

原本她还打算趁晚间孩子们来请安的工夫，了解了解琅姐儿的情况。可真到了那时候，她连说话的力气都没留下太多，只能问过了几句寻常的话儿，便叫他们先回去了。

其后的几天，更是索性将琅姐儿这事推到后面处理。一是因为眼下诸事繁杂，更有顾太师府寿宴一事迫在眉睫，需要打点，她分身乏术；二是发现琅姐儿对她依旧抗拒，即便每日请安，都一副恹恹的模样不爱说话。她猜要跟琅姐儿沟通上，怕是要费点水磨工夫，一时半会儿成不了。

所以陆锦惜便把全副的心思，都扑在将军府事宜上。她只花了两天，厘清了里里外外那错综复杂的关系。

七八天后，积压了大半个月的内务，还有开春后需要打点的事项，也都一五一十落定了下去。

阖府上下，谁能想到，陆锦惜病好之后，竟跟上了发条的西洋钟似的，这样雷厉风行？一时上下风气略微整肃，人人对她刮目相看。

到得第九日，陆锦惜才算闲了下来。隔壁英国公府世子夫人叶氏，因得她捎了那句话，早想拜访陆锦惜，得知她终于有了空，便踩在下午申时初刻，携了礼物过来串门。

陆锦惜照旧在西屋待客，见人一进来，忙起身来迎，道："世子夫人，有几日不见，我也正念叨着，要寻个机会找您坐坐呢。您倒好，先来了，还带上礼物，可是显得生分了。"

因近日天气有些回暖，所以陆锦惜难得穿了身颜色鲜亮些的。里头是蜜合色大袖衫，外罩一身竹青绣金银线遍地金比甲，下边搭着一条水色金枝绿叶百花拖泥裙。兼之她皮肤雪白，清丽得好似枝头白雪。

叶氏一见，倒险些不敢认，打趣道："可不是生分了，我瞧着不过八日没见，您竟年轻了好几岁！"

"如此说来，我倒不得不承您的礼了。"陆锦惜拉着叶氏的手，请她在暖炕东面坐下，才笑着道，"我如今啊，都是张大夫的方子调理得好，这几日虽忙，一应补品汤药也没敢断。对了，最近迟哥儿已去读书了，只是二公子好像还没去，惹得他每日闹无聊，说学斋不好玩，回来就缠我。二公子近来可还好吧？"

"张大夫杏林圣手，定方手臂上的伤口这几日工夫都快好全了。再过两日，便该能撵他上学去了。"因为罗定方没事，叶氏心里也轻松，跟着笑起来，"您是不知道，定方也喊无聊呢，在屋里待不住，老想出去玩。不过这几日时暖时寒，陆续又下了点雪，也不敢叫他出去。眼下正在化雪，也不知几时能化干净呢……"

化雪，在跟永宁长公主谈过之后，这个词便拥有了点别样的味道。陆锦惜当然不会以为叶氏指的是它本身的意思。浓密的眼睫，长长地垂着，乖顺地在她眼底投下一片沉静而浓黑的阴影，有隐约潋滟的波光，自她眼底深处划过。

为了透气，雕窗开着半掌宽的缝隙。陆锦惜抬首，望了出去。几日的工夫，院子里几棵树的枝条上，新芽已抽出几分更深的绿意。一层薄薄的残雪，还挂在新叶和枝条上，被外头有些昏黄的日光照着，晶莹闪烁。

似乎，不日就要化干净。可若是她没记错，山上总比此地冷许多。

出了西直门，一路再向西十三里，便是一片轮廓柔和的连绵山脉，苍翠的墨绿如从天泼落，洒覆林间山头。

没有雄奇的山峰，也没有险峻的峡谷，只有天地造化所钟的秀美。明法山是最靠外的一座，大昭寺便建在它的山腰上。

来寺里上香祈愿的香客们，络绎不绝，进进出出，只给这山上古寺添上几分世俗的烟火气。唯有那一条从山腰通向山上雪翠顶的阶梯独道，在这一片热闹之中，岿然不动，冷寂如旧。

一级一级台阶上，覆盖的白雪已见薄。

小沙弥慧定怀揣着信踏上去的时候，便见前面的台阶上，已经印下了一串又一串脚印，间距均匀。想来是觉远方丈留下的。脚印有去无回，人应该还在觉非师叔祖那里。

想着，慧定立于山道，往上方看去。夹道生长的都是遒劲的老松，密密的松针被冰雪裹了，只有隐约的深深苍绿自冰莹之间透出。山道的尽头，几间木屋，搭建在怪石苍松之间。云气渺渺，都在那木屋屋檐下飘荡，仿佛隐士的居所。

觉远方丈在屋里已经有大半个时辰了。他坐在临窗拿榉木三屏风的罗汉床上，手中拈着一枚黑子，盯着面前青云棋桌上那一局下到中盘的棋，拧眉思索。

顾觉非穿着一身蟹壳青素云锦长袍，勒着刺暗银云雷纹的二寸玄青大带。因没披鹤氅，所以腰间悬的一块雪白的半月形卧鹤玉佩，便露了出来。他只在那烧着银炭的铜炉旁一站，已是昭昭拔俗，令人神迷。

“还没想好吗？”

手中拿着厚厚一沓拜帖，他听着背后棋桌上半天没响动，终于还是开口问了一句。

觉远方丈立觉指尖那一枚黑子，已化作了一枚烧着的火炭，烫得他想就这么扔掉，叹气道：“容老衲再想想……”

“再怎么想，也无非是输三目半和输六目的区别。觉远师兄参禅修佛，该直指本心，这会儿怎么看不透了？”

顾觉非的声音里，透着点似真似假的笑意。觉远方丈顿时无言。

顾觉非只翻开了那一堆请帖里最上头的一封，顶头工整地写着几个正楷“工部尚书李文朗拜上”。

当初他还是工部侍郎，如今终于成了尚书。六年熬到这个位置，还真是……够慢的。扫一眼帖子，顾觉非的目光没半分停留，随手便把这帖子扔进了面前的铜炉。

“啪。”

烫金的帖子砸到通红的炭上，溅起几分火星，立时就燃了起来。火光明黄，却照不透他那一双深潭似的眼眸。

觉远方丈看着他这娴熟的动作，眼皮又开始跳了起来，道：“他们的消息，倒都很灵通。”

顾觉非但笑不语。他又翻开了第二封、第三封……

湖广总督赵向贤，杭州书院常建之，翰林院掌院学士吕如梁，应天巡抚挂兵部侍郎唐瑞京，扬州富商宋祁，协办大学士孟赞……大半是朝中一二品的大员，也有些许风流名士，夹着几个富可敌国的商人。

他一封一封地翻了，再轻巧地一封一封投进了炉里。

火，越烧越旺。眼瞧着那火焰冒起尺余高的气来，可他手里的帖子还有一小半，觉远方丈只觉可惜，道：“留着吧，别烧了。这样多的帖子，回头叫人搬下去扔到伙房生火，岂不正好？”

“叩叩叩。”

顾觉非还未回答，外头就有敲门声传来。

“觉非师叔祖，山下有新的信来，说是一定要面呈您，还说您见了一定会看。”

这声音是小沙弥慧定。顾觉非听得出来，可这话却有点意思了。他眸底神光一明又灭，莫名地笑了一声，也不翻手中的请帖了，只把剩下的向着墙边角落一扔，拍了拍手，便道：“进来吧。”

小沙弥慧定这才小心地推开房门，恭谨地来到顾觉非面前，双手把信捧上：“是刚才天王殿里一个香客递的，慧定愚笨，也看不出他是什么身份。”

看着普通的信，却隐隐有股牡丹花露香味，雍雅馥郁。顾觉非刚把信接到手里，便猜到这信是打哪儿来的，修长的拇指，指甲圆润，只一抵封口，便掀开了些许，瞧见了下头一枚小小的“仪”字。

那一瞬间，他眼底划过一丝轻嘲，忽然觉得有些好笑。她哪里来这样的自信，觉得他见了一定会看？是日子过得太顺遂，那一股自负的狂劲儿又上来了吧？一时摇头。顾觉非眼底无情无感，只轻轻一松手指头，沾着香息的信封，便飘到了铜炉内，一下挨着火，着了，烧成灰烬。竟是连拆都懒得拆一下！小沙弥慧定看得傻愣愣的。

顾觉非却一如平常，返身向那罗汉床走去，坐回了觉远方丈对面，随口道："你们方丈交代了，我屋里那一堆帖子，回头都给寺里伙房生火。你回去说一声，等雪化了，路好走一些，便叫人上来搬吧。"

"是。"

慧定下意识地朝着墙边角落看了一眼。

各式各样的请帖，乱七八糟，堆成座"帖山"，这些都是前几天送来的旧的；边上听风瓶边的几上，也是一摞帖子，足足有半人高，这些才是这两天送来的新帖。

想起这些天流水般络绎不绝的来人，慧定暗自擦了一把冷汗，见顾觉非半点不在意这些人的模样，又觉心中颤抖。觉远方丈与觉非师叔祖手谈，他不敢多留，应了声便躬身告退，又细心把房门合上。

顾觉非盘坐下来后，执了一枚白子，轻轻敲击着棋盘边缘，向觉远道："还不下吗？"

"唉。"觉远无奈极了，"我这六年来与你下棋，从没下得这样烂过。也不知你往日是敷衍我，还是今日认了真。"

说着，他终还是将那拿了有一刻多的黑子，投入了棋盘中，认输。

顾觉非笑起来道："早这样不就好了？"倒费了快一下午。

觉远凝视他半晌，沉默了好久，才道："山上的雪，虽没化干净，可寿宴就在明日，等不得了。你还不启程吗？"

顾觉非看他一眼，没有说话，只是回眸去看窗外那越来越斜的日头，照着怪石嶙峋，古松遒劲。山顶的雪，还盖着一层呢。

启程？他缓缓收回了目光，看着那一枚白玉棋子，只觉得温凉，一时竟分不清这从指尖传到他心间的温度，到底是冷，还是热。

昏黄的日光，洒满了雪翠顶，也在京城各处，铺下了一层金箔。

陆锦惜已望着窗外良久，没有说话。

叶氏见她出神半晌，有些迟疑地问道："夫人，也是在看雪吗？我已着人打听过，山上的雪，还没化呢。"

叶氏琢磨了许久，却琢磨不透，陆锦惜当然叫她别多想，只与她论些家长里短，说说最近准备寿礼的事情。

叶氏是没想到什么好法子，便准备了最不容易出错的。陆锦惜则说自己还没准备好，倒让叶氏替她着急了一回，但陆锦惜自己不急，只笑着应声儿。

两个人聊了很久，一直到了黄昏。叶氏约莫是知道她往日不出门，所以只把京城里高门大户的情况都掰扯了个遍。陆锦惜心知她是朝自己示好，便也领情，待她走时已经将这京中各家宅的情况了解了个囫囵。

叶氏走的时候，陆锦惜送她到门口，才被她赶了回去。眼见着叶氏离开，她才自语了一声："太师府、寿宴、雪化，呵，要么是故意摆架子，要么是要叫一些人心里头不舒服，要么……"

便是他自己也拿不准主意，心里犹豫。这个顾觉非，没一口回绝顾太师，就是对家里还有个念想；但又不给个肯定的答案，就不上不下吊着，多半是有心结没解，或者过不去某道坎。

陆锦惜对此人的了解，着实不深。但就这么一句"等山上的雪化了吧"，倒叫她管中窥豹，约莫触到这人性格的冰山一角。

想着，陆锦惜便重新进了屋。白鹭正带着小丫鬟收拾刚才摆在几上的茶点。

陆锦惜问道："寿宴就在明日，潘全儿那边，还是没什么消息吗？"

"您方才跟世子夫人说话儿的时候，奴婢便知道您回头肯定问，又遣人去催过一回。"白鹭停下来回禀，"不过他不在，其他几个小厮，说他去了回生堂。奴婢估摸着是办您这件事去了。这样算着，晚些便该有个准话儿回来了。"

陆锦惜一听，不由得摇头。

"这一位鬼手张，才真是个难伺候的……"

早几日，她便吩咐了潘全儿，命他从账房支了一笔银子，打点了两车药材送过去。鬼手张这老头儿也不含糊，半点不客气地收下了。潘全儿见他收得这样痛快，心想要办陆锦惜这件事，该妥当了。没想到，等他一开口，说想问个治风湿寒腿的方子，鬼手张竟直接翻了脸，撵他出去。

潘全儿平日不过就是个普通外院跑腿的，比一般人机灵一点罢了，从没想过天上会掉馅儿饼下来砸到自己头上。陆锦惜这差事一下来，他便知道这是赏识他，要掂掂他分量了。所以，对这一件差事，他百般重视。那陕西的药商，也是他朋友，曾提出虚报个药价儿，也好给潘全儿赚个花头。可潘全儿没应。他指望办好这件差事，入了二奶奶青眼，日子也有个真正的盼头。

可哪里想到鬼手张给闹这一出？潘全儿被打了个措手不及，只好一面跟陆锦惜回禀事情的进度，一面费尽心思磨着鬼手张。天亮了去求一回，太阳下山也去央一次。也不知是不是被他这来来回回几趟给磨烦了，到了第四天，那须发尽白的老头儿，终于松了口。

一见他出现在大堂，鬼手张便盯了他半天，阴阳怪气地问："要个治风湿缓腿寒的方子，是吧？"

那一瞬间，潘全儿简直怀疑自己是日有所思，夜有所梦，以为自己在梦中。他狠狠掐了自己一把，才醒悟过来——鬼手张答应了！一时险些没喜得蹦上天去，连声回他"就是就是"。

鬼手张也懒得跟他废话，一面在药柜里面给别的病人抓药配药，一面跟他说："我知道了，叫你们夫人把心放肚子里。寿宴之前，东西我便拿出来，到时你再过来取。"

说完，又见不得潘全儿站在这里，不耐烦地叫他滚，别在这里碍着别的病人。他事儿都答应了，潘全儿看他跟看祖爷爷似的，哪里敢违抗？嘴里头千恩万谢，夸着华佗再世，这才退了出去。

陆锦惜在屋里跟叶氏说话的时候，潘全儿便掐着时辰出了府去。

回生堂也在城东，不过是外城。与内城东这里聚居着达官贵人不同，外城城东都是平头老百姓，普通人占了大多数，偶住着几个读书的文人，却也不多。

路程不远，潘全儿没一会儿便到了。

一轮红红的圆日，裹着晚霞，就挂在西边街道尽头。街上已经没有什么人往来，唯独临街那三间门面里还有几个人进出。

正面那门上悬着一块泥金匾额，"回生堂"三个字写得工工整整，很有些年头。两侧挂着一副楹联，左边是"但愿世间人无恙"，右边是"何愁架上药沾尘"，端的是一副悬壶济世的情怀。

潘全儿略识得几个字，每每打这门口进的时候，都会收起脸上的轻慢懈怠，换上一脸整肃的表情。毕竟，他父母当年潦倒，曾在这里求过救命药。人总得知道感恩。

鬼手张虽是个油盐不进的老顽固，可他却绝对是京城大部分老百姓的恩人。

"哎，您又来了啊？"

药柜前面正在称药的医馆小徒儿纪五味，今年才十四岁，一见了潘全儿进来，便扬了笑脸，给他指了指右边帘子后面。

"师父他老人家在屋里等您呢。"

"多谢小哥儿指点。"

潘全儿是有些吓了一跳，忙应了声，才抬步走过去，停在帘子外面，恭敬道："张老大夫，小的潘全儿。"

“进来吧。”

屋里传出来一道苍老的声音，夹着几分不满的味道。

潘全儿还是头一次进这里。一股苦涩的药味儿扑鼻而来，入目所见，大多都是药柜，多宝阁上摆的不是医书就是针灸、刮骨刀一类的医用器物。

享誉京城的鬼手张，就站在一张长案后头，粗布衣的袖子挽了起来，手上沾着血，正给一只白鸽的翅膀包扎。听见他进来，他也只抬了一下眼，吹了一下胡子。干瘪的一张脸上，每条皱纹里都写着不情愿。下巴略抬了抬，鬼手张示意潘全儿去拿案角那一只简单的锦盒。

“东西都放在盒子里了。这种老风湿加旧伤还要加风湿的老毛病，最是棘手。往日老朽没诊过这么严重的，只试着做了几贴膏药，开了个药方。你拿回去给你家二奶奶，先叫病人试试，看看有没有效果。”

这话说得很谦逊。鬼手张光是嘴巴动，手上却很稳，仔细地把纱布末端打了个结，才松了一口气，拿了旁边的手袱儿，把手上的血迹擦去。额头上却已经见汗。他毕竟年纪大了。

倒是那鸽子，包扎好之后，拖着那受伤的翅膀，在案上一摇一晃地走着，“咕咕”地叫了两声。

潘全儿瞧出这是只信鸽，倒也没在意。他上前抱了锦盒，小心地打开来看，便瞧见最上面铺着一张宣纸，密密麻麻写着潦草的医嘱。老大夫们都这个风格。潘全儿心里安定下来，合上了锦盒，真诚地给鬼手张道谢：“真是多劳您费心了，二奶奶那边也不知道回头怎么样，只怕过不多久还要来叨扰。”

“哼。”

鬼手张斜着眼看潘全儿，只用手袱儿摁着自己指甲缝儿，把里头浸着的血迹给吸出来。他不冷不热道：“拿了东西便赶紧回去吧。你们家二奶奶，指不定等急了。”

“嘿嘿……”

潘全儿有些尴尬地摸了摸自己的鼻子，也不敢跟这一位老人家顶嘴，只抱着锦盒，点头哈腰地告退。

“那小的改日再带东西来孝敬您，这就先告辞了。”

说着，潘全儿老老实实地退出了屋去。

鬼手张心情不大好，擦完了手，便把手袱儿摔在案上，“啪”的一下，差点把那鸽子吓得摔倒下去。

“凭什么我就要给她做事？！真当我不知道病的那个老家伙是姓顾的老不死

吗？！我就合该在里头掺它几斤砒霜，药不死他！”

“死鬼，又浑说些什么？！”

鬼手张嘴里刚骂完，外头那帘子便猛地被人一把掀开，颇为吓人。他老妻汤氏抱着一筐刚晒好的甘草走了进来，怒得拿眼睛瞪他。

“越老越糊涂！说的就是你！你也不想想，你随口一句抱怨，人家就牢牢记在了心底，巴巴给你送了这两大车药材。活菩萨都没这样好的心肠。你就知道逮着她那一点子不好，拿老眼光看人！”

“我——”

鬼手张张口就想要反驳，心里可不服气。结果一对上汤氏那“有种你再顶一句我抽死你”的眼神，顿时硬生生把话憋了回去，险些出了内伤。

“咕咕咕咕——”

鸽子悄悄走到了案那头，把两只翅膀缩起来，跟只鹌鹑似的躲一旁，似乎生怕被这夫妻俩的战争波及。汤氏走过来，把药柜的格子拉开，慢慢把那晒好的药朝里面放，嘴里还说个不停。

“你骂人家一句‘也不看看穷苦人家’，人家就给你送了这些普通药材。这才刚开春，头疼脑热腹泻呕吐的小病正多着，药材正不够用。你一见人家拉来的两车，眼睛都在发光。现在药材收了，事也应了，连膏药和药方也制了开了，你倒还背后骂起人来了！给你两车药材，叫你多救几个人不好吗？亏你也七老八十了，不嫌丢人！”

一通数落下来，在外头能横着走的鬼手张，只把自己缩成了个鹌鹑。他想着，心里仍是委屈。

“若不是大公子说，我哪里愿意搭理她？你也不看看大公子在府里过的是什么日子！我能救她一条命，都是看在昔年大将军的面儿上！”

“大公子那是通情达理，知道谁是谁非。”汤氏瞧他那夙样儿，忍不住就啐了他一口，“总归是二奶奶菩萨心肠，看结果是好的就成了，偏你要去在意那些陈芝麻烂谷子！”

“行行行，都是你对，你对！我自来说不过你！”

鬼手张一通吹胡子瞪眼，气得背过身去，干脆拿了多宝阁上一本医书并一包银针，直接往门外走了。

“我不说，我行医去了！”

汤氏一眼就看见他拿的是《圣济针灸图经》，再一瞧那一包银针，便知道他是要去干什么，一时都懒得拦了。

“断了的脚筋，能续上就不错了，还执着个什么呀！”

她低低地叹了口气，只把药柜合上，又把那包扎好的鸽子轻轻放回了鸽笼，才走到外间，吩咐小徒儿。

“五味，你去把薛将军府的牌子挂起来。往后若是他们家来人请诊，尤其是陆二奶奶，但凡你师父手里没重病人，都知会了他去。”

纪五味愣了一下，反应了过来，连忙点头：“是，师娘，徒儿这就去。”

说完，便把手里的小秤给放下，走到堂后，翻出一块空白木牌来。他提笔在上头写上“薛大将军府”几个字，又补了一行略小的“陆二奶奶”，才将之挂到了墙上。

第六章

大将军夫人

暮色昏昏。京城各处街道上，行人稀少，个个急匆匆地往家中赶。

潘全儿离开回生堂，便上了马，一路疾奔回了将军府，忙请了个婆子去问二奶奶行踪。婆子回说，见天气好，二奶奶正在不远处的小花园散步，问要不要帮他递东西。

往常潘全儿必定是答应的，可这一回却只谢过了婆子好意，只说东西要紧，想面呈二奶奶。于是消息就报到了白鹭那边。

这会儿陆锦惜正抱着手炉，站在花园亭子里，打量着眼前一片光秃秃的湖泊，还有周围一片稀疏的花木，只觉得太单调。

听了白鹭这么说，她便在凉亭一侧立住了脚，笑了起来道："难为他有心，叫他过来回话吧。"

潘全儿这才能进来，当面表事。他还是穿着那半新不旧的青色直缀，微微弯着身子，怀里抱着从回生堂取回来的锦盒，上到凉亭台阶前，在下面躬身行了礼道："小的潘全儿，给二奶奶请安。"

"起来吧。"

陆锦惜站在台阶上头，就跟当初站在大昭寺门口的架势一样，镇定里透着一股脱俗的淡泊。

"东西都拿到了？"

"幸不辱命。"

潘全儿也不废话，双手将那锦盒举了起来。陆锦惜点了点头，白鹭便极有眼色地去捧了锦盒上来，掀开来，让陆锦惜过目。

医嘱搭在最上头，陆锦惜拿起来一看，又朝锦盒里看去。几贴新制的膏药，几副需要煎服的药，另给了一张专用来泡脚的药水方子，后头还写了一行小字："药贵，自个儿配去！"

陆锦惜顿时失笑。鬼手张确是个老顽童的性子，偏又有济世的仁善，说是有一颗赤子之心亦不为过。自个儿配就自个儿配吧，回头把药方誊抄一遍，直接给太师府就成了。

她把药方折了，放回锦盒内，对潘全儿道："这差事也算是半道起死回生的。你这几日辛苦，我也都看在眼里。你一会儿去东院那边，领上三个月的月例银子当赏钱吧。"

"谢二奶奶赏！"潘全儿立刻喜笑颜开，像是从地上捡了一包银子一样，"小的往后必当尽心竭力，给二奶奶办事。"

其实陆锦惜心里门儿清。锦盒大可叫婆子们递上来，他却偏破规矩自己走一趟，为的便是在她这里刷个脸熟。

有时候，事情做了，还得懂得展现自己的功劳。光做不说的，在职场里都是傻子。当上司的固然觉得你好，可爬得高的永远是做得漂亮也能说得漂亮的。

陆锦惜当初一步步这么过来，潘全儿这法子她也使过，所以并不排斥，反觉得他是可造之才，面上便和善许多。

"不必往后了。现如今正好就有件差事你能办。"

潘全儿一下愣住。陆锦惜一指凉亭前头这一片湖泊道：

"一会儿你去领了对牌，找几个园艺花匠，把这花园捯饬捯饬。湖里要栽上点碧荷，周围这一片也别太寒酸。事情都跟回生堂这次一样，可知道了？"

这简直又是当头一个馅儿饼砸下来，可比之前回生堂那次大多了。先前潘全儿只觉得二奶奶是在掂他分量，如今还给他安排事儿，分明是要抬举他了。当下潘全儿就跪下，规矩地磕个头道："小的谢二奶奶赏活儿。"

"没什么赏不赏的，这都是你有本事挣来的。"

陆锦惜摆摆手，示意潘全儿起来，不过也没准备再多说什么了，只道："这几日忙下来也有你累的。今日没事，便先回去歇着吧。"

"那小的先告退了。"

潘全儿一颗心怦怦直跳，只觉得二奶奶这一句"都是你有本事挣来的"着实有一种奇异的、让他沸腾的味道。他恭敬地退下，陆锦惜则站在凉亭上看着前方。

白鹭见人一走，总算是欣慰地摸了摸自己的胸口，一副侥幸模样道："可算是成了，奴婢险些以为要赶不上了。明儿就是太师府寿宴，咱们这寿礼，可还真是踩着时辰备的。"

"鬼手张言出必践，只是磨人了一些……"陆锦惜眯着眼睛笑起来，看一眼锦盒，心情也的确不差，"咱们也回吧。差不多快到传饭的时候了，再回屋看看有没有旁的事。"

"是。"

凉亭下面，连着一条鹅卵石铺成的园径，石头表面已经被人踩得有些光滑。远远地能看见花园尽头的抄手游廊。

陆锦惜下了台阶，上了园径，便要上游廊。不过还没走近，她便忽然“咦”了一声，看着前方，脚步一顿。

游廊左面，竟有个纤弱的妇人走了上去。一身黛色遍地金的比甲穿在身上，勾勒得腰肢细瘦，体态婉约，头上只绾着简单的圆髻，耳上挂着素净的白玉圆珠耳坠。

隔得太远，陆锦惜不大看得清对方的五官，只隐约觉得秀美婉约。这人她没见过，也不认得，倒是白鹭也跟着停了脚步，有些诧异道：“居然是大奶奶。”

陆锦惜顿时一怔：她大嫂，贺氏？

薛家长房人丁不旺，嫡庶男女算在一起，统共五个。大爷薛冷，二爷薛况，三爷薛凛，四爷薛准，还有个年纪最小的姑娘薛黛。薛冷、薛况和薛凛，三人都是太太孙氏嫡出。

薛冷和薛况本事都很大，年纪轻轻就已经跟着父亲带兵作战，建功立业，只是因为战事频繁，俩人都没能逃脱马革裹尸的命运，剩下来的三爷薛凛，则显得平庸。

兴许是薛氏一门的气运，都集中到了他两个哥哥的身上，轮到他时，文不成武不就。即便娶了卫太傅的嫡女卫仙，如今二十六岁，却也不过凭着家族荫蔽，在京中谋了个六品骁骑校的职。陆锦惜其实都曾疑惑：卫仙这样出身尊贵的高门嫡女，嫁什么人不好，怎么偏偏就选了薛凛？

至于四爷薛准，则是老爷薛远的小妾周氏所出，今年十九，还未及冠；小姑娘薛黛，陆锦惜的小姑子，也是刚及笄，听闻正要谈婚论嫁。

细细一数，薛家长房如今的情况，的确算不得很好。如果陆锦惜没记错的话，这一位长嫂贺氏，原本才是真正的掌家媳妇。只是薛冷去得早，她膝下只有一个小女儿薛明珠，没有嫡子傍身。又兼之薛况功绩地位都节节攀升，早越过了昔年兄长一大截，又娶了陆锦惜，所以太太孙氏，自然也没有把中馈交给贺氏来掌管的道理。

听闻这一位寡嫂，自守寡后，便关起门来守着薛明珠过日子，外面的事情几乎是不搭理的。倒没想到，能在这里看到。

陆锦惜略一思量，便道：“咱们上去打个招呼吧。”

说着，便迈开脚步。可没想到，就在她刚走出没两步的时候，对方也瞧见她了，那一双有些沉寂的眼眸里，便多了一点陆锦惜看不明白的东西。

贺氏站在廊下，见陆锦惜向着这边走来，她竟只远远跟陆锦惜点了点头示意，便继续顺着抄手游廊，向另一头走去了。

“这……”

白鹭瞧见了，顿时不知说什么是好，好半天之后她终于反应过来，不满道：“她倒一副不想见咱们的样子。咱们还不想见她呢！”

陆锦惜却没说话。她还在琢磨刚才贺氏看过来的那一眼，哀伤里带着几分不平，或许还有不喜。陆氏也死了丈夫，可她运气好，还有薛迟这么个遗腹子。因此她继续掌管着家中中馈，乃是名正言顺，往后也有个傍身的依靠。

明明有同样的经历，可偏偏自己是倒霉的那个。换了她是贺氏，见了陆氏，心里也应该有那么一点古怪吧？陆锦惜这么一想，倒不很计较对方的敷衍了，只随口道：“她是长嫂，也没什么失礼的地方。不打招呼也好，不必花心思想怎么说话了。”

白鹭对这话自然不敢苟同。她跟上了陆锦惜的脚步，嘀咕起来：“大奶奶成日里关在家里，往日咱们璃姐儿琅姐儿去她那边找珠姐儿玩，她竟然不允，怕咱们姐儿把珠姐儿带坏了。”

“这话怎么说？”陆锦惜顿时皱了眉。

白鹭撇嘴道：“因为咱们姐儿有书房，也不止读《女戒》《女训》，琅姐儿又不那么娴静，四下里跑着。当时奴婢听她说那话，心里就不很舒服。”

原来还是陈年的旧怨。

陆锦惜大致明白了这一位寡嫂的情况，端怕是要立个牌坊的，生怕将来珠姐儿不好嫁人吧？她心里不认同，不过并不发表意见，搭着白鹭的手，慢慢去了。

刚进了东院院门，青雀便迎了出来道：“您正好回来，姐儿们哥儿们都在屋里，等着跟您请安呢。奴婢正想您要再不回，就请他们先回。”

近日来陆锦惜帮孩子们算了算，早上请安的时辰，未免也太早了一些。睡得晚的连个囫囵觉都熬不过去，加上早上天气冷，她便免了他们的晨起请安，只叫一天来一趟，都在黄昏。

陆锦惜听了青雀这话，脚步没停，往里面走，却是想起自己前几天事情忙，一直没来得及抽出空来跟孩子们相处。今日他们来请安，倒是有些闲暇说话。但人多，有些话她也不方便问。

陆锦惜进门前脚步一顿，只吩咐道：“去张罗张罗，在外间摆饭吧。我留孩子们一起用个饭。”

青雀点点头，明白了她的意思，便去通知小厨房，添几道哥儿姐儿喜欢的菜色。陆锦惜这边却是直接进了屋。

"给母亲请安。"

几个年幼的孩子都在，一起给陆锦惜道了个安。

陆锦惜一眼看过去。薛明璃撒花黛袄配着弹墨裙，安然娴静；薛明琅今日亦穿着白绫袄儿，下着浅翡翠撒花洋绉裙，比起当日踩着小红靴的打扮，倒是乖顺很多，只是她依旧垂着头，虽行礼，但把头埋得很低；薛迟跟罗定方打架时候落下的伤，则已经好全，此刻一张小脸，干干净净，粉雕玉琢，眉目里那一股英气便更凸显出来，两只眼珠都在放光。

只是让陆锦惜惊讶的是……薛廷之也在。比起那三个乳臭未干的，他实在显得年纪不小。站起来比陆锦惜要高，看着也成熟许多。

一身简单的白袍上绣着如意云纹，勒着一条同色的刺绣腰带，从上到下收拾得妥妥帖帖。他鼻梁高挺，嘴唇微薄，眉眼间的轮廓，却很深刻。比起薛迟来，薛廷之的身上，那一股英挺之气，反而没那么重，他是发自骨子里的锋锐。

陆锦惜瞧他一眼。单独看时还不觉得，如今他与薛迟一左一右站在一起，她才发现这俩孩子长得一点也不像。许是薛迟长得像她，或者薛况，但薛廷之长得像那个胡姬吧？不过如此说来，那胡姬的美貌，必定惊天动地。

心里绕过了这么个不大相关的念头，陆锦惜已走了过去，叫他们都起身道："方才会过了世子夫人，见天气没那么冷了，便出去走动了一会儿，倒忘记你们这个时辰要来请安了。没等太久吧？"

炕上暖和，茶盏也上了新的。

陆锦惜坐了下来，白鹭则将那鬼手张给的锦盒放到了一旁的高几上，在陆锦惜身边垂手侍立。薛廷之没说话，只看了那锦盒一眼，目光在那回生堂独有的铜锁头上停留片刻，又收回了。

"回母亲的话，没有等太久，也才刚来。"

薛明璃乃是长姐，坐下来之后，便轻声细语地答了。薛迟却是望向陆锦惜，有些期待，巴巴地问道："娘见过世子夫人了吗？她有没有说定方什么时候去学斋呀？我一个人都要无聊死了。"

上次打架，薛迟听说罗定方也没受罚，两家的大人都没追究，心里就很高兴起来。自打自己回了学斋上学后，就一直记挂着罗定方。这会儿听陆锦惜提起世子夫人，当即就按捺不住了。

陆锦惜无奈道："这些天你都问过了八百遍了。世子夫人说二公子的伤已经好得差不多了，张老大夫的医术你还用担心吗？差不多这两天他就能去学斋。你这两日，可没在学斋乱搞什么是非吧？”

“没有。”

即便有我也不说啊。薛迟可是个机灵鬼，知道罗定方这几天就要来读书，眉开眼笑，带了几分讨好地对陆锦惜道：“这几日娘你很忙，我明天就把功课给你看看。先生还夸我呢！”

“是吗？我怎么觉得这话不是很可信？”陆锦惜看了他一眼。

薛明璃坐在一旁抿着嘴，露出点微笑来。薛明琅不客气地给了弟弟一个白眼，道：“又是老伎俩！”

薛迟顿时跟泄了气的皮球一样，蔫了下来。他轻哼了一声：“二姐你这么凶，往后一定没人娶！”

“那都是往后的事。”薛明琅竟然不恼，斜了眼看他，“总比某些人今晚上回去奋笔疾书的好！”

薛迟被人拆穿，一下就奓了毛，跳起来道：“你嫁不出去！”

“你回去赶功课！”薛明琅哪里是耐得住的性子，当下也把茶盏一放，就戳了回去。

“你嫁不出去！”

“你回去赶功课！”……

你来我往，竟在这屋里掐起来了。薛明璃左边看看，右边看看，一时头大，两边都劝：“没事没事，都是一时气话，别吵了……”

“你嫁不出去！”

“你回去赶功课！”……

照旧魔音穿耳。陆锦惜看着眼瞧着就要打起来的琅姐儿跟迟哥儿，还有夹在中间的璃姐儿，一时只有一种自己进了智障幼儿园的错觉。

她竟然没出声，就这么看着。姐妹弟弟三个，虽是在吵闹，可看着圆融一团。姐弟相互数落起来，对对方的毛病和小秘密了如指掌，看得出平日里关系很近，就是混在一起的。

薛廷之也在旁边看着，并不出声。

屋里吵着，倒是很热闹。陆锦惜听了一会儿，已经把琅姐儿跟迟哥儿一些小秘密记下来了，现在再看璃姐儿，竟然觉得这是个聪明的和事佬。不插手，也不用被其他两个拆台爆料抖秘密。

她想着，便微笑起来。

薛廷之回眸瞧见她，竟觉得她心情好像不差，眸底便闪过了什么，缓声开口：“母亲……不劝劝吗？”

“就这么吵着挺好的，吵吵闹闹才是一家子嘛。”

话一出口，陆锦惜就顿了一下，这话说得不很对了。因为薛廷之看起来，就是个局外人，他不过坐在这里罢了。陆锦惜放下茶盏，带着点歉意道：“我无心之语，你别往心里去。”

其实薛廷之从来没当自己是个“家里人”。他摇摇头道：“您说得对，吵吵闹闹才是一家子，这样也挺好的。”

他就这么坐在那边，恭谨整肃。陆锦惜一时也不知跟他说什么好，只想起他那方子来，却也不道谢，更不询问。

没一会儿，先才出去张罗的青雀便回来了。

“夫人，外头饭菜已经张罗好了。”

陆锦惜点了点头，见他们也吵到了尾巴上，便起身道：“好了，都别吵了，这一通话说下来该累坏了。正好我这里传饭，都留下来用个饭吧。”

“我才不……”薛明琅瞪着薛迟，一句“不想跟他用饭”就要脱口而出。旁边的薛明璃忙拉了她的袖子，她才闷闷地又把话憋了回去，索性不开口了。小孩子吵架，都是吵着吵着到火气上，没多久自己就会好。陆锦惜当然明白这个道理，只当自己没听到这话，便带着他们往外间走。

只有薛廷之，有些迟疑，站在原地没动。陆锦惜脚步一停，回头看他问：“怎么了？”

“回母亲的话，廷之院里已经备了饭，一会儿还要回去喂马。”

薛廷之垂着手，那修狭的桃花眼一垂，便是一点低低的沉寂，只挂了些微的笑意。

“怕今日不能领受母亲美意……”

其实陆锦惜也觉得跟他一桌吃饭，会很奇怪，毕竟他不是陆氏的孩子。是以听见这一句话，陆锦惜不置可否，只道：“你既然有事，那便改日吧。”

“是。”薛廷之一躬身，“那廷之改日再来给母亲请安。”

“无妨。”

陆锦惜就站在原地，看他告辞离开。也不知是不是心理原因，看着他的背影，脚步略有蹒跚，一个人出去，身边也没带个别人，竟觉得有些清冷落寞。

陆锦惜皱了皱眉，一点旁边小丫鬟，道："你出去送送大公子，外头天暗了，也打个灯笼。"

小丫鬟顿时讶异，明显是觉得陆锦惜这吩咐出乎了她的意料。只是她也不敢多言，连忙应了声，追出去了。

陆锦惜是不知道薛廷之为什么不留下来吃饭。也许是真有事，也许是觉得留下来不好吧。后者的可能性挺高，所以她也没继续深究下去，自去跟孩子们一起用饭。

琅姐儿和迟哥儿都有些挑食，不过都在长身体的年纪，除了几样菜没动之外，其他都用了不少。

一直等到天黑了，饭用完，又喝了茶，她才着人把他们挨个送回去。

晚间也没什么事。明日就要启程去顾太师府，给那一位跺跺脚就能震动整个官场的顾老太师拜寿，所以陆锦惜也没看账本没看书，早早歇下了。

次日一早，她便起身往孙氏屋里去，打算省过了太太，动身出发。不过，意外的是，她到那边的时候，孙氏屋里已经坐着两个人了。

一个盛装打扮，正是今日要跟她一同去寿宴的卫仙；另一个却是弱如蒲柳，带着一点寂寂的意味儿，像盘冷月。

陆锦惜一打量，便认了出来：后者正是她昨日在抄手游廊那边瞧见的大嫂贺氏。对方虽换了一身更素净的苍青色棉裙，可当时的模样和身段，陆锦惜都还记得。这一次看见正脸了，是个内敛的美人，端的是两撇柳叶眉，眉梢微微下坠，便把整个人的气韵给压了下来。

这没什么生气的寡淡模样，一时让陆锦惜想起个把月前，自己刚来此地，揽镜自照时的模样。可不就跟这样子差不多吗？她心里暗暗皱眉，却如常给孙氏道了个安，才坐到了右边第一把椅子上，在卫仙上头，也在贺氏的对面。

"倒是没想到这样赶巧，也碰见大嫂和三弟妹了。"

孙氏没说话。卫仙却瞧了陆锦惜一眼，嗓音似黄鹂一般好听："二嫂在太太这里遇到我，算不得巧，在这里遇到了大嫂才是巧呢。"

贺氏似乎是个沉默的人，她那一双沉寂寂的眼眸，抬起来，看了卫仙一眼，又垂了下去，声音细细地道："也没什么巧的。"

卫仙顿时甩了她一对白眼。

陆锦惜侧头正好瞧见，觉得卫仙似乎不大待见贺氏，只是她也没说话。

上头坐着的孙氏刚好把茶盏放下，抬起头来，也不知是看没看到刚才的情况，只道："你们大嫂是经常来瞧我的，只是时辰跟你们不大对得上罢了。今儿你们俩，都要去太师府了吧？"

"正是。想着出门之前，来您这里请个安，也听听您的交代。"陆锦惜恭谨地回答。

孙氏却还是那句话："没什么要交代的。今日长公主也会去，有她在，若能提点你们一二，必定出不了差错。时辰不早，老二老三媳妇你们要出发，老大媳妇也陪我说了多时的话了，我也不多留你们，都各自去吧。"

陆锦惜与卫仙到这里来，都不过是走个过场。卫仙来得早些还有盏茶，陆锦惜却是露个面儿就走，连茶也来不及上的。她们都站起身来，与贺氏一道给孙氏告了别，才出门来。

卫仙瞅了瞅陆锦惜，又看了看贺氏，似乎不想搭理她们，一扭身便先往外头去了，倒留了陆锦惜与贺氏一起。

陆锦惜估摸，她跟贺氏没两步同路，走在一起，总归要说几句话，不然也太尴尬。于是她主动开了口："昨日在花园那边偶见了大嫂，本想上前打招呼，不过大嫂没看见我。可巧今日在太太这里遇到，只可惜我马上又要去太师府那边了……"

在她看来，说话套近乎，总不会出错的。可没想到贺氏半点没有买账的意思，眼见着院门就在前面了，只略微生硬地笑了一笑道："也没事。我是个没了丈夫的，在家里待着才是正经。弟妹与三弟妹一道去太师府是正事。"

那一瞬间，陆锦惜微微蹙了眉，竟觉出几分莫名的不舒服来。尤其这一句"没了丈夫的，在家里待着才是正经"，听上去颇为刺耳。

陆锦惜只不动声色点了点头，三两步到了院门口，便与贺氏告别了。贺氏的院子在另一头，也不去太师府，所以不跟她们一道，走几步就没了影子。

陆锦惜在原地看着，眸色深深。

卫仙竟也没走远，见她这般，不由凑了过来，幸灾乐祸道："看来，也不是我一个人听不惯她说话。二嫂你也不喜欢她啊！"

这几日府里已经多了几分绿意，卫仙又年轻，逢着要给太师府贺寿，所以抱了雪貂毛手笼，穿了一身的海棠红。裙面上那银色的刺绣针针精致，在天光下面闪闪的。乍一眼看去，人比花还要娇俏。

陆锦惜回头，就看见了她脸上那讽刺的表情，一下想起她刚才在孙氏那边甩了贺氏的一对白眼。卫仙的脾气，在她感觉起来，总有那么一点点奇怪。对着原身陆氏，她也不知哪里来得那么大的恨，跋扈又嚣张；如今却勉强算得上和颜悦色，估摸着是觉得她变成一块又臭又硬的石头，要换个法子整她？

陆锦惜慢慢笑起来，当然矢口否认："我只是看大嫂这样一个人，心里有些戚戚然罢了。"

"嗤！"

虚伪！卫仙又不是没长眼睛的瞎子，听见陆锦惜这话，便嗤笑了一声道："二嫂自个儿心里面怎么想，我们这些外人说没说中，那都只有二嫂清楚。"

这话说得也算是有趣。陆锦惜知道，今日府里三爷薛凛还在当值，抽不出什么空来，要等忙完了才能跟人一起去太师府， 所以她安排了卫仙与自己一起。此刻她迈开脚步，卫仙自然也跟在了她身边。见她不说话，卫仙又转头打量她。

还是因为太师府寿宴，今日的陆锦惜也穿得鲜亮，换了风格。一身云锦缎百褶裙，外面罩着湖青缠枝连纹褙子。乌黑的长发绾成了复杂一些的弯月髻，发芯里点了一支双衔鸡心坠绿玉孔雀钗，又以白玉珠串作抹额。真真是清水出芙蓉，天然去雕饰。只这么一看，卫仙便觉得她整个人都往外冒仙气儿。

若非卫仙嫁进来四年，总瞧见这张脸，这会儿只怕连眼珠子都得扔到地上去。她心里头一时嫉妒，一时又实在有些克制不住，暗暗叫起好来：就要这样漂亮！难得出趟门，千万别浪费了这大好机会！不勾几个登徒子好色鬼，或者准备娶妻的，怎么对得起这一张美人面，一身风流态！

"一会儿我与三弟妹一道进去……"陆锦惜正跟卫仙说着话，一开始还没留神，等她想起来一扭头，便瞧见卫仙唇边挂着一抹笑，好似想起什么事情一样，藏着点隐隐的兴奋，很是古怪。心里觉得有些发毛，陆锦惜迟疑地喊了一声，"三弟妹？"

"嗯？"

卫仙一下反应了过来，抬头一看。陆锦惜正用一种探究和疏远的眼神看着自己。她立时意识到，自己方才的表情必定夸张了一些。不过也没关系。卫仙勾了唇眯着眼，把心里头冒出来的那些恶毒念头给摁了下去，笑着道：

"刚才正在想事情，还跟二嫂你有点关系，一下就出神了。"

这会儿她们已经到了东侧门，马车已经停在那边。

陆锦惜听见这话，尾音上扬，"哦"了一声道："能让二弟妹想着我的事，倒是很出奇了。"

"我这不是一下从大嫂的身上，想到了琅姐儿吗？最近听说琅姐儿好像跟二嫂你闹着别扭……"

卫仙皮笑肉不笑，正还要说什么。可视线一斜，顿时面色一变，竟没说了。

陆锦惜听她说到琅姐儿，心下已经皱眉，见她忽然不说，本想追问，可目光随之一转，也怔住了。

府门内停着的是将军府准备的马车，并没有什么特别的地方。可府门外也停了一架车，由两匹高头大马拉着，华贵极了。车厢很大，连帘子都是昂贵的苏州锦缎，一眼看过去描金绣银，更以赤金珍珠做成了坠子，挂在四角。

马车前方坐了个身着沉冷黑袍的男人，气质刚硬，目不斜视。一个侍女侍立在车旁，似乎正等着谁，一见了陆锦惜，才笑着走过来道："夫人，今日赴太师府寿宴，长公主也去。方才从公主府出来，途经将军府，得知您还没出发，便请您一道。"

陆锦惜顿时一怔。一旁的卫仙却是面上一下有些挂不住，明明都是薛家的少奶奶，如今却单单请陆锦惜，这一位长公主婶母的心，可不是一般的偏！她恨得银牙暗咬。

陆锦惜却是才反应过来，只好递给卫仙一个歉意的眼神道："既是婶母相请，恭敬不如从命。三弟妹这里，便对不住了。"

卫仙自然不敢说什么，即便她姐姐是宫中的贤妃，可也比不上永宁长公主这样真正的天家贵胄，在朝中又有实权，单单看那华贵的马车，还有那两匹神骏的大马，就知道她是何等的威风八面。就连驾车的马夫，都穿着一身黑衣，眉峰冷重，一脸肃然。不像是马夫，倒像是见识过刀光剑影的侍卫。

于是卫仙只能眼睁睁看着先才还与她说话的陆锦惜，扶着侍女的手上了那豪华的车驾。

宝马香车，眨眼就消失在了府门口。卫仙差点气得把昂贵的雪貂毛手笼摔在了地上，大骂了一声："真是受够这祸害了，还要在将军府赖多久，把人逼死了才甘心吗？她长这么漂亮怎么就不去改嫁！"

所有下人都听得眼皮直跳，屁不敢放一个，恨不得耳朵立刻聋了，只当没听到：府里主子们的事情，哪里是他们这些人敢去置喙的？

一时之间，下人全都噤若寒蝉，不敢乱动。

陆锦惜当然不知道这几句话，她早入了马车，规规矩矩坐在了下首，只猜永宁长公主让自己同乘，怕不那么简单。脑子里，便自然地想起了当时惊雷一般的"出轨宋知言"事件。

马车里挺宽敞，置了小茶几。一个从宫里跟出来伺候的宫女，添了一盏茶水，放到了陆锦惜的面前。

永宁长公主就靠坐在正中的金钱蟒引枕上，一条手臂屈起，手抵着自己太阳穴，很是放松，也很是雍容。眼角的细纹，不仅没折损她的容颜，反而越有一种沉浮后的韵味儿。

她瞧了陆锦惜一眼，便猜到她在想什么，问她："有人回我说，你后来又送了信出去，我想你这一回总该拎得清些了，便没叫人拦。说说吧，信上写的什么？"

那一刻，陆锦惜险些被这话吓得跳起来！

"您——"

她是叫青雀出去送信的，信应该没经过转手，便给了那个印六儿。永宁长公主那时候应该已经回了公主府，从何得知她又送了信出去？

陆锦惜抬了眼眸起来，撞上永宁长公主那一双波澜不惊、似笑非笑的眼眸，心底的暗惊一波接着一波。

十三年前的政变之中，她出了力，事后更与顾太师维持了十多年的友好关系。到如今，她虽没个什么官名在身上，可谁听见"永宁长公主"这五个字，不心生忌惮？

这样一个厉害的人，岂能没有灵通的耳目？陆锦惜不敢往深了去想，只老实回答："回婶母的话，其实您截到的那一封信，并非侄媳最终考虑的结果。侄媳大病前，已写好了拒绝的回信，只是因病没能送出。前些天送出去的信，便是这一封迟了的。"

"这还差不多。"

永宁长公主哼了一声，端起茶来抿了一小口，眼帘静静地搭着。

"好歹也是昔年京城出名的美人，才二十七呢，花容月貌的，要什么男人没有？不管是年刚弱冠的还是年已而立的，待续弦的或者没娶过的，你想要，多少我都能给你找出来。没得找个小五品，丢不起这人！"

来到这儿这么久，陆锦惜头一回知道"冷汗淋漓"是什么滋味。她坐在左侧，只觉得浑身僵硬，两片嘴唇也被粘住，开口都觉得艰难，道："这个、侄媳觉得还、还不用急吧……"

"不用急那你找宋知言干什么？"

永宁长公主见不得她这模样，斜了她一眼，但心情其实不错：只要动了凡心，改嫁还不简单吗？

她笑起来道："可别怪我没提醒你，今日太师府寿宴上，宋夫人可也要去的。若你一个倒霉，跟她坐到一起了……"

陆锦惜的头皮顿时奓了一下，差点被吓住。不过她一触到永宁长公主那带笑的眸光，便反应了过来，重新镇定下来，道：

“长公主您可别吓唬侄媳了，我差点一口气没喘上来。”

“谁叫你自个儿瞒着本宫行事？”

永宁长公主说得理所当然。宋知言那夫人陈氏的确是要去寿宴的，只是几乎没可能跟陆锦惜碰上。

太师府是何等规矩森严的地方？陆锦惜乃是铁打的一品诰命，进去了也是跟顾太师夫人唐氏、卫太傅夫人董氏这些高官之妻平起平坐。

即便年纪小些，可地位在那儿摆着。唐氏掌管太师府后院多年，总不敢瞎了眼慢待陆锦惜，把她跟个五品小官的夫人排在一起。

永宁长公主想起唐氏，又想起那顾觉非，心里便道一声“好戏要开场”，嘴上却跟陆锦惜如常说话。

“在本宫面前，你也不用不好意思。当初赐婚你与薛况，乃是皇上一意孤行，哪里想到反害了你？皇上那时才刚继位两年，薛况又是家中的顶梁柱，断断不敢跟皇上对着干，到底还是只有答应。你们这一桩孽缘，原怪不到他身上，都是皇家做下的孽。如今皇上提起，也是常有唏嘘。回头你若真有个中意的、合适的，还是早早禀了我，也好让我上下疏通疏通。”

永宁长公主一言一语，慢慢地说着。

昔年的恩恩怨怨，朝堂局势，又在她脑海一一回闪，说完了，她长叹了一声，带着几许世事沉浮的沧桑。

陆锦惜静静听着，看出永宁长公主此刻似有许多心绪，也不敢打扰，只端了那白玉雕成的茶盏，搁在了自己掌心里。

车驾一路前行，马蹄嗒嗒，轱辘滚滚。外面有商贩的叫卖呼喝，也有人们的笑言细语，夹着其他车马经行的喧闹，偶尔还能听见几声驼铃的响动。

陆锦惜透过飘起来的帘子看出去，是几个作异域打扮的商人，牵着两匹高大的骆驼，那驼铃就挂在骆驼脖子上，走一步，响动一下。黄沙古道，异域风情，顿时扑面而来。

京城，倒是别有一番包容万象的意趣。顾氏一门前朝便已很显赫，所以并不与本朝的勋贵一般都在城东，而是独在城南，与其他门第不大高的官员府邸在一块，独树一帜。一年一年下来，城南这一片的地皮便抢手起来。

此刻马车从城东一路去城南，因都在内城走动，路程其实并不很长，正常来算三四刻也就到了。不过那只是正常情况，事实上，因为这一场寿宴，来往的人实在是太多，临近太师府的几条街上，入眼所见全是车马，堵得不行，好像大半个朝野都来了似的。越挨近太师府的位置，也就越是喧闹。

马车走着走着，外头竟然还有人高声大气地呼喊："内城九个城门就要在这个时候换防，天王老子来了也动不得！你们算个什么东西？都在这条街外头等着！"

这声音实在是太洪亮了，一把粗嗓门，一听就知道该是个武夫。陆锦惜顿时诧异。马车也一下跟着停了下来。出神之中的永宁长公主眉梢一挑，微有不悦道：

"外头怎么回事？"

"启禀长公主，咱们在长顺街边。"回话的是车辕上驾车的黑衣车夫，"内城城门换防，步军虎字营和龙字营占了整条街，刘提督放话不让人过，这会儿闹将起来了。"

"又是这个莽夫！"

永宁长公主气得直接拍了一下小方茶几，震得茶盏歪斜，险些就倒了下去。

她目露锐光，咬牙道："早不换防，晚不换防，偏偏挑在顾太师寿宴的时候。这一帮子武将，做得也太过分！"

陆锦惜见她动怒，已是吓了一跳，如今听她骂的这一句，只隐隐觉得这事好像还有什么内情，倒好像挑在这时候换防是故意的一般。而且……刘提督？这名字，很耳熟啊，只是陆锦惜也不敢说话。

车就堵在进长顺街的口子上，进也不是退也不是。永宁长公主等了半天，也没等来车驾动上一动，只有外头越来越大的吵闹声。

"让不让人走了？"

"这群莽夫！不就是记恨着前阵子弹劾方少行那小王八羔子的事儿吗？"

"还一个鼻孔出气了！"

"胡闹，简直胡闹！"

"谁在骂？！"

那粗鲁的声音又响起来了。

"再骂一个给老子听听！这才换了半个时辰！寿宴不是晌午吗？你们慌个屁！再有一个时辰老子就换完了！龙字营的那个，说你呢！赶紧走啊，没看见这么多达官贵人等着吗？"

陆锦惜听着只觉得心惊肉跳，猜度着外头那个，应该是九门提督刘进，薛况的旧部，掌管着九座城门内外的守卫和门禁。这架势……怕是不能好了。

果然，马车内的永宁长公主，听着外头越说越荒唐，脸色也就越来越难看，终于豁然起身，直接掀了车帘走出去。

长顺街贯穿着内外两城，乃是去太师府的必经之路。眼瞧着没几步路就能到了，可此时此刻，整整两个营的精锐步兵身披铠甲，持枪握刀，竟把整条街都给占了！

九门提督刘进，是个三十好几的壮汉。身材魁梧，膀大腰圆，一把络腮胡子浓密得像是劫道的土匪，穿了一身重铠，骑在一匹高大的枣红马上，正跟周围马车上的几个文官对骂。

前几日被朝中文官集体弹劾的四品云麾使方少行，头戴银冠，穿着一身简单的白袍，只把那用惯了的青钢剑朝肩膀上一扛，搁旁边看热闹。

眼见着刘进怼那些文官，他半点没劝阻的意思。一张年轻而英俊的脸上，挂了几分浪荡笑容，颇有几分邪性儿。

永宁长公主一见，顿时面沉如水，一股火气直朝脑门儿上窜。又是方少行！这个昔年薛况身边的小参将，如今倒在京城搞风搞雨！这群武将，势必是为了前几日的事情，给方少行抱不平，借着这机会闹事找面子来了。

可皇城外头，天子脚下，也是能随意折腾的吗？站在马车车驾上，她终是没忍住，一声厉喝："刘大人还没闹够吗？！"

刘进刚把一翰林院的老头儿骂了个爽快，听得这一声喝，回头一看，居然是永宁长公主，就站在那高高的华车上，一脸怒意。

他人在马上，倒也不惧，只豪气地笑了一声，人也不下马，就隔空跟她拱拱手道：

"下官见过长公主。下官不是胡闹，实在是九门换防，没法子啊，请您见谅！"

"见谅？"

永宁长公主险些没被这冠冕堂皇的一句话给气出病来！

"内城换防的时候旁人不知道，本宫能不知道？刘大人擅自换防，就不担心回头皇上降罪？！"

"老子才是九门提督！皇上都说了，这九门怎么布防老子说了算！"

刘进是个臭脾气，一见永宁长公主把庆安帝给抬出来，当即连面子都懒得给了，一口一个"老子"说得可顺溜。

反正就一句话——

"老子管你们谁谁谁！就天王老子来了，也得等老子换完防再过！"

"好，好，好！天王老子来了也不让……"

永宁长公主也不知是不是被气晕了，竟连道了三声“好”字。她整个身子都在颤抖，眼皮跟着直跳，连太阳穴都突突地直跳。

周围一双又一双眼睛都看着，全都捏了一把汗，以为永宁长公主就要发飙。谁承想，她竟然一个转身，一把把车帘子掀了，伸手向里面一拉。

陆锦惜坐的位置本就靠外，更因为关注事情进展，又往外挪了一些。此刻永宁长公主一伸手，恰恰好把她抓住！

陆锦惜大吃了一惊，险些惊声叫起来。只一眨眼，外头晃眼的天光立刻照在了她的身上，她一下就站在了无数人眼前，也与永宁长公主一起，高高站在了车驾前。

永宁长公主一声冷笑，威严地立着，只向着街边，寒声问道：“天王老子来了也不让。她来了，你让，还是不让？！”

一字一顿，简直像是射出去的箭，铿锵而且森然！

还在马上的刘进定睛一看——站在永宁长公主身边的那一道身影，浑似一朵青莲出水，肤如凝脂，唇似点檀，气度高华，好似天上明月。

尽管有些陌生，可那五官他可还记得！一时之间，便是一口凉气倒吸了进去，不由惊声道：“大、大将军夫人！”

刘进整个人脸上那凶横的表情立刻收了进去，就是眉眼里那一股大老粗的浑不懔的匪气，也彻底消失不见。

牵着的缰绳“啪”地一甩，刘进竟直接翻身下马！一身重铠，把手中的长刀向地面长砖上一砸——毫不犹豫，单膝跪地，向着陆锦惜拜下：

“末将刘进，拜见大将军夫人！”

一字一句，铿锵有力，仿若燃着忠魂热血！周围成百上千的步兵营将士，也全听见了这一句话。那三个字，就好似刻在他们骨血之中一样，拥有一种让他们赴汤蹈火的力量！

那一瞬间，整条长顺街上，无数身披铠甲的将士，不管是地位高低，不管龙字营还是虎字营，竟然齐齐将手中的刀枪剑戟一杵，轰然拜下！铠甲的鳞片在动作间相互碰撞，是比刀剑更冷冽的响动。烟尘四起！

从长街这头，跪到长街那头！所有人齐齐低垂了头颅，单膝跪倒——

“拜见大将军夫人！”洪亮的声音，带着不灭的铁血，直冲云霄！

陆锦惜站在车驾上，入目所见，尽是铁甲光寒，只有他们长长短短的刀兵，千锋排戟一般，伫立在身侧，在京城的冷风中、天色里，寒光四溢。

这样的冷然，这样的肃杀，仿佛携裹着边关的风刀雪剑，骤然出现在繁华熙攘的京城，如此格格不入，却又如此让人热泪盈眶。

没有一个是酒囊饭袋，每一个人都曾在战火中洗礼。千般整肃，万般铁血，尽是沙场为他们烙印下的痕迹。

这一刻的陆锦惜，其实是茫然的。她毫无防备，也毫无准备。永宁长公主一拉，好似将她从幕后拉到了台前，可她还不知道自己应该唱什么戏。那是一种发自内心的战栗，她可以清楚地感知到：他们跪的不是她，而是那个在边关叱咤风云的武威镇国大将军。

长顺街上，除却这九门提督辖下的步兵营，尚有许多达官贵人。每个人都在看她，每一道目光都落在她身上。他们看见了这个很美的女人，也仿佛看到了她背后的虚空里，那一道高大伟岸的身影，沉默、凝重、久久伫立，也久久不语。

太安静了。空气安静到让人心中慌乱。先前千般万般的喧闹，在此刻都消无了踪迹。就连沿路的马匹，都仿佛感觉到什么，不敢出声。

只有永宁长公主，见了这场面，眼底划过了一丝微不可见的嘲讽。她牵着陆锦惜手掌的手指，微微用了一点力，也提醒着陆锦惜回神。

陆锦惜其实并没有出神，她只是头一次见这样大的阵仗，还有被这许多双眼睛看着，一时不知自己应该如何是好罢了。此刻得了永宁长公主提醒，她便沉了心神下来，眉眼一抬，亦是几分卓然的沉凝，只望向前方拜倒的刘进道：

“妾身不过是一介妇人，如何值得刘大人如此大礼相待？还请刘大人起身，是妾身失礼了。”

“回禀夫人，末将随大将军提携，战场杀敌，出生入死。知遇之恩，没齿难忘。若无大将军，便无今日之刘进！”

刘进却暂未起身，脸上竟也是一代名将的卓绝风采。

“大将军曾言，敬夫人如敬大将军。末将等皆乃大将军旧部，见夫人，如见大将军！”

对着满街的达官贵人，他一口一个“老子”；对着永宁长公主，他勉强道上一句“下官”；唯有对着陆锦惜，这一位薛况的发妻，常年与大将军聚少离多却为他养育着子女、照顾着家族的女人，他谦卑地自称一声“末将”。

这里面含着的那些沉甸甸的东西，陆锦惜哪里听不出来？她一时有些沉默。为这一番话里藏着的敬重，也为那一句“敬夫人如敬大将军”……

薛况竟然对他的部下，说过这样的话？她想起了奉旨成婚，想起了府中的庶子薛廷之，也想起了那早早移交到陆氏手中的中馈，还想起了陆氏的几个子女，想起了长公主格外的厚待……

如今还要加上这一句“敬夫人如敬大将军”。陆锦惜心底一时复杂，不过复杂的都是旁人的事了。陆锦惜意味不明地勾了勾唇角，在旁人看来，或许便带了几分凄婉之色。

她只道：“既然是敬我如敬大将军，便请刘大人起身吧。大将军故去已久，旧日之事都是伤心事，却不知您今日换防，所为何事？”

刘进听了，到底还是起身了。整条街上的步军龙字营与虎字营，这才随之起身，其中也包括了一直在刘进身边不远处的白袍青年，方少行。

刘进道：“回夫人，今日种种，只为一口意气之争。方参将昔年在大将军麾下效力，久在含山关。战事平息以后，朝廷兵员调动，这一大帮愚蠢的文官以方参将年轻气盛为由，强调方参将回京，充任了云麾使。方参将未有反驳。可如今他们又以种种莫须有之理由，弹劾于他！如今没仗打了，兄弟们心里不爽快，所以出来凑凑热闹。”

长街内外，所有人都听傻了！他竟然毫不避讳，就说自己是为一口“意气之争”，就是“心里不爽快”，就是来“凑凑热闹”！

这也太耿直了吧？一时之间，无数人擦了一把冷汗。就是陆锦惜听了，也不由怔住：一则因为这个看似大老粗的刘进，措辞考究，条理清晰，胆气雄浑；二则因为他话里的这一番意思……

方少行？陆锦惜眉头微皱，刚念着这个名字，便感觉到刘进身旁有一道目光，落到了自己身上，她随之望去——

是那个起身后，便站在刘进身边的白袍青年。看得出他的确还很年轻，顶多也就二十五六岁，面容俊朗，只是眼角有一道浅浅的旧伤疤痕。一双狭长的眼，末端微呈三角，自有一股轻狂的邪气。加之他此刻勾了半边唇角，越发衬得他放荡不羁，只是精干的躯体之中，又好似藏着凶猛的力量。

他注视着陆锦惜的目光里，带着一种令人难安的刺探，甚至还有嘲讽、不屑。即便眼见着陆锦惜向他看来，他也半点不避讳，反而饶有兴致地打量着她。

薛况旧部，的确知道“敬大将军夫人如敬大将军”，可并不是人人都赞同。方少行，便是不赞同的一个。

他跟随薛况的时间其实不很长，但因天生聪明，于征战谋略卓有天赋，是以耳濡目染之下，也比寻常将士更为出色。战场上建功立业，乃是最简单的。黄沙场里走一遭，把一身白袍染得鲜红，出来便是二十岁出头的含山关参将，薛况手下得力的一位“白袍小将”。便是当年的薛况自己，建功立业也没这样快。所以普天之下，他佩服的人，一个没有；若要硬抠，薛况顶多只能算半个。

对于薛况这一位孀妻，方少行亦有所听闻：性情善良软弱，手无缚鸡之力，即便有一品诰命的头衔在，一家子其实也管得不怎么样，实在不是什么值得敬佩的人。刚才他跟着长身拜下，只不过是为了那一点对大将军的尊敬，跪的只是“大将军夫人”这个名头，而不是陆锦惜这个人。所以此刻，他觉得她竟然主动与刘进谈事，实在很自不量力。

这是一种让人不舒服的打量，陆锦惜能感觉到。轻蔑、轻视、嘲讽、不赞同……但是，没有敌意。因为“敌”这个字，并非可以随意用在某个人身上，至少得有承认可与之为“敌”的本事。

方少行……看永宁长公主方才的反应，这个就是了吧？昔年边关的三品参将，调回京城成为一名四品的云麾使……也的确够憋屈。

云麾使，乃銮仪卫属下，主管皇上皇后的车驾和仪仗，乃是一个距离天子很近的职位。在许多人看来，借着这个职位，方少行便可平步青云。可对一个在战场上跑马，已经建过功立过业的年轻参将而言，怕就不那么好了。尤其是先调回京当了云麾使，如今又被弹劾。

陆锦惜不从政。但人跟人的关系，利益与利益之间的纠葛，却亘古不变。她能猜到这当中有什么猫腻，却无法对此表示什么。

收回了与方少行的目光，也并未追究对方的冒犯与轻蔑，陆锦惜向刘进道：“朝野之事，我一介妇人，并不很懂。刘大人一时意气之争也好，深思熟虑也罢，堵了这许多官员大臣在道上，实也没什么大不了。毕竟他们领朝廷俸禄，被堵上三五天，也不是什么大事。”

众人一愣，随即便有不少人露出了愤愤之色！永宁长公主也是眉头微微一挑，有些诧异，就连方才那轻蔑的方少行，都一时错愕。陆锦惜自然知道他们在想什么，却并未对他们解释半句，只依旧叙道：

“可是这一条街上，尚有贩夫走卒，平头百姓。小小一家，做点买卖，跑跑腿脚，以此糊一小家之口。大将军半生戎马，刘大人亦出生入死，无数人性命相换，为的不就是让他们过上安定日子吗？可如今，您又为的是什么？”

满地的安静。谁都没有想到，所谓的“一介妇人”，竟然说出了这样的一番话来。平实朴素，却又如此打动人心……

刘进愣住了。他这个时候才下意识地向着周围望去：街道最不起眼的边角里，是推着小车的商贩，是拿着面人的孩童，是提着药包的老妇，是一身寒酸的士子，是扛着货物的脚夫……

于是，他恍惚就想起了，昔日是他们在长安街上，夹道相迎，开出陈年的美酒，捧来新摘的瓜果，簇拥着他们，满面笑颜。如今，还是一样的人，却都换了忧心与惊惧，藏在不起眼的角落里看着。那一瞬间，刘进羞愧难当。

陆锦惜只微微笑起来，声音里有点安慰的柔缓，道：

"再大的事都会好的，总有更好的解决办法。还请刘大人，先尽快调遣换防之事，其他的再想也不迟。"

"末将遵令！"下意识地，刘进便抱拳应声，可等到话出口，他才意识到，对大将军夫人，是不必用"遵令"这个词的。自己一时都愣了一下，但是也不及多想。

他是堂堂七尺男儿，出外打仗，吃的都是老百姓们纳的粮，更知道半生峥嵘到底为了什么。如今有不妥，早早改了就好。大将军夫人说得很对：总有更好的解决办法。回头找个机会再好好收拾这一帮文官糊涂蛋！

心里主意一定，刘进便直接转身下令：

"步军营听令——九门换防，龙字营换虎字营！老子给你们一刻时间，谁换不完，谁来老子这儿领军棍！"

"听明白了吗？！"

"明白！"

众步军营将士齐声回答，气势如虹。

刘进满意地点点头道："开拔！"

于是长顺街上，一时只有急促沉重的脚步声，铠甲铁片的碰撞声，还有偶尔发出的调令声。步军龙字营与虎字营，飞快奔跑，在长街上，竟会聚成两条交错的黑色长龙！

陆锦惜望了许久，目光又渐渐落在那些等待的大臣们身上。有的人心虚地转开了目光，也有人仔细地看着。

不一刻，两条长龙便彻底交错而过，各自在长顺街的尽头消失了影踪。

刘进转身来到永宁长公主的车驾前，对着陆锦惜躬身再拜道："此次多蒙夫人点醒，九门换防事已尽毕。末将待回衙门料理善后事宜，特拜别夫人！"

"有劳刘大人，还请保重。"

陆锦惜亦谦恭地一颔首，还了个半礼。刘进这才三步退后，一折身回到那枣红马前，拽着马鞍与缰绳，一脚踩上马镫，翻身上马，带着几个近卫属下，向步军统领衙门去了。

那方少行亦随在其后。只是他人在马上，却不由回头一望。

那一位大将军遗孀，芙蓉如面柳如眉，腰肢纤细，白玉抹额一点，衬得如云似月。即便站在永宁长公主身边，竟也不输半分。她满面的从容，一身的坦荡！

善良？懦弱？没有手段？心底一时有些奇异的疑惑，以至于他面上的表情，都变得古怪起来：大将军薛况的女人，孀妻……

旁边一名上了些年纪的城门尉见他这般，不由奇道：

“方大人这是怎么了？”

方少行手掌一翻，沉重的青钢剑，在他长着老茧的手中轻得好似一杆花枪，只这么随意地一转，煞是好看。他扯开了邪气的唇角，一舔嘴唇，眼眸微眯，声音粗旷得很：“没什么，不小心被人勾引了而已。”

第七章

顾太师府

步军两营的兵士，已经消失干净。街道也终于恢复了畅通，周遭车马，开始渐渐通行，被堵住不敢行走的路人商贩，也终于敢松一口气顺着长顺街两旁走动。

永宁长公主高高地站在车驾上，看了一会儿，注视着那远去的刘进一行人，眸光沉凝，只道了一句“回车内吧”，便返身回去。陆锦惜也收回了目光，跟着重新进了温软富贵的车内。

“亏得今日还有你在，否则又叫这一起子大老粗闹起来，那时候才是难看呢。”

倚靠在大引枕上头，永宁长公主长长的护甲，打袖口上密密刺着的金凤上划过，瞧了陆锦惜一眼道。

“你久居内宅，少在外走动，恐怕还不知如今朝中凶险的情况。”

陆锦惜才方长身坐下，也不敢靠着车壁，倒有些小心和正襟危坐的模样。听了永宁长公主此言，她心底微动。

永宁长公主继续道：“方才刘进身边那个穿白袍的，便是近日朝中风头最劲，也是乱子最多的一个。他姓方名少行，昔日是你丈夫身边一个小将，沙场里征战，自来勇猛刚烈，又自负一股狂气，常叫敌人闻风丧胆。”

这一点，端看对方耍弄那青钢剑的轻松模样，便能窥知一二。

陆锦惜点了点头道：“侄媳方才见他立在刘大人身边，倒好像关系很近似的，便也在想，若不是战场上交下的感情，怕不会如此亲密，刘大人还为此人抱不平，闹出这样大的事情。”

永宁长公主点了点头，看她的目光，不由有些变幻起来。

“你倒也是个心思聪颖的，刚才的场面也不惧怕。本宫方才拉你出来，实也不过是个权宜之计，只想叫他们收敛收敛，倒没想你一番话说动了刘进。这样明摆着的法子，我竟没考虑出来。”

这话从别人口中出来是夸奖，可从永宁长公主口中出来，便带了几分叫陆锦惜心颤的味道。

她不敢承了这夸奖，只垂首道：“您刚才拉侄媳出去，侄媳吓了个半死，话都是乱讲，这一会儿都不敢想自己说了什么，手心里还都是汗呢。”

“你也不必自谦，陆老大人把你教得很好，只是当初到底没在家里吃过亏，你气性儿终究弱一些。不过好歹如今也磨过来了，未尝不是一件好事。”

对陆氏的身世，甚至她在家中的情况，永宁长公主是了如指掌。只是她也不多说，很快将话题拉了回去。

“含山关一役，已经结束多年。战后方少行便继续镇守了含山关，乃是含山关的参将。去年朝臣们嫌他镇守的时候，在边境上多生是非，惹得中原西域尽皆不宁，便一起上书请旨，让他回京城，年纪轻轻也享享福气，又给安排到了皇上身边，任了云麾使。这可是皇上身边的近卫，一旦得了皇上青眼，什么高官厚禄没有？他倒好，频频被人瞧见跟皇上身边的宫女女官们眉来眼去，从来没个正形儿。皇上知道他年轻有血性，也听闻他在边关上的时候，是个骨子里的风流种，倒没怎么介意，想他是个人才，过不久总能约束回来。”

说到这里，永宁长公主看了陆锦惜一眼，竟笑了出来。

陆锦惜已生出几分好奇来，微有诧异道：“照您这样说，皇上爱才，不忍责罚他，岂不很好？大臣们又为什么参他？”

“谁叫他自己个儿作孽呢？”永宁长公主摇头，嗤笑了一声，“前几日，听人说他的确收敛了几分。没想到，那一晚上便被人抓住他轻薄了贤妃身边的大宫女，那丫头二十来岁，眼见着到年纪就要放出宫去的。出了这事，那宫女竟不堪受辱，投井死了。”

陆锦惜顿时讶然。

“你也认识卫仪，知道那是个受不得屈辱的脾气。她在宫中自来得宠，连皇后都要矮她一分气焰，出了这事情她哪里咽得下这一口气？当下便去找皇上要个说法儿。”

永宁长公主眸光里闪烁几分兴叹。

“这等丑事，捂都捂不住，没过两天朝野上下都知道了，便是方少行再年轻再有为，也架不住这一条人命官司在身，皇上只好免了他的职，目前还没想出个处理的法子。”

这内中竟然还有这样曲折的原因？可陆锦惜想想，又觉得其实很不对劲。

九门提督刘进，她没怎么接触过。只因为对方曾在她大病那一阵，送了一根百年老人参，在礼单上尤为突出，她才记得了这个名字，推断对方对将军府颇为重视。所以后来吩咐潘全儿去请鬼手张的时候，她才会提这么一嘴。

方才与此人交流，言语虽然不多，可却能知道这人头脑清楚，并非看上去那样粗鲁。且能到如今这地位的，怎么会连明辨是非的能力都没有？

可他偏偏出来折腾这么一场，还要硬给方少行出头？不应该呀。陆锦惜望望永宁长公主，心中有疑惑，却并不开口问。

永宁长公主看得出来，见她不问，心底却是赞叹她这一股聪明劲儿，于是忍不住就眯眼笑了起来，慵懒地支了自己的额头，斜着眼睛看她那瓷白的脸蛋。

“反正面儿上看就这样，内中有没有隐情，却是死无对证了。方少行就是太年轻，棱角太重，虽比不得当年顾觉非那疏狂气，却也相距不远了。”

陆锦惜听了，有些迟疑道：“可他们这样闹着，不会出事吗？”而且当街便向她一个“大将军夫人”跪拜，会不会做得有些过了？

永宁长公主却没有半点担心。想起这一帮子人六年的变化来，她目光明灭，只道：

“他们可比你想得聪明。薛况还在的时候，他们是处处小心，生怕薛况被盖上功高震主的名头。现在薛况去了，他们反倒没有这担忧，是以格外尊崇你一些。你也不必惶恐，皇上心里都有数，也知道这些大老粗心里不高兴。”

“不高兴？”

陆锦惜一下想起永宁长公主方才说方少行时，提到的那一句“朝臣们嫌他镇守的时候，在边境上多生是非，惹得中原西域尽皆不宁”，一时有了猜测。

永宁长公主的回答，也证实了她的猜测，只给了三个字：“议和了。”

议和了……大夏与西域，打了那么多年，竟议和了？

陆锦惜有些恍惚起来，道：“方才那满街的步军营将士，侄媳看着觉得威严整肃，也不像是其他京城驻军一般松散……”

“都是含山关一役的旧部。”永宁长公主一声长叹，却已经不想再说了，只道，“这些都是朝廷的事了，实也与你牵扯不上什么关系。我说给你，只是叫你心里有个谱儿，免得他日遇着，两眼一抓瞎。”

“侄媳省得了。”

陆锦惜点了头，若有所思，恭谨地谢过。

此时车早已经上了长顺街，走了约有一刻左右。经过方才那事，谁都知道这车驾乃是永宁长公主的，里头更坐着大将军夫人陆锦惜，是以人人退避。

长公主的车驾便畅通无阻，一路奔行。不多时，便已经绕到了贴皇城这面的长街一头，远远便能看见前面的车马都停了下来，华服加身的官员们都下了来，相互寒暄着。

街北两座大石狮子蹲着，正面三间大门，已经全部打开。诸多仆役守候在外，收看请帖，接应络绎的来客，另有专人在门口处录下诸人的礼单。

“长公主，到了。”

黑衣的车夫，甩了鞭子一下车，便在车旁恭候。

陆锦惜本就坐在外面，此时搭了一把旁边宫女递过来的手，便出了来，站在一旁稍候。

这一刻，周围一下安静了不少。

这位五官生得这样精致，乘的是长公主的车驾……眼前这人竟是大将军薛况那一位孀妻！她不是不出门的吗？不少人面面相觑。

陆锦惜当然也感觉到了那些目光，倒觉得自己像是从动物园钻出来的一样。

车驾上，永宁长公主已探出了身子来。矮凳早已经在车旁摆好，只是递出手去扶她的，竟不是方才任何一名宫女，而是垂手侍立在旁边的冷面车夫。

陆锦惜顿时一怔，眼皮一跳。永宁长公主却极自然地将手放到了他手中，由着他稳稳地扶了下来，双脚落到地面上。

长公主只对他道：“劳你给我当了回车夫。太师府寿宴，你可也去？”

“臣还得回宫，太师府的寿宴，也不方便露面。”那男子面容没有半分变化，照旧沉冷的一片，声音更是肃然，“只怕不能去了。”

“也好。”

永宁长公主倒也不介意，反是一抬眼瞧见了陆锦惜注视的目光，一时笑了起来。只随意摆摆手，让那黑衣男子去了，自己则走到陆锦惜身边来，略领先两步。

“他是皇上身边的一等侍卫，本宫瞧他顺眼，所以叫来当了一回车夫，可也算不得委屈他。”

一等侍卫，当了一回车夫。

陆锦惜虽之前便瞧出这人不凡，却也没想到他竟是个正三品的武官。听着永宁长公主这话，她当然不说什么，点头附和。周围不少人都瞧见永宁长公主了，挨得近的，便都上前来行礼。

今日太师府寿宴，难得把正门都开起来。因有太师夫人唐氏也在后园设宴，所以来往的官员大多携了亲眷，倒显得一派和谐热闹。

上来给永宁长公主问安的，多是文臣，陪在他们身边的妇人却只跟着行礼，半句话不敢多说。即便是不少人瞧见了旁边的陆锦惜，纷纷眼露惊异，却也没个人上前打招呼。毕竟有永宁长公主在，若是一不小心说错话，那就僭越了。是以陆锦惜保有了几分清净，在这密集的寒暄之中，与永宁长公主一道向着正门去。

“哎哟，永宁长公主，您也来了！”

门口记礼单的桌旁，太师府大管家万保常穿着一身浅褐锦缎圆领袍，一见人来，立时便将身子弯下来三分，笑容也更真诚了些，亲自上前来迎。

永宁长公主笑道：“老太师难得开寿宴，他也算是我半位授业恩师，我怎敢不来？不过我可没带什么厚礼。来人，礼单奉上。”

身后跟着的宫女，立时将一份精致的礼单呈上，并让开了道，让后头人也把礼物送进去。万保常双手接过来了，毕恭毕敬，只恭维道：

“长公主您来了，即便是空着手，咱们老爷必定也是欢迎之至，怕还得乐上几日呢。”

说完了，才交下面人把礼单给记上，又忙吩咐一旁候着的仆人道：

“赶紧来，亲引了长公主入内。”

“倒不必急，今儿本宫与侄媳一块儿来的，少不得等上一等。”永宁长公主看向了陆锦惜，点了点头示意。

陆锦惜原也没落后脚步，这时便走上来，先将拜帖递上。

万保常其实方才便注意到了陆锦惜，只是永宁长公主没开口，他倒不好打招呼。他任顾氏一门大管家的位置，早有些年份，且不是分管内务的内管家，而是长袖善舞，常常跟着顾太师，处理着有关的人情往来和官场龃龉。

十几年历练下来，万保常的一双眼睛，早已老辣至极。门口今日进出的上百号人，每一号他都叫得出名字来，连对方的官品和入仕经历，都一清二楚。

在听见永宁长公主一说“侄媳”的时候，他立刻就知道面前这一位的身份，面上半点诧异没露出来，也挂上笑脸，道：“给大将军夫人请安了，您也是位难得的稀客呢。令尊陆大人也一早来了，这会儿正在书房里与我家大人叙话，一会儿小人命人帮您通传一声。”

陆大人……那就是陆氏的父亲了。陆锦惜来之前就想过，势必是要撞见的，所以也没惊讶，反倒谢过了这位八面玲珑的大管家道：“那可真是有劳您了，我来也正想见上一见的。这是今日的礼单。”

说着，也叫人呈上来。一份礼单，并着两只锦盒，一只狭长，一看便知道里面装的是玉如意之类吉祥的东西，另一只却是一只四四方方的盒子。

万保常不怎么敢打量陆锦惜，即便知道她有惊人的美貌，却也只低垂了眉眼，接过了这一份礼单。

目光，顺着从旁边人捧过去的锦盒上一扫而过。在瞧见锦盒前面那特殊的铜锁之时，他眼皮猛地颤了一下，险些怀疑自己看花了眼！

八枚狭长的叶片向着八个方向舒展开去，乃是药铺里常见的“天南星”的叶冠形状，中心处才是一扭就能开的锁头。这样的锦盒，这个形制的锁头，只有外城东那一家回生堂医馆才有啊！

当初，老太师顾承谦那老寒腿的毛病，总上下折腾。即便是皇上派了太医院几位号称“药到病除”的名医下来，也愣是没看好，天气一冷，照旧疼得钻心，每每总在屋内冷汗淋漓。

他一个上了年纪的老人家，又怎么禁得起这样的折磨？

万保常曾带着府里上下的仆役，联系遍了大江南北的杏林圣手，一一给老太师看诊过，都束手无策。最终千方百计，求到回生堂去。

一开始，他是苦口婆心，希望能打动这一位脾气古怪的老大夫。谁料想，人家直接一个白眼翻过来，就赶他们走，见他们不走，差点就拿捣药杵扔他们。

后来他们想吧，讲理不成，不如破罐子破摔，给金银，许高官厚禄，要什么给什么，甚至大冬日里头，一群人都给他跪到回生堂门口了，只求着张远志能心软一些，为老太师看诊一回。

结果，回应他们的只是鬼手张一盆温热的洗脚水……那一股味儿，万保常这辈子都忘不了。

如今见着这早已烙印在心底，恨了好几年的天南星纹锁，他竟然有些反应不过来了。眼见着那个不懂事的小厮就要将这锦盒与诸多的锦盒放在一起，万保常竟然失态一般大叫起来：

“糊涂东西！那也是能乱放的吗？”

这陡然来的一声，着实震惊了不少人。就连递过了礼单，已经被人引着要向大门内去的陆锦惜和永宁长公主，都吓了一跳。

这时候，万保常才意识到了自己的失态，连忙咳嗽了一声，却向周围道：“不妨事，不妨事，教训不懂事的下人呢。”

众人虽奇怪，却也不好多问什么。

永宁长公主倒是瞧了一眼那盒子，露出了然的笑意，携了陆锦惜进门，绕过前头的影壁。

“你倒是真有本事。要知道，顾太师这腿疾，十三年也没请来鬼手张。”

十三年？陆锦惜顿时错愕，只觉得鬼手张脾气虽不好，可大户人家请他也不是不去看的，只是嘴上抱怨多一些罢了。

顾太师在朝中位高权重，却也是个为民的好官。朝野上下，内外百姓，提起之时，多有称赞之言，鬼手张连将军府都治，对着顾太师，也不至于十三年不搭理吧？

她原本还以为，太师府是没请过。倒没想到，是请了鬼手张，人家不去。可医者仁心……

陆锦惜皱了眉头道："鬼手张……不至于如此吧？"

"谁知道呢？"

永宁长公主摇了摇头。

"反正人人都说，势必是太师府有事得罪过他。此人医术虽高，偏偏是个睚眦必报的，好像曾放言说，顾太师早年推的'摊丁入亩'逼死了他家两口人，所以即便是老太师疼死，他也不会去医。还说'疼起来怕什么，只要半条命罢了'。"

"可摊丁入亩，不是对底层的老百姓都有好处吗？"陆锦惜这一点还是知道的，"也不至于就逼死了谁吧？占着田地多的，才会多纳丁银，且也不是纳不起……"

这借口，听着怎么觉得那么不走心呢？

永宁长公主只能叹气道："管他如何，反正张大夫跟顾太师不对付就是了。你如今竟从他那里求来了药，可算是破天荒的头一遭，还是你有本事……"

永宁长公主这一路上都夸了她好几回了。陆锦惜不由得思考自己这件事到底是办得好了，还是过了，只能道：

"偶然一个动念罢了，还是您指点的。但愿老太师用了药，能有些起色吧。"

说完，她却想起了潘全儿。

这一桩事，倒多亏了他后头的使力了，一开始鬼手张可不也是不愿意给的吗？这样艰难的事情，回头倒还要提携他两把才是。心里定了定主意，陆锦惜也没说话了，只陪着永宁长公主往里去。

只是永宁长公主并不与女客们一起，而是素来与朝中官员们打交道，是以到了岔路口便与她分开，只叫她也放宽了心赴宴，若出个什么事，遣丫鬟去前头告诉她便是。

陆锦惜于是谢过，由另一个梳着双髻的小丫鬟领入了后园。

府门口，却依旧人来人往。失态的大管家万保常，这会儿早反应了过来，只交代下人把那盒子单独放到了一旁，自己上去打开看了。

里头的一应药方并着几副药，甚至连医嘱都在。这狂草字一塌糊涂，一看就是那个叫他喝过洗脚水的鬼手张啊！

一时之间，万保常只觉得自己一颗老心都跟着跳了起来，捏着这医嘱就忍不住想要撕碎了，像是撕碎那王八蛋鬼手张的脸一样！又是痛恨又是欢喜！

他在门口站了好一会儿，才反应过来，只道："我得带着它去见一回老爷。门口接应客人的一应事宜，你们先管着，再去请里头白保胜管家来压着，赶紧的！"

说完，他也不看几个下人是什么反应，便捧了这锦盒，一路入了前院，顺着抄手游廊，跑得一颗老心都跳了起来，终于到了当朝一品太师顾承谦的书房外头。

顾承谦两鬓斑白，穿了一身锦缎圆领袍，正坐在书房靠墙的椅子上，与如今的礼部尚书兼内阁学士陆九龄喝茶叙话。

两人是几十年的同窗好友，同科进士，虽官职有差，可历来关系极好。打从那一夜自大昭寺回来，顾承谦的腿便疼得下不了地，连上朝都不能够了，只好跟庆安帝告了假，在府里好生将养。

这几日天气转暖了，他的腿好像也好了不少。眼见着外面的雪，一点点地消失了踪迹，他连带着心情似乎也开始有一些变化。只是顾承谦到底也说不出这算好还是坏。

大昭寺上觉远方丈传下来的消息，他是一清二楚，更知道有无数的眼睛，巴巴贴在雪翠顶。可又能怎么样？他这个当父亲的，到底也只能跟所有的外人一样辗转、期待，甚至恐惧。

"顾大人？顾大人？"

正与顾承谦说着话的陆九龄，见他出神，终于还是喊了两声。

顾承谦的目光，这才从窗外那钻出枝头的小小海棠花苞上收回来，叹了口气道："老了，又出神了。陆兄，你方才问我什么？"

"没问你什么。"

陆九龄见他一个五十的人，竟比外头风烛残年的老人更叫人唏嘘，也是五味杂陈，想起自己在那将军府受过千般万般委屈的女儿来，心里百感交集。

他只道："是外头万管家，说是求见您。"

万保常？顾承谦恢复过来的模样，已是镇定自若了，只是一手扶着自己的膝盖，一手搭在紫檀木嵌珐琅扶手椅光滑的扶手上，苍老的声音带点笑意道："这人不在外招呼客人，来这儿做甚。传他进来吧。"

外头候久了的万保常，这才躬身进来，给行了个礼，把手中的锦盒捧起来，禀道："老爷，今日将军府大将军夫人送来一份给您的寿辰贺礼，是从回生堂来的驱寒除湿止痛药方，还请您过目！"

听见这话的刹那，顾承谦愣了一下，甚至险些没反应过来，扬了声问道：

“哪里来的药方？”

“大将军夫人送来的，回生堂，鬼手张的药方啊！”

万保常的声音里藏着几分激动，听顾承谦简直跟记不起来了一样，险些着了急，又给重复了一遍。

“您忘了？”

忘？怎么可能忘得了？

顾承谦这大半辈子，经风历雨，大风大浪过去不知凡几。有时候大事经历多了，对寻常的一些小事，就不很记得。但这老寒腿并着旧伤一起发作的痛苦，却每每提醒着他一件事：他是请不到鬼手张的。

天下大夫太多，可鬼手张就这么一个。

治奇病，解疑难杂症的好手；刮骨疗毒不在话下；常去犄角旮旯儿、人迹罕至的山里，采集百草集上没有的药材，配新药乃至老药新用。一般大夫慎之又慎的病症，在他那边是信手拈来。

甚至还有人传，他治病有恐怖之时，为人开膛破肚，从肚子里拿出东西来。是真是假顾承谦不知道，他只知道，鬼手张不一定真的就能治他这个毛病，可若一定要在天下寻一个可能治好他的人出来，也只有一个鬼手张了。

可惜府里那么多人，请了他那么多次，到底也没成功。那老头儿是个倔脾气，顾承谦不知道是对方对医术没把握，还是自己哪里得罪过人家而不自知。至于摊丁入亩，他自谓做的都是利国利民的好事，从无半点愧疚。

当初为求看诊，万保常大冷天里顶着一身洗脚水回来。那时候他跟顾觉非还没闹翻，拖着一条老寒腿，正在他书房里，一面喝药，一面看顾觉非画那一幅《寒林双鹤图》。

屋里挂的是才临好不久的《快雪时晴帖》，梅瓶里插着外头刚折回来还沾着几片雪的寒梅，靠窗的棋桌上摆着一局未打完的珍珑。紫毫笔在书案铺开的澄心堂纸上走动，顾觉非悬着手腕，一点一画，甚为写意。

万保常进来回禀过之后，顾觉非连眼皮都没抬一下，好似早料到了这个结果，反而笑了一声道：“遇到难啃的硬骨头，你们这样‘客气’怎么请得过来？”

这是一句听上去再寻常不过的话，可瞧见万保常那一身狼狈的模样，顾承谦气得心口发紧，当下就把药碗重重放在了桌上道：

“请不来便不请了！老夫半截身子埋进土里的人，这些年不都痛过来了？也不差这几年！从今往后，谁也不许再去请！”

一道严令下去，府里人莫不遵从。那之后，便真的也没人再去过回生堂，只是每到天阴湿寒的时候，总有人想起来：若是鬼手张肯治，老太师这毛病，兴许也是能好的吧？

事情过去了这么多年，当初的场景，却还历历在目。

顾承谦叹了一口气道：“我竟都没想过，还有能看到回生堂的药的一日。居然是大将军夫人送来的……”

那不就是薛况的孀妻，陆九龄的独女，陆锦惜吗？这一刻，顾承谦看向了红木雕漆茶几那一头的同僚。

陆九龄是要比顾承谦大几岁的，看起来却是一样的年纪。他穿着一身藏蓝常服，披着玄青氅衣，就坐在那椅子上，一把胡须老长，怕被外头的风吹乱，用一只胡夹给夹着。

在听见万保常说“大将军夫人”的时候，他便已愣住了。过了好久，他才向万保常问道：“你刚才说，大将军夫人？”

万保常也知道这一位陆老大人内心的苦楚，更听闻月前大将军夫人病了，还不让去见，如今一听大将军夫人来了，哪里能不激动？

他忙回道：“确是大将军夫人。她跟永宁长公主一道来的，就是我见了都吓了一跳呢，气色很不错，像是病早好了。我跟她说，您正在书房里跟我们家大人说话，夫人便回，今儿来了本也是为了见见您。”

“好，好，好……”

一连声地说着，陆九龄嘴里模模糊糊的，竟然再找不出别的字眼来。坐在顾承谦旁边，他一张满布着皱纹的脸上，已经是一片恍惚。

万保常有些被他这模样吓住，一时有些惶恐，只有顾承谦，向他摇了摇头，只叫他把锦盒给自己递上来，别去打扰陆九龄。

都是老来苦，他哪里不知道陆九龄那闺女的情况？一把年纪得了个女儿，当个宝贝珠子一样疼着，只望着她永远是娇娇女。将来凭借着陆家的门楣，怎么也要留到二十岁，教会她内宅之中的一些事情，再挑个京中或者祖籍江南的诗书儒门嫁了。

如此，非四十无子，不得纳妾。他女儿半点不用担心日子过不下去。一切的一切，都打算得好好的。甚至在多次筵席与私底下的聚会里，陆九龄也常常提起，一张脸上都是笑容。陆氏那孩子，据闻虽没卫太傅家嫡长女卫仪那样的本事，却自是善良温顺，很讨长辈们的喜欢。

顾承谦公务繁忙，又常年为腿疾所困，是以并不怎么出门，只约略见过那小姑娘几次。印象里，也是温婉柔媚，可人疼的。可谁能想到？陆九龄为自家女儿打算的一切，终究没能派上用场。

庆安帝说赐婚就赐婚，半点容不得更改。陆九龄设想之中的女婿“儒门出身，四十无子前不纳妾”，变成了“将门出身，成亲前就带了个小妾和庶子”。

甚至那个时候，他女儿才十六，家宅之中的事情都没学个完全。如此到了将军府去，即便有贵重的身份，即便薛况不曾在旁的地方薄待她，甚至之后的五年多时间从未纳妾，可日子又岂能好过？

原本是锦衣玉食养其身，诗书礼仪养其气。这下倒好，还没来得及养好，便成了千般万般的内宅磋磨。

十一年来，每每提到将军府，陆九龄便是一副咬牙切齿的模样！只是能怪谁？又敢怪谁？薛况带着那胡姬与瘸腿庶子回京的时候，他不是没去宫门前长跪，可庆安帝只叫人强劝了他回去。

一回去，他便险些卧床不起。

皇命难为。即便一个并不想娶，一个并不想嫁，可谁又敢把家族的命运兴衰，都系在这样的一场赐婚里？

彼时的将军府，已没了二房的薛还，就连薛况的兄长薛冷也去了，算得上是势单力孤；陆氏一门，虽是书香世家，可从来没太大的实权，到了陆九龄这里才刚刚好上一些。

他们两家，哪里能跟顾氏一门和卫氏一族比？皇上动动手指，就能捏死他们，连伤筋动骨都不用担心。

所以，到底还是成了那样一桩“孽缘”。

如今眼见陆九龄坐在那边，面上已是一片深深的恍惚和悲怆，顾承谦想想，竟也悲从中来。他自己，又好到哪里去呢？

“啪嗒。”天南星叶片形状的回生堂铜锁，被他扭开了。里头躺着的东西，也一一映入了眼底：药贴、药方、医嘱，竟都齐备，贴膝盖的、泡脚的，甚至是内服的汤药，一应俱全。

“唉……”

顾承谦长长地叹了一声，却是知道这小小的一只盒子里，藏着多沉的心意。

顾府上下，拜会回生堂多年，鬼手张只怕早对他的病症倒背如流。这医嘱上写的，无一不对应着他的病症……

陆锦惜一则能记得他这毛病，二则敢再去回生堂问药，最后还成功了。她倒也不像是外界传闻的那样，太过善良温软，懦弱无能。心底一时有一股温热的暖流，缓缓淌了开去，竟然叫顾承谦觉得极为熨帖。

陆九龄是有个好女儿的。他慢慢重新合上了锦盒的盖子，一时竟不知应该说什么，想什么，只吩咐了万保常道：

“你亲去禀夫人一声，大将军夫人不爱出府，难得出来走动一趟，千万不可怠慢了。”

万保常听了，心里明白。大将军夫人本是一品诰命，与太师夫人唐氏平起平坐，原也不可能怠慢，更何况是陪着永宁长公主一起来的？

老爷这么补一句，是要当成座上宾的了。他连忙躬身应了个“是”，就要出去。没想到，这时候陆九龄直接从椅子上站了起来，他脸上的皱纹似乎又深了一些，只道：“既然要去，也引我一程吧。我总要见见她，心里才安定……”

顾承谦听了，心里又是苦得没边儿的。

“保常你只管带了陆大人去，着人请大将军夫人去偏厅里一见便可。”

“是。”万保常心知，这是陆大人爱女心切，就要去看看，于是摆手一引，“还请陆大人随我来吧。”

陆九龄也不废话，甚至就连跟顾承谦告别都忘了。他随着万保常一道，消失在了门外，绕过这回环曲折的重重回廊，便终于没了影踪。

顾承谦却只坐在屋里。手上放着回生堂装药的盒子，几上置着开始转凉的好茶，地龙热热地烧着，可他竟觉得满屋子都有一股凉气，使劲儿地朝着他浑身的骨头缝子里面钻。

这个冬天，太长，也太冷了。他又把目光放到了窗外。含苞的海棠，在尤带料峭春寒的冷风里，瑟瑟颤抖，仿佛下一阵风，就能吹破那鼓胀的花苞，开出鲜妍的花朵一样。

他跟那个大儿子，是怎么走到今天这一步的？顾承谦都快不记得了。他只是又想起了那一句：“遇到难啃的硬骨头，你们这样‘客气’怎么请得过来？”

这是他向来谦恭谨让的大儿子说的一句话。明明是那样明显的一句话，他当时竟然半点没有注意到。

以至于，很久很久以后，他把昔年与他相处的种种细节翻找出来，才发觉，这一句是他为数不多的、露出破绽的时候。看似玩笑的口吻，简单的“客气”二字，里面，又藏着几多的惊心动魄与刀光剑影？

当时的他，与周围所有人一样，对这个大儿子，顾府的大公子，顾氏一门近百年来最为之骄傲的天才，有着仔细想来会令人后怕的认知——

曾游学天下，结交四方，三教九流，贩夫走卒，对他无不佩服；朝野上下，八方同僚，亦有不少曾蒙他解决危难，对他交口称赞；他更是庆安帝的伴读，与其知交莫逆，无话不谈。京城的女儿家，谁不慕他才华惊世，那一股疏狂兼着儒雅的气度？

这是一个在所有人眼中，都近乎完美的人。美玉无瑕，天衣无缝。从他开蒙以来，再没一个同龄人排在他前面，也几乎少有人对他生出恶感。他越来越出色，八面玲珑，多智近妖。

于是，这样的认知，便渐渐深刻，根深蒂固地留在所有人脑海里形成习惯。也包括顾承谦。

以至于，在六年前，这认知如山倾岳倒、轰然崩塌之时，他都不敢相信。

过了很久，他才是满心的失望，满心的愤怒，甚而——满心的恐惧。顾觉非看上去，依旧是那个完美得叫人挑不出错的顾大公子……

可天底下，又有几个人知道，揭开了画皮，藏在里面的，是什么骇然的怪物呢？除了恐怖，他竟不知用什么才能形容。

陈年旧事，一一从顾承谦脑海之中，浮了过去。他慢慢把手中这一只锦盒，端正地放到了书案上头，看了许久，眼底却闪过了几分悲凉：终究是他，没能保住薛况……如今，又如何当得起他孀妻以这般厚重的心意相待？

顾承谦眼里头，一时险些涌出热泪，却偏偏只能僵直地站在这书案前，抬眸凝望那被移来，挂在他墙上的《快雪时晴帖》，久久失语。

另一头，大管家万保常已带着陆九龄先往偏厅内坐了，才转去后园，吩咐了个丫鬟，去唐氏那边通禀，并请陆锦惜往偏厅来。

陆锦惜走得不算快。

顾氏毕竟名门，又有前朝留下来的深厚底蕴，先辈祖籍也在江南一带，是以整个府邸比照着江南园林的制式修建，格外雅致。移步换景，不在话下。

大冬日里，园子里也能瞧见一些绿树红花，倒让人快忘却这还是春寒料峭的早春了。她见了，一时心旷神怡，走得越发慢起来。白鹭和青雀跟在她后头，倒也不言语。

隔着一堵墙，便有隐约的谈笑声传来。陆锦惜知道，绕到前面便该是宴请招待女客的花厅，于是她定了定心神，便要随着丫鬟走过去。没料想，后头一个丫鬟急匆匆从回廊那头跑来，沿着小湖边奔了一路，跑到她身后头，行了礼，喘着气儿道：“夫人，万管家着奴婢来禀，请您随奴婢往偏厅去，陆老大人望和您说说话儿。"

那就是陆九龄了，陆氏那一位疼她至极的父亲。

方才在门外送寿礼的时候，那一位大管家万保常便说陆九龄在书房内跟顾太师叙话，且还要为她通禀一声。这样算来，陆大人与顾太师的关系是极近的。

来这一遭寿宴，陆锦惜就知道要面临诸多的考验。别的她其实都不怎么怕，毕竟陆氏出门少，旁人对她的了解，大多也仅限于十多年前的印象，还有旁人口耳相传的那些话。所以性格有点变化，在所难免。可对着陆九龄，兴许便不那么一样了。陆锦惜心头苦笑，只觉得自己这才来寿宴，怎么就好像一下就调了最难档?

这一位爱女心切的老大人，已经着人来请，她哪里能拒绝，又哪里忍心拒绝呢?

陆锦惜微微叹了一声，对眼前这丫鬟笑了一笑道："那便劳你引个路了。"

这样客气的言语，叫那跑腿的丫鬟有些吃惊。她连声道着不敢，对这一位传说中的将军夫人的印象，却忽然变得极好，一路上引着陆锦惜并她两个贴身丫鬟去偏厅，还忍不住贴心地介绍了道中的一些景致。

在假山重叠、小池清幽的府邸内，穿行了约莫有大半刻，前面才出现了一排的屋舍，偏厅的大门已开着了。

丫鬟便送到门外道："陆老大人就在里面，奴婢便在外头守着，一会儿您出来，奴婢再引路带您回宴客厅。"

陆锦惜点了点头，便看向了偏厅内。高几上摆着两盆兰花，两把太师椅搁在长案两侧，顺着下来是两溜儿官帽椅，雕刻精致，于细微处显示着顾氏一门的底蕴。

右首下那一把椅子上，坐了个头发斑白的老大人。一身门第颇高的文人打扮，一把美髯垂到胸前，一只手搭在膝盖上，握得有些紧，似乎有些期待、忐忑和紧张。

方才那丫鬟说话的声音，传了进去。在陆锦惜看过去的时候，坐在厅内的陆九龄，一下抬起头来，也瞧见了陆锦惜，立时站起道："锦惜丫头！"

他的声音因为过度的紧张变得有些嘶哑，听上去有些古怪。只是话出口，他看清楚了陆锦惜之后，竟然又有些不敢认了：他的女儿，什么时候，又恢复了这样光彩照人的模样?

陆锦惜的眉眼，素来是没有什么棱角的。似乎任何时候看上去，都是善良温顺的人，此刻也一样。不一样的是，往日那不多的几次见面里，常有的阴云与愁苦，似乎都散了。

她看上去，像极了还未出阁的时候。没有婚后不如意的种种负累，也没有种种磨难后的心如死灰……

她看起来干净，明媚。那一瞬间，陆九龄竟怀疑自己是看错了，一时惊疑，又惊喜，却不敢确定。一双有些浑浊的眼底，竟不由得浸出点湿润的泪来。

“锦惜丫头？”

这一次，他是带了点试探的口吻，充满了希冀。

陆锦惜顿时感觉到了那种扑面而来的关怀。一时之间，心中竟有些沉重。只是她无法将自己的秘密脱口而出，更不忍将这个残忍的事实，告知这个充满了希冀和惊喜的老人。正如她不敢告诉陆氏的儿女，他们的母亲已经不在了一样。她曾在薛况灵前立言，承他发妻此身之恩，必竭力照顾陆氏儿女；如今面对着陆九龄，又何尝不是一样？

若陆氏亦在她身体里，她愿对方好好孝敬她年事已高的父母。同样地，她亦将孝敬陆氏的爹娘。

许是想了太多，也或许是感触太深，更或许是为眼前陆九龄的情态所感，陆锦惜眼底也微微有了点潮意。

“不孝锦惜，给父亲请安。”

“快起来，快起来。”

陆九龄知道她是病才好，哪里舍得她这般劳动？还不等她拜下去，便连忙把人扶了起来，差点就老泪纵横。

“总归是又见着你好端端地来了，病愈了就好，病愈了就好。”

“月前大病了一场，得蒙回生堂鬼手张老大夫诊治，岂有不好的道理？”

她来这世界之前，陆氏便已不让陆家人来探，只请陆老大人和夫人保重身体，自己回头病愈了再请不孝之罪。

陆锦惜知道，陆氏这是怕老人们见了她的模样伤心。如今她只扶着陆九龄往椅子上重新坐下道：

“女儿已知道您今日必要来老太师寿宴，还在想待筵席散了，请永宁长公主留您一留，也好见个面。没想到，您先来见女儿了。”

“万保常把你送给老太师的药和药方都端来了，我岂能坐得住？”

陆九龄长叹了一声，也拉着她坐下，只细细打量她。一会儿想起她小时候甜甜的样子，一会儿又想起她刚出嫁时候那娇羞的模样。可是很快，这些都被嫁入将军府后，那了无生机的模样所覆盖。

陆九龄竟忍不住发起抖来。他的两只手放在腿上，忍不住都握紧了，成了个拳头，只紧咬着牙关，恨到骨子里，道：

"若早知道，你嫁了他竟要守这么一门活寡，何如早给你许配个普通些的好人家，也没有这些事情了……"

陆氏是个好人，可过的这仅有的小半辈子，却惨淡至极。陆锦惜知道悲剧究竟是何成因：她是个好人，却并不适合在那样的环境里生存，是以一切都错了……

如今听陆九龄言语，是对当年的一门婚事还耿耿于怀，自责不已。陆锦惜心中唏嘘，却不忍见这一位老人如此自责，只把温暖的笑脸扬起来，宽慰他道：

"父亲原不必自责的，错也不在您。何况女儿现在不也好好的吗？

"经过了这样多的事情，女儿也看明白了不少，通透了不少。人总有自己的际遇，兴许这便是我的际遇。如今迟哥儿、璃姐儿、琅姐儿都很听话，父亲怕很少见他们吧？回头女儿带着他们，回家一起看看您跟娘，好不好？"

她走过来，用一种极其温驯的姿态，蹲在了这一位垂垂的老人面前，拉着他紧握的手，就这样温声地、一字一句地说着。

陆锦惜的面上是柔和的笑容，声音里带着一种镇定人心的力量。这种柔和之中，藏着一种坚定，发源自内心的从容与自信，没有半点自我的怀疑。

明明是女儿清醒了，也变得更成熟起来。可陆九龄看着，却有一种格外的辛酸和沉重。一切的成熟和成长，都是需要付出代价的。他只希望，他的女儿永远是那个什么也不需要担心的娇娇女。

陆九龄一时说不出话来，也不知道应该说什么。陆锦惜只好哄着他，约莫猜出了陆氏原本与这一位老大人是什么相处模式，于是换了娇俏的口吻，求他道："父亲，事情都过去了，现在女儿也走出来了，府里又有长公主扶持，出不了事。就今日来太师府，长公主在道上还跟我念叨，说什么改嫁不改嫁的……"

"改嫁？"陆九龄听着前面，倒还只是寻常，一听到这两个字，两只眼睛简直都发亮起来，忙问道，"长公主怎么说的？"

那一刻，陆锦惜有些后悔，她是见陆九龄对这一门亲事过于自责，所以才想要提"改嫁"这茬儿，缓和缓和氛围，也宽慰宽慰他。谁想到，他竟激动起来了。这眼睛冒光的感觉……怎么叫她觉得有种熟悉的毛骨悚然？像极了被永宁长公主盯着，笑眯眯劝着她改嫁的时候……

陆锦惜险些没说出话来，但在陆九龄那迫人的"你磨蹭什么赶紧说呀"的眼神里，她终于还是强忍着诡异感，一五一十地将事情原委吐露。

陆九龄听完，当即一拊掌，竟笑了起来道："长公主竟也是这个想法……太好了，实在是太好了……"

礼法再大，也大不过陆九龄这一颗爱女儿的心！别的寡妇守寡守到死，他也懒得管。可他的女儿，他的掌上明珠，怎么可以给一个她不爱的人守寡？这么多年的苦楚，这么多年的折磨，都没个人样儿了！

守寡？还是给那乌七八糟的将军府？做你的春秋大梦去吧！素来是个文雅人的陆九龄，忍不住在心头狠狠骂了几声解气！他扶起陆锦惜来，声音恢复了几分中气，斩钉截铁道："改嫁，一定要改嫁！"

"改……"

陆锦惜蒙了。陆九龄可是礼部尚书，一个最传统的文人，脱口而出"改嫁"这两个字，不仅没有半点鄙夷，甚至还透着一种喜悦至极的兴奋！这也太不可思议了。

陆九龄却没察觉到独女那有些无奈的眼神，他开始在这偏厅里踱步，同时脑子飞快地转了起来。

"对，改嫁才是正经法子！自来在家里，你什么时候受过那些委屈？你从来都是全家人的眼珠子，可将军府怎么待你的？那就是个苦海！你当初与伯羡那小子青梅竹马，本也不喜欢薛况，平白吃了这一遭苦……薛况那王八羔子死了也好。早在他刚死的时候儿，我就在琢磨这事了。只是一则那个老妖婆为人强势，我只恐她为了将军府的面子阻挠，二则你们的亲事，乃是皇上亲自赐下，有圣旨作保的。要让皇上松口，许你改嫁，实在千难万难。我这才忍了好几年。"

听到这里，陆锦惜已经是目瞪口呆。陆九龄却是露出明朗的笑容，一时有些意气风发。

"若真如你所言，永宁长公主肯支持这件事，那一切的困难，都将迎刃而解。长公主与皇上一母同胞，乃太后娘娘所出，和皇上自小感情便好。皇上当初登基，也多赖她出力几分。届时若有她相劝，皇上多半已允了七八分，我再使把力气，多半就妥了。"

这竟已经开始谋划后一步的行动了。

一个是清楚陆氏与薛况之间种种的永宁长公主，许是不忍见陆氏如此了此残生，是以多番撺掇，想她改嫁；一个是陆氏的生父，恨将军府与薛况入骨，爱女心切，什么礼法都能抛到一边去。饶是陆锦惜见过风浪，这会儿也不由想擦冷汗，瞧陆九龄太激动，忍不住要劝上两句："那个……父亲，这事也不很急吧？府里的几个孩子都还小……"

"你改嫁了也是他们的娘啊，这有什么好怕的？"陆九龄半点都不担心，竟跟陆锦惜摆手，“反正薛况也死了，难不成还能再给他们娶个后娘？只要后头安排得好，事情总能解决。目前要紧的，还是看看有没有合适的人选，到底你的终身大事要紧啊……”

话说到后面，陆九龄已经是有些语重心长的味道，还藏有几分愧疚。陆锦惜一时也不知该接什么话好。

陆氏与薛况这一桩亲事，到底误了多少人呢？他们个个都想要纠正这错误，弥补当年的过失……

从陆氏与宋知言的信上看，她对薛况该已心若死灰，倒也不存在什么留念。陆锦惜虽占了她的身子，承诺照顾她的儿女亲族，却并不意味着要孤独终老。只是改嫁这些，八字还没一撇呢，合适的人哪儿那么容易找见？

陆锦惜索性不再阻止陆九龄，到底这件事他们一头热是做不起来的，拍板的权力还在她手里。

所以她只顺着他的话道：“父亲这样说，也极有道理。”

“哈哈哈……”陆九龄顿时抚须笑了起来，心头一口恶气总算出了几分，“这件事就包在为父身上了。你放心，今儿长公主也来了，一会儿我便去前头，拜会她两句，也相互通个气儿。也是多亏了她照拂你这几年啊，我得谢她一谢。”

陆锦惜点了点头，想这两位凑到一起的场面，只觉得头大了一分。她的唇角弯起来，保持着脸上那柔和且透着暖意的微笑，扶了陆九龄的手，伴着他走了出来。

外头那丫鬟和白鹭青雀一起，都站在稍远一些的地方。见他们出来，都迎了上来。太师府的丫鬟，在前头引路，白鹭青雀则跟在了父女俩的后面。

陆九龄一面走，一面嘱咐她道：“你我叙话过了一阵，后园里太师夫人还待客，不好叫你去得太晚。等到晚些，筵席散了，你且在府门那边等我一等，说几句话再走不迟。”

光这几句话的工夫，哪里能够？陆九龄如今有太多的话想要跟女儿说了。陆锦惜心里清楚，点头应着声。

陆九龄则是已经开始思考起未来女婿人选的事情了。

至少得是个人品好的，样貌配得上自己女儿的。未婚娶过的最好，若是续弦的则得慎重一些。年纪不能大锦惜太多，若有个小年轻与自己的女儿情投意合，差不太远，自然再好不过……

前面是一片小湖泊，沿湖修筑着风雅的回廊，绕出去则有两条道，一条通往前头，一条通往后头。

陆锦惜与陆九龄刚上了回廊，前面便有几个仆役簇拥着一道身影过来。

是个拧着眉头的年轻人，似遇到什么棘手事。他手中拿了一道手札，脚步有些匆忙。这人朗目疏眉，发束漆冠，倒有一两分其兄的风流气韵。随着脚步走动，天青色长袍外头披着的玄青鹤氅，也似鼓起了风，越发衬得他一派昭质，如珪如璋。

此人正是顾太师原配嫡妻贺兰氏所出的二公子，顾觉非的二弟，顾以渐。

陆九龄当然远远就瞧见了，下意识就嘀咕了一声："也是二十三，差了四岁，有些多？也不算很多……"

那一刹那，扶着他胳膊的陆锦惜，险些自己绊倒自己！即便她当初曾糟蹋过几根嫩草，啃过两口小鲜肉，这会儿竟也不很绷得住，脸上明媚的浅淡笑容，终于有了一丝微不可见的裂痕……

这工夫，顾以渐已经来到了陆九龄跟前。

陆九龄倒也恢复了正常，只瞧了他手中的手札一眼，立时看出是大昭寺来的，不由道："大公子回来了？"

那一刻，顾以渐说不出心底到底是什么感觉。但凡认出他手中这手札来历的人，开口莫不与陆九龄一样。这一道上走过来，他其实听得已经很多了。

甚至这六年来，他也无时无刻不在听见。握着手札的手指，慢慢便紧了一些。

只是站在他面前的陆九龄，并未观察到这个细节。顾以渐的脸上，也没有露出更多的端倪，只恭谨地回道：

"回陆大人，暂时还未有兄长回府的消息。目前只有觉远方丈传回来的一道手札，说是巳时时候，兄长已离开雪翠顶，从后山下山。"

陆九龄一听，顿时高兴起来道："既然下山了，这不就是快了吗？从京城山外，回到内城，速度快的话也要不了一个时辰。"

"可……"

顾以渐身上，是带着一股名门贵公子的气韵的。此刻他原应该很高兴，却偏偏笑不出来，声音里夹杂了几分驱不散的苦意，带了几分滞涩开口道："可山上，还有一片残雪，并未化干净。"

那一瞬间，陆九龄脸上才扬起的笑容，便僵住了。

站在他们身边一直听着的陆锦惜，也是瞬间错愕，然而眨眼便乐了：这一位顾大公子，真是屡屡出人意料啊。

所有人在知道他那一句"雪化了时就下山"之后，巴巴地盼着山上的雪早些化干净。可现在雪翠顶都还盖着一片残雪呢，顾觉非却下山了。难不成，是心里的

“雪”化了?

陆锦惜原是这样想的，也曾这样对叶氏说过，可在听见顾以渐说这一番话之后，却莫名有一种打消这个念头的冲动。对这一位众口相传，颇具传奇色彩的顾家大公子，她实在没有接触，一切从传言上推断，也势必不够准确。

陆九龄好半晌，才摇了摇头，只能安慰道：

“总归先下山了就是好事。你兄长原也很孝顺的，没道理不来。且放宽心。”

“愿承您吉言了。”顾以渐谢过了陆九龄，脸上却并没有多少信心，又躬身道，“此事刚才已经禀过了父亲，如今前厅诸位大人都在了。以渐还要回屋换上一身衣服，才敢去拜见。如此，不敢多扰老大人。”

陆九龄也不能再说什么了，只点了点头，由着顾以渐给他行了礼，便看他带着那一拨下人，在长廊上走远了。

眼见得人没了影子，他才长长叹了一声：“让先这孩子，也算是我看着长大的了。他向来是最好的脾性，怎么忽然就闹翻了……”

“最好的脾性”，陆锦惜总觉得微妙，不由好奇起来，问道：“父亲与顾老太师交好，也不知道顾大公子这事内中的情由?”

“一个是朝堂上的老狐狸一只，一个年纪虽轻，道行却也是不比他父亲浅上多少的。闹起事情来，云山雾罩的一片。除了他们自个儿，满京城知道内情的，怕都数不出一只手来。”

陆九龄往前走着，大摇其头道：“为父混到这把年纪，江南士林里认识的名士两只手都数得过来，三教九流里下等一些的一概不识，除却朝上的政学要事之外，也无甚旁通。为官三十载有余，至今也不过是个礼部尚书，勉强在皇上那边混了个脸熟。”

“父亲这很厉害了。”

毕竟陆九龄不过是个手无缚鸡之力的书生出身，礼部在六部之中也并非最有实权的那一种。陆锦惜觉得家世已经十分显赫。谁料陆九龄依旧摇头，笑了起来，道：

“可让先六年前才二十三岁，也就比你大两岁，却懂体恤民间疾苦，身体力行。其过金陵曾为河工事建言献策，解了那一年江上水患；经沧州，又因缘际会端过了一窝贪官污吏，抄来的银钱充实了大半国库。甚至一路向西北，去了边关，看了天山，更与西域诸族有过往来，江南士林、三教九流无不对其心悦诚服。更不用说，当今皇上龙潜府邸时，便与他有伴读之谊，虽大他几岁，却视他亦师亦友。即便是后来登基，亦不曾有改。他对皇上也一如往昔，乃不卑不亢的……”

君子。陆锦惜听得愣住，几乎要为陆九龄这一番盛赞给折服，可脑海中却一下冒出永宁长公主的评价来：

"顾觉非的确是不择手段，且性情诡谲、狡诈难测。可对着他爹么，也不一定就能狠心绝情。再说了，京城如今这一盘棋，正正好在点上，他又怎么舍得不回来？"

不择手段、性情诡谲、狡诈难测。永宁长公主给的评价，对比着陆九龄的评价，真是一个在深渊，恐于细思；一个在天上，高不可攀。

陆锦惜只觉诡异到了极点，隐隐有些头皮发麻，一时都不知道应该怎么接陆九龄的话。幸而，陆九龄也不过就这么感叹几分。

"他才二十三岁，已经做了为父这已近花甲之年都做不到的事，又岂是池中之物？觉远方丈的手札说，大公子从后山下山。想想，今日去的那些人，只怕都要扑个空了……"

陆锦惜也走在回廊下，忍不住便向着很远很远的方向望去……

太师府里，是枝头染嫩绿，新燕啄春泥。可越过这一片江南园林的景致，头顶便是澄澈净蓝的天空，越到那一片山峦边，便干净得连白云都看不到几分了。

今日不是上香的日子，可大昭寺的山门前，却似乎比往日还要热闹。觉远方丈站在台阶上，远远看着下方那热闹的人群，一时倒没忍住，摇头笑了起来道：

"任是你顾觉非精明一世，聪明绝顶，遇到这样大的阵仗，到底也只有走后山的命啊！"

慧定就立在觉远方丈的身边，才刚送完顾觉非下山。这会儿瞧着下面，头上也是一片的冷汗。

山门前，尽是大轿小轿，宝马香车。一大半是各门各府外面跑差事的下人，一小半是文人雅士、常服官员。当然，也有几个满肚子坏水儿的谋士。

大昭寺名气大，从开国皇帝开始，各任皇帝每年便要来这里祭拜一次。是以，庆安帝这一朝的诸多皇子也多有来拜会的时候。

慧定脑子还不差，认得几个人。刚下了马车的那个老头儿，是大皇子萧旦身边的康治学；正听着身边人说话的那个鹰钩鼻子，是四皇子萧弘养着的刘十功；就连屁大点的五皇子萧适，都把留了一把小胡子的鲜于晋给派来了，这会儿正朝着山门里张望……

甚至，他还在人群里瞥见了一身华服的卫二公子卫倨，那个京城里出了名的一把扶不上墙的烂泥……真的是什么人都来掺上一脚了。各家的正主们，并不方便做得很明显，所以都派了人来。有的是为了旧日的交情，有的是为了拉拢关系，也有的纯是来探听消息，看看动静儿。

慧定看着，心里竟忍不住怜悯了起来。那一日在雪翠顶木屋内瞧见的场景，还挥之不去。觉非师叔祖那轻描淡写的模样，还有那一封一封投入了火炉，烧得一干二净的拜帖……

人人都把觉非师叔祖当朋友，可觉非师叔祖却好像不把任何人当朋友。

也许是在这山上久了，性情淡薄了？

但觉非师叔祖待他们又是极好的。教他们读书识字，讲天下名山大川的奇丽秀美，甚至为他们析那佛经上一条一条艰深的佛理。他行走坐卧间，都带着一种超然的禅意……

这是个让人生不出半点厌恶之心的人。

慧定想起这几年来的种种，心下竟有些舍不得。往后就没人教他们，也没人去讲那些奇山秀水，也不会再有人上法坛与众人论禅……

他不由看向了觉远方丈问："方丈，觉非师叔祖还会回来吗？"

觉远方丈怔了一下，回头去看慧定，一下想起自己最后那一日下的一盘烂棋，忍不住就叹了口气，只道："只愿他别有再回来的一日才好呢！"

慧定一时愕然。觉远方丈却不再多言，也不看下面一眼，只转身向着自己禅房的方向走去，又吩咐了一句："这会儿你觉非师叔祖人也应该远了，下去知会这些人一声吧，叫他们别等了，都早些散去。"

"是。"慧定躬身打了个稽首，目送觉远方丈去了，便顺着山道，下山去将顾觉非已离开的消息，告知下头这一群各怀目的之人。

大昭寺这一片山上，除了雪翠顶，几乎看不到半点残雪。林间的新芽已经发了出来。后山的长道，因素来少人走动，显得有些深静清幽，分布着有些湿滑的青苔。一条山溪，自山间绕出来，流淌间有潺潺的水声。

顾觉非只穿着简单素淡的青袍，腰上照旧挂着那半月形的卧鹤玉佩，一身孑然般的，顺着长道一路下来。

山道尽头，庆安帝萧彻带着一干侍卫，已经等久了。在瞧见他人的那一刹，他立刻朗声一笑，直接翻身下马，将马鞭子朝身边人的手里一扔，便昂首阔步地迎了上去。

"让先啊让先，我可候了你有六年，你终于是舍得下山了！"

顾觉非也是远远就看见了他。躲过了前山，他也没想过要连后山一起躲了。他的眼底其实没几分惊讶。这会儿的顾觉非，谁都不想搭理，连皇帝的面子，本也是不想卖的。

可他到底是那个天衣无缝的顾觉非。这一切，不都在他的意料中吗？他无奈一笑，躬身便要行礼。

“行什么礼！”

萧彻一身暗紫长袍，贵气非凡，长眉入鬓，目有慧光，三十五六的年纪，正在男子最强健的时候，自有一股英武不凡。他皱着眉就把顾觉非拉住了道：“六年不见，你倒跟我生疏起来。”

“皇上，君臣之礼不可废。”

其实顾觉非也就是做做样子。他心里懒得搭理的时候，谁在他面前都一样，只是话说出来，就是另一番诚挚恳切了。

萧彻到底还是皇帝。顾觉非对他的态度，一如既往，不卑不亢，却叫他放心又舒坦。

“罢了罢了。我早几日便派人探过了你的消息，便猜以你的心性，今日必定要从后山走，一早便绕了一圈，带着人来堵你，还真叫我堵个正着。”萧彻忍不住摇起头来。

“朝中如今是乌七八糟的事情一堆。你可赶着回去给老太师贺寿？”

“不急在一时。”

顾觉非眸底淡淡的一片，波澜不惊，似乎半点不为所动，就连这一句话，都显得有些敷衍。

萧彻心知他与顾太师是如何闹翻，也知道他这般的态度，实在情有可原，更知道，或恐他也就在自己这里，能露出几分真性情了。一时只叹气，萧彻摆摆手，吩咐旁边的侍卫把马牵上来，便道：

“既不急在一时，咱们便跑跑马，兜兜风吧。”

一名魁梧的侍卫，把马牵了过来。顾觉非接了缰绳，认出他来，一时笑着道：“钟大人，久违了。今日这一匹马，可没什么问题吧？”

钟肃便忍不住笑了起来。

当年皇上与顾觉非骑马，偏生顾觉非那一匹马使了性子，半道上差点翻了。还是他出手，冒着差点被马踩死的危险，硬生生把顾觉非救了回来。

如今六年没见，一见面，他便提起这茬儿来，可见心里半点没有忘记。凭心论，他是侍卫，做当年那件事，是他分内之责。可顾觉非没忘记，便是人家真真记着这情分。谁又能不喜欢旁人记得自己的恩情与能耐呢？当年那件事，可是在整个侍卫营里出过名的。

钟肃只觉得六年过去，与顾大公子说两句话，还是那样叫人如沐春风，好似浑身的毛孔都跟着张开了一样，舒坦极了。即便是他这样少话又忠厚的人，此刻也不由生了几分豪气，只拍着胸口道：

“大公子放心，这畜生要也不长眼使性子，下官也定给您拉住了。”

“哈哈，钟肃都打了包票了，你可也别磨蹭了，赶紧上马！”

顾觉非笑笑，只跟钟肃道过了谢，也翻身上马去道：“皇上欲往何处去？”

“山上吧。”

挥鞭一指前面另一座山上山的长道，萧彻便定了方向，叫了一声“走”，立时打马而去。

顾觉非自是随后便跟上了。山间还有轻薄的雾气，迎面被风裹着刮来的时候，沾湿了他身上的衣袍，也沾湿了他刀裁墨画的眉峰。一路奔驰，谁也无话，只有马蹄踢踏，溅起微湿的尘土，一路向着高处而去。

直到行至高高的半山腰上了，萧彻才微觉疲累，勒马驻足，就拿着马鞭子，向着山崖下面一指：“六年了，你看这帝京如何？”

这是大昭寺旁边的一座山，要更高更陡峭一些。在这个高度，已经能俯视整个大昭寺，更能远远俯视整个帝京。

城墙高筑，房屋商铺鳞次栉比。层次清晰的外城、内城，还有被环绕在中间的紫禁皇宫。一眼望去，烟火气息里，透着一种睥睨的巍峨。

只这么一看，便能生出层云之上的豪气来。顾觉非勒马停在萧彻身后一些，只道：“繁华胜往昔，百姓皆安乐。皇上这六年来，想必是励精图治，卓有成效了。”

“哈哈哈……”

萧彻忍不住就大笑了起来，声音里却含几分叹息。

“我当年这皇位如何坐上的，你是再清楚不过，又哪里敢有半分的懈怠？这个皇帝，我当得太累了。”

顾觉非微微笑着，目光里却一片适当的理解与体恤道：

“累了皇上您一个，造福的却是天下的苍生百姓。至于昔日的那些事情，早都过去了，又何必挂怀？”

十三年前的那一场宫变，顾氏一门乃是重要力量。顾觉非身为顾家嫡长，十分清楚。

当时顺宣皇帝病重，储位未定。皇后出身卫氏一族，乃是如今卫太傅的妹妹卫嫱，膝下的七皇子年才五岁，但因为身体太弱，一直有夭折之险，只起了个乳名叫着。

另有德皇贵妃陈氏所出的四皇子萧齐，向来为先皇所爱。萧彻身为先皇的三皇子，生母则是不大受宠的端妃纪氏，本身性格偏向温和，也不出挑。

若没那一场宫变，谁也不敢相信，最终登上皇位的竟然是他。

外面传闻：顺宣皇帝病重，四皇子萧齐得知其立下了遗诏，要七皇子继位，怒而生夺位谋逆之心，竟然联合内外，发动宫变，残忍逼杀了皇后卫嫱，连年仅五岁的七皇子都没有放过。

幸亏顾太师及时赶到，又有永宁长公主携兵而入，四皇子最终才没能得逞。只是那个时候，原定继承储位的七皇子已经无救，皇后更已自刎，四皇子又有谋逆之罪，断断不能继承大宝。

是以，由顾太师牵头，扶立了当时并不出众的三皇子萧彻，才稳定下了朝局。

至今，已是十三年过去。四皇子早就病死狱中，昔年参与宫变的那些人，也在种种的变故之中，化作了尘埃。

耿耿于怀的，没有机会再开口；从中得利的，自然守口如瓶。至于原本就不知道实情的，以后也永远不会有知道的一天。

世间事，真相本就没那么要紧。

顾觉非静默了良久，并未再言语。萧彻也是久久伫立，目光缓缓从那繁华帝京的重重高墙上收回，落到了大昭寺山前。

那些人得了顾觉非已经离去的消息，大多已散了，只是仍有几个不甘心，心存怀疑，徘徊在山门。

“方今在京城，人人都盼着你回来。朝野上下，更因为立储之事，相互倾轧，乱成一团。就连原本薛况手底下那些个旧部，也因为朝廷与西域各族议和之事，借着与文官的矛盾，上下折腾……”

萧彻终于还是没忍住，冷笑了一声道：“他们个个都要逼死朕！”

这么久了，终于用了一个“朕”字。

顾觉非修长的手指，轻轻敲击着带着些微倒刺的马鞭子，无声无息，也半点引不起旁人注意，颇有些悠闲。他只道：“朝中最不缺的就是老糊涂。六年前，皇上不已经很清楚了吗？”

六年前？这明里暗里，又开始骂顾太师了。萧彻听得清楚明白。

“你都决意要回去了，还记恨当年的事？”

“天衣无缝的计划，险些便功败垂成，我更是事后才知道，世上竟还有老子，巴不得他儿子去死，能在背后狠狠给捅上一刀……”

顾觉非甩了甩马鞭子，也不愿意再提当年的事。

“时辰也不早了，皇上甩开朝中政事，怕回头又堆起来处理不完了，还是早些回去的好。”

“你呢？”萧彻问他。

顾觉非向山下看了看，已直接调转了马头，只道：

“一条老寒腿，他找人明里暗里跟我说过了八百遍。今日他寿辰，便是为面子，也少不得跑一趟回生堂，看看那个姓张的有什么本事，傲气了这十几年。”

说完，他也没再行礼，打马便往山下去了。

萧彻知道，他这是要去回生堂，会会那个臭脾气的鬼手张，给顾太师求药了。到底是父子之情，岂是那样容易就没了？纵是顾太师背后再给他来上三两刀，也改不了他是顾太师亲手教出来的儿子的事实。这样有软肋的顾觉非，也是格外让人安心的。

周围的侍卫们大多都是这几年新换的，一时都被顾觉非这等近乎蔑视的无礼给吓住，不敢说话。只有萧彻，望着那消失的一人一马，只觉那一股疏狂气，一如往昔！忍不住，便笑了起来：

“他这真性情，也就对着朕，才显露几分了……”

言语里，竟是半点追究的意思都没有。

山下的道，还有很长很长。

无数来候顾觉非的人，都扑了个空，灰头土脸、垂头丧气地奔回京城去复命，倒让正在为顾太师贺寿的许多人听了，暗自无奈起来。

前厅里的筵席，已渐渐开了起来，陆九龄与永宁长公主难得凑一起叙说了两句话；后园中也早就布置上了，分了内外两间，瓜果点心都摆了满桌，衣香鬓影，来往则充满莺声燕语。

外间都是普通身份的夫人小姐，正聚在一起说话；内间则都是有头脸身份够尊贵的命妇。

陆锦惜别了陆九龄后，便被丫鬟引着，绕过了外间，朝内间走。

一路上，听见外间的小姐夫人们谈话，十句倒有八句是顾觉非。

等她刚走到内间外面，里面便有一道上了年纪的女声传了过来：“天可怜见，又是一拨不知道天高地厚的。顾觉非这种硬骨头，就跟那茅坑里的石头一样，这都二十九岁了吧？竟也有人想啃上两口，也不怕豁了牙！”

第八章

邯郸梦一折

那一瞬间，屋里安静极了，半天都没传出点声音来。

陆锦惜一时也怔住，不知道该不该进，只觉得这说话的人胆子未免也太大了，竟然敢在太师府编排起顾太师的嫡长子来。倒是旁边引她的丫鬟反应快，连忙向里面通禀了一声："启禀夫人，大将军夫人到了。"

"啊，赶紧请进来。"

下吩咐的是另一道声音，听着竟有一种松了口气的感觉。内间门内不远处，设着一架屏风，丫鬟一摆手，便请陆锦惜往里进。

屏风内，便是今日太师府招待诸位命妇的地方了。上首位置高坐着的，自是顾太师的续弦夫人唐氏。她一身华服，上了点年纪，但看得出五官很明媚，蛾眉淡扫，亦有几分风雅气。

她虽不是顾觉非的生母，心内也不可能喜欢顾觉非这么个原配留下来的"英才"，但面子上的功夫总要做做：就算她觉得顾觉非这人的确就是块硬骨头，臭石头，那也不能在太师府的地盘上说吧？

但说话之人，偏偏身份地位都很高。不是别人，正是当朝太后的姐姐，定国公夫人大纪氏，此刻就坐在左首第一张玫瑰椅上。就算向来在京城命妇圈子里排第一流的卫太傅续弦夫人董氏，遇着她也只能陪于次座。

大纪氏今年五十多岁，面容有些苍老，两鬓也发了白，脸上皱纹一条跟着一条。只是她依然戴了一套点翠的头面，身上穿的是精致的苏绣，手腕上还挂了一只血玉镯子。

当初她与太后一起选秀，太后因容貌昳丽被留了下来。定国公夫人则普通一些，落了选，回来嫁了如今的定国公周元祐。

本也没什么大不了的。谁想到，十三年前，一场宫变，三皇子登基当了皇帝，次年便改了年号。定国公一府，便因着太后这一点裙带关系，飞黄腾达，纪氏的脾气本就很火爆，仗着这一点，说话就更不客气，由此才有先才那两句。

还好外头这时候正好通报有客到，不然唐氏还真不知道该用什么话来回这一位。众人听了大纪氏的话，自然也都不敢说什么。

此刻听得大将军夫人来了，注意力便立刻被转移开了——先前长顺街上的事情，可传得飞快，她们早知道了。听说这一位大将军夫人要来，可都好奇得很。毕竟，认识的都想知道她这几年变成了什么样，不认识的也想见见这一位传说中幸运至极，也倒霉至极的可怜女人。

于是，众人都齐齐朝那屏风后看去，就连方才编排顾觉非的定国公夫人大纪氏也不例外。

那人正款款走来，裙裾翩跹，恍若神仙妃子，冰肌玉骨。头上抹额一点，添得几分灵气。

陆锦惜脸上带着三分浅笑，端雅得体，双目也有神采极了。这哪里还是传说中那个怯懦又病弱的大将军夫人？不认识陆锦惜的，只觉得她好看得没边儿了，认识她的，却都惊讶得不得了：一面是为气质，一面是为这近乎不老的容颜，看着竟像是还在双十年华！

屋里顿时安静得只能听见针掉下去的声音，气氛变得有些奇异。

陆锦惜暗暗一抽眼角，抬眼一扫，便瞧见了座中诸位命妇，当然也注意到了她们的年纪，顿时没忍住狂飙了一把冷汗。

都怪死鬼老公太能耐啊！有资格进这内间的命妇，年纪大多在四五十，六十往上的都有。她这么个虚岁二十七的一品诰命，站在屋里，简直猎奇。

强忍住那种拔腿就走的冲动，她上前两步敛衽一礼道："太师夫人，有礼了。先才路上耽搁，不慎来得晚了一些，让大家久等，太对不住了。"

唐氏这才回过神来。她昔年是见过陆锦惜的，却从未觉得陆锦惜漂亮到了这个地步。眼下看着，何曾弱了孙雪黛与卫仪？有孙雪黛的冰肌玉骨，也有卫仪的浓艳雍容，但更多一缕仙气，让人看了舒坦。

心内想着，她便脸上挂笑，上前拉了陆锦惜的手道："这种场合，你来得向来少，咱们可都期待着，不过也就说了两句闲话，也不敢说多等。我们家太师交代过，特要我好生招待你。快请坐吧。"

一面说着，一面已请她坐下。陆锦惜顺着她摆手的方向一看，竟是这屋里右首边空着的第一把椅子，后面都坐了人，好像这是专门留出来的一样。

她顿时有些无奈。没办法，还是那句话，死鬼老公太牛，以至于她若出入这些场合，的确得要坐在这个位置，仅次于顾太师夫人与董氏。

硬顶着周围所有人的目光，陆锦惜还是向唐氏道了声谢，看似镇定地落座。下人早捧了热茶上来，她端着喝了两口，屋内众人便开始说话。只是没人再提方才定国公夫人大纪氏的话茬，反而把话题集中到了陆锦惜的身上，尤其是长顺街上那件事。

就连唐氏都出言打趣，说多亏了她才能让刘提督把道让开，不然今日这寿宴还办不成。陆锦惜哪里敢居功？一面谦逊，又一面说是长公主处理得当，刘提督也是一时冲动，话里是谁也不得罪，谁也不指责。

在座的心思也都通透，只暗道她心思玲珑。唯有坐在陆锦惜对面的定国公夫人，打量了陆锦惜半天之后，一副很想接话的模样，但一看上首坐着的唐氏，竟白眼一翻懒得说了。

陆锦惜能感觉到对方的打量，看对方坐的位置就知道她身份尊贵。

但看周围人都不主动跟她说话，她也不好说什么。于是只一面喝着茶，一面吃着盘里的一些点心，听了满耳朵的八卦。

若谈到她好奇的话题，她也偶尔插上一两句话，倒跟几个一品夫人和国公夫人说得很投意，其中便有英国公夫人涂氏，也就是世子夫人叶氏的婆婆。

也不知是不是叶氏在她婆婆面前夸过她，这英国公夫人涂氏，看陆锦惜却是极为顺眼的。两家是邻居，陆锦惜也不拘泥，中午摆宴用饭，便与这一位老夫人坐在一起。

上的菜色都有个吉祥如意的菜名。倒也不一味都是山珍海味，更多的是把普通的食材做出了别样的口感，既不显得铺张浪费，又让众人觉得新鲜。

饭后，众人自然把唐氏夸了一通。唐氏自觉面上有光，笑容也多了些，只道："大家喜欢就好，我还担心招待不周呢。现在才用过饭，也知道你们爱看戏，今儿府里请了几个戏班子，就在花园那边的影竹楼演。咱们不如先过去，道上也可散散步，逛逛园子。"

下午天气已经转暖。太师府的花园，自然是处处精致。众人一听，都没拒绝，倒三三两两地，一起出了这宴客厅，穿过几道圆门，一起去了花园。

这时节，已经有些绿意了。各式的花木都堆了起来，被园丁们修剪得极为精致，假山也叠得更高了一些，更远一些竟然还有一座小湖，上头修着石头筑的长道。影竹楼便在花园当中，周遭栽了好些翠竹，两侧则连着贯穿花园的长廊。

贵妇人们，甚至还有先前外间陆锦惜没见过的普通命妇和官家小姐们，便都前前后后，走在长廊上，或者走下去，去看那些开了或者没开的花儿。

一时是美人们都在花间，娇声软语，好看又好听。

陆锦惜则与英国公夫人涂氏一道，直到这时候了，她才有机会悄悄问："我是多年没出来走动了，也不知如今京城什么情况。刚才坐我对面那一位夫人，可是先才我进来之前说话的人？”

英国公夫人涂氏已经是满头的银发，听见她这一问，便笑了起来。

“可不是她吗？定国公夫人，太后娘娘的姐姐呢。我方才席间瞧着，可把太师夫人给气了个倒仰。她是脾气不好，且你也该知道的，顾大公子当年没上大昭寺的时候，京中多少闺秀垂青他呀？定国公夫人的女儿，便是其中之一，要死要活的，如此她才那般看不惯顾大公子……”

陆锦惜顿时咋舌。涂氏看她表情，便猜她嫁人之后就没关注那些事了，不了解当年那“盛况”也算正常，于是笑着跟她掰扯了两句。

“这么多年，心仪她的姑娘多了去，可他一个没娶。就连当年金陵名门姜氏的大小姐姜芷兰，为了他抛了羞怯，以琴音表白。结果倒好，他在金陵半步也没留，转眼便去了扬州。太师大人和先太师夫人为他成亲这事儿，差点没把嘴皮子说破。就连那卫太傅府的嫡小姐问他，也都不点一下头，那时候贤妃娘娘还没进宫呢。反正这事儿就是没着落，这不，一眨眼算算他都二十九了吧？听说连个通房小妾都塞不进去。其实定国公夫人话不好听，但未必不对。他及冠九年未曾娶妻，换了是京中别家的公子，名声早都臭了。”

涂氏说着，便摇了摇头。陆锦惜听得暗笑，心道这“名声臭了”多半是会被怀疑哪儿哪儿有毛病，倒不会跟出身才情有关。

“不过大家不喜欢定国公夫人，倒也是真的。”涂氏话锋一转，与陆锦惜一道，转过了长廊一个拐角，眼底有点融融的光，有一种到了年纪的老人才有的和善与通达，“你想啊，诸位诰命夫人里，有女儿的多了去，适龄的也不在少数。若能嫁了顾觉非，后半辈子自不愁。即便顾觉非年纪大些，又有什么关系？毕竟年纪比顾觉非小的，也没几个比他长得好看。”

“明白了……”

陆锦惜总算搞清楚了前后的原委，也难怪这一位定国公夫人惹众怒了。

涂氏便与她随意地聊着这些话题，又聊到罗定方与薛迟的身上，只说罗定方今日也去了学斋，不怕薛迟无聊了。

两人东一句西一句，不一会儿便又下了长廊，顺着台阶进到花园里面。陆锦惜正听着涂氏说话，刚一点头，眼角余光一扫，一下就瞧见了前面几株梅花树下，立着几个袅娜娉婷的姑娘，正凑在一起说话。

“太师府的花园，也真是够大的。”

“那可不，连着好几代攒下来的呢。就这样，还是分过一些给族里其他人建了居所之后留下的。”

“是啊，若论底蕴，满京城，也就卫氏能一比了。也不知道，谁有这样好的福气，回头能嫁进来呢。”

说着说着，其中一个，便坏笑着看向了站在最中间的同伴。

这也是众人之中最出挑的一个。她身着沉香织金对襟袄，有几分尊贵气，配一条蜜合色绣百蝶穿花的宫锦宽襕裙。瓜子脸，杏仁眼，眉心上点了一朵梅花，乃是近日里京中正时兴的“落梅妆”。

她看人的时候，眼底含着几分骄矜的傲气。听得同伴说那一个“嫁”字，她唇边的笑意便深了一些，只是又不好表露，只半真半假道：

“你们可别拿话来打趣我，都是年纪轻轻还没出阁的姑娘，谈这些也不害臊！”

“不过谈谈，又没真做什么，有什么可害臊的？”那同伴倒也有趣，脸盘子圆圆，穿着一身浅粉，喜庆可爱，只掩唇揶揄，向众人道，“你们看看，咱们的大美人，这还害羞起来了。谁不知道侯夫人与太师夫人是闺中的好友？论这父母之命媒妁之言，你已领先旁人许多去了。再说了，满京城的官家小姐，也找不出比你更漂亮的。顾大公子若连你也瞧不上，那可真是眼光高到九重天上，要真进庙里当和尚了！”

说着，众人全都挤在一块笑起来。谢襄铃脸颊上飞了几片红云，倒比涂上的胭脂还要娇艳几分，她心里高兴，心湖荡漾，可面上却有些羞恼了，只道一声：

“好啊，今儿你们就是来编排我了！看我不撕了你们的嘴！”

“哎呀，她生气了！”

“快跑快跑！”

几个姑娘见状，便立时都朝着四面躲开。

那小圆脸跑得尤其快，一面跑还一面回头逗她道：

“我就编排了，你要撕我嘴，那也得你抓得住啊！”

说着，她笑得越发畅快了起来。只是她光顾着看后面，也没留意前面的路，倒被道上镶嵌着的小石子，一下就绊住了。“哎哟！”

陆锦惜只见眼前一片浅粉，一下就扑在了她面前三尺远的地面上，摔了个结结实实。竟是刚才那个得意的小圆脸，一跤绊了下去！这可真是太意想不到了。陆锦惜跟英国公夫人涂氏，都一下没反应过来，全都愣了一下。

“慧慧！”

后头谢襄铃提着裙角已追到近前，眼见着就要抓到小圆脸了，也是没想到她忽然就摔了，惊得喊了一声。

她立时就要上前去扶人，可没想到，一抬眼就瞧见了道这头的陆锦惜。那一瞬间，她便愣住了。脑海里孙慧慧刚才那一句“满京城的官家小姐，也找不出比你更漂亮的”，此时竟似山岳崩毁，坍塌一空。

眼底，难以克制地生出了一种抵触与敌意。谢襄铃站在原地，竟忘了要去扶孙慧慧。陆锦惜已是微微皱眉，眼见这姑娘似乎摔得狠了，忙叫白鹭青雀道：

“快些扶一下，这摔得……”

也真是够惨的。

白鹭青雀忙上前去，把人给扶了起来。孙慧慧早就摔晕了头，也看不清眼前是谁，胡乱便道了谢，可两只眼睛已经泪哗哗的，哭道：“呜呜，还好我摔的时候先捂了脸，不然就要破相了，呜呜……”

这倒是个机灵鬼！陆锦惜原见她很惨，还有几分同情，听得这一句，差点没笑出声来，只道：

“脸摔了还能治，可千万别把身上摔着了。白鹭青雀，给她看看，摔着哪儿了没。”

说着，陆锦惜眼角余光一转，才瞧见了谢襄铃。

那一刻，谢襄铃险些打了个激灵。

站在那头的陆锦惜，人似空谷兰，孤山月，那眼眸却清澈又透亮，坦荡而从容，藏着十分的慧光，圆融且通达。看着人的时候，只觉得充满了善意和温柔。

心底那些女儿家的小心思，也不知为什么，一下就散了个干净。

陆锦惜一看，就知道对面那姑娘又被自个儿的眼神给“套路”了。小姑娘在想什么，她清楚。又觉得这不过是一只没什么心机也没历过世事的小白兔。想着她，唇边的笑容略深，却没说什么。

旁边的涂氏也瞧见谢襄铃了，只道：“是康顺侯府的谢小姐吧？你们也是，玩玩闹闹，还是要注意一些，这磕了碰了，回头可怎么办才好？”

听见微微有些责怪的声音，谢襄铃终于回过了神来。她虽认不得陆锦惜，但观其与涂氏并着肩膀站在一起，地位至少与涂氏等同，又有这般仪容姿态，想也知道是今天出过一次大风头的大将军夫人陆氏。

是个嫁过人的寡妇罢了，也没什么好为敌的。心里这样想着，谢襄铃也不敢不认错，有些委屈地垂了头道：

“都是襄铃欠了考虑，一时轻狂，累得慧慧妹妹如此……”

“没事没事，也没什么大伤。”

孙慧慧那边好不容易把眼泪珠子抹完了，听见谢襄铃认错，吓得连忙摆手道：

“都是我自己跑的时候不注意。我娘常骂我一得意就猖狂，如今摔了也正好长长记性。怪不到襄铃身上的。”

谢襄铃低着头，没说话。涂氏便皱了眉。陆锦惜没管这些。今天也就是孙慧慧摔到自己面前了，她才叫人扶一把。她谁也不认得，也不管他人瓦上霜，自也不发表意见，只问道：“伤得怎么样？”

“回夫人，筋骨该没事，就是身上擦破点皮，有些见血。”白鹭先前已经低声询问过了孙慧慧，此刻便禀了陆锦惜，又道，“虽无大碍，可也得快些处理。不过此处也没药，怕还要去太师夫人那边借一借。”

陆锦惜眉尖微蹙，只向孙慧慧看去，问她道：“你身边可有丫鬟？”

“有。”孙慧慧连忙点着头。身上虽疼得龇牙咧嘴，可刚才又偏偏说了自己“没什么大伤”，只好勉强忍了，挤出一个硬邦邦的笑容来。

陆锦惜便道：“叫你的丫鬟过来。暂也别听戏了，回花厅那边去，找太师夫人那边管事的丫鬟，先借些跌打损伤的药来，好好给涂了，仔细回头留疤。”

孙慧慧有些傻眼。涂氏无奈道：“还不快叫你丫鬟来，愣着干什么？”

孙慧慧这才反应过来。她其实只是个四品顺天府丞的女儿，在这达官贵人淑女遍地的京城，实在是算不上什么。

原以为是她冲撞了贵人，倒没想到贵人半点没介意，还开口关心她两句，心口一时有些奇怪的暖意。孙慧慧眨了眨眼睛，挠挠头，才回头叫丫鬟过来，扶着自己。

方才几个一起玩闹的官家小姐，也早都看见了这边的情况。只是瞧见陆锦惜与涂氏站在那边，一时又有些害怕，手足无措，只敢站在那边，也不敢过来。这畏畏缩缩的模样，明显也是怕惹事上身。

陆锦惜知道自己在这地界儿，早被划入了那一品诰命和诸位国公夫人的行列里，也不跟这些小姑娘一挂，便对涂氏道：

“她们年纪也不小了，这许多丫鬟在这里，总归出不了差错。咱们便继续往那头去吧，我看那一小片虞美人，开得还不错。”

“看看去吧。”

涂氏也点头，又叮嘱了孙慧慧及她的丫鬟两句，这才与陆锦惜一道离开。

绕上旁边的岔路，向着花园深处走了没一会儿，人便已经远了。这时候，围在一旁的其他几个官家小姐，才围了上来，七嘴八舌。

“真是吓死我了，好好的你怎么也能摔了？”

“眼瞧着就差点撞到将军夫人身上了，可不要命了吗？”

“慧慧，你还好吧？”

“不过大将军夫人，看上去倒像是个很好说话的。哎，我还从没见过这样好看的人，若非她作妇人打扮，我只当她跟咱们一般年纪呢……”

这话原本是无心，可在有心人听来，就着实有那么几分刺耳了。

谢襄铃就在旁边站着，看着被众人围在中间傻笑的孙慧慧，也不知怎么，竟心生出几分厌恶。细长的手指，慢慢抠紧。垂在她身侧的绣帕，便皱了一片。

前面，陆锦惜与涂氏已经走得很远。一丛一丛的虞美人，艳红的花朵，坠在柔嫩细长的绿茎之上，在微风中轻轻摇曳。

一直到耳边听不到那些姑娘们七嘴八舌的声音了，涂氏才看了陆锦惜一眼，唇边的笑意，变得深了一些道："我看夫人你，好像更喜欢那个孙慧慧。"

陆锦惜一怔，接着便笑起来，竟没否认，道："您一双眼睛可太毒了。我就是觉得康顺侯府那小姑娘，见了我也不打声招呼。我不端架子，可喜欢礼貌的人。反倒是那个姓孙的小姑娘，挺有意思。你刚才看见了吗？她摔了竟先捂脸，起来就哭得稀里哗啦，可也没忘记跟旁边人道谢。"

涂氏便猜到是这样，摇着头道："这可是人之常情，我也不大待见康顺侯府那个。但这可是京城如今第一的美人儿，十七岁，正在谈婚论嫁。前阵子我家大孙子也想跟她家议亲，谁曾想人家看不上。我当是什么呢，没想到是要去高攀太师府……唉，也不怕闪了腰。"

康顺侯府的门第，比起英国公府都差了一截，比顾氏一门，就更是一个天上一个地下！顾大公子行走天下，什么美人没见过？谢襄铃这一张脸，还差得老远呢。

涂氏心里不屑一顾。陆锦惜却是听出了她那不大看得起的意思来，只半开玩笑道："我看孙小姐不错，您再等等，她就长大了，应该是个好孙媳。"

"哎哟，那都得多久了？"涂氏连忙摆手，"我家是不成了，倒是你喜欢，你家不是有个年纪合适的吗？"

陆锦惜顿时头大起来。算算薛廷之，掐着虚岁算，也顶多十七，倒是可谈婚论嫁，早些也无妨。她身为便宜嫡母，好像的确该操心操心了？不过……

"我家那个可是庶出，人家未必愿意。"

涂氏顿时诧异道："庶出又怎么了？你们府上四爷，可是大将军的弟弟，即便是庶出，也比孙家高不少。毕竟他们家不过是福建调任顺天府丞的四品官……”

四爷，大将军的弟弟？陆锦惜愣了一下，才反应过来——敢情她们说的不是一个人啊。

她听了涂氏的话，头个想到的自然是薛廷之，薛况的庶子；但作为外人，英国公夫人又怎么可能提到这个总让陆氏忌讳的孩子？所以指的其实是薛况的四弟，老爷薛远小妾周氏所出的薛府四爷薛准，今年才十九。

陆锦惜不由笑了起来，却也没再纠正，只说回头去请孙氏考虑考虑，便将话题敷衍了过去。

只不过这一次想错，倒是提醒了她一件事。薛廷之这庶子，看着不像是没主见的，好像也不大喜欢她这嫡母。她现在是不担心，但若他回头要作妖，那她索性给他娶个老婆，叫他分家出去，再轻松不过。

心里这么想着，她竟莫名有些舒坦。

她们俩一路顺着园子，又上了长廊，便到了前面听戏的影竹楼。

楼不高，只有两层。楼上一层招待诸位娇客，楼下一层则留给男宾。戏台子搭在楼下，高出地面三尺多，已经布置妥当。

这会儿前厅里诸位大人都还没来，下层空荡荡的。唐氏已安排好丫鬟们，站在侧面的楼梯上接引着，也有几个丫鬟端着点心果子等零嘴，往楼上去。

陆锦惜与涂氏一道到了楼前，抬眼便瞧见了那高悬着“影竹”二字的牌匾，竟被震了一下。

好疏狂的字。笔墨饱满，一气呵成，挺拔如翠竹苍苍，萧疏则似冷梅欹斜。那“影”字的三撇，更是连成了一划，飘逸中更见力度，像是长河忽然坠落九天，竟叫人觉得惊心动魄！

“这里改建前原本不是戏楼，乃是顾家大公子藏书的地方。后来他搬到府里另个地方去住了，书也跟着搬走，这里才改成了戏楼。”

涂氏不大懂这字好不好，只是瞧见陆锦惜在看，便说了一声。

“这匾额也是他当年写的，没拆走，留下了。”

陆锦惜这才恍然。其实有些意料之外，可细细一想，又在情理之中。非这样一手有气魄的字，哪里又能挣得来满天下的名气？她不赞同以字识人，但字写得好的人，总不会太差。

先前她从旁人处听闻的顾觉非，真真假假，似水中月、镜中花，隐在一团迷雾里，怎么都觉得不真实。如今看了这字，她才觉得：确是有这么个人的。一下就真切起来了。

“他可是一字千金的主儿，这匾额拆下来也能卖不少的钱呢。”涂氏难得开了句玩笑。

陆锦惜看得有些收不回目光，倒想找个帖子来临临，听了涂氏的玩笑，她也笑起来，一面往里走，一面道：“您还别说，这字是值得起的。”

涂氏当然知道她出身书香门第，了解深，自不反驳，便与她一道进去。

楼上已宾客满座。几位贵夫人正凑在一起说话，唐氏照旧坐在主位，一见了陆锦惜与涂氏携手上来，她连忙招呼，请她们坐下。

为了方便看戏，戏楼里排的都是长方桌案。桌上放着一应的蜜饯点心果盘，人只坐在一侧，正好面对着戏台子。

陆锦惜落座在了唐氏右手边，涂氏则在陆锦惜的右手边，周围一片也大体是同地位的贵夫人。其他命妇与官家小姐，则安排在楼两侧。

只一扫，陆锦惜就看见了那头刚坐下的叶氏，还有站在不远处正在跟卫太傅夫人董氏说话的卫仙。

卫仙当然也看见了陆锦惜，一个白眼翻过来就懒得理她了。陆锦惜只道这个三弟妹倒有些小孩子脾气，一笑后，便没在意，云淡风轻地收回了目光。

身边的唐氏，正接了大丫鬟秋雨递上来的戏单。

“夫人，先才已经按着您的吩咐，叫人把戏单递给了前厅。老爷并诸位大人已经点了几出，又说他们一会儿便来，这戏单送回来，也请夫人安排着，只管叫在座的夫人们都点了爱看的。”

“嗯。”

唐氏应了一声，便伸手一翻戏单。

上头都是前厅的老爷们圈出来的戏。在寿宴这种场合，大家当然都点的喜庆热闹的戏，一眼扫过去几乎都是，没什么不妥。只是在眼见着就要将戏单合上的那一刹，唐氏眼皮一跳，看见了末尾被圈出来的那一行字，眉头顿时就拧了起来。

“这一出《云阳法场》，谁点的？”

陆锦惜一下就听见了，也跟着诧异起来。对戏曲她没什么研究，但是这一出《云阳法场》，听上去可不像是什么好名字。看唐氏这模样，怕是这戏点坏了。

秋雨当然也是战战兢兢的，只是不是因为这戏，而是因为点戏的人。

她战战兢兢地回道：“是、是老爷点的。”

老爷点的？顾承谦？唐氏一下就愣了，谁能想到，点戏的居然是自家老爷！

《云阳法场》乃是《邯郸记》里面的一出，主人公要斩头了，却迎来了转机，勉强由悲转喜，放在寿宴上算不得太大的问题。问题出在《邯郸记》本身，这戏改自出了名的《枕中记》，讲的其实是“黄粱一梦”的故事。

穷困潦倒的书生卢生，在路经邯郸投宿一小客店之时，遇到了仙人吕洞宾。他向吕洞宾尽述自己此生的不得志。于是吕洞宾给了他一个瓷枕，令他枕着入睡。

在梦中，卢生历遍了世间的繁华，经历了自己的一生：考进士当官，甚至带兵打仗，三番两次被政敌陷害，甚至险些被砍头，最终才沉冤得雪，重新加官晋爵，高官厚禄，位极人臣。五十来年后，他因纵欲得病，即便满门荣华也救不得，一命归西。

这个时候，梦也就醒了。卢生睁开眼睛，才发现时间根本没过去多久，客店里的黄粱米饭都还没煮好！

原来，一切不过是一场梦。在吕洞宾的点化下，卢生幡然醒悟，不再汲汲营营，跟着吕洞宾，去蓬莱仙山桃花苑，当了扫花使者。

整个戏的重心，自然是在梦中那些事上。官场上的尔虞我诈，一些脏污隐晦，都在戏文里，老百姓们很爱看。可在官场上，《邯郸记》几乎是从来没人点的，官员看了会膈应。可现在，竟是老太师自己点了这一出戏。

唐氏心里揣度，最终还是展了眉头，只道：“既是老爷点的，想必也是心里喜欢，叫人唱了就是。另点上一出《还魂》吧。”

秋雨这才隐隐松了口气。唐氏又将戏单向陆锦惜那边递，道：

“诸位夫人也都看看，有没有什么想听的，都一并点来看看。”

听戏时间也就一个下午，在场诸位夫人都是排过各家的寿宴，很懂规矩，知道回头还要排晚宴，只掐着数略点了几出，不占太多时辰。

涂氏给补了一出《闹学》和一出《游园》。陆锦惜不爱听戏，只对方才唐氏特意问过的《云阳法场》感点兴趣，所以也没点，由着戏单传到了别处去。

待戏单在场中转了一圈，赴宴的男客们便也打前厅过来了。浩浩荡荡一群达官贵人，里面还有不少的贵族公子，一时引得楼上的官家小姐们注目。

陆锦惜一眼就看见，永宁长公主竟走在最前面，她身边有个人。远远瞧着，那人一身锦袍，上了年纪，头发胡须都是花白，但此刻那人正谈笑，倒也算是精神矍铄。举手投足之间，自是有一朝重臣挥洒自如的气度。

这肯定就是今日的寿星——太师顾承谦。他们一路过来，彼此谈笑，又有几个对着影竹楼的牌匾赞不绝口，之后才陆陆续续入了座。

宾客到齐，戏单妥当。戏台子上，戏便也终于开演。

“当啷当啷……”锣鼓一响，整个戏台子上便热闹了起来。

先演的是涂氏点的《闹学》。陆锦惜手里磕了几把瓜子，又拿了一块枣泥山药糕来吃，细细听着，竟然也能听懂。这戏班子底子很好，昆山腔，生旦净末丑，从上到下扮相都是一等一，更不用说那一开嗓时候婉转多变的华丽腔调。

一出接着一出演下来，楼上的娇客们如痴如醉，楼下的达官贵人们，看到爽处，则时常推杯换盏。整个影竹楼里，热热闹闹。

没一个多时辰，一出《还魂》也结束了。杜丽娘也死而复生，与柳梦梅续了前缘，楼上的小姑娘，个个感动得眼泪汪汪，偏偏嘴上还得挂笑。

陆锦惜这等的“老江湖”，自然镇定自若，心底没什么感觉。她性情素来寡淡，不容易被感动。听戏，也不过觉得好听罢了。

“咔。”又掰了一颗瓜子。陆锦惜重新将目光放到了戏台上，先前一出戏的人已经退下，没一会儿便已换了新的人上来。

“咚！”一声鼓响。几个差役扮相的押着一个身穿白囚服的老生，气势汹汹地走上。随之似号角铮鸣，苍凉之音骤出。几声锣鸣后，凄迷的曲笛声伴着三弦拨动，一时缭绕而上，竟哀婉不绝。

台上那老生裹着头，垂着首，嗓音似山势，逶迤曲折道：

“排列着，飞天罗刹……”

声音里，千回百转，顿挫里竟藏着千般万般的悲怆！一个“刹”字，在喉咙口，舌尖上，一遍又一遍地回响，只震得人连鸡皮疙瘩都冒了出来！

陆锦惜一下就愣住了，竟听得毛骨悚然！整个热闹的影竹楼，也在此刻，齐齐一静。

下一刻，台上便热闹了起来。鼓点乱飞，明锣敲动，响板跟随，竟是这几个差役，将送囚徒扮相的老生“上路”！

这可不是那一出《云阳法场》吗？座中人，包括陆锦惜，都一下判断了出来，不由有些面面相觑。只是前面坐着的顾太师，半点反应都没有，还跟永宁长公主一起喝了一杯。

众人一时都不怎么敢说话，只静悄悄地听着。这样与之前截然不同的气氛变化，陆锦惜当然感觉到了，心下觉得古怪，只竖起耳朵来听戏，一面听，一面瞧着下头。

那扮作卢生的老生，绝对是戏班子里的顶梁柱，一个抬手一个转头，竟浑身都是戏。他的嗓子就更别说了，唱腔配着那笙箫唢呐，眨眼就把人给带进了情景之中。

卢生带兵打仗，立了战功，抵御了来自番邦的入侵，更在天山勒石记功，凯旋还朝，被封为了定西侯，加太子太保、兵部尚书同平章军国大将军。

谁料，阴险政敌，竟诟诬他里通外敌，与番邦勾结。皇帝立时震怒，下旨革了卢生的职，还要斩他的脑袋。眼下这一场戏，便是法场前后的一段。

差役们叫卢生吃过了断头饭，将之押赴刑场。

卢生刑场上感叹了一番自己的凄惨遭遇，正当行刑时刻，皇宫里又来了圣旨，竟赦免了他的死罪，转而发配到广南鬼门关。

原来是他的发妻崔氏，带着儿子们去午门外叩头跪求，好歹才打动了皇帝，饶了卢生一命。

只是发配鬼门关，也得立时起行。宣旨的官员叹一声“小心烟瘴地，回头雨露天”，极言鬼门关之险恶，便回去复命，留下夫妻两个抱头痛哭。

到最后，只听那老生凄惶无助，脚步蹒跚，怀着满腔悲怆地唱着：“十大功劳误宰臣，鬼门关外一孤身……”

夫妻两人，携手相看泪眼，才共唱了最后一句。

“流泪眼观流泪眼；断肠人送，哎呀，断肠人……”

场面一时已在悲喜交加的极点。几个差役强押卢生流放鬼门关，夫妻两个痛苦不堪。十大功劳误宰臣，鬼门关外一孤身。流泪眼观流泪眼，断肠人送断肠人。

耳边，还是那戏末的余韵。陆锦惜只觉得脚底下莫名蹿上来一股寒气，手边的瓜子早忘了剥，已放着有一时了。她忍不住地，朝着下方看去。点了这一出戏的当朝太师顾承谦，就端坐在那一把太师椅上。从头到尾，他都没动上一下。

从陆锦惜这个角度，看不见他的正脸，当然也观察不到此刻他脸上到底是什么表情。

唯一能看见的，只有旁边的永宁长公主。听到末尾，她慢慢地转过头来，看了顾承谦一眼，眼底深得像是一片海。可什么也没说。

收回目光来，陆锦惜只把酒盏一端，大袖一掩，便将美酒饮尽，趁着醉意微醺时刻，便将酒盏一放，大笑着喊了一声：“好！”

“轰。”

场中，这时才跟着起了雷鸣般的喝彩与叫好。陆锦惜人在座中，见着下面的热闹，一时竟不很看得懂。

整个影竹楼，已恢复了先前的氛围，所有人又开始推杯换盏，喧哗声一直传出去，越过了花园的西墙，传到了墙外的街巷上。

一匹马、一个人、一只锦盒。

顾觉非牵着马，夹着回生堂来的锦盒，已在高墙外，站了有许久。面上，再没有将归家门的半分喜悦，也再没有将见故人的种种忐忑，就连那种六年后才还于世俗的复杂……也彻底消失一空。

这一刻的他，面上没有半点表情。眼是冷的，心也是冷的。眉目上每一道线条，都透着一种霜刃似的锋利和冰寒，浸着血似的，凝了一股深深的煞气。

一身青袍，一身孑然。

“十大功劳误宰臣，鬼门关外一孤身……”

婉转曲折的昆山腔，似乎还在耳边回荡。

乱臣贼子！也敢称功臣宰臣？！顾觉非竟没忍住，冷笑出声！

声音里，是荒谬、嘲讽、轻蔑，甚至……是不屑一顾！

“啪！”

回生堂那锦盒，竟被他一手抄起，砸在了墙角！哗啦一声，瓶瓶罐罐伴着字迹潦草的药方一起飞出，全砸了个四分五裂，粉身碎骨！

马儿顿时受惊，便要避开。可盛怒之下的顾觉非，动也没动一下，五根如玉竹修长的手指，依旧抓得紧紧的。缰绳立刻在他掌心之中，拉出半条深深的血痕！顾觉非回头大声骂它：

“你也想瞎眼不成？！”

平静的脸上，已经看不到半点怒意，只有一片寒冷的森然。这声音，似乎带着一股令人胆寒的威慑之力。方才还挣扎的烈马，一时竟不敢再动，朝着顾觉非俯首。

“滴答。”

鲜血染上缰绳，缓缓坠落。顾觉非的面前，是沾了脏污的药方，摔破了的锦盒，还有碎裂四溅的瓶瓶罐罐……

满地的狼藉，却狼藉不过他此刻的心绪。他看着那终于乖顺了的马，眼底一片冷寂，心头却已沸腾着一股盛怒……

一如昔日，六年之前。

第九章
反目与再遇

眨眼已是申时，天上已经添了几分暮色，暖日隐在层云间，吹着的风里，又夹了几丝凉意。

太师府的大管家万保常，在府门外来回地踱着步，只觉得一颗心都已经等焦了，大昭寺上再没有新的消息传来。满京城都知道顾觉非已经下山，可如今他们在府门外，死活没等到人。

他到底是回，还是不回呢？万保常想起来，忍不住又长长地叹了一声。他又一次地抬起了眼来，去看门口这一条街道，几乎已经能在脑海里重叠出自己即将看见的场景——

午后空荡荡的街道，行人很稀少，几乎没有声音，只有园子里隐隐约约传来的婉转昆山腔。近处的建筑，都层层叠叠在天边上，变成一片呆板的影子……

这一次，似乎也一样。除了街边上，多了一匹马，一个人。

万保常失望了太多次了，所以已经习惯了接受“大公子还没回来”这个事实，也习惯性地就要收回目光。

然而……一人、一马？！脑海里，瞬间电光火石！在失望了太久之后，突如其来的希望，险些没把万保常给炸晕过去！

他止住了自己收回目光转过脑袋的趋势，急急忙忙地重新朝着那个方向看去，差点闪了自己的脖子！

长街铺平，人影稀少。午后的天光，照得路面发白，长道上车马经行留下的车辙印子，也就越发显眼起来，呈现出一种异样的森白。

那一道深青的身影，正正好就踩着那一条贴街边的车辙印，牵着马走来。这一次，比先前那惊鸿一瞥，又近了许多。万保常已经看清了来人的五官容貌，一时瞪大眼睛，张开嘴巴来，可不知道到底要说什么。

一向稳稳的两只手，也跟着颤抖起来。

“大、大公子！”

他终于还是叫了一声，嗓音都嘶哑了起来。万保常在愣了半天之后，一双老眼里，竟忍不住闪现出几分泪光，连忙吩咐已经傻在了门口的几个仆役道：

“赶紧进去禀太师啊！”

说完了，才忙忙地跑下了门口的台阶。

这时候，顾觉非牵着马，正好也到了台阶前。他脸上一派温润，已经看不出半点怒意，见了万保常下来，他嘴角便含了三分笑意道：

“您走慢点，当心摔了。”

就是这熟悉的声音！清泠泠的好似山间的泉水，又好似用玉笛吹出的雅韵，就这么淡淡地流淌出来，从容不迫，沉稳如初。万保常一听这声音，险些就没忍住哭了出来。

在府里这许多年，他虽是大管家，可论实在的，当初也不过就是个跟着老爷跑腿的下人。可大公子平日待他，无不客气。有时候便是不经意间咳嗽两声，隔日都能收到他备下的药。

一日两日的关心，那可能是装出来的。可一二十年如此，谁又能都装得出来？即便是假的那也成真了。况且他是看着顾觉非长大的，大公子是什么样个人，他再清楚不过。

原本瞧着他还有些陌生，毕竟六年没见。可待他一开口，那真真是所有的熟悉，齐齐涌上了心头！万保常花了好大力气，才控制住了自己，眼底有些湿润，半哭半笑地道：“不妨事，不妨事。您这马，还是老奴来牵着吧。”

说着，他便要伸手，从顾觉非手中把缰绳接过来。然而，也就是那一瞬间，那染在缰绳上已经有些暗红的血迹，一下就跟刀子一样戳进了万保常的眼底。

“您这是怎么了？！”

顾觉非顺着放了缰绳，手掌上那火辣辣的疼痛，半点没有消散，只是伤口上的血已经不再淌了。

他随意笑笑道：“没事。借来的马，半道上发疯，略费了些力气罢了。这会儿父亲人在何处？”

“在花园里面，影竹楼听戏呢。今日太师大人可就盼着您回来呢！”

一说起这个来，管家真是满心都是辛酸。只是万保常也不敢多说，眼见顾觉非迈步上了台阶，便连忙跟了上去。同时吩咐左右：“还愣着干什么？没见大公子伤了手吗？快去知会人，寻些创伤药来！”

几个仆役立时一颤，连忙往府内跑，去准备药。之前被万保常派回去传消息的仆役，这会儿更已经不知跑出去多远，道中逢了人便喊：“大公子回来了，大公子回来了！”

声音过处，一片沸腾。

他人在府里跑着，好像是一道移动的狂风，带来的消息，将整个太师府都席卷，一时便热闹振奋了起来。仆役一路跑着，往西过了花园那圆圆的拱门，便瞧见了园子中间的影竹楼，于是一路扯开嗓子喊着，跑了过去。

这时候，影竹楼戏台上，戏班子刚演上一出《景阳冈》。

扮武松的武生，使得一手硬功夫，唱腔更是中气十足。人才一登台，便耍了好几个把式，一时引得台下众人喝彩。

方才那一出《云阳法场》，早没几个人记得了。一则大部分人不知道戏是谁点的，二则知道是顾太师点的人，自也不会放在心上，只觉得顾太师兴致来了，要听点不一样的。

根本没几个人，会由这一出戏联想到别的事。因为，六年前那件事，朝野上下知道个清楚明白的，统共也数不出一只手。

只不过，永宁长公主，恰恰在这一只手不到的人数里。她人坐在顾太师的身边，一手搭在太师椅精雕的扶手上，随着戏台上的锣鼓笙箫的韵律，慢慢地敲打着。

那长长的、宽大的袖袍，逶迤地垂了下去。鹤衔云白玉酒盏，被她手指松松地挂着，两只眼睛已经微眯了起来，乃是微醺的醉意。她整个人看着，慵懒又华贵。

台上的“武松”，刚遇着了大虫。台下人，都目不转睛地看着。

永宁长公主于是转过了头，乜斜了眼，看向旁边的顾太师。人人都在推杯换盏，之前也有几个人上来敬他。顾太师喝了两杯，酒意微有上头，这会儿坐在座中便不动了，只保持着一点笑意，看着前方。

可是永宁长公主何等熟悉顾承谦？她几乎一眼就看出，这一位老太师，其实在走神。

周围几个人，都是心腹。永宁长公主于是叹了一声，终于还是对顾承谦道：

“老太师，这又是何苦呢？”

顾承谦听见这话，略回了些神。他眼神里因为恍惚，有些散的神光，重新聚拢来，回头看了永宁长公主一眼，沉默了半晌，才觉嘴里有些发苦的味道。

“我也就是忽然看见了，想点这么一出，看看罢了……”

刚才戏单递上来的时候，他本也没想点。只是这十日以来，顾觉非要回来的消息，传了个满城风雨，以至于他这几夜都没睡好。

午夜梦回的时候，他好像能听见战场上铁骑突出，刀枪鸣响。薛况那年轻的、沾血的面容，好似就在他面前，一双诘问的、失望的眼睛，直勾勾地看着他，仿佛要问他要一个答案，一个公道！

顾承谦如何能忘？别说是六年过去，就是十六年、二十六年，他也无法忘记！

无法忘记顾觉非那沾满鲜血的一双手，无法忘记那一张画皮撕下后的怪物，更无法忘记，父子决裂、一切分崩离析的雨夜……

所以今日，在翻到《邯郸梦》那一页的时候，他才会不由自主地，把《云阳法场》圈了出来。

台上演的是戏。台下的看客，走的却是人生路。

同样是功劳宰臣，同样是打了胜仗，同样是被政敌诟诬，责指里通外敌。打了胜仗的卢生，被皇帝赦免，发配鬼门关，保住了项上人头；可打了胜仗的薛况，却被他们合谋害死，连个全尸都没落下！

他身为朝中重臣，在整个事件里，竟无能为力！什么跺跺脚，朝纲震？他可不知道，自己有这样大的能耐。

皇帝大了，心也大了。他不再是那个需要先生们辅佐的弱冠少年。他需要的是全新的、与他相同政见的大臣，所以他选择了顾觉非，而旧日那些束缚他的人，都被他一并抛开。

顾承谦闭了闭眼，似乎想要借此平复自己的心境。面前的酒盏里，香醇的琼浆晃动着，他却没再喝了，只道：“这世上有三种人，第一种身是刀剑，第二种心怀利刃，第三种什么刀枪剑戟都没有，就是血肉之躯。我原以为，他是第三种，后来才知道我错了。如今，我是半点不知道，前几天往山上跑的那一趟，是对，还是错……”

永宁长公主心内复杂，只是她在皇宫里长大，本身便在风云中心，从无什么忧国忧民的念头。她虽没顾承谦的本事，可在利益的争斗里，她从来不落下风。当下，她只收敛了心思，饮了酒，笑一声道：“老太师的决定，当然都是对的。”

对的？顾承谦摇头笑起来，也不知是觉得她说得好，还是不好。

满楼都是喧嚣，一声夹着狂喜的呼喊，终于由远而近，传了过来：“大公子回来了！大公子回来了！”

这声音，夹在锣鼓声里，并不很明显。听着，只觉得隐隐约约，甚至很像是一种错觉。可这一刻，整个刚才觥筹交错的影竹楼，除了台上还不知道发生了什么的戏子们，竟全都安静了下来！

顾承谦一下有些恍惚。永宁长公主则是眼前一亮，一下就站了起来，朝着戏台子上一摆手道：

“都停下！”

一瞬间，响板停了，鼓声歇了，笙箫断了……于是，那一道声音，就变得真切了起来，眨眼便已经到了影竹楼门外。

“大公子回来了！启禀老爷，大公子回来了！”

传话的仆役，早已经跑得上气不接下气，脸上却是一片的红光，双目也炯炯有神，一路直接跑到了顾承谦跟前儿来。

顾承谦没说话，永宁长公主却是大袖一挥，忙问道：

“回来了？见着人了？在哪里？”

“回、回来了，刚才在门外。万管家着小的先来，给老爷报信儿。估摸着大公子一会儿就来！”

仆役差点就没喘过气来，不过还是尽量清楚地，把事情给说了一遍。

永宁长公主一时便笑了起来。周围无数人，在听清楚之后，竟都忍不住开了怀，有人甚至忍不住笑了起来。

“大公子可算是回来了！”

“哈哈，昔年治理水患，还是大公子帮的忙！”

“六年不见，他拜帖也不回，我还担心他要出家了。哈哈，总算是回来了，真是要吓煞我了！”

“恭喜老太师啊。”

一群人连忙向着顾承谦道贺。

顾承谦却一时说不出心里是什么感觉，明明分不清对错，甚至觉得他顾觉非合该千刀万剐，可这个时候，脸上却忍不住地露出了笑容来。

他起身来，连连向着在场的诸多同僚拱手道：“多谢，多谢了……”

楼下是一派前所未有的热闹场景。楼上虽没那么夸张，可两侧一些年轻些的官家小姐们，也都露出了惊喜的神态，甚至有不少开始窃窃私语，更有甚者，暗暗地尖叫起来。就连一些二三十年纪，已嫁为了人妇的，面上竟也有隐约的激动。七嘴八舌的说话声，一下就淹没了整个二楼。

陆锦惜手里端着一盏江南凤团雀舌牙茶，一眼扫过去，便见得有人已经好奇地向着下方探头去看，也有的矜持地坐在原位，可脸上却都有了一抹娇羞的神态……

想来，都是因为传言中的顾觉非。哪个少年不多情，哪个少女不怀春呢？

只不过么……她耳闻着下面官僚的盛赞，眼瞧着上面娇客的期待，心底竟然没什么波动。世上哪里有人能完美到这个地步？

她瞅了一圈，终究还是收回了目光，把茶盏放回了桌上。一只手点着那茶盏上精致的松鹤图，一只手搁在扶手上，手指撑着额头的边缘。

戏停了，没了那一股热闹劲儿的刺激，困倦便慢慢地袭来。陆锦惜掩唇小心地打了个呵欠，只歪着头，等着那一位顾大公子的“粉墨登场”。

众人也没有等上多久，约莫只过了半刻，外面探看的下人便飞快地跑进来禀：“老爷，大公子就在外面了！”

楼下顿时一片振奋，甚至有座次本就靠外的人，干脆迎了出去，站在门外看。楼上更是一片低低的惊呼之声。也不知道是谁先从外面的窗上探出头去，一下便惊喜地呼喊起来：

“真的来了！你们快看！”

顿时就有不少人跑过去看。正当中坐着的陆锦惜当然看不到，她也不好过去，只听得靠窗那边一阵压抑着喜悦的惊呼，接着便是影竹楼门口一下热闹了起来，竟是刚才迫不及待出去的那一行人的寒暄。

“可算是又见大公子了，别来可无恙？”

“六年不见，顾老弟神采更胜当年啊！”“让先，哈哈，差点还以为你真的当了和尚去……”一声连着一声，一个比一个欣喜激动。

听着，竟是工部尚书李文朗、杭州书院的院长常建之，甚至翰林院如今的掌院学士吕如梁……

“劳诸位牵挂了。”

陆锦惜一听，只觉来者的声音淡泊清雅，沉着冷静，好似静水深流，自人心间慢慢地淌过。

隐约间，是故人重逢，物是人非。甚而，岁月流变。她一时有些怔住。

下面的寒暄声，并未持续多久。所有人也都知道，应该把道给让开，让这一位六年不曾归家门的大公子，先进去拜拜已年迈的老父。

于是，陆锦惜终于也看见了那一道身影。来人宽肩窄腰，修长昂藏。锦缎青袍在里，玄青鹤氅在外。银色的绣线在对襟和袖口领口边，都留下了祥云的绣纹，衣袍上的竹叶暗纹，在这一刻，竟是无比地契合了“影竹”二字。

人走进来，似朗朗挺拔的一竿竹。缓步而行，他穿过了堂中留出来的夹道，已到了默立的顾承谦面前，正好面朝着陆锦惜她们这个方向。

于是，陆锦惜瞬间就明白了闺秀们的疯狂，也明白了先前英国公夫人在提到谢襄铃时候的不屑……

这人岂能没这个资本？长眉墨画，鬓若刀裁，挺鼻薄唇，偏偏唇角有一点轻微的弧度，不很明显，却立刻能让人感觉到一种平易，调和了他过于出色的五官带来的冷清与锋锐，成了一股浑然内敛的温润。不多不少，不蔓不枝。

那一瞬间，陆锦惜只觉得自己搁在茶盏边沿的手指尖，好似被什么东西舔过一样，猛地一颤。

一种极难言喻的感觉，顺着指尖，爬上她心头。这种近乎完人的感觉，她太熟悉了。陆锦惜微微眯了眼，眸光在狭长的眼缝里潋滟，拉开的唇角上挂着一点隐约极了的笑意。

原以为是个天衣无缝的翩翩君子。不承想……

“千年的老妖，道行不浅，玩得一出好聊斋呀……”这是一声很低很低的呢喃，几乎只有陆锦惜能听到。

眉梢微微挑了挑，陆锦惜的目光，却没有从楼下移开。

这时候，顾觉非已敛去了内心所有的波动，将怒意和质问，都藏到了心底的最深处，只一派平和地躬身下拜。

“不孝子觉非，拜父亲大人安。”

宽大的袖袍，随着他手臂的抬起而举起。两手交叠在身前，是一个挑不出半点错误的礼。

顾承谦就坐在他面前，受了这一礼。隔得这么近，他能看见他明显成熟起来的轮廓，如果说他当年似乎还有些少年青涩，如今，这一股青涩就褪了个干净。现在的顾觉非，是一个昂藏的男人。

顾承谦曾教了他十几年，在那六年前那件事之前，曾当过他二十三年的父亲，对他的一切几乎了如指掌。所以这样的变化，他几乎第一时间就感觉到了。可同时浮现在他心上的，竟然是上一次的见面……

也是那二十三年里，他们最后的一次见面。

那一夜，老太爷去世。天上下着瓢泼大雨，他因为被接到宫中有紧要的事情要处理，所以并未能及时回去见老太爷最后一面。等他回来的时候，老太爷的身子，都已经冷了。那个时候，顾觉非就跪在老太爷的床前，没有对他行半个礼，只问他在宫里忙什么……

一切的决裂，便是从那一句话开始的。顾承谦至今还无法忘记，顾觉非身上沾着的寒气，脸上笼着的冷霜，还有眼底那近乎要将他整个人吞没的愤怒……

也许，还有失望吧？只是这一切，在眼前的顾觉非身上，都看不见了。好似六年前的决裂，不曾发生。他还是那个对父亲满心孺慕的顾觉非。

顾承谦隐约觉得眼底有些湿润的痕迹，只能眨了眨眼，笑里面又带着一股难言的复杂意味，他哽咽道："回来就好，赶紧入席吧。"

众人只道父子情浓，反而话少。谁都看得出来，六年没见，父子间应该多了很多东西，于是都没有说话，更没有对他们这样简单的交流，发表什么意见。

顾觉非闻言，已起了身。一旁有小厮，连忙将一把椅子，摆到了顾太师的长案边——这是以往太师府的规矩，顾觉非就在这么一个位置上。隐约间，还是当年的感觉。顾觉非默不作声地坐了下来，就在顾承谦的身边，自然也有人添了杯盏盘碗。

永宁长公主看了这父子两人一眼，当然看出了当中无声涌动着的那一股暗流……只是，她一个外人，又能说什么呢？

当下眼见着影竹楼内的气氛，似乎有些诡异的尴尬，永宁长公主直接摆了摆袖子，笑了起来道："今日也算是双喜临门了，诸位可都别愣着了。戏台子上的，还不唱戏，这是准备不要今儿的赏钱了吗？"

台上的戏班子众人一听，立时就知道：他们这是撞了大运了！太师府那一位传说中的大公子回来了，可不是大喜事吗？

听着长公主这话的意思，一会儿肯定要封个大的红包啊！一时之间，众人都喜上眉梢，连连谢过了恩典，这才赶紧地把刚才断了的戏给续上。

"当啷当啷……"

眨眼又是锣鼓齐鸣，笙箫再起。响板敲打起来更比先前有劲儿了几分，一出《景阳冈》竟然演的是风生水起，一派热闹！

顾承谦喝了一杯酒，酒盏便空了。一旁放着酒壶，顾觉非便顺手拎了过来，修长的手指，压着壶盖，慢慢又给父亲斟了七分满，才将酒壶放到了一旁。

那一瞬间，顾承谦眼底险些流出泪来。他盯着这一盏酒，二十三年的父子情分，又打心底里流淌了出来，让他无法言语……

台上唱的是什么，他已经不知道了。他只是听见了自己心底的声音：只要他悔改，只要他肯悔改，便是他有千般万般的错，自己也是愿意原谅的。伸出手去，他颤颤地端了这一盏酒，到底还是喝了。

旁边的永宁长公主，心底已是微微叹气。同时，她打量的目光，也落在了顾觉非的身上：这六年来，他到底变成什么样了呢？也不急，她很快就会知道了。这么想着，永宁长公主思索着近日来朝堂上的局势，又回归到那微醺的状态里，慵慵懒懒。

楼上，陆锦惜的目光，已经在那三个人之间，来回了许多次。越看越觉得有意思。一个一个的细节拼凑起来，竟好似比台上那一出《景阳冈》还要精彩上千百倍！

下面已经有不少人跑过去，借着给顾老太师拜寿的机会，也敬顾觉非。

就这么一会儿的工夫，已经去了三拨。好像顾觉非一出现，整个影竹楼里的中心，便已经有了隐隐的偏移：从顾老太师的身上，朝着顾觉非挪了一点……

这个趋势，虽然不很明显，可落在陆锦惜的眼中，便变得格外有深意。

她看出的东西不少。

第一，父子之间，隔阂颇深；第二，顾老太师的心肠，似乎不是特别硬，在朝上她不知道，但对顾觉非这个儿子，到底心软；第三，永宁长公主深不可测，她知道的只怕已经不能用"不少"来形容；第四，在"骗人"，也就是"经营人脉"这一点上，顾觉非是个妖孽。

手指依旧撑着额头，陆锦惜歪着头看着下面，唇边的笑弧已经深了不少。

这个时候，当然也有人上来跟唐氏敬酒道："大公子可算是回来了，也恭喜太师夫人您了，看看太师大人多高兴呀。"

唐氏的面色，隐隐便有些绷不住。顾觉非并非她亲生，从头到尾也跟她没有半点关系，更何况她膝下的两儿一女，几乎时时刻刻活在这一位"长兄"的阴影之中！

即便是顾觉非那个一母同胞的弟弟顾以渐，二十三岁成了举人，眼见着就要参加会试，同样出色得不得了。可又怎样？人人提起他，都是"有乃兄风范"！只要一日越不过顾觉非，便一日活在他的阴影下！

可要越过顾觉非去，又是多艰难的一件事？唐氏心中只有满满的苦意。眼见着这一位上来巴结，却偏偏哪壶不开提哪壶的贵妇人，她有种一杯酒给她泼到脸上去的冲动！

只是，到底还是忍住了。唐氏干笑了一声道：

"是啊，太师开心就好。"

说完了，她也略喝了一杯。那贵妇人又旁敲侧击打听了些情况，唐氏只一句"婚娶之事，想必太师回头会有主意的"，把人给打发了。

旁边的陆锦惜，早听了一耳朵。她对这一位唐氏，倒是理解的，看她面上似乎有些酒意上头，便笑道："您看上去不胜酒力，还是少喝一些吧。"

唐氏没想到陆锦惜竟主动跟自己说话，一时微怔。可也只是一眨眼，她就明白了陆锦惜的意思，甚至一瞬间想起了当初京城赫赫有名的那件事——

大将军夫人的膝下，不也养了个不是亲生的吗？且是个小妾生的。她们勉强也算是"同病相怜"了。

唐氏心底叹了一口气，忽然觉得陆锦惜的心性与人品，竟比她外表的相貌，还要讨人喜欢。

唐氏慢慢便笑了起来："是吗？是我看上去有些上头了？"

"有一些的。"陆锦惜声音温软，目光也柔和，"喝酒伤身，您还是少喝一些，叫丫鬟扶您出去吹吹风吧。一会儿您还要主持晚宴呢。"

"也是。"唐氏抬了手指头，按着自己的额头，轻叹了一声，"您说得也对，我是得去吹吹风了。来呀，扶我一把吧……"

春柳秋雨两个丫鬟，连忙过来扶她。唐氏这才对众人道：

"我这也是上了年纪了，倒险些被你们给灌醉，这会儿得去吹吹风，喝两碗醒酒汤，失陪一会儿，还要诸位见谅了。"

离得近的都听见陆锦惜与唐氏这一番对话了，个个都没表示异议，还都叫唐氏少喝一些。

唐氏于是吩咐了丫鬟们好好伺候着，这才出去了。陆锦惜身边的涂氏，早把原委看了个清清楚楚，不由道：

"你心肠倒是个善的……"

"都不容易。"

陆锦惜知道涂氏是看出刚才那一出了。

在大公子回来这当口上，唐氏若贸然退出，即便是她自己声称自己不胜酒力，回头也会陷于他人的言语揣度，觉得她这个当继母的哪里不对。

可若有个人来开口，事情就简单多了。又不是她要歇的，实在是旁人都看不下去罢了。

想想原来的陆氏。以陆锦惜如今的眼光来判断，薛府那一位庶出的大公子，也断断不是什么平庸之辈。

她不知道陆氏是不是曾关注过薛廷之的一切。若是没有，那也还好，只当薛廷之不存在。可若是有，得知这胡姬生的孩子这样优秀，除了瘸腿跛足之外，找不到什么缺点，她的心情又会比唐氏好到哪里去？

陆锦惜这也勉强算是推己及人。她回望了涂氏一眼，涂氏则是笑了起来，只拍了拍她放在扶手上的手掌，慢慢道："放宽心，放宽心……"

陆锦惜笑了起来，她半点也不需要放宽心，陆氏的人生，是陆氏自己的。她不参与，也不愿置评。如今顶了她的壳子，可她还是她自己。她如今也不过只是习惯性地，释放善意罢了。当下，陆锦惜没有再说话，只与涂氏一道安静地看戏。

楼下觥筹交错，楼上暗香浮动。这一看，便看到了日头西斜。影竹楼外的竹影，投落在开着的几扇雕窗上，一时竟雅致得像是文人雅士的卷轴上的水墨画。

先才出去醒酒的唐氏，这时候才踩着点回来，安排人排了晚宴上来。这便是今日寿宴的最后一项了。

陆锦惜上午听众人唠了半天的嗑，下午又看了半天的“好戏”，眼见着最后一场晚宴排开，心里都松了一口气。

在自己那个世界，为了公司的上市计划忙得要死要活；来到这里之后，病中都是劳碌命，要竖起耳朵来听；病好后，又要处理府里的一堆事情。像今天这种一整天都闲着没事陪聊的日子，她竟然很不习惯，感觉自己浑身都要长毛了。

因为下午已经用过不少的茶点，她晚宴上也没怎么动筷子。约莫吃到酉时二刻，众人便也差不多吃饱了。这个时辰天还没黑，适合大家回家。

楼下的官僚们个个身上都带着酒气，许是因为老太师的寿宴上，顾觉非回来了，所以喝得都很尽兴。

永宁长公主一副醉醺醺的模样，被人扶着；老太师则是拱手送别众人，身后跟着顾觉非；至于先前说宴后散了要见的陆九龄，这会儿竟然没了影子。

陆锦惜走的时候没看见人，便打发人去问，没想到，回话竟说：

“陆老大人不知怎的，今日兴致奇高，喝得高兴。刚才要散那一会儿，强拉了二公子去，说是要指点他功课。二公子喝得也不少，俩人就一起去了书房。”

陆锦惜顿时冷汗淋漓！她几乎瞬间就想起了之前陆九龄那一声嘀咕：也不算很多……指点功课？千万别指点到别的地方才好。而且这一大把年纪了，千万别喝出什么事来。

心里一时担心忧虑，又有一种无可奈何之感。她抬手压了压自己的额头，客客气气对那传话的丫头道：“还请你去二公子那边通传一声，便说我在门外候着陆老大人，请他早些出来。”

“是。”

丫鬟自然没有不答应的，当下便应了，去那边通传。

陆锦惜看了两眼，这会儿楼里的人也走得差不多了，就连顾太师，似乎也因为喝得太多，早早被顾觉非带着人送了回去。

她因为派人去打探消息，反倒落在最后。唐氏刚送走了一拨人，回头来瞧见她，便笑道：“今日多劳夫人解围，我是要亲自送送你的。”

“不过是看夫人的确不胜酒力罢了。”

陆锦惜也没拒绝，知道这是主人家的善意。

一个当朝太师夫人，一个将军夫人，便这么相携着，一路出了圆门。到了这里，唐氏方才止步，目送着陆锦惜离开。

西垂的落日，隐在黄云里面。四下里，一片昏昏。大部分的车马已经离开了，只有零星的几辆，还在门口候着。

陆锦惜扶着白鹭的手，一走出顾府大门，就瞧见了正中停着的那一辆两马并驾的豪华马车。

这车她今早来时坐过，是永宁长公主的。车在这里，那人呢？脑子里这个念头，才冒了出来，陆锦惜就听到背后有笑声传来：“到底还是你有良心，还知道扶着本宫……”

她顿时一个激灵，回头一看。来时的那个侍卫，自是一早就回去了。这一回，永宁长公主醉态妖娆，眯缝着一双眼，那一只尊贵的手便搭在了一个文质彬彬的白衣青年掌心，脚下一摇一晃地，从府门口走了出来。

那白衣青年，作儒生打扮。头上戴着方巾，可并没有酸儒的气息，面如桃粉，唇若点朱，一副风流姿态。

听得永宁长公主这一声笑，他亦笑起来道：“您当心，脚下台阶。”

“绊不倒。谁敢绊本宫？”

永宁长公主真是醉了，说话的声音，也有些飘。她一步一步下来了，走到了最后一级台阶，才发现陆锦惜就站在下面，给自己行礼。不过她的眼神好像有点诡异？

永宁长公主忍不住又笑起来：“今晚这程，本宫便不载你了。回头有空，来本宫府里坐坐。”

再给你细细看看人选。剩下的半截话她没说，但陆锦惜想起今早在车上谈的那些话，自动意会了，回道：“侄媳谨记。”

于是永宁长公主点了头，便从她身边过去了。

侍从们给她垫了踏脚的矮凳，那个白衣的青年儒生，便扶着她上去了，永宁长公主没放手，钩钩手指，把他也拉了进去。

随后便是马蹄声起，留下一地的灰尘。

陆锦惜人在原地，差点没回过神，隔了好久，才慢慢品出那一句“今晚本宫就不载你了”的味道来……

“口味有些杂呀，嫩草也有……”

她忍不住就念叨了一声。身后白鹭跟青雀也是第一次见这种场面，这会儿都有些傻。听见陆锦惜这一声，都没听清道：

“您说什么？”

“没什么，叫人把马车牵过来吧。咱们在这里，等等父亲，估摸着一会儿人就送出来了。”

陆锦惜当然不解释自己到底在念什么，只随意吩咐。

长街上，人已经不多。微凉的风，随着暮色降临，慢慢地吹起来。角落里，那满地的狼藉里头，几张染污了的纸页，被风吹起来一角，将飞不飞的。

太师府正院的书房里，灯已经点了起来，照得四下里一片通明。顾承谦被扶着坐在了书案的后头，下人们已经端好了一盏醒酒汤，放在他面前。

他年纪大了，酒意也不很扛得住。当下抬眼一看，顾觉非就站在那晃悠悠的灯影里，越发显得身影颀长，只是看不清他的表情，当下只道：“你坐吧。其他人都出去，院子里一个人也别留。”

“是。”

丫鬟仆役们，都知道这一对久别的父子，该有话要说，全都无声地退了出去，还将房门掩好。

屋子里烧着地龙，暖烘烘的一片。顾觉非的酒意，也渐渐上来，两颊便有些微红，一双眼睛也好似在琼浆里浸过，他就这么注视着顾太师，却并未坐下。

屋内静谧到了极点。窗纸上，映着外面海棠的影子，自有一种暖春的味道显出来。

顾觉非看了出去，瞧了几眼，又慢慢收回了目光。顾承谦的书案上，一应文房四宝，皆摆放整齐。唯有一只锦盒，半开着，压着几折没用过的空白奏折，天南星叶形状的铜锁，便挂在上头。

顾承谦却没有再开口叫他坐，只把锦盒向他面前一推，声音里满是疲惫道：“将军府送的寿礼，不想看看吗？”

将军府的寿礼……在目光落到那一把铜锁上的时候，顾觉非就已经认出它的来历了。甚至，一下想起了他从回生堂求了药离开的时候，那夫妻两个古怪的面色……

原来，是早有人求过药了吗？顾觉非忽然很想笑，却不是因为想起鬼手张在他离开时候那古怪的表情，只是因为顾承谦将这锦盒，推到了自己的面前。

看看？还有什么好看的？在听见顾承谦这一句话的时候，他心底那最后一丝渺茫的希望，便如同灯芯上最后一点火星般，被掐灭，再也没有复燃的可能。

这个老糊涂，六年了，并未想通。

他抬手，将锦盒掀开，便看见了里面躺着的药材和药方。尽管药方上是誊抄过后的字迹，可上面所写的每一味药材，不管是书写顺序，还是两数钱数，都与他先前从鬼手张那边拿到的，分毫不差。

心底忽然就生出了莫大的讽刺。可顾觉非的脸上，平平静静，只随意地一松手，任由盒盖“啪”的一声落了回去，他淡淡道：

“到底还是将军府的面子大，恭喜太师大人了。”

顾承谦满布着皱纹的手掌，忽然就颤抖了一下。他只能看见顾觉非的表情没有半点起伏和波澜，也没有他所希望的，那本该有的一点点愧疚。

苍老的声音，一下含了浓浓的失望道：“就只是这样？”

顾觉非随手将椅子拉了过来，慢慢地坐下了，就在顾承谦的对面，平视着他道：“不然，太师大人，想我怎样？”

“怎样？”

顾承谦按住扶手的手，一下用力起来，以至于手背上都突出了几条青筋！可唯有如此，他才能压抑住那忽然掀起的怒意！

“六年了……顾觉非，六年过去了！”

顾承谦的声音，隐约有些嘶哑，他睁大了眼睛，仿佛要彻底将眼前这个儿子给看透！

“你的心里，就没有一点点的愧疚吗？”

“愧疚？”

顾觉非一声嗤笑，好似听见了什么荒谬的胡话。

“我顾觉非，内不愧心，俯不愧人，仰不愧天，没有什么好愧疚的。”

“好，好一个没有什么好愧疚的！”

这一次，顾承谦整个身子都颤抖了起来。他整张脸，紧紧地绷着，在明亮烛光的影子下面，竟然染上了几分痛心，几分痛恨！

“我曾以为，天下的人，能分三种。后来才知道，是天下杀人的人，能分三种……”

而他顾觉非，便是里面最可怕的！身是刀剑之人，杀人光明正大；心怀利刃之人，杀人有迹可循；半点看不出刀枪剑戟的血肉之躯，杀人却在悄无声息之间，兵不血刃！

若非那一日偶然撞破，他岂能知道这个儿子可憎可恨的真面目！

“我教了你诗书礼仪，教了你为人处世，教了你安邦定国。

“你在大昭寺整整六年。

“他的牌位，也在大昭寺供了整整六年！

“你与你亲手残害的忠臣良将，同在一处，午夜梦回时，你都不会做噩梦吗？你的良心，便从来不跟你作对吗？”

顾承谦的质问，一声比一声高。可是……

“忠臣良将？”

顾觉非都快不认识这四个字了。时隔六年，他竟然还能从顾承谦的嘴里听见这个词……下午在高墙下驻足时听见的那一声“十大功劳误宰臣”，又在耳边，不断回响，让他觉得自己是个傻子！

“忠臣良将……堂堂战神，百战不殆，未吃败仗。那耶扎一个有勇无谋的废物，却在他手下死里逃生六次，屡屡卷土重来。边关匈奴，一打五年。国库拨军饷，五年来从未断过，被掏了个干净。换来的是什么？五年前，山东的蝗灾；六年前，江南的旱灾；七年前淮河的水灾……数十万的灾民，饥肠辘辘，张着嘴等朝廷赈灾，可钱呢？粮呢？！”

昔日游学所见的那惨状，又在他眼前回放……

城墙内外皆饿殍，妇女孩童尽悲楚！林子里已找不到一块好树皮，甚至就连山上的观音土，都被人挖尽了。可那个时候，人的眼睛，尤其是小孩子的眼睛，会变得格外明亮……

亮得他至今想起来，都会做噩梦！顾觉非眼底忽然有些酸胀。他眨了眨眼，抬手按了按自己的眉心，似乎想要将什么东西强压下去。可他发现，根本压不住！

顾承谦竟然还质问他会不会做噩梦……薛况这等有心谋反的乱臣贼子，也配让他做噩梦吗？！抬眸望着顾承谦，他声音平静得好似不流淌的深井，却蕴蓄着一股震骇的惊心动魄。

“太师大人，你掌管半个朝廷，国库内帑，你一清二楚。不妨回答我，国库的银子，赈灾的银子，都哪儿去了？”

顾承谦说不出话来，慢慢闭上了眼睛。顾觉非笑了出来。他真不愿放过这个老糊涂。话一句比一句残忍，句句都冒着血腥气儿！

“你不记得了是吗？水灾前一个月，边关来了战报，大将军薛况又要打仗了。你跟那个姓卫的老不死，架着萧彻，把国库里最后的几分银子，拨给了忠臣良将！每一笔银子，都从账上过。当时从你们手里，流出去多少银钱，一个月后，江南就死了多少人……太师大人，你来告诉我，到底是谁，沾了满手的血腥？！后来赈灾的钱粮，是你筹的？是卫太傅筹的？还是那个响当当的大英雄、大将军薛况筹的？！”

这才是质问！一声比一声更厉！一句比一句更像刀剑！

顾承谦的身子都颤抖了起来。明灭的光影，落在他的脸上，划分出了一道痛苦的界限。他比任何人都清楚，当年那些报上来的东西。也比任何人都清楚，最终赈灾的钱粮，是哪里来的……

顾觉非却觉得自己连笑的力气都没有了。

“衢州城里，百姓易子而食，白骨堆成高山；黄沙场上，薛况十万大军，铁甲光寒，旌旗招展……这就是你们要的英雄。这就是你们要的忠臣良将。”

屋里，一时安静。白日将尽了，外面的斜阳，竟才从云层里钻出来，照得那雪白的窗纸，竟有一片金红的颜色，像极了鲜血。

顾觉非看着，没有说话。过了很久，顾承谦才睁开了眼睛，将一切的一切，都强压了下去，才能重新来，注视着这个锋芒毕露的儿子。

这才是他的真性情。他为官太多太多年了，很多事情，已经清楚明了。是非善恶，在这种利益交错的场合里，并没有那样分明，这一点他清楚，抄过大半个沧州官场充国库的顾觉非，也清楚。

可这不代表他们有资格，背后暗下毒手！

“薛家一门的忠良，打从薛老将军开始，我与他便认识。这朝野上下，水至清则无鱼。你说薛况以战养兵，我信。可拨饷银的时候，谁能预料一个月后的事？薛况若能预料，他宁愿全军上下饿死，也绝不会向朝廷开口！若没薛况，何来大夏如今的安宁？他在战场，抛头颅洒热血，你跟萧彻，却在背后暗下毒手，要害他性命！”

顾承谦终于还是红了眼眶。每每还朝，他总要和薛况促膝长谈。这么多年来，薛况他是什么人，自己再清楚不过！可是六年前，他们竟然诟诬薛况谋反！还要算计他的性命！而他向来引以为骄傲的儿子，便是幕后谋划之人！

顾觉非从来都是待人接物，无有错漏；是个风度怡然，翩翩君子；运筹帷幄，天衣无缝……可那都是画皮！

“二十三年……你装了二十三年，也沽名钓誉了二十三年……处心积虑地，诟诬他侵占军饷，陷害他暗中养兵，还要找人捏造他与外族勾结，有心谋反的证据！你当我不知道吗？若非你里通匈奴，他们哪里来的本事，能围杀薛况？！薛家一门忠烈，留下孤儿寡母，你们怎么下得去手？！”

热泪一滚，终究还是从这个当朝老太师的眼底掉了下来。他一把年纪，竟忍不住老泪纵横！一声一声都是控诉，最后又生出一种绝望道：

“我怎么会教出你这么个可怕的儿子……”

父子俩人，一个在内，一个在外，坐在书案的两头，仿佛分庭抗礼，又似乎针锋相对……

顾觉非一直坐着。他脸上的嘲讽不见了，愤怒消失了，只有眼底，流露出一种深切的悲怆。

他发现，顾承谦竟是真心实意地，相信着薛况，为他惋惜。甚至因他的死，恨了他这个“残害忠良”的儿子，整整六年……就仿佛他的诗书礼仪，不是他所传；待人接物，不是他所求；步步谋划，也不是他所教……就仿佛他不曾因他的天衣无缝而赞赏骄傲……

沽名钓誉，二十三载！多好的八个字啊。

“所以，在太师大人看来，‘心’比‘迹’重要，‘过程’比‘结果’重要。薛况即便是数度放过匈奴大将那耶扎，以战养兵，掏空国库，背上江南数万人命，也是他无心之失？他照样是个英雄，我这等阴险狡诈、手段恶毒的小人，便是救过成千上万的人，也是沽名钓誉的伪君子……”

顾觉非的声音很缓，似乎需要很用力。他想起了六年前的那个雨夜，他拿着那封从边关截回的密信，问他为什么要给薛况通风报信。可换来的是什么？换来的是他被逐出家门！

旁人都道，他顾觉非是天上神明；顾承谦以为，他是披着画皮的怪物；可只有他，信以为真地，剖开了自己的血肉之躯，才看清楚：里面瑟缩着的，不过是只可怜虫，一条丧家犬！

唇边，终于还是慢慢地挂上了一分笑。顾觉非觉得自己是个很有意思的人：

“人传薛况被乱刀分尸，尸骨无存。可我如今，竟前所未有地希望，他还活着。在某个地方，等着卷土重来，起兵造反。好叫你个老糊涂，睁大眼睛，看个清楚明白。”

他话音落地的那一刻，顾承谦终于忍无可忍，抄起了案前的汤碗，便向着他砸去！

“逆子！”

“啪！”

一声炸响！那汤碗落在顾觉非的身上，又因为力道太猛，接着摔碎在了他身后紫檀靠背的雕花上。顾觉非被醒酒汤浇了一身，左侧脖颈被锋锐的碎瓷片划出了一条浅浅的血痕。

顾觉非坐着没动，也没躲。他望着站在对面，胸膛起伏，已经气得说不出话来的老太师，忽然发现他的两鬓真的白了，雪似的。一时想起他上山劝自己回来的种种，心里有一千句一万句话，可最终也都没有说。

顾觉非无言地起身，踩过了满地的碎瓷片，向着外面走去。

书房的门一开，便有“呼啦”一阵冷风灌了进来，吹起他的青袍与鹤氅，宽大的袖袍好似玄鹤的两翼，展翅欲飞。

他出了门，一步也不曾回头。决绝，一如六年之前，那个瓢泼的雨夜——冒着寒雨，一路上了大昭寺，隐居在雪翠顶。

一住六载，也一寂六载！上山时，他还初负盛名，是个弱冠少年；下山时，盛名依旧在，可他已年将而立……

六年啊……他有几个六年可以等？

六年前，他被逐出家门，六年后，若还想撑起顾氏一门，除了他，再无第二个选择！可是为什么……回来就要问薛况的事？难道父亲以为，六年过去，他会悔过吗？

不曾有“过”，何处来“悔”？顾觉非忽然觉得自己很累，也很天真，早在立在高墙下，听见那一出戏的时候，他就应该掐灭对顾承谦最后的一点幻想。

裂缝如鸿沟天堑，早已不可弥合。

卧山居就在前面不远处。顾觉非一眼就能看见，还能看见里面徘徊的人影，可现在他竟然半点也不想回去，干脆就转了身，一径向西去。——他怕自己留在府中，一个想不开，把那老糊涂掐死！

西角门很快就到了。这会儿筵席刚散不久，府里都忙着，也没个丫鬟仆役在附近，顾觉非嘴唇紧抿，一脚踹了门去，虚掩着的两扇门一下打开了。

陆锦惜刚刚弯腰，将地上那一页染着脏污的药方捡起来，还未来得及细看。她原本在前门等陆九龄的，只是刚才一阵风，吹了页纸来，她瞧见那字迹实在眼熟，便没忍住，出来查看。

这门开得毫无防备。她听见动静吓了一跳，回头看去。这一刻，顾觉非甚至还来不及收起那满心狼藉的情绪，在瞧见她的瞬间，便忍不住眼角一跳！

陆锦惜捏着药方，人站着没动。

落日的余晖，从云缝里投出来，洒落了半条小巷。金红的光彩，点染了她象牙白的皮肤，让她乌如鸦翅的弯月髻多了几分光泽，更消减去了身上一身湖青缠枝连纹褙子带来的清冷。就连那一串白玉珠串抹额，都润泽似红玉。

她看过来的目光里，隐约有些惊讶。

那一双清透的眼眸里，有一种月华照下的感觉，偏偏透着一种柔和，只是此刻多了一点惊讶，好像没想到有人会从角门里出来，更没想到出来的人会是他一样。

十日前，他们是见过的。这一点，顾觉非没有忘记，陆锦惜也没有忘记。

在下午筵席上的时候，她瞧见顾觉非，其实便已经认出他是大昭寺上与自己对视的那个人了。

只是那个时候的顾觉非，与筵席上的顾觉非，好像有些差别。而此刻的顾觉非，又与之前两面所见的顾觉非，有所不同。最显眼的便是那玄青鹤氅上的一片狼藉，好似被什么泼过，就连左侧的脖颈上，都留有一道细细的血痕，像是被锐物所伤。

此刻他整个人都是紧绷的，眉峰微冷，唇线抿指。似乎有些僵硬，眼底的情绪，更似云涌。

他们一个站在门里，一个站在门外。相互之间的打量，也不过是一个闪念的事。

陆锦惜意识到她可能撞见了这只画皮妖不想被人看见的状态……虽然不知道出了什么事，不过她礼貌而克制地收回了自己的目光，仿佛才认出他来一样，略略颔首，借此低垂了眉眼，让这目光收得更不露痕迹，才道："原来是顾大公子，有礼了。"

顾觉非是很敏锐的人，他能看出她举动里的善意，一瞬间，他心里竟有一种极难表述的复杂。

才被自己的父亲骂着"残害忠良"，一碗醒酒汤砸了出来。出门来，却与"忠良的孀妻"撞在一起，偏偏"孀妻"对他的所作所为一无所知，怀有温和的善意与体贴。

心间是什么感觉，顾觉非已经品不出来了。人站在门里，他的眼帘垂了垂，待得再抬起来的时候，一切外泄的情绪与满心的狼藉，都消失了个干净。

等陆锦惜重新抬眸看向他的时候，他已经又变成一个毫无破绽的顾觉非，仪容神态，俊逸温润。他出了门来，下了台阶，才对陆锦惜行礼，也笑起来道：

"方才是觉非失礼了，大将军夫人，没受惊吧？"

他们果真是认识的，陆锦惜听见这一句立刻就知道了。除了在大昭寺的一面之外，顾觉非不曾见过她，那么只能是他曾见过原身。不过听他这个口气，客气生疏，该不是熟人。

心下稍定，陆锦惜眼底一片温凉，道：

“我并未受惊。本是我无意之间走到了此处，还想问问有没有吓着大公子呢。”

顾觉非笑着摇头，却注意到了她手中拿着的那一页染污的纸，有点眼熟，他道：

“天色已晚，夫人独在此处，的确让人有些惊讶。不知道是不是遇到什么麻烦？”

“没什么麻烦，只是多日未与家父相见，方才在席间碰过一面，如今约好了筵席散后再见。可他拉着二公子去了书房，说是要指点什么功课。我已经派了人去请，不过又来人传他喝得有些醉。他年纪大了，我怕小的们粗手粗脚，伺候不好，便派了我身边的两个丫鬟去。”

陆锦惜的声音，极其自然。面对着顾觉非，她是端方且有礼的。只是脸上的笑容，很和煦，容易让人想起春日的暖风，在提到陆九龄的时候，更隐隐带了一点无奈。

顾觉非听出了那种父女间的温馨，他没接话。陆锦惜却是向自己手中这一页纸看了一眼：果然是鬼手张的字迹，而且上面每一味药，都跟她之前拿到的那一份药方一样……

字迹一样，代表药方来自鬼手张；药方一样，代表这药是用来治风湿寒腿的，且是单独开给顾太师的，否则剂量与用药的选择，都会不同。

什么人会在满京城都几乎已经放弃的情况下，去回生堂求药？又是什么人有本事求来药？还有什么人，会在带着药方来了寿宴的时候，又将之扔掉？

陆锦惜那如水似的眸光，不着痕迹地自顾觉非衣襟上的狼藉和脖颈处的伤痕处扫过，又落到他面上，声音如常道：“原本我是在大门处等的。不过方才平地里吹了一阵风，倒吹着这一页纸，从我面前过去。我一眼扫去，但觉字迹眼熟，便下车查看。一时不慎，捡了这药方，却也到了贵府角门前了。”

这一条巷子，两头通达。太师府的西角门，开在靠着大门那一条街的位置，是为方便平日出入。

顾觉非一看，巷子口就在外面，也不很远，倒的确说得过去。

“看来，也真是很巧了。不过我出来的时候，并不顺路，却未有陆大人的消息，怕是帮不上什么忙了。”

“几个小的并丫鬟都去接他，该没什么事。”

陆锦惜笑起来，只是看着手中的药方，有些迟疑，似乎犹豫，不过最终还是弯了唇角道：“此药方，虽不知大公子为何丢弃，不过……如今还是物归原主的好。”

说着，她将这一页纸递向了顾觉非。金红昏黄的余晖下，她指如削葱根，搭在微皱的纸张上，白纸黑字，已有染污的痕迹，其中几味药已经看不清了。

这是他盛怒之下摔下去的。在顾承谦那边看到了一样的东西，他知道自己被鬼手张那个家伙算计了一把。

所以，这药方也就更不需要了。如今它却在薛况的孀妻手中，也是与他准备了相同寿礼的人手中，而且递给了他。

实在讽刺。他其实并不想接，只是……陆锦惜那缭绕着烟气的眼神，实在没有半点恶意，甚至似乎藏着隐隐的关切，仿佛是惋惜着某些被践踏的心意。

顾觉非说不上心底到底是什么感觉，只是觉得没必要拒绝她。所以，他到底还是伸出了手去。那一刻，两只手的距离，近得让人有些心悸，却没有半点触碰。顾觉非将药方从她手中接了过来道："多谢夫人。"

随后他忍不住抬眸看她，眼前这人温温和和，半点没有棱角，整个人都透着一股让人想要亲近的气息。她所表现出来的，实在比他所想的和卫仪曾说的，聪明太多，也有趣太多。

顾觉非开门见山问道："我只言片语未提，更没问过药方一句，自问不曾露出什么端倪。夫人怎么就能猜这药方乃是我丢弃？而不是遗失的？"

陆锦惜知道他其实已经默认，当下只答道："我久居深宅大院，所闻所见皆少，只是想京城若还有人记得为太师求药回生堂，且还能成功，怕只有您一个了……"

她声音一顿，却看向了墙角。顾觉非也随之看去，那是他先前牵马驻足的地方，还有几点血迹，锦盒和药罐子碎在了地上，依旧是先前的狼藉模样。

"看这样子……也不像是遗失……"

陆锦惜捡到药方的时候，自然也看了一眼周围，当然发现了这场面。一切还能不清楚吗？回生堂的锦盒，她认得出来。

顾觉非于是笑了出来。她是猜的，不过猜得很准。满京城内外，的确不大可能再找出很多人了，但未必没有。

他一面想着，一面慢慢将这一页药方折了起来。手指修长，动作自也透着一股雅致。左手掌心还留着缰绳拉出来的伤痕。先前在影竹楼里，万保常已经为他上了一些药，只是仓促处理，难免显得潦草，有几分血迹，透了出来。

陆锦惜一眼就瞧见了，再一看这一位顾大公子脖颈左边的伤痕，她忍不住微微挑了眉梢：啧，混得有点惨呢。

落日的余晖，从西面来。她与顾觉非相对而立，余晖正好将她的影子，叠在了顾觉非的身上。而他身后的台阶上，只能瞧见一道影子。

陆锦惜看见了。那一刻，她目中飞掠过了一道奇异的光彩，只是一眨眼，又藏了个无影无踪，散在她眼底晕开的柔和之中，仿若天成。

其实，这个时候她本应该告辞。可她只站在原地，不言不语，看着他动作。

药方只被顾觉非折了一下，也不将之收起，只拿在手中，抬眸的时候，顾觉非瞧见了她身后昏黄的晚晖为她镀上一层光。因为背着光，所以她的五官在他眼前，便有些隐约。只有那一双眼眸，温和而璀璨。

那一瞬间，顾觉非竟想到了一个词：欲说还休。种种有关她的传闻，忽然全从他的脑海深处，钻了出来，陆九龄昔年一字一句的得意，萧彻偶尔提起时候的平淡，永宁长公主话语之中的恨铁不成钢和惋惜，卫仪高高在上的嘲讽与不屑，甚至还有府里下人们的闲言碎语……

但此时这些闲言都泯灭一空。

也许因为她是薛况的孀妻，也许因为她其实与薛况及薛况的谋反毫无关系，又或许……是因为他察觉不到这女人对自己有半分利益方面的企图，随意的几句对话，看似有机锋，其实毫无目的。

友好而且坦荡。仅仅这么几句，他竟然拥有一种难得放松的感觉。那一瞬间，他差点没找到自己的言语，随后才低声一叹道：

“夫人您，跟传言中的不大一样。”

陆锦惜顿时失笑：“看来我得谢你这一句夸奖。不过顾大公子么，倒跟传言中的一模一样。”

此话一出，顾觉非都没忍住，跟着笑起来，略一拱手道：“那顾某也得谢夫人夸奖了。”

陆锦惜笑或许是因为夸奖，可他顾觉非么……他心里清楚自己是个什么样的人，没顾承谦以为的那么坏，却也没旁人以为的那么好。

“令尊与家父乃是故交，昔日觉非也曾蒙他传授学业，算起来与夫人算是半个师兄妹。只是后来我师从酉阳先生，倒与陆大人见得少了。”提起昔年的事，他目中微有回忆之色，不过话锋一转，他便说到今日的事上，“晚上席间我也曾敬他一杯酒，见他与二弟离席之时，醉意不浓。我二弟的书房也不藏酒，想来他没可能再喝。如今说人醉了，多半是人困乏。”

毕竟如陆锦惜先前所担心，陆九龄毕竟年纪大了。

顾觉非闻见了自己身上醒酒汤的味道，心里有几分杂念生了出来，只是很快又被他压了回去。他对陆锦惜道：

“夫人可稍稍放宽心些。如今天色已晚，风也凉了，我送夫人一段路，夫人回车上去吧。”

这倒是陆锦惜第一次听说陆九龄也曾教过顾觉非。算算年纪，原身陆氏应该知道。但她不知道，所以索性半句话不接，只道一声“有劳了”，便转了身，往巷子口去。

走出去也不过就是几步路。

隐约间，她已经听见外面有人说话的声音，模模糊糊。

“当心点……”

“大人您当心，快扶着……”

该是人接到了。陆锦惜回头看了身边的顾觉非一眼，只见他面容沉静，神色间毫无异样，心底险些发笑，只是面上半点没露。

一路出了巷子，往右边一转，便能看见那边停着的两辆马车了。一者乃是今日跟着永宁长公主车驾来的将军府马车；一者是陆九龄今日乘着来的，自是陆府的马车。几个小的已经将陆九龄扶上了马车。

青雀和白鹭本要往将军府的马车上走去，谁料一抬眼，竟见她从道边走过来，身边还是顾觉非！

白鹭立刻瞪圆了眼睛，青雀也是微微发怔。倒是陆锦惜与顾觉非都是一脸的坦荡与自然，仿佛半点都不觉得一个寡妇与大龄未婚青年站在一起有哪里不对劲。

太阳还没下山，这光天化日的，能通奸不成？

陆锦惜人到了车边，看了这俩丫鬟一眼，便问：“父亲没事吧？”

“没事。”白鹭反应了过来，忙回道，“只是微微有些上头，睡过去了。方才小的已经将老爷送进了车里，一会儿叫人送回去便可。”

还说要跟她宴后再叙呢。陆锦惜无奈地摇头笑笑，也不问了，只道：“去取方手巾来吧。”

手巾？白鹭有些反应不过来，但青雀眼一瞥，已瞧见了旁边顾觉非鹤氅上的痕迹，一时明白过来。

她应了声，便去马车里取了一方雪白的手巾。陆锦惜伸手接了，也回看了顾觉非一眼，微有犹豫，只是到底还是递给了他，道：

“家父人已经接到，有劳大公子相送了。”

她很礼貌也很克制，带着点小心，仿佛不确定自己的行为会不会冒犯他。那一刻，顾觉非说不出心底是什么感觉。从头到尾，她没有对他满身的狼藉询问半句，末了也只是借着一声“有劳”，递上一方手巾。

自尊这种东西，其实脆弱得随时可以崩溃。

他甚至觉得，若陆锦惜此刻望着他的眼神锋利一些，或者夹杂着一点别的东西，也许就能轻而易举化作刀剑，将他整个人都穿透。因为此时此刻的他毫不设防。可是她没有，自始至终都是善意，甚至体贴。

其实这一刻他比刚出门的时候，还要狼狈。因为他差一点就被这眼神所击溃。

顾觉非第一次不知道自己接过旁人递过来的东西时，脸上到底是什么表情，也许是很镇定地笑了一下吧？

“多谢夫人。”

陆锦惜微微垂首，敛衽一礼，便道了声“告辞”。旁边的白鹭青雀虽看不清这是怎么回事，但看陆锦惜往马车这边走，便连忙上去扶着她，踩上矮凳。

厚厚的帘子一掀，陆锦惜人便进去了。随后，将军府与陆府的马车，一前一后，都离开了太师府，顺着大门这一条路，消失在了长顺街的拐角。

“陆锦惜……”

站在原地的顾觉非念了一声，垂眸看看手中这一方雪白的手巾，竟觉得这一位将军夫人实在是很好很好的人。她话虽不多，却轻松写意。他们即便没真的聊什么，却让他感觉自己与她意趣相投。

他唇边不由挂了一分笑意，迈步便想去找鬼手张聊聊今日刚结下的“梁子”，可还没等他走出去三步，脑海中便电光石火般闪过什么——

等等。这个套路，是不是有点熟？顾觉非的眼皮忽然就跳了一下。他的脚步顿住了，身子也僵硬了。他一时有些混乱，隐隐有一股大不妙的感觉，顺着被他拿着的那一方手巾爬了上来……

这一刻，落日的余晖，已彻底隐没。长道尽头，已经没有半点车影。将军府的马车，奔驰在夜幕笼罩的长道上，向着城东而去。

车内安静极了，陆锦惜斜斜地靠在沉香色的金钱蟒大引枕上，一手支着头，一手搭在花梨木小方几上，微微眯着眼，脸上带着点奇怪又隐约的笑意。

她没有喝酒，却似微醺。心情极好。

第十章

夜尽后

白鹭和青雀，这会儿还有些回不过神来。

顾觉非的存在，对她们这两个普通的丫鬟来说，简直是天上的神明，可刚才就那么普普通通地站在她们眼前，身上还一片狼藉。

最重要的是……自家夫人竟然是跟顾大公子一起走过来的。他们什么时候混到一起的？在他们进去接陆大人的时候，外面发生了什么？为什么她们觉得顾大公子看自家夫人的眼神那么微妙？

她们一抬起眼来，瞧见陆锦惜此刻安然地靠在引枕上的模样，又不知道为什么，只觉心头颤抖，半句话不敢多问。

车轱辘碾过地面的声音，格外清晰。她们垂下眼帘来，能看见的，便只有陆锦惜那搁在茶几上的手指，好似和着某种不知名的节拍，一下又一下地敲着……

陆府也在内城东，不过是另一个方向。将军府的马车，先是与陆府的一道，去了陆府门口。这个时候，陆锦惜便下来，着人将陆九龄送了进去。

只是天色有些晚了。

陆锦惜如今算是个出嫁的女儿，且对陆府暂时一无所知，便并没有进去，只留话说过两天带着孩子们回来看看。

这之后，陆锦惜才重新回了马车上，一路回到将军府。说来也赶巧，她们的马车，前脚进了侧门，停在了门口那一片空地上，后脚就传来马蹄声。周围挂着几盏灯笼，陆锦惜刚扶着白鹭的手，从马车上下来，便听见了这声音，回头看去。

来的是匹高头大马，马背上是个身材颇高的男子。

天晚了，光线比较昏暗。陆锦惜也不大看得清来人长什么模样，只瞧见了他蹬一双皂靴，穿着一身藏蓝色的劲装，袖口很窄，利于行动。

人一进来，看见前面的马车，他便勒了缰绳，喊了一声“吁”。周围伺候的小的们，认出他来，立刻就迎了上去，帮着他把马牵住道：“三爷，您可算是回来了，方才三奶奶回来的时候，还问您人哪里去了呢。小的们都不好回答……”

三爷——薛况的弟弟，薛凛？也是长房几位嫡出的爷里，唯一还活着的那个？陆锦惜想。

“三奶奶已经回来了？”薛凛人在马上，一面问着，一面翻身下马来。

牵马的小的点着头道：“回来了，只叫小的们在这里守着，怕您回来路上暗，叫给您点盏灯笼呢。”

薛凛听了，面上便露出了几分笑容。因为他人下马，又有小的们打上灯笼去。于是，陆锦惜终于把他看了个清楚。

那一张脸长得其实颇为严肃，看五官很英挺，鼻梁高直，剑眉朗朗。只是这一双眼睛，弱了几分气势。看上去凌厉不足，锋锐欠缺，藏着一点温和，隐隐透着股优柔寡断之感。尤其是这面上的神态，半点看不出像个武将。

这一会儿，薛凛也已经看到了前面一些的陆锦惜，他微微有些怔然，面上掠过了几分犹豫，一下想起什么来，变得有些腼腆。不过，他还是连忙走上前来，恭敬地给陆锦惜见礼。

“见过二嫂。”

陆锦惜是听说过他的。长房嫡出的三爷，才干似乎有些平庸，与他名字里这个“凛”字所表现出的锋锐气，是半点也不符合。眼下他二十有六，勉强凭着家族的荫蔽，在京中谋了个差事，乃是嫡出三个兄弟里最不出挑的。当然，出色的两个都死了。

陆锦惜见对方行礼，再一看他神情，便大略判断出了这一位凛三爷的性格，但并没有下定论。她也略一欠身，话里很客气：

“都是一家子，三爷不必这样多礼。”

“是，谢二嫂。”

薛凛这才起身，只是脸上的表情，就更不自然起来。他与卫仙成亲已经有四年，对这一位太傅府的贵千金凭空嫁给自己的原因，他其实至今都半点不知道，只是觉得眼下的自己，其实半点配不上卫仙的出身。

所以对卫仙，他几乎百依百顺。但越是如此，在知道她这些年来所做的一切之后，他心里越是惶恐不安，甚至有些愧疚。只是因为骁骑校这个位置，并不轻松，总是有许多的事情要忙，所以他在府里的时间也不多，就更不用说遇到陆锦惜了。

有意无意地，他也在避免这样的见面。可独独今日，他们竟然无巧不巧地撞在了一起。于是，今日在太师府寿宴上听说的事情，便浮现在了他脑海之中。

薛凛站在陆锦惜前面不远处，张了张嘴，似乎想要说什么。陆锦惜本想吩咐人送薛凛回去了，见状却是暂时打住，面上带了几分温然笑意，问道：

“三爷可是有事？”

“也、也不算有事……”

薛凛平时就很少跟女人打交道，更不用说是之前基本不怎么接触的二嫂了。因为心有愧疚，他比平时还要紧张几分，说话都磕磕绊绊起来。

“因车马之事，今早仙儿对二嫂多有冒犯。我也是在寿宴上才听了人说。仙儿她……不懂事，对二嫂不住，还请二嫂宽宏大量，莫与她计较。”

薛凛头低着，有些忐忑。他眼见卫仙这几次吃瘪，又听人说二嫂一病之后，处事有了些变化，如今一见果真如此，便料不准陆锦惜的反应。

所以，说完了之后，他没有松口气的，一颗心反而悬了起来。

龙生九子，各有不同。同一个家里出来的爷们儿，也未必就相同了。有两个兄长珠玉在前，不幸在前，平庸一些也未必就是什么坏事了。

陆锦惜对他倒没什么恶感。至于今早的事情……她唇角一弯，微微笑起来道：“三爷多虑了。今早原也不是什么大事，只是一时没协调好罢了。倒还是我，让弟妹受了些许委屈，是我该对不住才是。这一会儿，她指不定搁家生闷气呢。天色不早，你还是快些回去吧。”

薛凛听了她的话，一时有些怔忡，有些不很明白“指不定搁家生闷气”到底是什么意思。

只不过……二嫂还是那样好说话，除了言语措辞里透出来的那一股气定神闲，变化其实也不大。她依旧柔和、善良。

薛凛见她不计较，心里已是有些高兴，当下又是躬身一拜道：

“那薛凛便先告辞了，也请二嫂一路当心。”

“嗯。”

陆锦惜应了一声，又吩咐那边伺候的小的们道：“送三爷回去，当心着些。”

小的们这才提上了灯笼，给薛凛照着路，拥着他绕了几步路，便往西面走了。

陆锦惜住的是东院，并不与他一道。站在原地，眼见着人消失了，她才慢慢拧了眉头。

白鹭这会儿心里正乐道：“明摆着三奶奶是派人来接三爷了，您还说这样一番话。回头那些嘴碎的传回去，指不定把她气成什么样呢。”

一抬头，却见陆锦惜此番的表情。她顿时一愣，疑惑道：“夫人，您怎么了？”

“没什么，只是想起一些事情来……”

陆锦惜搭着旁边青雀的手，转过了脚步，心里却是思量起来。

一则对于卫仙为什么会挑中薛凛，四年前嫁进薛家，她心里一开始就存了几分好奇，如今见薛凛，这脾性更不该是卫仙喜欢的，她的疑惑便随之加重；二则她想起了今日出门前，跟卫仙说话，她们谈到了大嫂贺氏，卫仙对贺氏不屑一顾，但话头一转，竟然说由贺氏想到了琅姐儿，这就不得不让陆锦惜起疑了。

当时她就想要再询问，可因为马车的事情，话头便不得已被打断了。

琅姐儿最近闹脾气，在府里也不算是什么秘密。前几天因为事情繁忙，今日她又赴宴，所以这事一直被她搁着，只观察着琅姐儿的情况，并未处理。可卫仙之前那话里，仿佛隐隐透露了什么。倒好像……琅姐儿闹脾气，跟贺氏有关似的。

这只是陆锦惜的直觉，不知道是不是因为她对贺氏的第一印象不好，才导致这种"错觉"，但卫仙明显应该知道点什么。她琢磨着该找个时间，拜访拜访卫仙，也得找琅姐儿聊一下。

就这么想着，东院已经在眼前。

因为半道上送了陆九龄回府，耽搁了一会儿，时辰已经很晚，她问了几个留在府里照看的嬷嬷，得知孩子们都已经睡下，便放了心。

寿宴上，不是在听那些贵妇人们说三姑六婆，就是坐在那边看戏吃东西，其实没有多少她感兴趣的东西。除了个顾觉非，稍微让她打起了点精神，其他的事情实在是无聊。

一整日下来，陆锦惜早就累了。人一进门，坐在妆台前，她便把头面首饰都卸了下来，也将那白玉珠串抹额摘下，扔回了首饰盒子里。

"叫人打热水来，一会儿沐浴洗漱，我今日实在是乏了，要早些歇下。"

"是。"

白鹭应了声去张罗，青雀留了下来，帮陆锦惜把盘着的弯月髻给散下来，乌发如瀑，全铺在了肩上，瞧着顺滑极了。

她看了一眼镜中陆锦惜闭着眼的模样，斟酌了一下，还是开了口道："方才回来的时候，奴婢得了印六儿捎回来的口信。"

"他说那边还没回信，但急着想要见您一面。"

"一是当面为着上次的事情，跟您请罪；二是因为，隼字营这几日便要开始招兵，您迟迟没答复他，他心里没底。不知道您……"

因为穿来并没有陆氏的记忆，所以当初在知道印六儿的事情之后，陆锦惜并没有多问。如今听青雀这话，她才算是回过味儿来。

原来是这样。印六儿给陆氏办事，并非因为他是陆氏心腹，只是因为他有求于陆氏。先前在长顺街上，她见过了步军龙字营与虎字营，都是边关上撤下来的将士。

“龙虎”为猛兽，“隼”则是一种凶禽。听这名字，虽好像不大如龙字营虎字营，怕也相去不很远，该是军中的一种编制。

陆氏乃是大将军夫人，印六儿便该是看中了这一点。不过……陆锦惜慢慢睁开了眼睛，若有所思地看着镜中的自己：以陆氏的性格，会帮印六儿吗？

她还真不知道。

“他为我做事，如今虽出了纰漏，却不推脱，敢承认，算半条汉子。明日你为我打听打听隼字营如今是什么情况，就这几日再寻个空隙，见他一见，能办就办。”

至于不能办，那可就没办法，只能想想别的补偿法子了。对这个素未谋面的小混混，陆锦惜还是很好奇的。

她给了青雀肯定的答复，青雀心里也就有了底。没一会儿，白鹭便将沐浴的事情张罗好了，陆锦惜把自己扔进浴桶里泡了个澡，洗漱了个干净，便缩进了被窝。

拔步床的帐顶上，绣着一池青莲待月开，很有几分素淡。屋里点着的烛台很亮，被青雀一盏一盏地吹熄，也就渐渐地暗了下去。

因为陆氏常年焚着檀香，所以这屋里还有一股淡淡的佛檀味。陆锦惜原本也跟着几个大佬，玩过这些，对这味道还算熟悉。可今日闻着，也不知怎么，竟难以静心。

太无聊了。陆锦惜一旦闲下来，就觉得自己每根骨头都不对，若不是晚间偶遇顾觉非，对着千年画皮妖打了一场胜仗，勉强有点成就感，这一日简直可以归类到“乏善可陈”的行列里。

这就是古代女人的生活吗？宅门里的日子，难熬死了。陆锦惜头挨着枕头，半蜷着身子，背朝外侧躺着。脑子里，乱七八糟的念头，全跟着闪过。

大约是白日太闲，一睡着，她竟做起梦来。

依稀又是高楼大厦，西装革履。纳斯达克的街头，人来人往。康泰纳仕大楼光可鉴人的地板上，到处回荡着男人的皮鞋和女人的高跟鞋敲过的声音，有的急，有的缓，像是起伏的韵律。那一天，她万众瞩目。

梦里，隐约有敲击的钟声响起。陆锦惜终于还是睁开了眼，一时之间竟分不清自己是什么身份，身处何地。入目所见，便是黑暗。过了好一会儿，她才分辨出了床帐模糊的轮廓，认出这里是陆氏的屋子，便无声地苦笑。紧绷的身体，慢慢放松了下去。陆锦惜按着自己的额头，慢慢坐起身来，已经没有了半点睡意，只有梦中那一声钟响。

其实那一刻，她以为自己已经成功了。作为公司的联合创始人，她后来居上，接连干掉核心创始人中的一个，又架空了一个，是名副其实的“暴君”。

可是胳膊掰不过大腿，资本的力量，永远是创业者们的噩梦。就在纳斯达克的钟声敲响后一个月，她便被资本釜底抽薪，扫地出门，失去了她倾注过心血的事业。

她一无所有。偏偏所有的财经新闻，都说她急流勇退，第一时间套现走人。没有一个人相信，这个在利益场上跟人厮杀了多年的女人，会爱事业胜过爱钱。

其实回想起来，陆锦惜自己都不信。靠在床头，她揉了揉自己的眉心。如果陆氏没死，也幸运地穿到了她身上，除了仇人满地、前任满街之外，倒一辈子吃穿不愁，她若有点头脑，带着眼睛，去搞些投资，说不定也能成为个著名的投资人。

当然，要遇到骗财骗色的，那就不是她能管的了。想到这里，陆锦惜忍不住就笑了起来。这些都是瞎想了。她坐这么一会儿，人竟然越发清醒，转头一看，雕窗夹着的窗纸上，透着点霜白。月已上中天。她心里一时有些感慨，也有点迷茫。

陆锦惜不觉摸下了床去，借着窗纸映出来的一点亮光，披了衣裳，又取了挂起来的雪貂毛披风，给自己裹上。

她没惊动外间睡着的白鹭，自己出了门去。还在早春，没到虫儿们、鸟儿们活动的时候，所以四下里都显得安静。清风拂面，明月在天。地面上果真被月光铺了一层银霜，院落的屋檐弯起来，勾着那同样半弯的月亮，墙外栽着几树海棠，倒有些花苞在月下绽开，暗暗地明媚着。

陆锦惜抬眸看着，便从庑廊下走出，下了台阶，踩着石板，轻轻抽开了门闩，开了条小缝，便出来了。

虽然只是半夜，原本含苞的海棠，竟然开了大半。在院子里面的时候，只能看见几朵。待站在外面了，便发现那是大片大片地开着，压着枝头，鲜妍极了。

有些嫩粉的花瓣，在月光的照耀下，竟雪似的白。花开堪折直须折……她想到这句话，便也附庸一回风雅，走上前去，挑了朝外的一支折下。

“啪”一声轻响，在这寂静的夜里，声音格外清晰。那一瞬间，陆锦惜竟感觉到左眼眼角余光里，似乎有什么亮光，晃了一下。她顿时皱眉，带着几分警觉，向左边看去。这么晚了，除了她，哪个胆子肥了，竟敢在外面走动？

左边是院落与院落之间的夹道，口子处立了个人影，手里提了一盏灯笼，瞧着有些瘦削，身量颀长，站姿略有异样。只是因为灯笼光从下面照上去，倒也不很看得清面目。

可陆锦惜一下辨认了出来。因为东院这前头没亮灯盏，黑暗里只有月光照着，所以看得不很分明。他约莫是听见这边一下有声音，所以停下脚步来打量。

那一支海棠，已经在陆锦惜手里了。只有尺来长，上头缀着七八朵花，大半都开了或者半开，只有两三朵还是花苞。

闻不见香味，因为海棠无香。她脑子里无端端想起这一句毫不相干的话来，接下来，略一思考，她便直接朝着那边走了过去。

待得距离一近，那一张冠玉之面，便清晰了。大约也是看见了她，更知道自己被认出来了，所以他站着没动。

陆锦惜闻到了一股药味儿，她在夹道前头驻足，眉头微微笼着，声音淡得好似海棠的香，道："这三更半夜的，大公子提着灯笼，瞧着方向，是才打外头回来？"

薛廷之没想到这么晚了，回来还会遇到人。在听见那折枝声的时候，他便看了过去，月色下虽然昏暗，他却也认出了那是陆锦惜的声音。

他虽看不见陆锦惜，但陆锦惜一定能看见他，多半已经认了出来。所以逃走反而心虚，掩饰也没意义，他便站在了原地等待。一手提着药包，一手执着已经有些暗的灯笼。他听着陆锦惜这听不出喜怒的声音，强将那一股奇异的心惊肉跳压了下去，躬身道："廷之给母亲请安。刚才的确是才从外面回来，怕是惊扰了母亲……"

"惊扰倒不至于。"

手指将手中的海棠花枝略略一转，陆锦惜打量的目光从他身上掠过，没忽略他身上沾着的那一股药味儿，当然也没忽略他手中提着的药包。

"这个时辰，府内各处都已经下钥落锁。你从外面，怎么回得来？而且这是……"

声音微微拉长，陆锦惜的眉头略拧紧了一些，却没继续往下说了。若是他真做了什么亏心事，只怕这会儿面对问题，早手足无措了。偏偏薛廷之经历过的事情太多，眼下这一点变故，还不足以让他惊惶。

当下，薛廷之看了她几眼，似乎有些犹豫，不过还是开了口道："回禀母亲，临安夜里突然发烧，府里人都歇下了，廷之不敢惊动。所以只央了管事，为我留了门，这才在晚上回来。"

"临安？"

那不是他的书童吗？陆锦惜还记得，是那个坐在台阶上啃饼的书童。薛廷之身边原也不是没人伺候，只是那些丫鬟们眼见着他那边日子清苦，没什么盼头，便都央求管事的给调到了别的院子里。

薛廷之也不追究，陆氏知道后睁只眼闭只眼也就过去了。所以现在，薛廷之身边就这么个小子在伺候。

陆锦惜想起来，又想想薛廷之这话里藏着的意思，竟不由得笑起来。

“好歹也是薛府的大公子，临安虽近身伺候你，是你的书童。可也没有你一个大公子亲自出去求药的道理。这还是大半夜，出了什么事，谁担待得起？我知道大公子不喜欢我，怕也忌惮我。不过府里出了这些事，原是我分内该解决的。但凡你往东院里通传一声，自有人来回我。便是我睡了，也自有白鹭青雀会妥帖料理此事。”

她的声音在这花开的夜里，有点悠闲的意味。只是一旦往深了琢磨这话的意思……

薛廷之听着，执着灯笼的手指，略略一紧，却垂了好看的眉眼道：“母亲教训得是。”

“没有谁要教训你。”

薛况亲自教的好儿子，谁敢教训？陆锦惜心底一声嗤笑，面上却越见和善，话里则多了几分自省的味道。

“总归还是我的疏忽，大公子年纪也不小了，身边总得有几个能使唤的下人。大公子对我，是大可不必顾忌的。你是大将军的血脉，将军府不会亏待了你去。”

这话算很开诚布公了。明摆着我不喜欢你，但眼下也不会亏待了你。她对薛廷之没什么偏见，只是今夜对方自己去外面求药的事情，让她觉得心里不舒服。

好歹来东院禀过了，没人处理，再自己出去求药，这才算是有几分道理。没得纡尊降贵出去，反倒让知道的人又骂“大将军夫人苛待庶子”。

这是很简单的道理，薛廷之听着，又岂能不明白？他注视着陆锦惜，良久埋头下来道：“是廷之欠了考虑，往后事无巨细，必先叫母亲知道。”

“总算是说了句人话出来。今日的事，连着那个给你留门的管事，我便都当不知道，不追究了。”

陆锦惜笑了一声，才重新将目光放到了他提着的药包上。

“发烧也不是小事，你这药哪里求的？”

“回母亲，是在回生堂求的。”

薛廷之并未隐瞒。

这大半夜还开着的药铺，也唯有回生堂一家了。在这件事上撒谎，回头被查出来，就不好玩了。只是回头怎么通知鬼手张，把口径给对对，却成了问题。

陆锦惜听了点头道：“我猜也是。只不过鬼手张那个性情，实在是蛮横，没为难你吧？”

“廷之乃是第一次去回生堂，倒不知有此事，只听说他宅心仁厚……”

薛廷之似乎有些意外，又好像想到了什么，抬眸来看陆锦惜，道：“不过在抓药的时候，倒是有回生堂的大夫，提及母亲曾给回生堂送了许多药材，乃是菩萨心肠。兴许他们是看在母亲的面儿上，并未为难。”

陆锦惜顿时一挑眉，不置可否，只道：

“你腿脚的病疾，可也曾请过鬼手张？”

那一瞬间，薛廷之的手轻轻颤了颤。打着的灯笼里，火光也是一晃，像是里面的灯芯烧得并不很稳定，随时都要熄灭的模样。

他声音里还带着几分沙哑道：“回母亲……不曾。”

“那正好。”

陆锦惜掐着那一只海棠，略略在手中一转。粉红或者深红的花朵，在薛廷之灯笼光的照耀下，平白多出了几分雍雅。

她声音平静，像极了吹拂过的风，缓缓道：“虽说，你这毛病请遍名医也不能治。但鬼手张不同于寻常人，明日一早我遣人去请，看他来是不来。或许，未必没有痊愈的希望……”

听上去，很像是关心庶子。可这一番话落在薛廷之的耳中，却有一种危险的感觉：她到底是因为关心庶子，还是想要验证什么呢？

他悄然地警惕了起来。

年轻的面孔，轮廓还显得青涩。尽管他看上去似乎比同龄人更成熟一些，可年纪依旧不很大，此刻只露出了几分错愕，或者不安的表情，他谨慎道：“廷之的病疾，乃是胎中所带，怕不好医治。张大夫会不会……”

“试过才知道。”陆锦惜笑起来，“谁也不能保证没有个万一。这事我已拿了主意，你只管回去定等消息就是了。如今你手里提着的药，既是从回生堂来的，应该妥帖。一会儿我派个人过去，夜里生火熬药，总不能你自己亲手来。”

薛廷之并没有想到她这样好说话，还要在这大半夜里派个人过来照顾，竟一时失了言语。

边关的日子，本就苦寒。在那儿的两年里，他忘记了他短暂童年里那些锦衣玉食的日子，每日唯一能下咽的东西，一开始只有胡姬端来的羊乳，后来才是那些在他看来很粗糙的食物……

他变得面黄肌瘦，几乎没怎么长过。所以，即便后来薛况带他回京，也没有人怀疑他的年纪……谁会怀疑一个胡姬的儿子？谁会怀疑那样脏兮兮的一个小孩儿？

至于到了将军府之后，日子相比起边关，已经好了不少。或者说，他已经习惯了。这一位“嫡母”的态度，也从来不在他的考虑范畴之内，只是他年纪毕竟渐渐大了，也有很多自己的考量和计划，才不得不想要接近她。

如今，她竟然主动提出要治他的脚伤。薛廷之眨了眨眼，过了好久才强行将心底微微泛上来的一些东西，压了下去。毕竟，她怀疑这个庶子的可能，比关心他的可能更大，不是吗？

薛廷之躬身拜道："廷之替临安谢过母亲了。"

说话还是太客气。他看上去似乎有些感动，也有些复杂。不过，却好像半点也不心虚。陆锦惜将这一切看在眼底，知道临安还病着，也不多耽搁他的时间，只道："下不为例，去吧。"

"是。"

薛廷之这才提着灯笼要退。他对陆锦惜行礼后，转了身。他身量很高，却一身单薄，踩在少年青涩与成熟的交界处，气质显得极为奇异，只让人觉得已经有几分气度。只是迈步的时候，身体有些晃动。左足微跛，是他身上唯一的不完美。

陆锦惜站在原地，披着厚厚的水貂披风，眼见着他的身影在夹道上渐远的时候，双眸便渐渐冷淡下来。

这么晚了，从外面回来……但愿的确是临安病了吧。她心里这样想着，便执着那一支开了大半的海棠，重进了门，然后去唤青雀起来，派几个眼睛尖做事稳的丫头去薛廷之那边。

门合拢，有轻微的响动。夹道尽头的薛廷之听见了，脚步便是一顿。他忍不住回头望去，却看不见东院，也看不见海棠，更看不见陆锦惜的身影，只有一条寂静无人的夹道。

两侧都是高墙，他就站在中间。灯笼的光，有些暗淡。空气里好似有着一段暗暗的、微冷的香息，萦绕在他身周，他便想起了陆锦惜执在手中的、带着露水的海棠。

是海棠的香吗？他脑子里恍惚地掠过这个念头，可回头来才隐约记起：海棠无香。

嘴上说"下不为例""只当没发生"，行动上却要派几个丫鬟到他身边来，明日一早还要去请鬼手张……

到底算是信，还是不信？这一位嫡母，也有些意思了。薛廷之看了一会儿，便无声地离开了，才施针不久的跛足，还有着轻微的发热和刺痛，无时无刻不在提醒着他那一个被挑断了脚筋的晚上……

霜月照着他，也照着京城的千家万户。

外城东的回生堂里，这会儿还亮着灯，学徒们大多已经睡下了。大堂里只有鬼手张。

他紧皱着眉头，长叹了一声，把用过的银针，一根根清理了，放在火上烤了一遍，才收进针囊里。

他徒弟纪五味则正在堂内收拾，把一盏灯笼挑了挂在外面，防备着深夜来求急诊的人看不见路，随后便返身把一扇扇开着的门都给关上。

听见这一声叹，他回头看了一眼，奇怪道："师父您怎么了？是晚上出诊，遇到什么疑难杂症了吗？"

鬼手张揉了揉眉心，只觉得疲惫上来。他收了针囊放下，又取了一杆笔，准备把薛廷之今日施针的情况，记载下来，只回道：

"疑难杂症到处都是，行医一辈子，总要遇到几件的。你小子，别关心那么多，赶紧关门。"

"哦。"

纪五味吐了吐舌头，两手拉着门把，就要将最后一扇门给关上。谁想到，就在两扇门仅剩下最后一条巴掌大门缝的刹那——

"慢着。"

是一道清雅的嗓音，有些低沉，像是醇香的酒。那一瞬间，纪五味都好似闻到了酒香。几乎是同时，一只修长如玉的手便伸了过来，搭在了即将闭合的门扇边。看似不很用力，却有一种笃定。

纪五味吓了一跳，一时不敢再关门。那伸过来的一只手略一用力，门扇边开了尺来长的缝，一道昂藏清逸的身影，暗竹叶纹的鹤氅，隐约能看见个角。

"顾、顾大公子？"

纪五味认出他来，顿时诧异不已。顾觉非人在门外，笑了起来道：

"要关门了吗？你师父人在吗？"

还在堂内记医案的鬼手张，听见这声音，险些吓得魂不附体！一时之间，他的面色大变，一骨碌就缩到了柜台下面，大喊了一声："不在！我睡了！"

哼，这老家伙，还要装！顾觉非似笑非笑，只拍了拍纪五味的肩膀，道："来，让个道，我今晚跟你师父，有些知心话要说。"

"王八羔子，你跟你爹一样，都不是什么好东西！"鬼手张已经气得破口大骂，"我念在你昔日救灾的情分上，药方也给你了，你还想怎样？赶紧滚！老子跟你没什么知心话好说！"

“药方？”

他还有脸提药方？顾觉非笑了起来。这时候，纪五味已经傻傻地让开了路。很明显，他并不明白，为什么白天的时候，师父对顾大公子还是和颜悦色，到了晚上，就翻脸不认人？

顾觉非对此倒是一清二楚的。他并非空着手来的，右手还拎着一只酒坛子。之前那隐约的酒香，便是从里面传出来的。

柜台内侧，鬼手张已经把自己整个人都缩了下去。

顾觉非一路走过来，一眼就看见了那还没写完的医案，照海穴、昆仑穴什么的，都是脚踝附近的穴位，这是在给人治腿脚吗？明显不是给顾承谦的。那个老糊涂是膝盖疼。顾觉非微微皱了眉，目光在那已经有些年头的陈旧医案簿子上扫了一眼，才将目光转向了柜台下面。

他的面上露出了春风般和煦的微笑。他想起了自己下山来这“精彩”的一天，方才在杏芳斋饮酒时的酒意，便有些涌上来。

“嗒。”

酒坛子放在了柜台上，有一声脆响。下面藏着的鬼手张，一下就听见了，吓得一抖。然而下一刻，他那一双比狗还灵的鼻子，便闻见了香味儿，两只眼睛一瞬间就亮了起来，惊喜极了道：

“白云潭，般若酒！最起码是十年的陈酿……”

他毫不犹豫地窜了出来，一眼就看见了前面立着的顾觉非。但此刻，他已经半点不觉得顾太师的儿子有多可恶了，看顾觉非简直像是看天上的仙人一样，和善极了。就连脸上的笑容，都灿烂得能比春花秋月。两只满布着皱纹的手，就好像是被无形的蛛丝牵引着一样，非常自觉地把那一坛子酒抱在了怀里。

“哎呀，大公子你也真是太客气了，不就是一个治腿的药方吗？竟然还劳烦您亲自送这么一份谢礼来，老头儿我就笑纳了，笑纳了……”

顾觉非终于还是气笑了，道：“看来这酒送得真对您胃口。那咱们就坐下来，喝喝酒，算算昨日的账好了。”

已是丑时三刻。

大街上有打更的更夫喊着“天干物燥，小心火烛”打外面经过。纪五味已将所有的门扇关上，这会儿大堂里空无一人，内屋中却传来了说话声。

临窗的炕上还算暖和。当中的一张炕桌上，放了三两碟儿刚炒上的小菜，另伴一碟儿油酥花生米，一碟儿炒黄豆。

酒坛子已开了泥封，却被放在了地上。内中的般若酒，已经被转注入了普通的白瓷细颈酒壶里，此刻正被鬼手张端了，给对面的顾觉非倒酒。

酒液很快就灌满了小酒杯，在灯光下面，闪烁着浮光。

鬼手张打量着顾觉非的脸色，这才一拍大腿开了口道："其实这事儿，您想想，怎么着，也怪不到老头儿我身上吧？"

顾觉非两腿盘起来坐着，多了几分慵懒姿态。此刻听了鬼手张这话，他无声一笑，却不说话，修长的手指，只将那酒杯钩在了指头上，看上去要掉不掉，颤巍巍的。

鬼手张一看这架势，只觉得头上的冷汗都出来了。死活也没能抵挡住美酒的诱惑，想想到底没自己什么责任，他就脑门子一热，留了顾觉非下来喝酒。汤氏还给炒了俩菜端来，这下好，请神容易送神难啊。

鬼手张的目光落在他勾着的那小酒杯上，真怕他一个心情不好就给扔地上，这可也得要两文钱呢。

"治那风湿寒腿的方子，统共也就那么一个。人大将军夫人，送了我那么多药材，叫我救那么多人。您说我能不给吗？"

"嗯，有道理。"

继续洗，我看看你怎么把自己洗干净。顾觉非眼底带着笑意，就这么"赞赏"地看着鬼手张，慢慢将手中那一杯酒给喝了下去。

鬼手张觉出他藏着的嘲讽来，一时讪笑道："这件事呢，我也不否认自己有错。可您想想，您要是我，您怎么做？"

顾觉非不接话，鬼手张便开始瞎扯乎起来了。

"您下山，第一个到回生堂来求药，这是什么？这是一片感天动地的'孝心'啊！有句话说得好，万恶淫为首，百善孝为先。可也有一句话说得好啊，万恶淫为首，论迹不论心；百善孝为先，论心不论迹。"

顾觉非听到这里，眉梢微微一挑。他打鬼手张手边，把酒壶拿过来，先给鬼手张倒了一杯，才给自己添上一杯，道："说得好，继续。"

"老头子我就是觉得吧，大公子你送顾老太师东西，其实本不拘送什么。但凡您送了，太师大人能不知道您的心意吗？就算是送一样的东西，那又怎么了？天底下，谁嫌弃您送的东西都可以，就他顾承谦，哦不，顾老太师不行啊！"

鬼手张拍了自己一嘴巴子，暗暗警告自己，在顾觉非面前，还是对他爹放尊重点。他端过了桌上的酒杯，美滋滋地喝了一口。

入口醇香，清冽里，竟然带着点莲花香气。绝对是好酒之中的好酒啊。

白云潭上般若酒，自来是难得一壶。这种上了十年的陈酿，就更不用说了，没点手段，纵是你手里有千金都买不到。所以这些年来，鬼手张只有垂涎的份儿。

一杯酒下肚，眨眼已经美得要冒泡。鬼手张说话也就越发顺畅越发自然起来，嘴巴就跟开了的话匣子一样，千言万语哗哗就出来了。

“所以说啊，百善孝为先，论心不论迹嘛。这最重要的就是心意，你若没孝心，金银财宝送个三五车，那也是‘不孝’。像大公子你这样诚心的，太师大人见了，没有不高兴的！我鬼手张，也就是看准了这点，才敢不告诉您大将军夫人也送这个呀。”

说到最后，反倒变成了他鬼手张有道理。大约是喝酒壮了胆气，这会儿他心里也不虚了，还把一只手伸过去，用力拍了拍顾觉非的肩膀。

“您说，当年咱俩好歹是一起救灾的情分。虽没见过面儿，可我也是听说过您的。没您，那救瘟疫的药方，即便鼓捣出来了，可没钱买药，都是白搭！”

说到这里，鬼手张已经打了个酒嗝。顾觉非面上淡淡的，眼底却已经多了几分复杂神色，酒壶就在他手里，他便又给鬼手张灌满了一杯。

鬼手张道了声谢，满布着皱纹的脸上，则很有几分感叹。

“德安府的百姓，都记着我。他们觉着，我是冒着丢命的危险，跟染了瘟疫的病人们在一起，这才研究出了方子，救了这许多人。可我张远志哪，知道自己担不起这个名儿。旁人记着我，我心里记着的却是您。便是当年在德安府，若没您运药材，早染病死一地了！我本事再大，不过救三五个，三五十个，可您能救三五万，甚至三五十万。”

鬼手张的两只眼，已经成了醉眼。他只把自己那酒杯一端，拿起来就向顾觉非一举，道：“这天底下，能叫我张某人佩服的，薛大将军，保家卫国，算一个；你顾觉非，经世济民，算一个。来，我敬您一杯——干！”

顾觉非听他说了一大茬儿，好像还挺真心实意，便举了杯，真想跟他干来着。可谁想到，他酝酿了这大半天，嘴里竟活生生没吐出象牙来！

他看鬼手张一眼，伸出去一半的手便僵住了。

偏生鬼手张这会儿是个没眼色的。见他举出来一半，鬼手张竟然自己捧着酒杯，凑了上去，硬生生地给碰了一下，“叮”的一声轻响。

“喝！”

然后他一仰脖子，自己给喝了个干净。顾觉非坐他对面，一手搁在自己膝盖上，一手端着酒杯，半天都没动作。过了许久，他才摇头笑起来。

喝吧。能跟“大英雄”薛况并驾齐驱，还有什么不知足的呢？

顾觉非唇边挂着几分奇怪的笑意，到底还是喝了这一杯酒，道：“反正说到头来，你鬼手张，便是不承认自己想算计我，看我出丑就是了。”

“咱俩一起救灾的交情，怎么能说是算计呢？”鬼手张眼睛一瞪，大义凛然道，“要不是看在你的面子上，那药方我都懒得给的！凭他顾承谦，我呸！”

到底还是没忍住。鬼手张对自己翻了个白眼，这嘴贱的！

当年太师府求药那些事，顾觉非一清二楚，鬼手张愣说是“摊丁入亩”坏了他家两口人命，不肯去治。这理由听着扯淡，但看鬼手张这真心实意厌恶着他爹的样子，又不像是做假。

那都是老糊涂自己的恩怨，换了以前，顾觉非说不准还要为此谋划几番，必要整治得鬼手张灰头土脸不可。可如今么……与他又何干呢？

顾觉非把酒壶翻出来，也不说话，只给倒酒。鬼手张一喝多了，话就开始多起来，而他自己，却是越喝话越少，好似所有即将出口的话，全都被喝进了肚子里。

一老一小，就这么坐在两头。一个嘴里喋喋不休地说着，一个支着耳朵听，却几乎不插一句话。

这一顿酒，从丑时初开始喝。等到鬼手张迷瞪着眼，晃了晃酒壶，从里面再也倒不出一滴酒的时候，已经是丑时末，眼见着再没一两个时辰就要天亮了。

“大公子，酒喝完了。大公子？”

鬼手张这时候才记起顾觉非来，朝对面看去，没想到竟一个人也没有，一时吓得他酒都醒了一半。

“人呢？”

仔细一揉眼睛，鬼手张赶紧找了找。这一找，才算是松了口气。原来不知道什么时候，顾觉非已经靠在炕头那引枕上睡了过去。

“嗐，这吓得我，还以为见鬼了呢！”

鬼手张扶了一把炕桌，摇摇晃晃站了起来，走过去推了推顾觉非。

顾觉非眼睛闭着。约莫是人睡着了，所以脸上没有什么表情，看上去竟然透着一点奇异的冰冷意味儿。他的嘴唇紧抿，又让人觉得并不是白日里那个谁都能生出亲近之心的顾觉非。

不过这会儿鬼手张也没去想那么多。他推了推，见顾觉非没动，就知道这应该是喝多了，他道：“嘿，打你一来我就知道，你是杏芳斋里喝过再来的。还敢跟我喝？醉不死你！”

这么嘀咕完了一句，鬼手张便也不管他了，自己便向着那挂着厚帘子的门处走去。正赶巧，汤氏知道他们喝酒，夜里睡得总是不放心，便过来瞧瞧。眼见张远志一个人出来了，脚底下跟驾着筋斗云似的，却没见顾觉非，她奇怪道："顾大公子呢？走了？"

"走什么走？"鬼手张还算清醒，一指里屋道，"早喝倒了，看这架势估计也回不去了，你给他抱床被子。那炕上虽暖和，身上不盖，怕也着凉。明儿一早醒了，我还得给他开药，那才是浪费了。"

汤氏掀了帘子，向里看了一眼。人果然是倚靠着就睡着了，只是人侧向里面，估摸是真醉了。

"唉，昨儿还是顾太师寿宴，怎么夜里反倒出来了？该不会是你那药方给出去，真让人家受了委屈吧？"

"呸！"

鬼手张走到外间桌上，给自己倒了一盏冷茶，刚喝一半，听见这句就炸了："平日里你冤枉我也就够了，帮着将军府那个冷心肠的妇人怼我也就算了，这这这这八竿子打不到一块儿的事，怎么还能让我背锅了？"

汤氏看着他。鬼手张来了气，怒道："他爹那是报应！挑人脚筋的时候，怎么没见他手软呢？风湿老寒腿又算个屁！他要瘸了废了，我欢天喜地弄把轮椅给他去！都说了，孝这种事，论心不论迹，父子俩哪里真有计较这种事的？"

话一说完，鬼手张觉得自己可有道理了，一时露出几分得意的面色，抬眼就要再跟自己老妻理论两句。谁想到，一抬眼，汤氏就这么直勾勾地看着他——你再胡咧咧，再胡咧咧我抽死你！

鬼手张顿时一颤，一缩脖子，声音立刻就小了下来，道："反、反正我的意思就是吧……我这事儿做得的确不厚道，也的确想坑他来着。可本质上也就是让他心里不舒坦一下罢了，也没什么实质性的损害……哎，你干什么去呀？"

话说到一半，汤氏白了他一眼，已经走了。过了一会儿，她便抱了一床被子来，走进了里屋，再出来的时候，手臂上已经挽了件外袍。

鬼手张一看，顿时乐了起来道："虽说这天底下，我就服他跟大将军两个。不过他混得可比大将军惨多了。"

这衣襟上有些脏污，打顾觉非进来的时候，他们就看见了，也不知道是不是在杏芳斋喝酒的时候弄的。反正是挺狼狈。

汤氏见他这般幸灾乐祸，也是早就习惯了，只拿着那件衣服，也把他一拽，道：

“这位大公子，当初好歹做了那样多的事。在你这里歇一夜，总不好叫人家穿着这一身再回。我一会儿把衣服给洗了，挂起来烤烤。你赶紧回去睡会儿，明一早还要起来给人看诊呢。”

“嘿嘿，我媳妇儿，就是这么贤惠。”鬼手张为老不尊，凑上去就亲了一口。

汤氏立时就给了他一脚斥道：“老不羞的！”

只是踹完了，又忍不住笑起来。老夫老妻了，一腻歪起来也要命。当下叽叽咕咕说着话，便从堂内出去，没一会儿就没了声音。

里屋里，顿时一片安静。空气里飘荡着一股清苦的药味儿，混合着白云潭般若酒的醇香，有一种似醒非醒、似醺非醺的味道。

炕桌已经被收了起来。顾觉非身上盖了一床锦被，朝内躺着，也不知到底是醒着还是睡着，他翻了个身，忽然便笑了一声。也没睁眼，听着外面打更的声音，便睡了过去。

将军府里，东院的灯已经亮起来有许久了。陆锦惜进屋之后，便将青雀唤醒，让她趁夜安排了几个丫鬟小厮，先去薛廷之那边伺候。

约莫过了有半个时辰，青雀就回来了。

“临安那孩子的确发烧了，还有些说胡话。方才一帖药已先煎了，让他喝下，看着倒是好了一些。唉，看着怪可怜的……”

陆锦惜没睡，就坐在书案后面。

陆氏本出身书香世家，自己也是有书房的，且藏书不少，桌上也是文房四宝具备。方才陆锦惜折回来的那一枝海棠，就被她斜斜地插在临窗的梅瓶上。昏黄的灯光照着，透出一股艳色。

听了青雀的话，陆锦惜沉默了片刻。她手指随意地从面前的账册上翻过，思索了一会儿，道：“既然是真病了，这几日便叫临安歇着吧。我没记错的话，他也才十四五的年纪，还一团孩子气呢，哪里能伺候大公子？”

“您的意思是……”

青雀一时又有些惊疑起来：前阵子给大公子的屋里添置了东西，方才回来，又叫人去那边伺候，如今这还是要给大公子身边添人了？

“大公子今年该有十六，差不多也快十七了吧？”

陆锦惜一手支着自己的太阳穴，声音平缓道：

“哥儿们到了这年纪，身边总不能只有个书童伺候着。你回头挑俩模样好的来，拟了名单让我过目。回头房里得有个大丫鬟理事，外头也得有四个伺候的。另给配两个小厮帮忙跑腿儿，临安照旧跟着他也就是了。”

模样好的……这不就是预备通房吗？大门大户里这些事情，青雀可算是门儿清。

不过算算薛廷之的年纪，的确是该有通房了。所以青雀也没发表意见，自打夫人病好，就没做过什么糊涂事，眼下这么安排也是应该。

“这事儿奴婢记下了，明日一早就去安排。这天儿还有些时辰才亮呢，您要不先睡下？”

“我昨夜睡得早，倒不妨事。”陆锦惜笑起来，摆了摆手，只道，“你去给我端盏热茶上来，备盘点心。我这会儿也不困，干脆看看账目。倒是你，忙活完了就去睡吧，大半夜被我叫起来，好一番折腾，明日可还有更忙的时候呢。”

青雀有些担心，可一看陆锦惜的精神的确是不错，也不好劝什么。她依言去准备了茶水和点心捧上来，又给暖了个手炉给她兜着，这才出去歇下。

陆锦惜就留在书房里，静坐了一会儿。她没动茶，也没吃点心，目光只停留在眼前的账本上——这不是府里的账本，而是陆氏的私账。

账上都是当年跟着陆氏过来的嫁妆。说实话，光看单子，异常丰厚。可陆氏出身诗书世家，对经营这些东西，没什么经验，加之下面人欺瞒得厉害，十一年下来，竟然已经败了十之七八。

只是因为底子太厚，即便只留下了二三，看上去也堪比寻常富户。

陆锦惜不是陆氏，她的文化程度虽然极高，对诗词书画也略通一二，却并不钟爱。相反，看账、查账、料理人，她是一把好手。

如今这一本烂账，就摊在她面前。一眼看去，到处都是手脚。

陆锦惜忍不住就嗤笑了一声道：“做得也真是够烂的。只可惜，几年来的账目，要追究必定又耗费心神……”

不必说，这都是“坏账”了。要追究都没地儿。所幸她也不是纠结这些细枝末节之人，今日翻账本，也不是为了查旧账这么简单。

她只是琢磨起来，该给自己找点事做了。摆在眼下的事情，统共有三件。

其一，薛廷之屋里的事，安排丫鬟、小厮，屋里再给添置点别的东西，还有回头叫潘全儿去请鬼手张，给看看那跛足，探探他的虚实；其二，印六儿的事情，那该是这个混混，想要进步军营隼字营，只是找不着机会，想求她帮忙，这个要等明日青雀探的消息来了，才能做计议；其三，琅姐儿的事，别的孩子都好好的，也就琅姐儿让她暗自记挂，回头得抽空了去找卫仙说话，再说琅姐儿。

三件事，每件都是近期的。乍一看棘手，细细一想，其实也很无聊，哪一件办不好了也不会死人，照旧没什么意思。

捧着手炉，陆锦惜就这么盯着账本，露出个乏味的神情来。她干脆拉了一页纸，做了个计划——

就当是她先“借”陆氏一笔钱，当原始资本，划拉划拉回头怎么做，到时候她的嫁妆她也不动，赚的钱添两分利进去，也当她这个便宜娘给孩子们留的家底了。

不同于陆氏工整秀雅的簪花小楷，她的毛笔字，是一片介于行书与草书之间的“行草”。比行书容易划拉，比草书容易辨认。写起来，自有一股行云流水之感，因为没有半分停顿，又显得思维敏捷清晰，干脆果断。当下写起来，没一会儿字便走了小半篇。旁边点着的灯依旧明亮，窗外的一片黑暗，也渐渐被天光驱散。

陆锦惜琢磨得差不多了，偶一抬起头来，便瞧见了那已经明亮的天光，想起了很久以前，很多个很多个熬过去的夜晚，一时竟觉得熟悉又惬意。随手将那桌上的宣纸收了，压进匣子，她起了身来，略伸了个懒腰，便从书房走了出去。

白鹭跟青雀正从那边过来，准备请她，这一来倒是撞上了。

“您熬这小半夜也真是，正准备来请您去洗漱呢。”

“正好，我也准备回去洗把脸，清醒清醒呢。”

陆锦惜把已经微冷的手炉，递给了白鹭，才进了东屋。陆锦惜洗漱毕了，才叫传了点清淡的粥来喝着。待吃完了，喝茶的时候，方才出去了一趟的青雀，便回来了，面上带了几分凝重。

这时候白鹭在外面张罗。陆锦惜便问道：“怎么了？”

“您昨夜吩咐挑几个丫鬟，奴婢已一早拟了名单。另一则，也打听了步军隼字营的消息。”

青雀倒是把她吩咐的每件事，都记挂在心上，一一禀给了她。

“龙字营和虎字营，都是咱们大将军旧部。不过隼字营，却是刘提督手下的一支精锐，最近这六年，每两年换一次血，选人的要求向来极高。一要身家干净，不能作奸犯科；二要体格健壮，年纪在十八到二十四之间。而且因这是步军五营之一，向来地位高待遇好，也有不少已平步青云的。所以即便日子苦些，也有人削尖了脑袋，往里面钻。今年也就是这个月招人，照旧是刘提督负责。奴婢着人打听的时候，说人已快录满了。只不过……”

陆锦惜听了，倒觉得都在意料之中。若不是这么个削尖了脑袋才能进去的地方，那印六儿何苦求到陆氏这边来？倒是没想到，这个印六儿，眼光挺狠。刘进可不就是最念着将军府的人吗？当初她病着时收的那一根人参，她可还记得呢。

所以陆锦惜琢磨，这件事要做，其实难度应该挺低的。只是她听见这一声“只不过”，便知道事情怕有一些变化，只看向了青雀，道：

“你但说无妨。”

“奴婢方才打听的时候，听人说，刘提督好像遇到了点麻烦。昨日在长顺街上，不是闹了那么一出吗？今日皇上叫大起，天还没亮，朝上就闹开了。这一会儿大臣们都回来了，说是回头可能要罢了刘大人的职。”

说到这里，青雀的声音，便低了下去。陆锦惜听得眉梢一挑，有些惊讶，可回头一想，这的确是很正常的事情——

那一天的事情，虽然暂时解决了，可众多官员们的面子，又岂是随意就能丢的？回头总有大片大片的人想闹一场。朝上不闹起来才是怪了。本来这件事与陆锦惜也没什么关系，可她听着，竟然有些高兴起来，总算是出了点事儿啊。

印六儿要求着办事，巴巴等着；刘进曾送过根好人参，那一日长顺街上，倒也是对陆锦惜真心实意的；可如今，朝臣们容不下刘进，那印六儿的事情也办不了了。

陆锦惜不由得笑了一声，觉得有意思。

“白鹭。”

她朝外间喊了一声。白鹭正在收拾外面回来的事情，帖子拿了一手，听见声音，她忙应了一声，这才进来道：“夫人？”

只这一会儿，陆锦惜心里已经有了计较。

“一会儿你叫潘全儿跑个腿，我这里有两件事要交给他做。一是去一趟长公主府。且看看婶母忙是不忙，若是不忙，便问上一问。就说我这里有个人待请刘提督办事，想进隼字营。我自个儿看不清楚，也不知道朝中是什么情况，请长公主帮个忙，掌眼指点一番。”

白鹭听了，点点头，记下了。

陆锦惜又道：“第二件事，则是去趟回生堂。大公子那腿脚，这些年来，也没怎么求医问药。他往后总要娶妻，出身将军府，指不定还要谋个官。腿脚若有残疾，怎么都是限制。你只让潘全儿跑一趟回生堂，问问鬼手张能不能来，什么时候来。”

历朝历代，不管做皇帝，还是做官，大都是要看仪态的。若身有残疾了，当皇子的与皇位无缘，科举场上的学子便与状元无缘，都是“有失国体”。

薛廷之这样，应该不是个舞刀弄枪的。她见过他书上那些东西，到底是个厉害的，心怀利刃，简单不到哪里去。说不准他日想要入仕，这身有残疾一项，便是很大的短板了。

陆锦惜心里有自己的考量。对人心有防备不轻信是真的，可到底她也不是蛇蝎。一则她是想要回头看看，薛廷之昨夜到底说没说实话；二则也是真想要给他看看，有没有治好的希望。

最好的结果，当然是薛廷之没问题，腿脚也有治好的希望。至于最坏的……陆锦惜一笑，摇了摇头，又想起昨夜跟永宁长公主一起离开的那个青年文士，不由改口道："罢了。你让潘全儿先去回生堂，问问鬼手张，挨着中午了再去公主府也不迟。"

陆锦惜这句话，说得其实很隐晦。可那一瞬间，白鹭竟然听懂了，她愕然了半晌，脸上才出现了后知后觉的红晕，道："是，奴婢这便去知会潘全儿。"

陆锦惜点了点头，白鹭便退了出去。

上午她也没打算出门。府里每日都有事情要处理，当下陆锦惜便叫青雀将那些要回事的丫鬟婆子们带进来，一件件把事情料理妥当，准备先等潘全儿的消息，再做下一步的打算。

却说潘全儿一大早起来，本在忙活修整花园那件事。这是陆锦惜前天交代下来的，他万般重视。

没想到，他还没来得及出门找花匠，白鹭那边就来了消息，说有两件重要事交给他。他听了，未免觉得一头雾水——这府里，是要变天了？从不关心大公子死活的二奶奶，竟然要为大公子请鬼手张？

乖乖！潘全儿琢磨了一阵，隐约觉得往后怕是要警醒着点了。二奶奶的态度变化起来，实在叫人琢磨不透，要一个不小心，什么时候踩了雷都不知道。

心里给自己敲了敲警钟，潘全儿也不耽搁，立刻就往回生堂去了。

长街上，来往的行人已经多了起来。贩夫走卒们的声音，拼凑在这个还飘荡着晨雾的早上，显出一种带着烟火气的嘈杂。

回生堂里，求医问药的人们已经来了。顾觉非是听着那一味一味报药名儿的声音醒来的，他的眼缝慢慢地翕开一条缝儿，微微泛黄的窗纸上，几许亮光便照了进来，透进他的眼底。

外头帘子一掀。纪五味端着装了热水的铜盆进来，便瞧见他已经睁眼，有些惊讶："您醒了，师娘正叫我来看看您，要唤您起来用个早饭呢。"

说着，他便将铜盆放到了一旁的木架上。

这一夜，顾觉非其实没睡几个时辰。他身上盖着的是厚厚的被子，还透着热气儿。他看了，才有些回过神来，掀了被子起身，道：

“有劳你了。昨夜没防备，竟喝多了。难得没被你师父扔出去，今早不是从大街上醒来，真得感恩戴德一番了。”

纪五味一听就笑了起来。他们师父是什么德行，他们实在是再清楚不过了。

“师父就是小孩子脾性。不过平日里都有师娘在，您往后就是再来回生堂，也不会被扔出去的。”

两句话的工夫，顾觉非已经起身来。因为没披宽松的鹤氅，他那平时被遮挡着的宽肩窄腰，便都露了出来。人在这屋子里一站，身形修长而且挺拔，发束银冠，即便衣料上有些褶皱，竟也觉得满室生辉，玉树临风。

纪五味看得便是一呆，接着一拍自己的脑门想起来，道：“糟了，差点忘了您的外袍，刚才师娘还交代过呢，您等等……”

话还没说完，也没等顾觉非反应，他便又急匆匆跑了出去。

顾觉非看着，无奈地摇了摇头。昨夜他酒喝了不少，一早醒来，只觉得后脑勺沉沉的一片，太阳穴也突突地跳着，好像有根弦儿紧绷上了。

他忍不住抬手，使劲地按了按。回想一下自己这二十九年里，少有这样粗犷又放纵的时候，心底那一层嘲讽，也就越发重了起来。

铜盆就放在角落里，边上还搭了一条干净的方巾。顾觉非刚走过去便瞧见了，接着就下意识地朝着自己刺着暗银色竹叶纹的袖子上一捏，然后反应过来——外袍不在。

“糊涂了……”

他顿时笑了一声，琢磨了一下，向暖炕那边看去。昨夜被人递的那一块雪白的方巾，此刻被叠得整整齐齐的，就放在引枕边上，只是他刚才起身的时候没有注意，并未看到罢了。

那一瞬间的感觉，忽然有些复杂。陆锦惜，这三个字，又如此清晰地出现在了他脑海之中，让他回忆起昨日傍晚，夕阳余晖下她的一言一语、一举一动。温婉的微笑，体贴的神态，细致的言语。

他一时又有些出神。还好这时纪五味又进来了，这一次他昨日被醒酒汤泼过的鹤氅，看上去已经干干净净了。

“大公子，您的衣服。昨夜师娘说看你跟师父喝大了，总不好叫你穿着一身脏衣服走，便自作主张给洗了一遍。”

顾觉非于是回过神来，伸手接过道：“张夫人一片好心，哪里有什么自作主张之处，多劳她费心了才是。”

“师娘还让人煎了半碗醒酒的汤药，跟今日的粥菜配着，药性也温养，算食补。方才您睡着的时候，我已端到桌上凉了一会儿，应该可以喝了。”

纪五味摸了摸自己的头，年轻的脸上带着一种朝气。

“师娘说了，让您好歹用些，回头不头疼。”

顾觉非目光一转，便瞧见了那不大的圆桌上，不知何时已经摆上了一只瓷碗，里头装着浅褐色的药汤。

除此之外，竟还有一碗冒着热气的白粥，配了两盘小菜。看上去，实在是很简单。可那一点热气儿，好像能冒到他心里一样，可越是如此，就越让他想起昨夜的种种……他强将那一股血腥气儿压了下去，挂上了谦和的笑容道：

“替我谢谢你师娘，也谢谢你师父。”

怎么连他师父也谢？纪五味睁大了眼睛，一下有些没反应过来，不过他也没多问，只道：“那您先喝药用饭。我就在外面切药，您有什么事再叫我。”

顾觉非点了点头，应了声好。纪五味便走了出去。

顾觉非人在里屋，站了一会儿。也许是因为游学时候，在这样的地方住过很多次，也见过很多。所以，他站在这相比于太师府显得简单甚至简陋的屋子里，竟没有半点违和。

他将外袍放在一旁，先洗漱过，将身上沾着的酒气都去了去，再用方巾将手指上沾着的水珠，一点点擦去。这时候，他才慢慢将外袍披上，就好像披上一层盔甲。

那一瞬间，昨夜所有的狼藉与狼狈，好像都被这鹤氅一盖，消失了个干净。微微荡漾着的水面上，倒映的，又是一个完美无缺的顾觉非。

他坐下来，把醒酒的汤药先喝了，才用桌上放着的清粥小菜，将口中那苦味儿给压下去。等他掀帘子走出去的时候，外面堂上早已经忙碌成了一片。

坐馆的大夫们，忙着给人开药看诊；昨夜也喝大了的鬼手张，这会儿嘴里含了片人参，一脸没事儿人似的，给病人按脉；伙计学徒们，则做些打下手的活计。

纪五味站在药柜前面的小桌旁，准备用小铡刀切药材。此时他停下手中的活计，正在跟一个身穿青色直缀的人说话。不是旁人，正是应了陆锦惜吩咐，来这边请鬼手张的潘全儿。

纪五味道：“这一大早，还是来请我师父的吗？”

“可不是，不过这一次也不急。”

潘全儿笑了起来，这一次倒是多几分从容。

“我们府里的廷之大公子，自小患有腿疾，一直也没能治好。二奶奶遣我来问，看看张大夫是不是有空给看看。一时没空也不打紧，什么时候有空，将军府这边都能等。”

“这样啊……”

纪五味皱了皱眉，琢磨着便要去知会师娘与师父。没想到一抬眼，就瞧见顾觉非已经走了出来，他问道：“大公子，您吃好了？”

顾觉非就站在不远处。他已洗漱妥当，眉目清朗，双目干净且深邃；一手放在身前，一手负在身后，则是一身的从容。大堂是喧闹的，他那一角，却是安静的。

潘全儿听见纪五味这一声，随着抬起头来看去，便有些惊讶。他见过的达官贵人也不少了，一眼就看出这人身份不普通来。只是他毕竟以前也没见过顾觉非，当下也没出声。

顾觉非出来，本是打算告辞。只是他没想到，一出来竟然就听见了“将军府”三个字，一时不由多看了潘全儿一眼，也注意到了他腰间挂着的将军府牌子。

将军府、二奶奶、大公子……这说的，竟然是薛况和那个胡姬生的庶子？

顾觉非心下一时觉得古怪起来。若他没记错的话，这个叫作薛廷之的庶子，平日里该很不受陆锦惜的待见，在将军府也向来没有什么存在感。

瘸腿就瘸腿，一个胡姬所生的孩子，血统不正，谁会去关心？可现在……他竟然听见眼前这个仆役说，陆锦惜要找鬼手张给这庶子治腿？真是什么稀罕事都出来了。

顾觉非的目光，从潘全儿的身上转开，面上则带着温文的微笑。他的所思所想，半点都没显露出来，只走到近前时，对纪五味道：

“搅扰了你们一夜了，这会儿我也该回去。不过我看你师父那边正为人号脉，倒不好上去打扰。还劳你一会儿帮我告辞，便说我过不久再带酒来，告今日不辞而别之过。”

纪五味有些惊讶，不过想想也是，他一夜没回，太师大人肯定会担心啊。他连忙笑起来道：“那您路上小心，我一会儿便跟师父说去。”

顾觉非点点头，便直接出了回生堂。他回头一看，那一副楹联还挂着——但愿世间人无恙，何愁架上药沾尘。

“何愁架上药沾尘……”

他念了一声，忍不住笑起来，转眼却想起了薛况，又想起了自己的前路，竟有些迷茫起来。所幸眼下闲着也没事做，要回太师府，也不差这么一时半会儿。顾觉非琢磨了一会儿，便顺着街道走下去，入了内城门，直接往长公主府去了。

永宁长公主的宅邸，乃是先帝爷赐下，当时还是“公主府”。后来公主嫁给了将军府二房的薛还，便扩建了一番。待得萧彻登基，又改了“长公主府”，再次扩建了一番。

如今，这已算得上京城数一数二的府邸了。

顾觉非与永宁长公主乃是熟识，昔年也曾到访。所以，门口的下人直接就引了他入内。

六年不见，他只觉得长公主府又富丽了一些。假山林立，亭台如画。长廊上挂着各色的鸟雀，下头栽着的海棠，已经有不少开了，更显得一派鲜妍。

人一进来，就有几个已经得了信儿的侍女引他往暖阁里坐，又端来了茶点。

“大公子可也有好久不见了，奴婢们都还念叨您什么时候会来呢，不承想禁不得念。不过您今儿来得不赶巧，长公主昨夜喝得多了些，还没起身呢。”

顾觉非一听，想起昨日筵席上与永宁长公主眉来眼去的那一位，顿时一哂道：“是我太久没来，竟忘了。我坐等一会儿，无妨的。”

侍女们听出他话里的意思来，便都捂嘴一笑。因为伺候在永宁长公主身边多年，也知道这一位与长公主交好的公子是什么脾性，所以她们也不多话，无声退到了一旁去。

红木雕漆的小方几上，茶盏点心都已经放好。不过，也有几本闲书放着，更有一册崭新的蓝皮簿子放在上面，也没标注什么字。

顾觉非看见了，却没去翻，只端了茶来吃。就这么等了差不多有两刻多近三刻，永宁长公主才打外面走进来，她的脸上带着几分恹恹，即便是有精致的妆容，也掩之不住倦色。一见了顾觉非，她便没忍住，扯着嘴角，笑了一声道：

“你顾觉非这般的不解风情，不晓风月，上山当和尚，倒是顶顶合适。这二十九年找不到媳妇儿，难保不是活该呢！”

顾觉非顿时无言。男女之事，他平素克制，自是不知诗中所言的“春宵苦短日高起，从此君王不早朝”，到底是个什么感觉。永宁长公主开口这一句，夹枪带棒的，他怎么听不出来？只是实在也不知道该怎么回罢了。

见他不说话，永宁长公主这才轻哼了一声，解了几分气。

侍女们已又端了新茶上来，她接了，喝了一口，醒了醒神，才向顾觉非道：“这一大早的，你不在太师府里陪老太师，却来了我这儿。你身上的酒气虽淡，却不大盖得住。这是一夜没回？”

永宁长公主浸淫朝堂多年，从来都是精明人，很少有事情能瞒过她。顾觉非也不问她到底是自己看出来的，还是听了下面耳目传的消息，只拿了一块莲蓉糕，咬了一小口。

“我跟他是什么光景，你也知道，犯不着再问我。”

“老太师还是不信你？”

永宁长公主瞧了他一眼。

这时候，顾觉非已将一只胳膊支在了旁边玫瑰紫的金钱蟒大引枕上，换了个比较懒散的坐姿。听她一问，顾觉非笑起来，竟问道：“那长公主信我吗？”

永宁长公主一时无话。她把茶盏放下了，挪了几上放着的那一本蓝皮簿子到面前来，翻开了一页，慢慢看着。

脑海中，却是六年前那一场变故。

那时候，萧彻刚拿到薛况谋反的证据，里面包括这些年行军打仗的作战图，还有一些边关商旅往来的书信，当然也有被做过手脚的军饷账册。

除此之外，还有几个人证。

萧彻密召几个心腹大臣入宫，商议除去薛况之事。只是薛况向来忠心耿耿，自然有人不相信他会做此事，反而怀疑是有人栽赃陷害，矛头直指顾觉非。

这些人提出要彻查证据，还薛况一个清白。可也就是在这一夜，一场离奇的大火，将一切烧灭。所有纸面上的证据，都化作了灰烬。就连羁押在天牢的几个人证，都被人悄无声息地毒杀！

只有其中一个命大，吃得少一些，毒发也慢一些，竟硬生生撑到了被人发现的时候。也就是这个人，临终之前，向着当时去处理此事的太师顾承谦，吐露了“真相”……

“是我顾觉非污蔑薛况，又怕被人查出蛛丝马迹，所以杀人灭口……”

顾觉非悠闲地喝了一口茶，品着舌尖上化开的那一股清香，声音里则是漫不经心的味道。

“您说我有这么大能耐，都能悄无声息地渗透天牢，给犯人下毒了，怎么就没钱备个见血封喉的剧毒呢？”

还吃得少，死得慢！这是顾觉非二十九年来听过最好笑的笑话了。他向来自诩天下第二的聪明人，第一都是为谦逊虚留的。若他要杀人灭口，必做得比这隐蔽千倍百倍，怎么可能被人拿住话柄？他至今想起来，都觉得又憋屈又好笑。

“信任他的大臣，暗中烧毁证据的人，还有能渗透天牢去下毒的人。他薛况，能在边关带兵打仗，也能在京城拥有这样深厚的根基……”

顾觉非把玩着茶盏，浅淡的口吻里，已经多了几分森然。

“六年前这一场争斗，到底是我，输了他一筹。”

永宁长公主说不出话来。她注视着顾觉非良久，似乎想要看清他说的是真话，还是假话。可到头来，才发现他眼底，好似有淡淡的疲惫。

是啊，怎么可能不累呢？薛况到死，也是大夏的大将军。

顾觉非无法剥下他身上任何一层荣耀，甚至不得不让他葬身在战旗黄沙之下，马革裹尸而还。

到底谁输，谁赢，难以定论。

永宁长公主心头亦有几分复杂，她笑着叹了一声：“你输了，丢的是父子情分；他输了，一命归西，无处葬身。”

顾觉非听了，意味不明地笑了一声：“他薛况有盖世的计谋，世人到底都小瞧了他……”

这话说得没头也没尾，永宁长公主听不明白。她与顾觉非，实在是很熟了。他也就在她这里，才露出几分懒散不羁的真性情来，偶尔也说一些很莫名的话。所以，此刻她也不问。

手边的蓝皮簿子才翻了一页，永宁长公主叹了一口气，看得很不满意，又往后翻了一页。顾觉非来的时候就瞧见这东西了，不过没翻。这会儿见永宁长公主翻起来，一面看还一面皱眉，他便一笑道：

“哪个贪官污吏，又孝敬了好东西上来吗？”

永宁长公主抬头，气笑了。她只把那簿子向顾觉非一推，道：“若是那等要紧的账册，本宫能放在这里不成？只怕一回头就成了你手里的把柄。”

顾觉非当然也就是开个玩笑。他接了这簿子一看，才知道竟然是花名册。上面每页上都留了一张画像，旁边标注着姓名、籍贯、出身、性情。

都是二十五往上的年纪，要么没娶，要么待续弦……

大半都是京城人士，这上面的每个名字，顾觉非都知道一二。所以这一翻，脸上的神态，便有些似笑非笑。

永宁长公主一见，不由皱了眉问：“怎么了？”

顾觉非看她一眼，又翻了几页，都懒得再翻了，只道：“这名册，怕是媒婆说媒用的吧？个个都玉树临风，品性好得能上天。”

永宁长公主没忍住笑了出来：“你自来是惊才绝艳惯了，天下能入你眼的也没几个。可本宫看名册上的人，都还不错。我侄媳挑夫婿，能跟你挑夫人一样吗？”

“侄媳？”

那一瞬间，顾觉非的眼皮一跳。他险些怀疑自己是听错了——永宁长公主的侄媳不少，但需要“挑夫婿”的，着实多不起来啊……

“你也知道，当初薛况与她，本就是一桩孽缘。”永宁长公主叹气，因与顾觉非相熟，都不用卖关子，“如今薛况已去，我不忍见她还在那府里磋磨，跟个活死人似的，眼下便想为她挑选一二。你方才翻了许多，觉得怎么样？”

顾觉非手指尖搭在那纸页上，就好像又搭在了那一方雪白的方巾上。微妙的感觉，如同涟漪一般，渐渐泛出。他低垂了眉眼，谁也看不到他深深的眼眸底下，划过的，到底是温暖的和风，还是冰冷的刀光……

唇角一勾，便是无声的微笑。顾觉非慢慢松开了自己的手指，尽量让那种微妙的感觉脱离自己，才慢慢道：“我看这些人，都不怎么样。”

永宁长公主感觉自己被噎了一下。

顾觉非却仿佛没看到，只念着面前那一页道：“协办学士孟大人家的四公子，孟瑾，丙辰科进士，丧偶，性情宽厚，仪表堂堂……”

念到此处，话音便一顿。他抬眸瞧了永宁长公主一眼，淡淡道：

“这人乃是我同科进士，琼林宴上我见过，是张麻子脸。”

这年头，麻子脸也能说是仪表堂堂了。

永宁长公主听得手一抖。

顾觉非又翻了一页。

“刑部左侍郎周德元，家贫，年三十二，未娶妻……这倒也是，外室不能算妻。我不大记得了，他包在槐花胡同的那两个，哪个勾栏里出来的来着？”

永宁长公主深吸了一口气，慢慢把茶盏放下。

顾觉非翻了第三页，见上头的名字，竟笑了起来。

“这个倒是不错，卫家二公子卫倨。今年二十七，才死了老婆。他家一门荣华，偏偏他本人草包一个，废物一介，烂泥一把。卫老不死的扶了他十来年，愣是没贴上墙。他人虽次了点，可但凡有点手腕嫁进去，都能磋磨死他。如此一来，荣华富贵，不在话下啊。”

永宁长公主已经气得说不出话来了。

顾觉非指腹划着，就眼见着这一页一页打自己面前翻过，便随意地一松手，任由这花名册合上了。他转头来看着永宁长公主，语气悠闲道：

“京城里这个年纪还数得上号的，没一个我不熟。您要给自己的侄媳挑个夫婿，又何必叫人制这劳什子的名册？问我不比旁人都靠谱吗？”

永宁长公主皮笑肉不笑道："问你？你顾觉非自是目无下尘，舌头上涂过砒霜的，什么人到了你嘴里能有个好？"

"长公主这可就是冤枉我了。"

顾觉非摇了摇头，端茶喝了一口，修长的手指掀了盖儿起来，雅致又从容，养眼极了。

"您说这天下能入我眼的没几个，现今却正好有一个，算年纪也不与您的侄媳相差多少。"

能入顾觉非眼的？永宁长公主知道他交游满天下，说不准真有，于是问道："你倒说说？"

顾觉非放了茶盏，不疾不徐地开了口。

"这人也是丙辰科的进士，未有妻妾。四书五经熟读，明经策论全通；生得一副堂堂的好相貌，举手投足尽为君子之态。其处事周全，算时少有遗策。其待人妥帖，钻玲珑心七窍。"

永宁长公主暗道：这个倒是不错。

她来了几分兴趣道："照你这样说，功名有了，也没妻妾，该是个品行端正的。只是不知，家境如何，家中人口如何？"

顾觉非微微眯眼，似乎在思索。

"家境么……一门荣华，门楣甚高。家中人口更是庞杂，数本门约莫三五百人，旁族支脉则不可尽数。不过此人年幼失母，金榜题名后便与其父生隙，所以家族门楣，倒一概不必理会的。"

为什么听着，觉得有点熟呢？

永宁长公主看着顾觉非这一脸的淡然从容，忽然心头一跳，生出万般的惊怒来，差点把刚端的茶盏摔在地上！

"你怎么敢？！"

顾觉非刀裁墨画似的眉眼，染着三分真假不知的笑意，好似根本没听见永宁长公主这话。他面无波澜，口气淡淡，续上自己先前的话：

"此人姓顾，名觉非，表字让先，今年二十又九——长公主觉得，我怎么样？"

第十一章

红痣

他竟然问她怎么样？那一刻，永宁长公主觉得顾觉非是在跟她开玩笑。

顾觉非要什么女人没有，竟然来凑陆锦惜的热闹？薛况是怎么死的，旁人不清楚，他们还不清楚吗？就算他薛况有心谋反，是个乱臣贼子，可也并非毫无功绩！如今是在为他的孀妻挑选夫婿，顾觉非怎么敢说出这样一番话来？！

毛遂自荐？何等的厚颜无耻！太阳穴突突地跳动起来，好像里面紧绷着一根弦，随时都会断裂。永宁长公主只觉自己毕生的冷静，都在此刻消没一空，被他这一番话炸了个粉碎！

一双凤目，寒光闪烁。她注视着顾觉非，声音冷沉而压抑，话语仿佛从牙缝里挤出道："你是认真的？"

这是一句毫不掩饰的逼问，带着十足的压迫。只可惜，对顾觉非没有用。他依旧坐在她对面，如庭阶前的芝兰玉树，自始至终没变化过半分的神态，显得老神在在。

"长公主从何处看出，我是开玩笑呢？"

他面上似有似无的微笑，略深了些许，也真切了些许，声音显得不疾不徐，从容镇定。

"若论年龄，性情，品貌，出身，才华……满京城，还有比我更好的吗？"

"好？"永宁长公主内心只生出了千万般的荒谬，"满京城难道还有比你更坏的人选吗？！"

顾觉非想要娶薛况的孀妻？这简直是整个京城，甚至整个大夏，最恐怖的事情！

这才过去六年……六年而已！

他手上沾着的鲜血尚未干涸，还冒着滚烫的热气，怎么就敢在她面前，说出这样的话来？一个藏在幕后六年的始作俑者，竟然说要娶受害人的妻子？！

永宁长公主与他认识的时间，实在是不短了。他谈论天下，谈论民生，谈论朝政，可从来不谈他自己的终身大事！

开玩笑？不。顾觉非从不拿他的终身大事开玩笑。

"杀人丈夫，娶人孀妻……"

永宁长公主的声音，带了几分颤抖，似乎想要压抑什么，可最终她还是没压住，大声地诘问起来。

“顾觉非，你动这邪念，就不怕遭天谴吗？！”

“邪念？天谴？”

顾觉非嗤笑了一声，他打玉盘中捡了一块水晶豆沙糕起来，唇角一挑，笑容已变得有些嘲讽。

“此言差矣。满天下都知道，薛况战死沙场，乃为匈奴大将那耶扎围杀而死，马革裹尸。他即便死了，也是家喻户晓受人敬仰的大英雄。我顾觉非何德何能，竟能与他的死扯上关系？”

轻飘飘的语气，仿佛事实果真如此。永宁长公主已经听得冷笑，骨头缝子里嘶嘶地冒着寒气，道：“在本宫面前，你也要如此虚伪吗？”

“顾某正道直行，从不违心。”

顾觉非咬了一口豆沙糕，似乎觉得那味道还不错，于是满意地微笑了起来。

他注视着永宁长公主，声音浅淡道：

“爱美之心，人皆有之。在下不过倾慕大将军夫人已久，如今终于得了这个机会罢了。永宁长公主何不考虑考虑？”

这一刻，永宁长公主已经彻底被他这不咸不淡的态度激怒！

“你当我不知道你顾觉非是什么人吗？里通外敌，献计匈奴，联合那耶扎，算计得他薛况惨死乱刀之下！就这样还不够！如今连人家的孀妻你都要染指！你既敬重薛况是你生平劲敌，就不怕他在天之灵看着，找你追魂索命吗？！”

一连三句，问到最后，长公主已经是完全压抑不住的雷霆盛怒。

顾觉非却听得笑了起来。正是要他薛况“在天有灵”才好呢！乱臣贼子，他倒等着他来索命呢！

只是不知道那棺材板压了整整六年，掀不掀得开呢？

顾觉非微微地笑起来，面上是一种极难言喻的神态，仿佛出神，仿佛回忆，声音里则带着一种微妙又奇异的沙哑。

“长公主，还请慎言。匈奴的那耶扎将军，与薛大将军在边关周旋有五年，直到六年前，才倾尽匈奴全部兵力，毕其功于一役。那一仗虽没赢，他却杀了薛况这个宿敌……如此战绩，当世名将也。”

又怎么跟他扯得上关系呢？顾觉非把那没啃完的半块豆沙糕，慢慢地放在了精致的青瓷小碟上，才拿过旁边的方巾擦了擦手指。

“当世名将？一个被你用过就丢的当世名将，一座过河后就被你冷血拆掉的桥！这天底下，也有死在女人床上的当世名将吗……”

永宁长公主已气得一声冷笑，心寒不已。

“六年前那一战，是你成了最后的大赢家！薛况不过就是离间了你们父子，你却记恨了整整六年，要睚眦必报至此！那耶扎受你摆布，知你把柄，他该死；可陆锦惜，从头到尾都是一个局外之人。”永宁公主又道，“孤儿寡母何辜……你也忍心迁怒算计他们？！”

一番话说下来，永宁长公主眼底已经带了几分失望之色。

薛况是该死，顾觉非杀他，是他死有余辜。况朝野争斗，两国交战博弈，岂能不死人？

她已经见过了很多，甚至做过了很多。对局内人，她不会有半分同情。可陆锦惜，从头到尾都是一个牺牲品。顾觉非何等的狠毒，竟想要娶她？让她嫁给一个杀害她丈夫的刽子手吗？

胸膛起伏，永宁长公主的情绪久久难以平静。

顾觉非的心绪，却从始至终没有波动。手指已经一根一根，被他擦得很干净。顾觉非没看永宁长公主一眼，甚至连头也没抬，道：

“如今朝廷已经与匈奴议和，使臣不日将至。长公主怕还是不要提起这些毫无证据、捕风捉影的事为好，若坏了两国议和大事，边关又将涂炭无数生灵了。”

从来没有人怀疑那耶扎的死因。他顾觉非当然什么都不知道。

“至于今日之事……”

顾觉非沉默了片刻，将那方巾慢慢叠好，压到了红木雕漆小几的边缘，才慢慢抬起头来，注视着永宁长公主缓言道：“您知道，我从不拿自己的终身大事开玩笑。娶或不娶，嫁或不嫁，都是两情相悦，两心所交，两人之事。若她愿嫁，您一非媒妁，二非父母，又凭什么阻拦呢？”

“人面兽心！你简直是个疯子！”

永宁长公主现在只想叫人赶他出去，撕烂他的面具，叫他这阴险狡诈的嘴脸为天下人所知！

“此事自有我为她做主。你想娶她？做梦去吧！你胆敢对她下手，便尽管试试！”

顾觉非听了笑起来，一时若虹销雨霁，彩彻区明，道：“看来，我们只好走着瞧了。”

永宁长公主的面色，瞬间铁青。他却好似没看到，翩然有礼地自座中起身，悠然道：“原还想找长公主叙叙旧，不过看眼下这情况是不能了。多谢长公主以大将军夫人改嫁之消息告知，他日您上太师府，顾某必设宴款待。今日，便先告辞了。”

说罢，他略一拱手，已面带笑意，缓步而去。永宁长公主只能瞧见他那颀长昂藏的身影，披着那一身玄青暗竹叶纹鹤氅，打暖阁里出去，转过一个拐角，便没了影子。

“啪！”

几上的茶盏猛地被她掀了下去，砸得一片粉碎！

永宁长公主已经快气死了！

“该死的顾觉非！天下怎会有这样无耻、狡诈、卑鄙的小人！”

她又不是不知道，顾觉非与陆锦惜，几乎从未有过交集，顶多算是认识，哪里来的什么“倾慕已久”？这一番话，统统都是狗屁！骗鬼都没鬼信！到底他哪根筋出了毛病，竟然看上了陆锦惜！而且看那架势，半点也不像是开玩笑……

永宁长公主想起来，只觉得脚底下直直往上蹿凉气儿，脑子里面一片混乱。

其实顾觉非说得一点也没有错。嫁娶之事，父母之命，媒妁之言，便是私通都要讲个“两情相悦”。换句话说，陆锦惜要嫁给谁，她都没有干涉的理由。

因为她只是旁观者……可是，若真能两情相悦，她又何必如此惊怒？她怕这是顾觉非的手段！

永宁长公主认识顾觉非这几年来，从来都将对方划入“朋友”这个行列，因为他若是“敌人”，该是多可怕的一件事？可如今，她终于忍不住思考起来：若与顾觉非相斗，她能有几成的胜算？

当年京城就有一句玩笑话——若顾大公子愿自荐枕席，再是三贞九烈的节妇，只怕都能立刻变了荡妇！以他的性情与品貌，即便没有顾氏一门的光环在，也有大把大把的淑女贵女，前赴后继地倒贴……

顾觉非他若真下了心思去谋取，天下哪个女人能逃出他的掌心？杀人丈夫，娶人孀妻。

这一刻，永宁长公主坐在几旁，想起自己那个仁善纯和的侄媳，虽因大病开了窍，可与顾觉非这等心黑的比起来，简直像是一只可怜的小羊羔……

一种无力感顿时袭来。她只觉心内虚浮一片，一时无言。

暖阁内外的侍女们，都垂首侍立，动也不敢动。

那边厢，顾觉非已一路出了长公主府。虽然看似与永宁长公主闹得很不愉快，可他心里竟没半点顾忌，甚至难得心情极好。就连前面道上一只脏兮兮、湿淋淋的小狗跑来，撞在他身上，他也没恼。

鹤氅下摆与鞋面上，都被这小狗撞得沾上了不少泥水。它看着顶多个把月，小小软软的一团，一身灰黑，还答答地滴着脏水，早看不出原来的毛色了。

“汪呜呜……”它小声叫唤着，害怕地后退，好像才知道自己撞了人，极为迟钝狼狈。

顾觉非看着，忽然就笑起来道：“丧家犬遇丧家犬，你与我倒算是‘狭路相逢’了……”

他竟没嫌弃这小狗满身的泥水，弯身伸了双手，把它抱起来，平举到自己的眼前，打量了一番。

这只小狗两只眼睛乌溜溜的，干净极了。虽然它整体看着很普通，也没什么特点。

“无家可归，倒不如跟我回去……”顾觉非看了这小狗半晌，眼底带着几分奇异的色彩，唇边的笑意也慵懒了几分，“从此以后，你就叫顾觉非吧。”

说完，他笑出声来。小奶狗也不知是不是听懂了他的话，只是有些不安，“呜呜”地叫唤了两声。

顾觉非心里一时有种很难言喻的感受。人人都当他是朋友。一为利益，二则不想与之为敌，三则为与之相处舒坦——人人也都当他在他们面前是真性情。

他注视着这小奶狗，面容温润似玉，声音里一片虚虚的迷幻，夹杂着几分诡谲的难测道：“杀人夫君，娶人遗孀？呵……”

他是怕气死了永宁长公主，所以在暖阁里没提。算算薛况那遗腹子薛迟，今年五岁，即便开蒙上学了，也还没拜到哪个学者大儒门下……

顾觉非唇边的弧度，未有半分变化。他将这小奶狗放了下来，道：“两榜进士，探花及第。我顾觉非收他儿子当门生，可也算不辱没他薛家的门楣呢……”

只是不知，那一位“极好极好”的大将军夫人，会是什么表情？想想他竟然无比期待。男女之情，他这小半辈子，从未涉足。一人千面，虚伪的时候太多了，有时难免连自己都骗过去，所以不很能清楚地分辨自己的想法。

顾觉非不知道陆锦惜将给自己带来什么，但是这种新奇里带着点刺激的感觉，他很喜欢……甚至着迷。

天光照进顾觉非瞳孔的最深处，一派的深邃，碎光浮动。他将那脏兮兮的小狗，抱在了怀里，也不再说话，只一路顺着内城的长街，往城西的太师府而去。

这时候，已近了中午。潘全儿打马从道中经过，远远瞥见顾觉非，还以为自己是看错了。回生堂的小哥儿说，那是太师府那一位传说中的大公子啊。他怎么抱着一条狗走在道上？一直等到回了将军府，去东院给陆锦惜禀消息，潘全儿都还没回过神来，连请安的声音，都有些恍惚。

“潘全儿问二奶奶安，您吩咐的两趟，小的都跑完了。”

陆锦惜坐在屋里，正无聊地看白鹭和青雀坐在桌旁，巧手描绣样，隐隐有些昏昏欲睡。听见这声音，她才勉强打起几分精神来。

“怎么样？”

“回生堂的张大夫说，上午没空，得等下午申时才有时间过来，请您等上一等。”

鬼手张的话，当然不会这么客气。可潘全儿也不是傻子，捡个意思说了就成。

“他竟也肯来……”

陆锦惜听了笑起来，眼底微光闪烁。到底有没有猫腻，下午看看就知道了，她倒是不急的。毕竟这府里还有点意思的，好像就是陆氏这几个“问题”儿女了。她心思转过，又问道：

“长公主那边呢？”

“这个……”

说起来，潘全儿就有些冒冷汗。

“回二奶奶，小的去长公主府的时候，侍女们说，顾大公子刚走，长公主正在发怒，不敢让小的去见。所以小的只留了信儿。她们说，等长公主消消气，她们再禀了消息，叫人送回信来将军府。”

陆锦惜闻言，顿时有些错愕。

“发怒……”

顾大公子，顾觉非？他与永宁长公主昨日在筵席上看着，不还是好模样吗？这可是奇了。

这一位传说中的顾大公子，自是画皮妖中的画皮妖。对此等人，陆锦惜最了解不过。

但凡没有利益相争之处，他必定与人为善，不轻易结仇。似永宁长公主这般身份尊贵的所在，且他们瞧着又有旧日相识的交情，该不至于撕破脸皮才是。若以常理推论，长公主发怒，应该不是为顾觉非此人本身。

陆锦惜眸光潋滟，想了一会儿，自觉得有几分意思。不过一抬眼，只觉得潘全儿今日看着有些恍惚，不由多问了一句：

“可是今日出去，逢着什么难事？你瞧着愁眉苦脸的。”

潘全儿是还想着道中遇到的“奇景”呢。眼下陆锦惜一问，他吓了一跳，忙躬身道：“到底还是二奶奶您火眼金睛，小的想什么都瞒不过您。”

当下，他便将今日在回生堂遇到顾觉非、向纪五味打听其身份和道中瞧见顾觉非抱狗几件事，一一述给陆锦惜。

陆锦惜听了，倒比先前还错愕了。

“你是说，他一早从回生堂里屋出来，你从长公主府里出来的时候，还在道中瞧见他抱了条脏兮兮的小奶狗？”

“若小的没看错，该是如此。”

潘全儿不由得擦了擦头上的冷汗，陆锦惜话里的惊讶，他也听得出来，更知道这惊讶从何而来。换谁看了不惊讶？之前在回生堂瞧见顾觉非，潘全儿不认得，便向纪五味打听了他的身份，知道是传说中的顾大公子之后就吓了一跳。

这可是京城里一等一的贵公子，龙驹凤雏似的人物。他就该坐在高堂下明镜前，谁能想象他抱着条小奶狗走在道上的情形？潘全儿想起来，至今都怀疑自己在做梦。

陆锦惜坐在屋里，细细想想，却终于笑了出来道：“罢了，到底此事也不与咱们相关。长公主府的事情，你只需把自己的嘴巴管好。如今两件事都有了着落，你回去只管继续忙园子的事便好。”

“几个花匠如今已请好，小的隔日便将花园里诸事的帖子写了，请您过目。”

潘全儿趁着这机会，也将自己目今主要负责的事情，报了个进度。陆锦惜暗赞他一声聪明，只说明日等着看。潘全儿这才恭恭敬敬地告退离开。人一走，白鹭便笑着打趣儿道：

“他倒是顶精明，知道您器重他。奴婢今早还听人说，他夜里灯亮到老晚，一早就去市上联系各家的花匠，还能自己看图纸呢。”

“那看来是我运气好，挑了个会办事的。”

陆锦惜笑起来，却拿促狭的目光瞧白鹭戏道：“不过你这消息，竟挺宽泛的。外院里头的事情，也一清二楚……”

“夫人！”

白鹭顿时惊叫起来，听出陆锦惜这话里藏着的意思，又想起自己方才说的那两句话儿来，一时臊得脸都红了，不知道该怎么给自己解释。

旁边的青雀没忍住，抿嘴就笑了起来。陆锦惜也觉得可乐，不过她也知道白鹭脸皮薄，当下也没多说什么，只道：

“好了，也没什么大不了的。瞧着这时辰差不多了，也该传饭了。照例派个人，往哥儿姐儿们那边瞧瞧，候问一圈。”

白鹭这才松了一口气，跟得了及时雨的枯苗一样，忙从屋里退了出去张罗。

因陆锦惜改了孩子们请安的规矩，只黄昏来一趟，所以白日里都没什么事，显得清净。叫人往哥儿姐儿们那边看一圈，是防备着出什么意外。一般来说，都没什么事。

薛迟又在光阴学斋上学，因先生们管教得严，所以中午都是不回的，只与众人一道吃那边小厨房做的午饭。可没料想，今日薛迟竟早早下学回来了。

陆锦惜这边，才刚摆上饭，薛迟就穿着一身颜色鲜亮的宝蓝锦袍走了进来喊道：“娘，我回来了！”

前段时日脸上与罗定方打架时留的瘀伤，已经消失干净，让整张脸显得白生生的。但他眉星目朗，所以半点没有文弱气，反而显得英挺。

陆锦惜一见到他，不由有些诧异起来道：“怎么回来了？你们中午，不是都在学斋里头用饭吗？”

她一面说着，又叫白鹭去多添了一副碗筷。

薛迟毕竟年纪还小，胳膊腿儿都短短的。也许因为又跟罗定方玩到了一起，他近日走起路来都跟带着风一样。听了陆锦惜的话，他也没行礼，直接跑到了陆锦惜的身边来，抱了她的胳膊，嘿嘿笑起来，神采飞扬道：

“先生们说了，今天就上半天，下午放我们的假，叫我们回家，明日再去斋里。”

光阴学斋，乃是罗薛两家办的义学。斋里请的坐馆先生，虽非进士出身，却也都有个举人的功名，教孩子们念书识字是绰绰有余的。两家待这些先生也很宽厚，所以先生们也不敷衍，每旬会上满八天学。

陆锦惜知道这一点，所以有些奇怪，问他：“我没算错的话，这还没到每旬放假的时候吧。怎么先生倒叫你们回来？”

这时候，白鹭已将碗筷添了上来。薛迟十分自觉地爬到了陆锦惜旁边的圆凳上坐好，听了她这话，嘿嘿笑了一声，乌溜溜的眼珠子一转，竟然是无比的狡黠。

“因为他们自己想出去啊，可比我们狡猾多了！当先生就是好。”

陆锦惜气得笑起来道：“我这还没问出个所以然呢，你就开始编排起先生来了。当心回头这话传进先生们的耳朵里，迟早叫你吃不了兜着走！”

“哼，我又不说假话。”

薛迟撇了撇嘴，哼了一声，暗想也没哪个王八蛋敢背后打他的小报告，心里也不虚，只跟陆锦惜说先生们的事。

“现在学斋里，又不是我一个人知道。大家都清楚。他们一上午都没上课，就葛先生教咱们念了《四书》，其他先生都在那里写拜帖呢，字斟句酌的，好像下午要去见太师府的什么大公子，又叫什么顾老先生……”

陆锦惜顿时一怔，问：“太师府大公子，顾老先生？”

“反正叫的名号有不少，我也不知道到底是谁……”

他甚至不知道那是几个人。薛迟含糊地带了过去，只把桌上的筷子抓起来，戳了戳碗里的米饭。

“好像这个人还不好见，只是因为我们葛先生是这个什么老先生同年的举人，跟他认识，所以其他先生也想借机拜会。我今早跟二方从他们窗下过，还听他们谈起呢。”“二方”是称的罗定方。因罗定方在家中行二，薛迟又不爱叫他“罗二”，就擅自给起了个诨号叫“二方”。一开始罗定方还不乐意，后来也拗不过薛迟，就这么叫了。罗定方习惯不习惯，谁也不知道，反正薛迟是喊顺口了。他眨巴眨巴眼，看向陆锦惜道：

“娘，你说先生们这算不算是‘渎职’或者‘假公济私’？”

这小子！陆锦惜忍不住给他脑门儿一下道：

“学问没长多少，倒先学会给人盖帽子了！”

“哪儿有……”

不过就是现学了几个新词儿，显摆显摆罢了。薛迟抱了自己的头，为自己叫屈道：

“反正先生们可以给自己放假，我们都要听先生的……”

“所以这件事告诉我们，想要无拘无束，你先得成为‘先生’。”陆锦惜心底无奈，只夹了一筷子肉起来，给薛迟放进了碗里，“在没成为‘先生’之前，你就乖乖地老老实实上学。赶紧吃饭吧！”

“成为先生？”

薛迟念叨了一声，皱着两道眉思索起来，忽然觉得娘亲说的话很有道理。如果他也成了“先生”，不仅能放自己的假，还能不放别人的假。那可真是太舒坦了啊！这么算算，他好像是应该好好读书？

怎么觉得想起来好像有哪里不对劲？薛迟本欲深思，不过一想反正殊途同归，管他三七二十一呢。眼见陆锦惜给他夹了菜，他便不言不语地埋头吃饭了。等到吃过饭，用过茶，他就跟陆锦惜说了罗定方邀他下午去英国公府玩的事。

陆锦惜想着，左右都是小孩子，今日又放假，便应允了。于是薛迟辞了她，向英国公府去。待他一走，陆锦惜便琢磨了起来：薛迟之前提到的“太师府大公子”与“顾老先生”，指的应该都是顾觉非。

“老先生”，这三个字说来话长。在外面，这称呼没什么大不了；可若放进文人之中，就颇有分量了。文人圈子里，习惯见了个有学识的，就要客气地称一句“先生”，以至于“先生”遍地走，称呼都不值钱了。

而翰林院，却偏偏是高才会聚之所。这里几乎都是进士出身，真才实学，自与旁人不同。为区别于满大街的“先生”，他们都在相互称呼时，多冠一个“老”字。

是以，“老先生”这称呼，必得是两榜进士出身且被点入了翰林院的清贵，才受得起。

顾觉非当年探花及第，金殿上便点了翰林官，授了编修。光阴学斋里这些先生，叫他一声“老先生”，半点也不为过，毕竟科举场上的规矩，半点不输给翰林院，都是按功名论资排辈的。

陆锦惜想着，不由笑了一声。这一位顾大公子的交游，比她想的还要宽泛上一些，倒真跟传说中那样八面玲珑，左右逢源。

龙章凤姿，十人九慕。人中骐骥，秀出班行。她倒生出点兴趣来，想尝尝这画皮妖的滋味儿，只可惜……他们接触的机会少了些。

陆锦惜摇了摇头，心里叹气，有些意兴阑珊，只垂了眼帘，含了半口清茶吞下去，暂时把这念头放下了。什么嫩草老草，如今都是吃不着的。她还是收敛收敛心思，专心料理料理“窝边草”的好。

窗外头，难得的和风丽日，蓝天白云挂在弯弯的玄黑檐角上，已有了开春的味道。陆锦惜看了一眼，便收回了目光。转而吩咐白鹭青雀道：

“我去午歇半个时辰。下午鬼手张要来给大公子诊病，少不得要去那院子里，候着看看情况。你们留意时辰，到了点儿记得叫醒我，免得误了事。”

“是。”

白鹭青雀都应了声，又上前去帮她褪了外袍。

陆锦惜便缩回了床上，拥着锦被睡了有半个时辰，到了点儿，白鹭青雀一对屋里摆着的西洋钟，便将她叫了起来。

这时候，距离申时也还有半个时辰。陆锦惜起身来梳洗一番，又打整了头面，换了一身出炉银绣绿萼梅素缎褙子，又抱了个手炉，才往薛廷之那偏僻的院落去。

对这个庶子，她原本不在意。只是对方这腿终究要治，且偏偏有夜里那一次“撞破”，陆锦惜不多疑，但该疑的地方她却不会放过。

一切，就看看今日鬼手张来，到底是什么情况了。

今早她已给薛廷之那边新拨了伺候的人，所以今天从花园小径那边来，走过演武场后，陆锦惜抬眼便瞧见了院门旁守着的一个小厮，隐约还能瞧见里面有三两个丫鬟在走动。

小厮见了她，倒也机灵，躬身就拜道：“给二奶奶请安。”

“起吧，不必通传了。”

陆锦惜摆了摆手，叫他起身，便径直走了进去。

院落还是那样简单：五间屋子，一口深井，马已拴在马厩里。院落中央，竟用矮桌搭了两张大木板，上头排着一本本旧书，大多摊开了来。有些泛黄的纸页，映着天光也显得明晃晃。

三个丫鬟就站在旁边，把才从屋里搬出来的书，一本本翻开放上去。

陆锦惜还没走近，远远见着，只觉这几个丫鬟年纪都不大，脸上却都带着几分怏怏，很不高兴。那放书的力道，像跟书有仇似的。

她心里门儿清，便笑了一声问道：“这是在晒书呢。”

几个丫鬟听见，这才一回头。一见却是立刻吓了一跳，忙将手中的书本放下，都拜了个大礼请安道：“奴婢们拜见二奶奶，给二奶奶请安。”

声音倒是清脆，个个脸上那不高兴的表情也都收了回去。陆锦惜看得一乐，她也没叫她们起，只走上前去，站在那排满了书的矮桌前，拿了一本起来，一翻名字，竟是《长短经》。

这书乃前代人所著，又名《反经》，以古为镜，所引经史子集无数，却不以成败论英雄，也不全以忠奸论人物。其意，在提醒人要知一二，知正反。由此可做到“识人量才，知人善任”。

陆锦惜曾看过一半，剩下的还没来得及看全。拿着这书，她便不由翻了两页，只见书页虽旧，似常被人翻阅，上头却无一个注解——新的旧的都没有。

这倒是奇了！看这书的模样，该是薛况留给他这宝贝血脉的旧书，竟没有其他书上都有的批注……陆锦惜心里有些猜疑，恰又逢着这内容是她没瞧过的，一时没留神，竟多翻了两页。

这可苦了那蹲身行着礼的几个丫鬟。二奶奶没叫，她们哪里敢起？她们保持着那姿势，可谓是摇摇欲坠，眼看着就要支撑不住了。

薛廷之从屋里出来的时候，恰好瞧见这场面。

那一位仁善的嫡母，一身素净雅致，在天光下低垂了螓首，翻书细读。纤细如削葱根的手指，搭在泛黄的纸页上，由那衣角袖口的绿萼梅绣纹衬着，是一派温文的诗书气韵。

若单单这么看着，真叫人目眩神迷。薛廷之都不由被晃了一下眼，可随之，他的目光便落在了她脚边不远处。

几个才分下来伺候他的丫鬟，蹲身跪在地上，额头上已渗出了细密的汗珠，也不知是累的还是吓的，脸色全都惨白一片，眼瞧着就要哭出来了，梨花带雨的。

薛廷之的眉梢微微一挑。他顿了一顿，还是打檐下走来，因有跛足，再怎么平衡，也有些一瘸一拐。到得陆锦惜身前，他便躬身行了礼道：

“廷之给母亲请安。”

嗯？陆锦惜听见声音，这才抬起头来，薛廷之竟已在她面前了。她顿时一哂，道：“我见你这里晒着书，没留神抽了本出来看，倒看进去了。”

薛廷之扫了一眼那书，却是眼角暗跳。这一位嫡母……真是很能挑书的。

他垂眸道：“前阵子屋内潮湿，所以廷之才想着把书翻出来，见见天光。这些书都是寻常书，母亲见了若喜欢，廷之让人送去您那边。”

“这倒不必了。”

陆锦惜打量他一眼，唇角挂着几分真假不知的笑意，把书给合上，却不放回去，只拿在手里。

“我也就随便翻翻，这书在外头很不容易买到。你借我翻上两日，我改日叫人送回来就是了。”

天光有些晃眼，这样看书对眼睛不大好。陆锦惜一想，便对薛廷之道：

“今早为你去回生堂，请了鬼手张。他过了申时，便来给你看诊，咱们还是先进屋说话吧。”

说着，她便款步往屋内去。薛廷之看她驾轻就熟的模样，好似在自己院落中一般自然，心里觉得微妙，再一看这院落里新增的摆设与使唤下人，一回想，才意识到——安生日子，到这里算是完了。他心里莫名有些梗得慌。

院落的地上还跪着那几个瑟瑟发抖的丫鬟，薛廷之回看一眼，心底没有半点怜惜，只是觉得有些意思。从她们身上，他竟隐约窥见了这一位嫡母的“冰山一角”。

被陆锦惜派来这里，也敢态度轻慢。活腻味了吗？薛廷之面上划过了几分讥诮，却只淡淡道：“都起来吧。”

几个丫鬟听了这话，想要起身，可又不知道薛廷之的话管用还是不管用，相互望了一眼，竟有些战战兢兢，不知道该不该起。

薛廷之一看也笑了，他索性没管她们，自入了屋去。

墙上新挂了山水绣幅，桌上排布着笔墨纸砚，也有镂雕成太湖石模样的青玉笔山，影青瓷的三足蟾蜍砚滴。

陆锦惜拿了那笔山起来，对着天光看了一眼，便忍不住笑起来道："这些东西，大公子用着还习惯吗？"

"回母亲的话，目今一应器用摆设，皆是您吩咐下人新添，倍胜于往昔。"薛廷之顿了一下才道，"母亲一片心意与体恤，都是很好的。"

"你倒是很会说话的。"陆锦惜走了回来，拿着那镂雕太湖石青玉笔山，轻轻放到了几上，与那小盖钟排在一起，"只可惜，这心意也被人糟践得差不多了。"

送下来的东西，优劣不均，明摆着是有人从中牟利。可这些涉及内宅银钱的事情，本不是薛廷之一个"晚辈"和"庶子"可以插手的，所以此刻他没有接话。

陆锦惜也没再说话，她打量了一圈，便坐在书房靠窗的暖炕上，把那书放在桌案上。

片刻后便有个身穿桃红色比甲的丫鬟走了进来，端上了茶，道：

"奴婢给二奶奶和大公子奉茶。"

陆锦惜抬眼一看，是个她没见过的丫鬟。一双杏仁眼湿漉漉的，肌肤雪白，唇色粉红。打扮也极为精致，看上去很标致，别有一种温婉灵秀气。

她打量一番，端茶问道：

"你便是香芝吧？"

"回二奶奶的话，奴婢便是。"

说话的声音软糯，眼睫微颤，怯生生的。她整个人看上去，就像是买来的糖人儿。

陆锦惜知道，这是府里前不久从江南采买来的丫鬟，没来得及教调很久，就被她急急调了来，放到薛廷之身边。看年纪，只怕也才十四五岁。她当时跟白鹭青雀说，要个模样可人的当大丫鬟，这个倒是够了。

想着，陆锦惜点了点头，也没再问，埋头饮茶。香芝又转过来，将漆盘里另一盏茶奉给薛廷之，垂首低眉间，耳根子有些微微发红。

薛廷之冷眼看着，端了茶，却没多说一句话。

香芝满怀都是忐忑，原本红润的脸色，一下有些发白。她进府的时间毕竟还太短，懂得也不多，这一下连话都不敢多说，眼底浸出点泪光来，无声地退到了薛廷之的身边站着。

陆锦惜将这一幕收入眼前，又看薛廷之一脸无动于衷的模样，估摸着这新来的一拨丫鬟他应该不喜欢。

可这实属正常。她要在哪个部门任职，手底下的血忽然被上司换掉，怕也会警惕膈应上很久，然后慢慢料理的。

是以，陆锦惜只当自己什么也没看见，怡然地放了茶盏，只是目光在即将从茶盏上移开的刹那，却忽然凝住了。

青瓷的小盖钟，靠近边沿的位置，却有着几个冒出来的黑点。

她只记得，她前阵子叫人给薛廷之添的是两套汝窑白瓷的茶具，不是青瓷，也不会有这瓷器上的小瑕疵。

陆锦惜两道远山眉微蹙，又慢慢舒展开。她垂眸掩了眼底的几分冷光，将这小盖钟搁回了几上，只一回头，对白鹭道：

"前几日给大公子这里分东西，是赖昌在管着吧？儆猴正愁找不到鸡来杀，他倒把脖子凑上。还有小半个时辰，你去，叫他滚过来。"

赖昌乃是府里管事的二把手，当年伺候过大将军薛况，算是府里资历老的下人，府里有什么事他都照管一下，平日谁不巴结奉承着？

听了陆锦惜这话，白鹭登时就吓了一跳。她原还没明白为什么，可目光一落在茶几上那青瓷小盖钟上，就立刻反应了过来——当初叫人打点大公子房里添置的东西，一应的器物单子也从她手里过过，还记得个大概。

这分明是下头人又作死了！白鹭心道今儿个怕是有人不能善了了，便应声道："奴婢这便去叫。夫人，账册也要寻来吗？"

"也寻来吧，免得一会儿跟我打马虎眼。"陆锦惜道。

没一会儿，外头传来了脚步声。白鹭掀了门帘，捧了账册走进来。

"夫人，赖管事已叫来了，在门外。"

"叫进来回话吧。"

外头的赖昌来的一路上都很镇定，听见这声音，竟莫名有些打鼓。他连忙将身子弯了弯，进了门来，飞快地扫一样屋内情况。

他见薛廷之在陆锦惜下首安然坐着，不知怎的便眼皮一跳，待瞧见正面茶几上放着的青瓷茶盏与青玉笔山，他额头上已经出了几分冷汗。当下再不敢多看，躬身行礼："小的赖昌，见过二奶奶，给二奶奶请安。"

陆锦惜终于半抬起头，也斜着瞧了他一眼。

赖昌一身藏蓝锦缎圆领袍，穿戴得还算体面。因为年纪大了，身材有些微微发福。白白胖胖，像只肥老鼠。

白鹭递上了账册，陆锦惜伸手接过，压在茶几上，却没翻看，只笑了一声："赖管事不必多礼。你当年是跟过大将军的，在府里伺候的日子，比我进府的时间还长呢。"

"二奶奶折煞。"赖昌拜道，"小的身份微末，只是个伺候的下人，指望着为府里尽心尽力，不敢与二奶奶相提并论。"

"哦……"陆锦惜露出一副恍然的表情，可下一刻，笑声里却带了几分森然道，"可巧我前几日病糊涂了，还以为你是府里哪个主子呢！"

赖昌这下哪里还敢站着？当下便结结实实地"扑通"一声跪了下去道：

"二奶奶，冤枉啊！小的在府中伺候多年，从来不敢有半分僭越！"

"不敢？"陆锦惜听得一声冷笑，劈手就把手边账册给他砸了过去，"我看你是吃过熊心豹子胆，敢得很！"

"哗啦！"纸页翻飞！一本账册，正正好摔了赖昌一个满头满脸！

站在薛廷之身后的香芝，哪里看见过变脸这么快的？那一刻险些吓得惊叫出声！就是薛廷之也没想到，他知道她不简单，却没想到她在自己面前发作，如此喜怒无常。

杀鸡儆猴，鸡是有了，这"猴"到底是谁呢？赖昌白胖的脸上，已经被账册坚硬的书脊砸出了一条青红的印子，束好的发髻都被打歪了一些。头上的冷汗密密地渗了出来，看上去一片仓皇和狼狈。

陆锦惜垂眸看着他，眼瞳里没有半点温度，慢声道："听说赖管事在府里，看账是一把好手。这账册前几日递上来，我竟不很看得懂。少不得，今日要向你请教请教。还请您把这头前三页，算给我听听。"

"是……"

赖昌声音颤抖着，眼皮直跳，心里知道自己这一遭怕是栽了。

这些年来，府里上下，早习惯了从大公子这院落里盘剥点东西走。但凡库房里按定例分下来的月例，都要被他们刮一层油水，再送到大公子这里。这是府里做起来最没风险的事情。毕竟，人人都知道，二奶奶不待见这个庶子。虽然这几天陆锦惜雷厉风行，众多办事的都跟着收敛了几分。

可赖昌发现，递上去账目的一些小手脚，她好像并未发觉，更谈不上追究，胆子便大了一些。

又加上正好是给大公子这里添置东西的差事，他琢磨着这一位二奶奶手段再变，对这个庶子的厌恶，怎么也不会变，料他即便做得过分一些，多克扣一些，二奶奶也该跟以前一样，睁只眼闭只眼。

可谁能想到，今天竟被叫过来，拿账册呼了一脸！

赖昌的手也在发抖，他吞了吞口水，想要强迫自己镇定下来：他毕竟是伺候过大将军的，即便是犯了错，二奶奶对大将军一往情深，念在昔日的情面上，应该也不会赶尽杀绝……

赖昌勉强地念着："正月十七，自账房支银十六两八钱，为大公子添置物件总计三十四。其中邢窑白瓷茶具两套，银二两二钱……"说到这里，嗓子眼里就跟卡了东西似的，声音一下就哑了。

陆锦惜笑起来，抬了细长的手指，向几上一指："真是我眼拙，看着大公子这里，十来日也就添了这么几件东西。还请赖管事帮忙看看，你说的邢窑白瓷，是桌上这东西吗？"

茶几上放着的是一只盖碗，一只小盖钟。两个都是青的，比赖昌的面色还青。方才进来的时候，他就已经扫看过一眼，如今再看，只觉得一口气都要喘不上来了：

"回二奶奶，这是普通的青、青瓷……"

"青瓷？"陆锦惜将那小盖钟拿在了手里，声线细细软软的，听上去没有半点胁迫味道，"看来不是我眼拙，是赖管事记错账了啊。不过也无妨，就请赖管事你重新给算算，你买的这青瓷是什么价。可仔细着点，别又算错了。"说最后一句的时候，她脸上的表情，已变得似笑非笑起来。

赖昌顿时面若死灰。若换了往常，他少不得要找个人来帮自己背黑锅。毕竟二奶奶心肠仁善，到时候也不会怎么样，做场戏就能敷衍过去。可如今，他怀疑自己就是找来一百头替罪羊，也于事无补！

"二奶奶明察秋毫，此事都是小的一念之差，起了贪念……"这关键时刻，赖昌竟然咬了咬牙关，眼神一狠，俯身给陆锦惜叩了个响头，认了错开始悔过。

谁料想，陆锦惜压根儿不耐烦听这个。她不为所动，甚至直接打断了他："我让你重算这账，听不懂吗？"

赖昌一下就傻了。

薛廷之也没料到，他暗暗看了陆锦惜一眼，不知道她到底想要干什么。

陆锦惜却似没看见他们的疑惑。手中转着那茶盏，漫不经心地把玩，她放平了声音:“赖管事,这一回你可要想清楚了,别再算错了。”这话里,藏着警告。

赖昌听了,心惊肉跳,隐隐觉得有几分古怪,可苦思冥想,也没想出问题在哪里。那一刻,他麻着胆子,战战兢兢开了口:“普通的中等青瓷,市面上按窑三十到六十文不等。小的猪油蒙了心,以次充好。两套茶具两壶两海十六盏四个小盖钟,只值银九钱……”

这都是他当时差人采买时候,算了个一清二楚的。单单这两套茶具,就能攫下一两三钱银!

因陆锦惜有言在先,赖昌原还想撒谎抬个价儿,都没敢说。他以为这一次应该妥帖了,没想到……陆锦惜注视着他,她面上没什么表情,声音轻飘飘地道:“你算错了。”

“不可能——”赖昌身子一直,眼睛瞪大,就想要反驳。

“啪!”一盏青瓷小盖钟一下砸到了他面前地上,眨眼四分五裂,成了一地的碎片!赖昌差点吓没了魂儿,香芝更是低低惊叫了一声,退了好几步。

唯有薛廷之,身体紧绷,还坐在椅子上,抬眸看着陆锦惜。

陆锦惜却还是那漫不经心模样,好像刚才摔了小盖钟的人不是她,道:“我说你算错了,你便是算错了……”

她若无其事地把先前搁在几上的镂雕太湖石青玉笔山拿了,在手里把玩。

赖昌一看,心里顿时“咯噔”一下。陆锦惜 双秋水似的眼眸看着他,眸光里竟然染上了几分玩味,好像在期待着什么。

她声音里藏着一点不真切的笑意,跟天上的云一样捉摸不透道:“赖管事你再算算,别着急。”那青玉笔山,被她手指勾着,转了一圈。

赖昌听了,再一看她手里的笔山,这架势……他要再敢算错一次,她手上那东西铁定朝自己脑门儿上招呼啊!

可问题是,他根本不知道自己哪里算错了!总不能他没克扣的也算进去吧?

赖昌颤着手,扯了袖子擦着脸上的冷汗,使劲儿地搜肠刮肚,绞尽脑汁地想着,一没留神间,目光朝下一落——满地的青瓷碎片。摔碎了之后,白得浑浊的瓷胎断面就露了出来,深青色的釉质上偶有几个覆盖着的小黑点。

这……这碎片!他眼珠子都要贴上去了。三十文的瓷器,也不至于这么差啊!电光石火的一瞬间!赖昌脑子里立刻就炸开了,没忍住破口大骂起来:“他奶奶个龟孙子养的!小王八羔子都敢伸手!简直坑到老子身上来了!”

他的确是负责采买,也的确是以次充好了,可也不敢把一钱银子的物件儿买成个几文的糊弄人啊！东西买回来，他是看着的。可去送东西的，都是那些个小厮啊！

一开始赖昌是隔得远，根本没看见陆锦惜手里那青瓷茶盏是什么情况。如今在他面前摔碎了，他才看了个明白——这就是个撑死了十文钱的物件儿！难怪二奶奶说他“算错账”。这刨去他自己吞掉的那一笔，都还差着一截儿银子呢！

摆明了是送东西的那几个王八蛋，连充好的“次品”都给顺了，换上了“更次”的！

府里这种一层层剥下来的事情不少见。赖昌也不是傻子，见得多了。刚才他是没想到这一层去，现在看这“次”得离谱的东西，还有什么不明白？赖昌满心都是愤怒，抬起头来，就想要跟陆锦惜陈情，可待对上陆锦惜那打量的目光，立时就打了个激灵！坏了……刚才他口不择言了！就像是被人浇了盆凉水一样，赖昌一下就熄了火，肩膀脖子一缩，声音小了下来：“二奶奶恕罪，小的、小的刚才……”

陆锦惜挑眉，口气冷淡：“知道哪里算错了？”

“知、知道了。”赖昌嘴里发苦，“这青瓷小盖钟，顶多十文钱一只。都是小的办事糊涂……”

陆锦惜随手就把笔山扔回了几上，道：“我还当要把这边角料破笔山扔你头上，你才能明白过来呢。”她冷笑道：“真当你平日做过的手脚，我都看不出来吗？只是但凡拨下去的银钱，都是预留了多的，防备着不够。只要你会采买，让你吃了那剩下的一口肉，我也只当没看见。”

一股凉气，直接窜了上来，赖昌已经傻了。

左下首的薛廷之，更是意外极了。

他原以为……陆锦惜该是个眼底不揉沙子的。可眼下这一番话，竟隐隐与当年薛况教过他的不谋而合！他克制地收敛着自己的目光，可陆锦惜依旧发现了。她侧头看了他一眼，眼底露出几分奇异的神光来，毫不避讳，仿佛在打量他，可很快又收了回去。

水至清则无鱼，天下都是这个道理。所以陆锦惜自有自己做事的法子，也有自己的规矩——

“我默许的，你才能贪。我不许的，即便一个铜板，你吃进去，也得原样给我吐出来！”

陆锦惜重新看向了赖昌道：“以次充好，是你猪油蒙心。但叫下面人又玩了一次偷梁换柱的把戏，还半天都没反应过来，就是你废物瞎了眼！赖管事到底伺候过大将军，没功劳也有苦劳。所以我免了你的罚，其他人你该处理的都处理掉。若晚间还没妥当，那只好请你把铺盖卷好，趁早滚了。”

还没一刻钟，守在院子外面的小厮，便瞧见赖昌出来了。

他脚步虚浮，脸上更看不见半点人色，头上都是已经冷了的茶水，圆领袍背心后更是汗湿了一大片。那模样，左手左脚在前，右手右脚在后，竟是连怎么走路都忘了！

几个小厮都看得愣住，回头向院子里看去，只隐约听见了一声笑，是二奶奶陆锦惜。她还坐在窗前那炕沿上，靠着深檀色的引枕，想起方才赖昌的模样来，到底还是没忍住，笑出声来道：“我刚才看着，是很吓人么？”

薛廷之坐得很直。他的目光，从她弯月似的眉眼上掠过，也从她荡漾着笑意的唇角掠过，心底得出的结论，却与“吓人”完全相反。

只是刚才……账本一扔，茶盏一摔，三言两语就把赖昌那一笔烂账给算了个清楚。别说是赖昌了，就是他都根本没想到。明明只是往日无能又懦弱的“嫡母”……

眼帘慢慢地垂落，视线所及，便是地上那些碎裂的瓷片。

薛廷之的声音依旧恭敬，只道：“您素日仁善，并未在这些小事上追究。今日骤然发难，赖管事想必忧心自己的前路，所以被您吓着了。”

陆锦惜眉梢微微一挑，抬了手指，搭在自己脸颊上，莫名笑了一声，也不说话了，只唤一旁傻站了半天的香芝叫人进来收拾满地的狼藉，一面看书，一面静候着很快就要过来的鬼手张。

她不说话，好像很享受安静。薛廷之自然坐在一旁，不好打扰，只偶尔一看她，发现她竟是直接从《反经》的后半本开始看的，这证明这书她曾看过。什么时候，陆大人的书香门第，也给看这种书了？心下有些疑惑，但他也没说。

她看书的速度，有时快有时慢，翻书的动作之间，也透着一种随心的雅致，一身闲适。就好像之前她根本没有疾言厉色地教训过赖昌，或者不当一回事，或者习以为常。

若以情理论，她应该是前者；可薛廷之心里，竟隐隐有一个声音告诉他：不，她应该是后者。可笑他在这府中许多年，自诩聪明，竟然连这个嫡母都看不懂。薛廷之心下一时有些复杂。

鬼手张是申时初刻来的。

陆锦惜坐在屋里，刚翻到第八卷《酌情》，外面就传来了耳熟的抱怨声，接着门帘子就跟被风刮了一样掀了起来，那挎着药箱的灰衣老者便直接走了进来，引路的都还在后面呢。

“要不是我家老婆子逼我，我才懒得来呢！谁要看病啊？赶紧的，我可赶时间呢！”

“哨”的一声，鬼手张直接就把药箱往茶桌上一放，四下里扫了一眼。

目光在经过薛廷之的时候，有一丝微微的异样，但眨眼就落到了陆锦惜的身上，眼底带着点怒意。

陆锦惜一听，自然明白这是又记恨上自己了，心底也是无奈，忙放了书起身。

“您宅心仁厚，我家大公子的腿疾，久病不愈，这回还劳您多费心了。”

“得了，别废话了。人呢？”

鬼手张一瞪眼，半点不给面子，直接问道。

屋里的丫鬟都被他这不客气的样子给吓住了，陆锦惜倒是有心理准备，面上挂着几分笑道：“便是这位了，我家大公子，薛廷之。”

说话的时候，她的目光只落在鬼手张的脸上，并未离开，仿佛想要观察什么。

薛廷之却像是没看见，躬身上前见礼道：“廷之见过张大夫。”

“是你呀……”鬼手张盯着他的脸，好像想起来什么，竟然道，“你就是那晚上来求什么退烧药的吧？得亏你知道回生堂，那个时辰，京城里可没几家药铺还开着。那病人没事吧？”

这说的是为临安求药的事。薛廷之只露出了一点笑意道：

“多亏了回生堂，我书童的烧已退，好了不少。”

“那就好。”

鬼手张点了点头，心情倒好像好了起来，竟也没看陆锦惜，只咂咂嘴道：“我是不惯给权贵们看病的，但像你这种混得惨的我就有兴趣了。来吧，老夫先给你号号脉。”

“有劳张大夫了。”

薛廷之便坐了下来，将手放到了鬼手张摆出来的引枕上，由他按脉。陆锦惜后头就没说过一句话，目光在二人中间游移几分，倒是打消了先前那一点说不出感觉的疑虑，只坐下来在旁边等。

鬼手张按着按着脉，那眉头就皱了起来，又道：“鞋袜脱了，我看看。”

那一瞬间，薛廷之的身子，便是一僵。他抬起头来，看着鬼手张，目中闪过几分难明的光芒，晦涩极了，张口就想要说什么，但在触到陆锦惜投来的目光时，又沉默了下去。

天气还没转暖，薛廷之穿着的乃是一双白靴。锦缎鞋面上，勾着如意祥云纹，已经有些发旧。因为左足微跛，他平日走路的姿势，与常人有些不同。所以，左边的鞋底，磨损得要更严重一些。

他并未叫香芝帮忙，只是自己将鞋脱下，又褪了袜。于是，那一瞬间，陆锦惜便明白了薛廷之先前的那个眼神——

这是一只与寻常人略有不同的左脚。苍白，清秀。但因为常年跛足，瘦削得有些过分，形状也有些改变。青色的血管，蜿蜒在白得有些过分的皮肤下，有些隐约。他脚面上，有许多浅浅的疤痕，也不知是什么时候留下的。倒是脚踝后面，半条疤痕都没有，干净的一片。但也正因为如此，才能让人一眼看到……这个位置，竟有个黄豆大小的凹陷。仿佛下方有什么东西，在这里蜷缩了起来，形成了这个小窝。

距离最近的香芝，已经露出了有些害怕的神情；站在陆锦惜身边的白鹭和青雀，则颇为惊讶，可最终又变成了几分不忍；就连鬼手张，都立刻皱起了眉头。

这样的一只脚，即便并不丑陋也不恐怖，却也不同于寻常人。这样身有残疾的薛廷之，看着像是一个异类。

他往日都是一个人。如今，却有这样多的人，在旁边看着。按在矮榻边缘的手指，有些用力，骨节泛白。薛廷之嘴唇紧抿，眉峰里带着一点冷意，声音却低沉而平静道："这是沉疴旧疾，天生便有的。听闻以前的大夫说，脚踝这个位置，有一段脚筋没有长好，天生蜷缩在一起。所以这么多年来，都窝着。我能站起来走路，已经是不幸中的万幸……"

陆锦惜站在一旁，说不出话来。薛廷之却已抬眸，看向了她，眼底似乎藏着几分关切道："廷之身有残疾，没吓着母亲吧？"

这分明是一句关心的话，可陆锦惜却听出了有些尖锐的嘲讽。在看见他褪下鞋袜的时候，她其实就已经看穿了这个庶子。

尽管他心机并不简单，甚至也博览群书，曾得薛况教导，见过了边关的征战与苦痛……可说到底，他心智再成熟，也只是个十六七的少年郎。

看他平日走路的姿势，便知道他不愿自己与寻常人不同。即使跛脚，他也竭力地站直了，挺直了脊背。

这样的薛廷之，又怎会愿意将自己的伤痛与残缺，展露在人前？陆锦惜哪里还能不明白？对他而言，她站在这里，便是一种残忍。她心底到底还是生出了几分恻隐之心，望他一眼，又淡淡地收回了目光道：

"不过身有残疾，何谈吓住？如今张大夫既然已经来了，就请你好好为他说说你这几年来的病症，请他好好医治。至于其他人……"

陆锦惜扫了屋内站着的几个丫鬟一眼，便吩咐道："都跟我一起出来吧，免得人多碍了张大夫诊治。一会儿张大夫有吩咐，你们再进来伺候。"说完，她转身出去，带走了满屋的丫鬟。

薛廷之坐在榻上，看着她的背影缓缓消失，也没收回目光。只是脸上那谦恭的表情，慢慢地消失。

鬼手张看着他这模样，便想起了昔年用祛疤膏药，将他脚踝处伤疤覆去的那些日子；也想起了昨日施针之时，他诸般的痛苦情状。一时间，他只有满心的黯然与心疼。

"大公子……"鬼手张的声音里，已含着一点苦涩。薛廷之听见，却似丝毫没有察觉，只抬了那一双幽暗而深邃的眼眸，看着他，语气平静到极点，道：

"请张大夫，为廷之看看吧。"

外间里，陆锦惜坐回了炕上，回头看着那屏风。

雪白的画屏上，大笔泼墨，绘着群山茫茫，苍松云鹤。薛廷之坐在后面的矮榻上，瘦削而挺拔的身影，便被投在上面。

很快，有鬼手张询问的声音传来。是在问这病疾的来历，不同的时节有什么感觉，行走坐卧之时，又各自是什么情况……薛廷之一一回答。

听上去，一切都很正常，无非医患间的对话。陆锦惜没发现半点端倪，于是慢慢收回了目光。过不多久，外面就传来了一声通禀：

"启禀二奶奶，长公主府来人，说您早上去问询的事已有了回复，且另有一事要面见您，如今已经在院子外面等候。"

长公主府？陆锦惜有些诧异，想是有事，便向帘外道：

"赶紧请进来吧。"

外头应了一声，不一会儿便引过来一个身穿月白长裙的侍女，捧着一本蓝皮簿子，脚步款款，面若桃花，还带着几分让人舒服的微笑。没两步，她就已经来到了陆锦惜跟前，蹲了个万福。

"奴婢绣寒，奉命将这册子送来，给夫人请安了。"

"绣寒姑娘可是婶母身边第一等得力的人，可不敢多礼，快快请起。"

陆锦惜在永宁长公主身边见过她，也知道绣寒的地位，并不敢怠慢她，先扶了她起身，才将那册子接了来。绣寒起身后道："您上午派人去府里传话，因长公主正处理着棘手的事，心情不大好，所以奴婢后来才禀告上去。如今长公主已经回话，说刘提督乃是大将军旧部，对将军府亦有几分情谊，既然您有心相助，这于她而言又不过举手之劳，便修书一封，现已送了出去。请您切莫再为此事挂心。”

说的是九门提督刘进被弹劾那件事。陆锦惜因为印六儿要办事，自己又对朝堂知之甚少，所以遣人去问。没想到，这样快就有了回复。

朝野上下的文官，弹劾九门提督，可不是什么小事。毕竟也是从一品的大员了，于永宁长公主而言，竟也只是“举手之劳”。

她在朝中的能量，可见一斑了。

陆锦惜听得暗惊，只看了屏风后面一眼，但因为说得隐晦，她也不在意被听见，只露出几分真诚的感激道：“此事我原也只是问问，却没想到长公主已为我解决。还请绣寒姑娘，为我转告婶母，改日锦惜必登门拜谢。”

“奴婢记下了，不过今日来，主要还是请您看这册子的。”

绣寒眨了眨眼，示意陆锦惜看她手中的那蓝皮簿子。陆锦惜顿时有些好奇，刚才接在手中还没翻过，于是一面翻开，一面道：“这是什么？”

“这是长公主昨日特命人拟的，今早她已经翻过了，想拿过来，让您看看，问问您觉得怎么样。”

陆锦惜只觉奇怪，好奇这册子的内容，待一看，却愣住了。一页一张画像，还带着姓名、籍贯、出身与品性。她是何等通透的人？一下就想起了昨日永宁长公主那一番惊世骇俗的话，哪里还能不明白，这竟然是预备着要给她相看的夫婿，是本“相亲”的花名册！

心底顿时有点冒冷汗，只觉这一位婶母当真雷厉风行，一时不知道该说什么。

绣寒却是打量着她的面色，想起了今早的事情。

送走顾大公子之后，永宁长公主气得不行，还真杠上了，偏要从名册上挑个好的出来。可每翻开一页，脑海中都要响起顾觉非那些话。原本那些王孙公子，看着都还可以，可那时再一看，真是哪儿哪儿都有问题，怎么看怎么不对劲。

翻了半天，竟愣是没找到一个看得顺眼的。长公主差点气出病来，大骂顾觉非用心歹毒，狡诈狡猾。她选不出来，便想着干脆让陆锦惜自己挑，一旦看对眼，铁板钉钉，不担心他顾觉非撬墙脚。

所以这册子，便送到了陆锦惜的手里。

眼看陆锦惜翻了几页，表情好像不大对，绣寒竟有些紧张起来，询问道：“您看着觉得怎么样？”

怎么样？各层级的人都有，要么没娶，要么死过老婆；长相似乎都还可以，品性似乎也还端正，家境出身都还将就……

她在上面居然还看见了卫家的二公子卫倨，后头还有个方少行。陆锦惜的嘴角微微一抽，慢慢地合上了册子，只觉得除了方少行好像还名副其实一点之外，其他的都是什么鬼?

虽则这是永宁长公主一番心意，可陆锦惜其实是个浪荡自由的性子。

一则她知道自己贪图新鲜，再好的肉再嫩的草，到了嘴边都是啃过两口就扔，感情从来没个定性;二则她也不想那么早踏入围城，更没找到让她有勇气一起进围城的人。所以么……眸光微微一闪，陆锦惜迎着绣寒的注视，慢慢挂上一点腼腆的笑容，一脸为难又尴尬的表情道:

“这个名册么……还、还行吧。”

绣寒被陆锦惜送出去的时候，满脑子都是陆锦惜那似乎有些勉强的神态，根本无法想象若回去复命，永宁长公主会是什么心情。

陆锦惜却是乐得不行，说什么“回头若有看得上的再跟长公主说”。但绣寒一走，她随手就将名册扔回了桌上，暂时也没细看的意思，只抬首看向屏风后面。

鬼手张已经为薛廷之看诊毕，先才知道外面有客，不好出来。这时候，他才走出来道:“脉象和腿脚都看了。大公子这腿疾，有些麻烦处。腿疾乃是先天所留，左足脚筋在脚踝一段，因寒气侵袭入体，所以有蜷缩。或许为其母曾在孕中受伤，所以影响到胎儿。若早年延请名医，加以调养，本能好起来。”

鬼手张觉得自己扯起谎来，也是一套一套的。因为对薛廷之的经历了解，又精通医理，即便胡扯都很有道理。

“只是边关苦寒，寒气又侵。加之大公子回到京城之时，年纪已不算小，所以这一段脚筋，已长定了。到今日，已算是痼疾。若要治愈，也是水滴石穿的长久功夫。针灸正位，药浴舒缓，辅以食疗，或恐能一解苦痛……”

说到这里，他的声音便渐渐低了下去，面上也多了一层沉沉的阴云:薛廷之这腿脚的“痼疾”，他比谁都清楚。脚筋断了再接，已是他当年医术的登峰造极之作，勉强让薛廷之能下地走路。但要彻底与寻常人无异，却难如登天。

这么多年来，他虽没放弃，甚至固执地医治。可他心里其实很清楚，彻底恢复如初的希望，微乎其微。

鬼手张这一副表情，陆锦惜当然看在眼底，但却只当他是医者仁心，实在无法往深了想，只道:“那您……”

“人既然是我看过诊的，我自会负责到底，你甭担心。”

鬼手张直接冷哼了一声，似乎宣泄着对陆锦惜的不满，但一想到她竟然肯请他来给大公子看病，这就证明他以后不用偷偷摸摸了，也是好事一件，倒也不好再对她冷言冷语。于是生硬道："今天时辰不早，我先进去给大公子施针，看看更细的情况，一会儿再出来开药方，说别的。"

陆锦惜自然没有反对的道理，便吩咐几个丫鬟进去给鬼手张打下手。她本也想去看看薛廷之的情况，但一回想他之前的眼神，便打消了这个想法，只照旧坐在外间，本打算看书，但偶一瞧见那一本册子，一时又鬼使神差地翻了起来。

没料想，从第一页翻到最后一页，竟都没有那个名字。她心中顿时一哂，这一位顾大公子，当真是高贵得紧！连方少行这样的青年才俊，都被大胆地列入了名单之中。可这一位年纪二十九且还单身未有妻妾的顾觉非，偏偏连影子都找不见一点儿。

是这制名册的一时遗漏忘掉了，还是觉得……顾觉非这等的存在，她一个寡妇，高攀不起？只可惜，这世上得不到的总是最好的。男人如此，女人也如此。

陆锦惜两道细细的长眉一挑，这一回才真的把名册放下，转而认真看起《反经》来。

屋内，只有屏风后面有动静。有鬼手张不时的询问声，带着点凝重，也有薛廷之隐忍着的回应声，更多的时候，则是默不作声。

丫鬟们却是个个紧张，端着热水和毛巾进去伺候。

足足过了有半个时辰，里面才传出鬼手张如释重负的一声"好了"，陆锦惜转头看去，便见他用手袂儿擦着额头上密密的汗珠，走了出来。

"老夫已经为大公子施过了针，药方已经写好，回头你们再对着抓药。只是光针灸也不够，你家大公子不便于行，血脉阻塞，还得平时有人时常帮他推拿。老头子我能负责施针，平日推拿却不行。"

回生堂毕竟还有那么多的事呢。这一点陆锦惜也知道，略一沉吟，她便有了法子，只笑道："这个容易，不如从将军府抽几个人过去，跟着您学习这推拿的手法，等会一些了再回来照顾大公子。平日里，这些人还能帮着回生堂打打杂，也好让您不那么忙。您觉得如何？"

鬼手张顿时忍不住看了她一眼，有些诧异，仿佛没料到她能想出这么个法子来，沉默了半晌，才道："这自然是好法子。"

能帮薛廷之，也能帮回生堂，可算是两全其美了。鬼手张没意见，事情就这么定了下来，陆锦惜只说回头就把人送过去，又要请鬼手张坐下来喝茶歇息。

只是鬼手张哪里有这个空闲？他摆了摆手，就跟陆锦惜告辞。陆锦惜猜他人忙，便也不好多留他，只亲自将他送出了门外，又叫白鹭去吩咐潘全儿那边备马车，送老人家回去。

这时候，天色已偏暗。院子里也没什么花草，所以看上去有些暗淡。唯一的亮色，来自于石板缝隙中钻出的几许绿意。瞎了一只左眼的大风，安静地站在马棚里，吃着马槽里的干草。

陆锦惜就站在屋檐的台阶下，看鬼手张的身影消失，便回眸来，盯着这一匹马，若有所思。

直到背后传来了脚步声，她才回神。一回头，有些讶然道：

“大公子怎么出来了？”

要紧的是……他看上去面色很差。也许是因为才被鬼手张施过了针，他额头上的汗迹虽然擦干，但两鬓垂下的几缕头发，却还是沾湿的。原本就很白皙的脸上，越见苍白，竟然已经找不到一丝血色。一双精致的桃花眼底，隐隐藏着一点残余的痛苦。此刻他脚步蹒跚地走出来，竟显得摇摇欲坠。偏偏他眉峰上都是冷意，面上也没有什么表情，显得沉默又隐忍。

听见陆锦惜的话，薛廷之向着门外看去。

“张大夫方才已经告辞了。”陆锦惜顺着他的目光看了一眼，道，“你现在感觉怎么样？”

薛廷之其实还有些恍惚。这种针灸，每一针都是刺激痛觉的，他经历过了许多次，已经习惯了——痛苦是常有的。只是这痛苦的来源，并非病疾，而是那些深埋的记忆。整个左脚的脚踝，甚至每一条经脉，都有一种麻痛的感觉。

他竭力地忍着，收回目光，便要躬身回陆锦惜的话：“回禀母亲，廷之无事，只不过有些疲乏……”

话说到末尾之时，脚踝处那麻痛的感觉，却忽然达到了顶点。薛廷之的身子，忽然就有些不稳，他摇晃了一下。陆锦惜原本就站在下方，正注视着他，眼见此景，不由连忙伸出手去，暗惊不已：“大公子？”

她一把扶住了薛廷之，托住了他的手腕，一触手，竟是汗津津、冷冰冰的一片！少年的手腕还有些瘦削，可骨头却是硬邦邦的，已经隐隐透着一种沉稳的力量感，可没有半点温度。

薛廷之冰冷的指尖，在无意之间，触到了陆锦惜温热的手腕，好似冰块点在了烈火上。那一瞬间，薛廷之竟像是被烫了一下，指尖一颤！

脚踝处上涌的疼痛，已经几乎让他失去了身体其他部分的感知。可在这一刻，他却能清晰地感知到，她手腕细滑的触感，微微跳动的脉搏，还有那两相对比下的滚烫温度……

异样的感觉，薛廷之无法形容，只觉陌生到了极点。

陆锦惜看着，只觉得他神态异样，格外苍白，不由眉头微拧，疑心是鬼手张给治出了什么毛病来。

“大公子，你还好吗？”

“没事……”

薛廷之这才有些回神，哑着嗓子，回了半句。

因为陆锦惜是站在下方的台阶上，且本来也是他身量更高一些，所以，她是微微仰着头看他的。黛眉轻拧，目光柔和，这一时的姿态，竟显得很顺从。他居高临下，一垂眸，就能看见她那一段修长而雪白的脖颈。

薛廷之的喉结不由滚动了一下，也不知是因为紧张，还是因为痛苦……他只觉得有些心虚。因为陆锦惜正注视着他，目光并未移开过，平静中带着一种洞彻的深邃，若一泓静水。

她不动声色，微微地笑着，却慢慢将扶着他的手掌撤了回去。

“刚刚施过针，只怕大公子身子有些虚乏，何必强撑着出来？还是进屋先歇着，改日再拜会张大夫也不迟。”

温热的触感离开，指尖重新感觉到了冰冷，让薛廷之忍不住蜷了蜷手指。因为伸手扶他，这一位嫡母的袖子翻起了一些，上头绣着的绿萼梅却更衬得她皓腕如凝霜雪，细瘦而纤弱。

一枚小小的红痣，则恰恰落在她腕间，好似红梅落雪间，无边的素淡冷清中，竟生出一段缱绻妩媚的艳色……那正是他手指先前触到的位置……异样的感觉，密密地袭来。

薛廷之强行地忍了，理智且克制，苍白的脸上露出一点镇定的笑容，道：“母亲说得极是，是廷之欠了考虑，差点吓着您。”

“吓着我倒是不要紧，就怕我一个没扶住，你摔了可怎么办？”

陆锦惜的手已缩回了袖子里，只露出尖尖的手指头。

“时辰也不早了。我看张大夫累得够呛，你也差不了多少。今日便好生歇着，不必再来请安。”

说着，她转头便吩咐青雀道：“扶大公子进去吧，顺道把那《反经》和名册拿出来，我们这也该走了。”

“是。”

青雀于是上前，扶了薛廷之进屋，又将先前摊放在桌上的《反经》和长公主府送来的名册收了，给薛廷之行礼告退，这才重新出来。

陆锦惜站在外面，见她出来，便往外走了。待得出了院门，她才问了一句：“你进去拿书的时候，还记得名册怎么放的吗？”

青雀一时怔住，想了一会儿才回道：“合着的，就放在方几靠东窗的角上，被摊开的《反经》压着一小半。”

陆锦惜的唇边勾起一分微冷的笑意。她记得自己看书的时候，摊开的《反经》压着那名册有大半。青雀去拿书的时候不一样了，该是她方才送鬼手张出来的时候，有人翻过了。

这庶子……果真还是个少年郎，心思虽深，却没地儿磨老，还是头嫩姜。她哪里有那么好心，会把名册放在那儿给他翻？微微眯着眼，陆锦惜面上带着几分思索，抬手一搭自己的脖颈喉间，又慢慢放下来。

到底少年郎。春心萌动，在所难免。可有句话说得好，“兔子不吃窝边草”。她虽不是兔子，但对这名义上是自己儿子的窝边嫩草，也实在下不去口。更何况，她眼下只想啃那一根老草。

当下，陆锦惜莫名一笑，只对青雀道：

“大公子这边与回生堂有关的一应事宜，都交你回头安排。至于刘提督的事情，长公主既然应了，该出不了岔子。你且联系印六儿，后日我们寻个由头出府，去见他一见。”

第十二章 顾觉非的礼物

印六儿的事情，主仆二人间其实早有过打算。早在永宁长公主府那边的消息传来时，青雀就已经料到陆锦惜该不会将这件事搁置太久，所以此刻听她吩咐，也不觉惊讶。

“那奴婢回头联络一番，晚间再来禀您。”

陆锦惜点了点头，便没有再多问了。她移步往前，循着来时的路，一路绕过了薛廷之院落前面这演武场，过了前面几条小径，便要从花园旁边，回自己的东院里去。

不承想，刚行至花园旁，长廊那头竟有个人瞧见了她，于是一声招呼道：“哟，这倒难得瞧见，竟是二嫂出来了。”

娇滴滴的一把嗓音，但话里却含着刺儿。陆锦惜来这府里时日不长，但对这声音还是熟的。她脚步一顿，回头看去，便见卫仙手捏一把湘妃竹泥金扇儿，打廊阶上走了下来，倒有一段贵女出门身的风流姿态。一见了她，卫仙便细眉一挑，似笑非笑道：

“我正想找二嫂呢，约二嫂去南城外小钟山三贤祠附近踏青呢。没想到在这里遇到了。啊，二嫂真是转了脾性，我方才还听人说，今儿请了鬼手张来给大公子看病呢，竟好像半点不在意他的出身了。可别是包藏祸心吧？”

陆锦惜的目光，不动声色地从她面上划过，半真半假地微笑了起来。

“大公子也是大将军的血脉，我病了一遭，总算是看得开了一些。旁人怎么议论，我也不在乎。不过，三弟妹这样关心我，我竟是不知道的。”

手一抖，卫仙差点把扇子给她呼脸上！一张粉白的瓜子脸都憋红了，好半晌才回过神来道：

“二嫂说的哪里话？我以往是与二嫂关系不大好，所以忽然听二嫂说这样的话，有些意想不到罢了。我心里头，当然也是关心二嫂的。”

陆锦惜心里好笑，只觉得这三弟妹目的不明，实在有趣儿，但眨眼就想起了琅姐儿的那件事来。她是不知道琅姐儿对原身为什么是那个态度，但先前去太师府的时候，卫仙好像想说什么，只是后来没机会。

她本想找个时间拜访一下卫仙，好好问问，如今撞上了，倒省得再走一趟。

于是，她唇边的弧度真诚了许多，已自动移步与卫仙一道走，道："妯娌间本要亲近。往日是不明白这个道理，倒闹得我们两个不和气。但病过一遭，现在我却放下了。还请三弟妹莫要挂怀。"

卫仙听了，眼角一跳，险些翻白眼：恩怨放下？昔日都是她欺负陆锦惜啊。怎么听着她这话，倒像昔日被欺负的都是她卫仙似的？

一时不知道该说什么，她只能在心里骂陆锦惜的脑子一定烧坏了。

陆锦惜则好像完全不知道她在想什么，一垂眸，面上便有一股轻愁，却将话锋一转道："说起来，大约是我太自怜自艾，近日引得琅姐儿与我不大亲近。我看弟妹是个明白人，不知能否指点我一二？"

卫仙的脚步，立时一顿，面色也变得微妙起来。她很想要卖个关子，或者甩脸子走人，让陆锦惜好看。可她今日来，不就是为着说这件事，顺带卖个好给陆锦惜，好修复两个人的关系，以便日后"忽悠"她改嫁吗？如此，她死了才能不占着薛况身边那牌位。

眼珠子一转，卫仙便已将自己的目的衡量了个清楚，转眸一看，廊下视野也算开阔，除了她们也没别人了。于是她直接转身，看着陆锦惜，眼底带着几分嘲讽道：

"我还当你不在意呢，总算问了。二嫂，天下没有不透风的墙。你既然诚心要问，那弟妹也少不得冒着得罪你的风险，警醒你一句，前朝谋事，后院起火。即便有什么事要背着孩子们，可也得谨防小人作祟。"

那一瞬间，陆锦惜眉头一皱。她微微眯眼，抬眸看向卫仙，只对上了卫仙那一道"你知我知"的视线，心底终于起了几分波澜——

琅姐儿的问题，竟出在宋知言那件事上？陆锦惜心底有些诧异，可隐隐泛上来的竟然是"意料之中"。毕竟原身从头到尾都没做过什么过分的事情，不至于让女儿与她如此疏远。数来数去，也就宋知言这么一件，可能引起孩子们误会罢了。

可是这一位三弟妹，又是怎么知道的？陆锦惜心里难免起了疑。卫仙却是难得得意，心里愉悦。

"我是怎么知道的，二嫂你就不必关心了。"

"眼下最要紧的，还是解决好这一桩麻烦。事情若拖久了出变，你的面子也好，将军府的面子也罢，怕都毁于一旦。二嫂你是个良善人，可咱们府里，心肠歹毒、闲言碎语的寡妇，却是从来不缺的。"

话说到最后一句，已经藏着一点辛辣的嘲讽，卫仙相信陆锦惜听得出来，也相信陆锦惜猜得到她说的是谁，当下只觉心里舒坦，一转身就直接走了，也懒得再说话。

陆锦惜站在原地，只看着卫仙那袅娜的身影，慢慢远去，心底却掀起了一片起伏的浪涛。她忽然不怎么说得出话来，只一路思索着，回了东院。

里屋已撤了炭盆。陆锦惜刚走进去，便叫守着的丫鬟都离开，自己坐在了暖炕上，看着青雀道：

“与宋大人那件事，你确定没旁人知道？”

早在廊下听卫仙说话的时候，青雀心里就已经掀起了一片惊涛骇浪。只是她终究有几分定力，才没当场露出破绽来。

如今陆锦惜一问，她也是一片惶惑。当下，直接跪下来叩头，颤声道：

“此事都由奴婢亲自去办，不曾假手他人，也查看过周围情况。奴婢细细想来，却也不知是何处出了疏漏。”

陆锦惜掐了掐自己的眉心，只道：

“纰漏必定是有的，只是事后未必能查到。你先起来吧，我没责罚你的意思，你也别动不动便跪，仔细回头磕了膝盖。”

青雀有些发怔，眼底倒有些酸涩。她依言起来，实在六神无主道：

“总归是奴婢没把事情办好，竟然让三奶奶知道了，她与您一向不合，若是、若是——”

“没有那么多若是。”

陆锦惜淡淡地打断了她，却一点也不担心。寡妇跟人看对眼了，其实没什么稀奇。这件事错就错在宋知言是个有妇之夫，若宣扬出去，必定是泼天的丑事一桩。

卫仙今日说这一番话，应该不是来试探她的真假。毕竟世上人爱热闹，她只要张口一说，捕风捉影都有人信，届时她陆锦惜即便不身败名裂，也好不到哪里去。

“此事她知道，没说出去，便是暂对我没恶意，也不需要担心她。”陆锦惜沉吟了片刻，又道，“关键还在琅姐儿。”

薛明琅应该是某个时候，得知了此事，所以才疏远了她。青雀也想到了这一层，便要开口。

不过这时候，外面忽然有脚步声传来，像是谁来了，又低声跟外头守着的丫鬟通禀。

陆锦惜便一摆手，示意青雀先别开口，只问道：“外面什么事？”

“二奶奶，前院来人禀，九门提督刘大人与金吾卫方大人登门拜访，说是自永宁长公主处得信，携礼来谢您。”

外头有丫鬟脆生生地回了，陆锦惜一听，顿时有些讶然道："金吾卫方大人？"

九门提督没得说，必定是刘进。可"金吾卫方大人"，她就不认识了。于是问道："哪个方大人？"

"回二奶奶，便是原本的云麾使方少行方大人。前几日因被参劾革职，今日过午又被皇上起复，调入金吾卫中，负责看守宫门。"

"看守宫门？"

陆锦惜面上一时变得古怪起来，差点就笑出了声。从给皇帝收拾车舆，变成了守宫门。这方少行，真是够倒霉的。

不过听着这架势，不必说，朝中的事情已摆平了。刘进还是九门提督；方少行虽从四品云麾使，变成了没品的金吾卫，可他不比刘进，身上是挂着件不知真假的命案的，能从革职状态里出来，就证明没大事了。

距离她早上派人去问询，这才过去多久？永宁长公主当真雷厉风行至极。而且，她竟然还把这件事告诉了刘进，示意刘进来谢她……

眸光微闪，她深思片刻，只道："从头到尾，我不过动了动嘴皮子，实在当不起他们的谢意。你们只去回了刘大人，就说大将军旧日情分在，能帮衬就帮衬，他日说不准将军府还有事要劳烦到他，但请他莫为此事挂怀。家中尚有夫人在，他若执意要谢，还请去拜夫人。"

毕竟薛况他娘还活着，掌事的虽是她，但有什么正经外客来，还是孙氏这个辈分出面比较好。

外头人听了，便应了声，出去递话给前院。将军府前厅里，两个人已坐了有一会儿。

刘进身材魁梧，自是正襟危坐，颇有一股猛虎下山的气魄。旁边的方少行，虽银冠束发，一身白袍，可今天没带剑，歪在椅子上，却是懒懒散散没正形儿。

他的面容本来英俊，只是左眼角上一道旧日的疤痕，破坏了整张脸给人的赏心悦目之感。他的眼角眉梢，神态气韵，都是一股狂与邪。

嘴角噙着一抹笑，方少行转眸打量着客厅内简单的摆设，但眨眼，目光就落在了侍立一侧的俏丫鬟身上。

"咳咳！"

刘进见了，立刻用力咳嗽了两声，提醒他。方少行回过头来道：

"刘大人，嗓子不舒服？"

刘进飞快地扫了周围一眼，见丫鬟没注意到，才凑过去，压低了声音道："这可是在将军府！”

将军府？又怎样？反正薛况都死了。方少行心里其实不以为意。若不是刘进说要来谢那一位大将军夫人，而他又正好起了点心思，今日才懒得走这一遭。

不过这些话他都没说出口，毕竟刘进跟他不一样，跟着薛况的时间很长，对将军府也尊重。所以，方少行只是应了两声：

“知道了，知道了。这不还没人来吗？”

不过也赶巧，他话音刚落，奉命来回话的便到了。刘进忙站起身来问道：

“夫人怎么说？”

仆人只将东院那边传来的话转述了一番，道：“二奶奶说，这事她原也没出什么力气。大将军与您有旧日的情分，如今都是能帮衬则帮衬。保不齐，府里他日还有事情要劳烦您，所以请您莫挂怀。家中尚有长辈在，若您执意要谢，还请去拜见夫人。”

仆人嘴里的“二奶奶”指的是陆锦惜，“夫人”指的是孙氏。

这回话也在情理之中，刘进点了点头，五大三粗的汉子，在这将军府的客厅里却显得很拘谨，只道：“既如此，还请通传一下，我与方大人这便去——”

话说到一半，刘进本是想拉方少行一起去谢孙氏的。谁料想，在他说话这当口，方少行竟一声冷笑，转身便朝厅外面走。

刘进一时奇怪，忙喊道：“哎，方参将！”

方少行头都懒得回，只道：“拜谢个老太太，我就没什么兴趣了。刘大人你代方某一谢便可。”

说着，他就下了台阶。刘进拦他不住，一听这话都傻眼了，险些冒出一脑门子的汗来。仆人的目光，也诧异极了。但这时方少行人已经走远，出了门去。

从薛况身边的参将到含山关的参将，从云麾使到金吾卫，这是一路贬谪。他的心情实在算不上好。本听刘进说今日之事有赖陆锦惜，所以破天荒跟着来看。没料想，这女人还摆架子不见！

方少行当然是满心的扫兴。将军府的侧门朝南开，他出了来，想着昨夜眠花宿柳也没挑到个上眼的，便准备找地方喝酒。不承想，前面道上竟传来了马蹄声。

迎面来了五匹马，直接从方少行身边经过，然后停在了府门前。马上下来五个身穿藏蓝直缀的作下人打扮的男子。

其中四个手捧着锦盒，打头的一人却只持着烫金礼单，腰上挂一块太师府的牌子，带着人上了台阶，只文质彬彬、满面笑容地向将军府门前的下人拱手。

“有礼了。”

“我等从太师府来。寿宴之日，多蒙贵府将军夫人择回生堂之药为礼，我府大公子得闻，特遣人备了回礼来谢将军府。还请诸位，代为通传。”

从太师府来的人，这可了不得。守门的几个仆役一听，都是惊讶至极，连忙将人引进去，去通知管事，又把消息递去东院。

陆锦惜一听，却是不由诧异道：“咱们是寿宴上送的礼物，太师府有什么可回礼的？来人怎么说？”

禀事的人就在门外，恭敬道：“回二奶奶，来的人只说是因为回生堂的药来回礼，且说是奉了顾大公子之命。听守门的说，这人一身文士打扮，谈吐不俗，看着不像是太师府的普通下人，倒有可能是为顾大公子效命的陶庵书生。”

“陶庵书生？”陆锦惜先前并未听说过，只看了旁边的青雀一眼，青雀立刻会意，凑上来跟陆锦惜说了。

原来，这陶庵书生，是个曾寄居京城陶庵山上的落魄文人。

七年前，庆安帝萧彻招募天下名士。顾觉非与友人上山，好巧不巧遇到了他，对其大加赞誉，想要为他写一封荐信，引荐给皇帝。谁料想，这书生竟不想去，反倒主动拜上，当了太师府一门客。更确切地说——他不是太师府的门客，而只是顾觉非的门客。

当时这件事，被京城一传，就成了顾觉非才华惊人，折服山野高士，让对方甘心为他效命。因其从陶庵山来，便号“陶庵书生”。至于其真名“孟济”，却渐渐没几个人记得了。

青雀句句说来，都算清楚。但陆锦惜却皱了眉头，觉得以她看出的那一位的为人，“折服山野高士”这件事，怕不会那么简单。“回礼是后院的事，况且不必派分量这样重的人来吧？”

她本想出去看看，但一转念又打消了念头，只道：“既是太师府有心回礼，便叫人好生招待一番，只说咱们将军府也不过略尽绵力，请他们不必在意。礼和礼单都收了，一会儿呈给我吧。”

前面九门提督她都没见，如今太师府的人来了，地位虽高，且还是顾觉非派来，可也应该一视同仁。来传话的略一想，也就明白个中的关窍。当下，人便应声离开，往前厅去。

这时候，刘进刚走。因刚才方少行走的时候，留了句混账话，他还少不得解释一番，只说方参将被贬谪，心情不好，又想自己没道理一个人去打扰孙氏，便告了辞。

出门时，他正好与来的陶庵书生孟济打了个照面。书生腰上那块太师府的牌子被衣袂遮了，刘进也没看见，便也没在意，直接离开了。

倒是孟济，一眼认出他来，心里有些纳罕。他的五官并不出色，只算中人，但一双眼却的确是智者的眼，此刻露出几分深思来。

顾觉非人上了山，他却没那么傻一道跟去餐风饮露。这几年，他就是顾觉非的耳目。所以对朝中的事情，他都很清楚。

刚才那不是九门提督刘进吗？早上才免了被罢职的危险，没去出力的长公主府拜谢，却出现在了将军府，有猫腻啊。而且，顾觉非那厮竟也把他派来将军府，还只是来送礼跑腿儿的。

孟济心里很不舒服，心里头早把顾觉非骂了个狗血淋头——是的，他跟顾觉非压根儿不是传言中那样。

什么摒弃利禄如粪土的山野高士，啊呸！当初他摆出那架势，就是响应朝廷号召，准备回头让官府找上门来，成为皇帝招的“贤”、纳的“士”。

谁想到，等了大半个月，来的却是顾觉非的赌约。他赢了，顾觉非便给他写荐信；他若输了，则要为顾觉非效命十年。十年后他要走，顾觉非仍给他写荐信。

结果还用说吗？他为着个出头的机会，跟顾觉非赌了，结果一败涂地，就差把膝盖都挖出来扔地上了！十年期限，看似过去了七年，但顾觉非上山六年，所以孟济实际为顾觉非效命的时间，只有一年。

但也就是这一年，他的傲气，被消磨殆尽。当初他觉得自己是国士，该为朝廷社稷效力。顾觉非竟然敢跟皇帝抢“人”、抢“士”，还散布他不愿当官的谣言，简直是欺君大罪！后来他只能安慰自己：今天顾觉非敢欺君，明天他一个想不开跑去谋反，都算不上什么稀奇事。所以，他还是有希望成为国士的。虽然……希望渺茫了一些。

想到这里，孟济就忍不住为自己这种大逆不道的想法耸了耸肩，一摸鼻子，想起了今日出门前，顾觉非看这几只锦盒的神态——与七年前坑他的时候，如出一辙！

但也不知是不是六年没见，他又觉得那表情里，多了点别的情绪，一些他以前从未在顾觉非脸上看见过的情绪。

将军府、大将军夫人、药、回礼……孟济两手交在身前，绞尽脑汁，都没想出这到底有什么玄机，但又没办法把礼单翻出来看，因为顾觉非那厮像是专门防止他偷看，给上了火漆。他看了一定会被发现，于是只好干等着。

过了一会儿，管事赖昌那边便过来了，将陆锦惜的话转达。孟济早猜到见不着，于是将东西转交，也交代了一些要紧的话，这便离开。礼物则由赖昌，转到了陆锦惜这边。

四只锦盒，都放在了桌上。一只很长，足足有三尺余；一只很大，看着四四方方，几乎压了整个桌面；另两只则显得精致很多，都是尺余。另有一封烫金的礼单，做成一本折子的模样，封口上还留着一道完好的火漆。

陆锦惜将这礼单折子拿在手里，顿时一挑眉：素来只有信函才火漆封口，为的是防止旁人偷看，或者留以提醒自己，防止被人看过了自己还不知道。这礼单也需要封？

她心里觉得古怪起来，只叫青雀去拿裁纸刀。细细薄薄的裁纸刀是乌木的材质，色泽很漂亮，陆锦惜接了，一面挑封口上火漆，一面吩咐道："把盒子打开，看看里面是什么。"

屋里的丫鬟们可从没想过能收到太师府来的礼物，一时都有些兴奋，抢着上去开。白鹭也凑了上去看，顿时惊讶地喊了一声："《义山诗集》！夫人，是您最喜欢的《义山诗集》呢！"她说着，连忙把面前尺余长的锦盒一捧，就放到了陆锦惜面前，献宝一样："您看！"

锦盒里就放着一本旧书。纸页看着已经泛黄了，但保存得还算完好，封皮上写着工工整整的四个字：义山诗集。

陆锦惜见了，微微一怔。她穿来这一阵，当然是已经看过了陆氏屋里所有的书，恶补过了一通常识。

杜义山乃是前朝最著名的诗人。其诗颇有精妙之处，奇思异想不断，在用典方面，更达到一种了无痕迹的境界。文气卓绝，内蕴一股秀丽婉约之气，读来令人回味无穷，齿颊留香。但这一位诗人放旷不羁，言语触怒皇帝，人到晚年，被流放千里。其诗文也不幸为官府收集焚毁，遗存不多。

陆氏出身书香门第，自小熟读诗书。陆锦惜曾看她在诗文上留字批注，对义山诗作存世不多甚为惋惜。眼下顾觉非竟然派人送诗集来？陆锦惜顿觉微妙了起来。她没说话，伸手将这一本诗集取了，小心地翻了起来。

第一页上面，就盖了不少的钤印，都是历任的收藏者为表示自己曾收藏过这一本诗集留下的。某某居士，某某山人，某某印……诗文的字里行间，更有一些前人留下的批注，瞧着也别有一番意趣。

"我记得您曾说过，《义山诗集》满天下都没留下几本全的来，还惋惜了好久。如今竟然算是如愿了。"

白鹭高兴地说着，圆圆的小脸红扑扑的，两只眼睛都在冒光。

“我还记得您说，若有珍本存世，一定很贵很贵！”

陆锦惜心底无奈，只抬起头来笑看她一眼道：“我还奇怪你怎么这么高兴，原来是钻进钱眼子里去了。”

“哎呀，奴婢就是一个俗人……”白鹭摆摆手，不大好意思地笑起来，“这东西从来有价无市，看得上的倾家荡产都愿意买。但若是给一个农夫，垫桌脚都嫌不够结实。”

不巧的是，她正好是那个“农夫”。陆氏爱极了诗词文章，陆锦惜么，诗词文章虽读，但要说痴迷，甚至是“爱”，却万万算不上。

她笑了一声，将诗集放回了锦盒里，只抬眼去看其他三个锦盒。

尺余长的盒子里，放着一支风干的雪莲，很薄，但隐约能看得出盛放时的美丽；另一个三尺余长的盒子里，躺着的却是三尺青锋，没有明亮的光彩，漆黑的表面，显得有些暗淡。但越是这样隐约，越让人觉得心颤。整把剑上看不到半颗镶嵌的宝石，只有精致的铸纹，剑锷上被打磨出了一圈银光，乃是其上唯一的几点亮光。这是一把朴素且纯粹的剑；剩下四四方方的盒子里，则是一张墨玉棋盘，漆黑如墨的表面，点划着金线纵横，漂亮极了。

陆锦惜看了，顿时皱眉。诗集、雪莲、宝剑、棋盘。这是个什么意思？

她还记得自己当初与顾觉非撞见时的情景。按经验推断，整个友好交流的过程中，顾觉非应该什么都没有发现，只会觉得与她“相谈甚欢”，或可知交莫逆。但回头是不是会反应过来，陆锦惜就不清楚了。

潋滟的光华，在眼底流转。她思索片刻，并未说话，只将方才放下的礼单折子，捡起来看。

在看清上面字迹的第一眼，她便没忍住，挑了眉梢起来，觉得戏终于开场——这一封本该无足轻重的礼单，竟然是顾觉非本人所写！

之前参加太师府寿宴，影竹楼匾额上那“影竹”二字，那一种疏狂的意态，那一股“醉里挑灯看剑”的味道……

陆锦惜至今都还记得，印象实在是太深刻了。以至于眼前这字迹，即便比“影竹”二字内敛克制许多，也工整许多，可她还是一眼就看了出来。毕竟，顾觉非好像并没刻意改变自己的笔迹。

陆锦惜微微眯眼，一点隐约的微妙，窜上了心头。她将所有的心思都压下去，静心去看这“礼单”的内容。其实它已经不算是礼单了，说是一封信也不为过。

大将军夫人雅鉴。

蒙夫人寿宴赠药，家父用后，腿疾略缓，病痛稍减，十三载来难得矣。敝府本欲备厚礼以谢夫人美意，不期主母染恙，遂由觉非代之。

薄礼贸然，恐未能尽度夫人心意，诚望海涵。

居然说唐氏病了……昨儿不是还好好的吗？顾觉非一回，身为继母的主母就染了恙。啧，太师府这水有点深啊。陆锦惜继续往下看去，后面就没什么废话了，的确是礼单的内容，不过标注了这四件礼物的来历。

义山诗集，昔年行于江南，偶得之；

天山雪莲，生于冰封雪岭。昔年游于塞外边境，遇一行脚胡商，偶得之；

洪庐青剑，金陵铸剑世家洪庐所出，采陨铁而成，得之甚久。宝剑本欲配英雄，怎奈天下已无英雄，匣藏之；

墨玉棋盘，曾偶得墨玉一方，篆而刻之，拙且不工，唯表心意耳。

落款：顾觉非。

不是“顾觉非亲笔”，更不是“觉非亲笔”，甚至不是什么“顾觉非上”，“顾觉非拜上”。就这么简简单单的三个字——顾觉非。

前面都中规中矩，唯独这三个字，利落得像把刀子。

雕漆方几上还放着那一把才用过的乌木裁纸刀，上头沾着一点火漆的碎屑；前面那最大的一只锦盒里，只有墨玉棋盘，却无一枚棋子，是为“让先”；礼单折子上独独“墨玉棋盘”一条里写了“表心意”……

一切的细节，都从陆锦惜脑海中闪过去。她压在礼单的手指尖上，又是那一股酥酥的感觉，顺着手指尖便往四肢百骸窜。

这种感觉，并不陌生。但这一次，比在影竹楼那一次，实在是强烈了太多。

陆锦惜其实隐隐觉察到有些异常：她与顾觉非不过见过两面，谈过一回。钩刚放下去，还没来得及打弯，鱼儿就迫不及待地凑了上来……

到底是要咬钩呢，还是放下一个诱饵呢？好奇，刺激，还有征服欲，都慢慢从她心底升起。

陆锦惜叫人把这些礼物都安置了起来。诗集放到了她的书架上，棋盘放到了她的棋桌上，那一朵雪莲则好好地保存了起来，防备日后有个什么急用。

那一柄洪庐剑，丫鬟们拿出去放的时候，恰好被风风火火从学斋里放学回来的薛迟给看见，一下就爱不释手，知道是洪庐剑之后，便说什么都要搬到他自己的屋里去。

陆锦惜心知这孩子好像有些向往他父亲的人生，心下有些复杂，但也没阻止，只对薛迟说："你年纪还小，这剑只能看不能动，回头还要请师父打一把剑鞘，我才能放到你屋里。所以现在呢，还是放在娘这里，等回头剑鞘打好了再给你，好不好？"

这等同于直接答应啊。薛迟立刻欢天喜地起来，猴在她身上便一个劲儿地说"娘亲大好人"，又问这剑的来历，还有没有别的什么。

陆锦惜只说那是太师府的顾大公子送来的回礼，却不好再问人要，薛迟便露出了一脸的失望，好像也没在意那什么太师府的顾大公子。

但第二天，他从学斋回来，脸色就变了，畏畏缩缩地来到了他娘的跟前儿，小声地问道："娘，你昨天说，那把剑是那个什么顾、顾大公子送来的？"

"对啊。"

陆锦惜正在屋里处理事情，刚才白鹭进来说，卫仙竟邀请她二月二去三贤祠踏青，问她去是不去，她实在有些纳闷，还没考虑出个结果来，薛迟就回来了。

于是她把事情放了下来，坐在暖炕上，笑看他道："怎么了？"

薛迟那一张白白的、带着点婴儿肥的小脸上，顿时出现了一种做梦一般的表情道："天啊，竟然是真的……"

"什么真的假的？"陆锦惜被他搞糊涂了，"你是没听说过他吗？"

"我……我之前真的没听过啊……"

这感觉实在是太奇怪了。薛迟手脚并用，爬到了陆锦惜身边来坐着，一双乌溜溜的眼睛瞪得老大，只把手这么一比画道：

"我是今天听二方说的，我跟他说我有一把剑，洪庐剑，他还不相信，跟我说什么洪庐剑早就没有了。我就说明天要带他来看，还说这是那个什么顾大公子送的。然后他就问我是不是太师府的那个，跟我说了一些前事。娘，这个人当初真的跟我爹齐名吗？他是不是打仗也很厉害啊，他有见过我爹吗？"

陆锦惜顿时说不出话来，她还当薛迟是对顾觉非感兴趣呢，没想到，到头来还是薛况。

她无奈，摇头失笑，只道："顾大公子跟你爹又不是一种人，他不打仗，是个读书人，以后即便做官也是文臣，不是武将。你可别出去丢人现眼了！"

说着，她便屈了手指，轻轻在他头上磕了一下。薛迟顿时假装自己被打倒了，委屈地抱头道："啊，人家这不也是不知道吗？现在知道了就好了。那看样子，二方说的那个什么考试，我也不用去了。"

"考试？"这小子话茬儿一个接一个，陆锦惜都跟不上，也不知道他在说什么。

薛迟于是解释:“都是二方告诉我的。好像是学斋的先生们说的，京城里有几个什么大儒，老先生，要一起开学斋收学生，准备考试，考过了才能拜师。听说这些老先生都很厉害，其中就有一个是您说的那个顾大公子，他们都喊顾老先生。”

“老先生”是翰林院里称呼翰林们的一种说法，顾觉非当年探花出身，自然称得。

开学斋收学生?还是顾觉非?开什么玩笑，以这一位的名气，还有薛迟说的“大儒”，这京城得热闹成什么样?不知多少人家要趋之若鹜了。

陆锦惜听得皱了眉，只问:“有说具体是什么情况吗?”

“不知道，二方说消息才出来，过几天才能知道在哪里考。但听说谁都可以报名。”薛迟茫然地摇了摇头，倒是半点没有参加的意思。

事情都没落地，陆锦惜想想，最后也没多问。没多一会儿，请安的时辰到了，薛明璃和薛明琅也来了。

薛明璃照旧穿得素淡，穿着雪青色的褂子，脸上带着笑，很亲和。薛明琅则是一身浅紫的袄裙，雪狐毛的绲边衬着那一张瓜子小脸，很娇俏，脸上却没多少高兴的味道，有些抗拒地请了安。

“给母亲请安。”

璃姐儿没有问题，琅姐儿却还是这样。陆锦惜想起了卫仙说的话，并不确定是真还是假，只忙叫她们坐下道:“刚才太师府那边送了点回礼来，倒没想到被迟哥儿看见，硬要挑走这一把剑。明日我要出门一趟，你们两个有没有什么想要的礼物，娘给你们买，可好?”

薛迟哼了一声，不说话。薛明璃则是有些惊喜，眼睛都亮了起来。但她没回答陆锦惜，反而去看旁边的薛明琅，带了几分期待道:

“妹妹，我记得你前阵子看书，喜欢书上说的那个皮影。我也喜欢，要不我们让娘买吧?”

薛明琅嘴唇紧抿，在听见陆锦惜说要“出门”的时候，放在膝上的手指便攥紧了。此刻听薛明璃问，她立时拒绝道:

“不要!我什么时候说过我喜欢了?”

这声音有些尖锐，里面不配合的意味儿，更是浓重到了极点。

“可……”

薛明璃非常诧异，有些说不出话来。就连一旁的薛迟，都有些没想到，一下朝薛明琅看了过去道:

“二姐姐以前不是说过吗？我还记得呢。”

“要你记得啊！”

不说还好，一说起来，薛明琅就炸给他看了。两只漂亮的眼睛瞪起来，怒意十足地看着薛迟道：“我以前喜欢现在不喜欢了不行吗？”

“你，你不讲道理！”

薛迟自己平日才是不讲道理的那个，现在被薛明琅一通抢白，脸都急红了。

薛明琅哼了一声，张嘴就要再反驳什么。只是她的目光刚抬起来，就扫到了上首坐着的陆锦惜，嗓子一下就哑了。

陆锦惜正看着她，一双眼平静而温和，没有波澜，有淡淡的暖日般的温度。但里面也藏着一点隐约的思索。这种温和的眼神，是以前的薛明琅最喜欢的。可自从那一天过后，她都不敢回想这样的眼神，因为那会让她觉得恐惧，甚至厌恶……

她怎么还能用这样的眼神看着他们？就根本没有一点的心虚吗……大伯母之前说的话，还有珠姐儿看的书上写的那些东西，都一一从她脑海之中划过……

薛明琅忽然觉得很伤心，但她不能哭出来。两只手紧紧地握在一起，她脊背挺得直直的，强忍住了那种颤抖的、眼眶发热的感觉，有些僵硬地开口问：

“一定要出门吗？”

这话问得很奇怪，也很生硬。陆锦惜忽然说不上那感觉，但很不舒服。她微微拧了眉头，笑着回道：“琅姐儿不希望娘出门吗？”

“府里出门买东西，有下人，也有丫鬟和嬷嬷。娘亲要买什么，不是可以让他们去吗？”薛明琅的声音有些颤抖，“娘亲原也没必要出门的。”

面上的笑意，慢慢退潮一样消减了下去。陆锦惜终于知道问题出在哪里了，甚至也明白了卫仙话中所指的，是一种怎样凶险而恶毒的用意。

她注视着薛明琅，竟无法克制心底升起的那一点点冷意，语气温和，却淡极了，只镇定而坚决道：

“如果，娘一定要出门呢？”

这样的神态，终于是薛明琅从未见过的了。她甚至不敢相信，那个素日温软的娘亲，竟然会对自己说出这样的话来……

大伯母说的话，终于要应验了吗？她真的不要他们了……

薛明琅原来还不愿意相信，可这一刻，竟觉得全身都没了力气，看着陆锦惜的目光，终于成了毫不掩饰的失望，甚至还有一丝怨恨。眼眶里的泪，一下没忍住，滚落了下来。

刚端茶上来的白鹭见状，有些心惊，放下茶盏就问她情况道："琅姐儿这是怎么——哎，琅姐儿！"

薛明琅一下起身来，竟然直接一把推开了白鹭，就朝着外面跑去。

"大伯母说的都是真的……我不要你管，不要你们管！都滚开！"

"妹妹！"

薛明璃先前就已经看到了不对劲，只觉得刚才薛明琅问的话很奇怪，此刻见她跑出去，更是担心不已。

"娘，她、她……我先去看看妹妹！"

薛明璃嘴里语无伦次，她明显也不知道应该怎么办，最后一咬牙一跺脚，给陆锦惜告了退，便连忙追了出去。

"琅姐儿！妹妹！明琅！"

屋里屋外的丫鬟都吓坏了，白鹭青雀面面相觑，伺候的嬷嬷，更是急忙追了出去，生怕出事。薛迟站了起来，左看看右看看，却是完全不明白情况道："二姐这是怎么了？"

陆锦惜面无表情地靠坐在引枕边，修长的手指压在雕漆方几上，指腹下感觉不到什么温度。

贺氏……将军府里，最不缺的就是闲言碎语、心肠歹毒的寡妇。

她微微一闭眼，只对薛迟道："你二姐没事，只是一时心情不好。今天娘就不留你们用饭了，你先回去温习功课。"

"是。"

薛迟看着他娘的模样，其实有些担心。但这件事他从头到尾也不知道应该做什么，又怕打扰了她，便难得小心翼翼地退了下去，连那把剑都没问。

"二奶奶，这……"

白鹭忧心忡忡，见薛迟离开，终于站了上来，却又不知道应该怎么开口。哪里有当女儿的这样问娘亲？以前也从没见琅姐儿说过这样过分的话啊，怎么忽然就……

桌上还放着方才挑火漆的裁纸刀，色泽冰冷。陆锦惜伸了手去，捡了起来，看着那打制得极薄的边缘，却想起了很多。

花园游廊上一见，贺氏视而不见的无礼和冷淡；白鹭说，对方守寡后的"大门不出，二门不迈"，还有只教珠姐儿女戒和"无才便是德"；甚至，还有太太孙氏屋外那唯一的一次带着刺儿的交谈……

心底一点戾气，慢慢泛了上来。陆锦惜修长白皙的手指一转，便将这裁纸刀，端端正正地摆到了那一封礼单折子上。

“大伯母说的，都是真的……”

她念了一句，却是终没忍住，冷笑出声道：“琅姐儿如何且不论，她倒好大的本事，竟敢来帮我陆锦惜教女儿了——凭她也配吗！”

第十三章

琅姐儿

这话说得是半点都不客气，白鹭与青雀先前也已经从琅姐儿那不经意的一句话里听出了端倪，大奶奶在府里从来都是一等一的“规矩人”，冷淡且不爱出门。

但琅姐儿喜欢去找珠姐儿玩，她们也是知道的。

“二奶奶，这件事莫不是跟大奶奶有关？”

白鹭一直都看不惯那一位的做派，尤其每每对二奶奶爱答不理的模样，看了就让人生气。

“琅姐儿这样下去也不是办法，要不奴婢晚上去问问，开解开解？”

“哪里有这么简单？”

陆锦惜掐了掐自己的眉心，难得有几分烦躁起来。她所虑的，远比白鹭她们想的要多。

事到如今，已基本清晰。单单卫仙说，她是不会相信的，但琅姐儿一句错口，已将背后的黑影给透了出来——大嫂贺氏。

大爷薛冷去后，她膝下无子。将军府，也就换了二爷薛况当家。后来薛况没了，同为寡妇的陆氏，却有遗腹子傍身。

同样的位置，不同的境遇。再结合对方那实在不客气的态度，陆锦惜心里也多少能明白一点这位大嫂的心思。

薛明琅目今只有七岁。小姑娘，脾气不好，有点小性子，的确是毛病。但人总是在慢慢长大的，在不激烈的情况下，这都无伤大雅，且后期得法也能纠正。

更何况，她当初看她与薛廷之一起刷马，认认真真的，骄纵虽有，却不娇气，本心是不坏的。

琅姐儿是正好知道点什么，内心恐惧，又逢着贺氏在背后影响了一些——至于是有意还是无意，那只有贺氏自己知道了。

两者相加，如今才有这异常的反应。算来算去，无非就是是非判别力的问题。

但这也是陆锦惜觉得最棘手的一点——什么才是“是非”呢？

这天下，并非人人都是永宁长公主。内宅里多的是传统的女人们，奉行的是三从四德，夫在从夫，夫死从子。整日里，她们大多关在家里，大门不出，二门不迈，教养孩子。若有女儿，还要博个好名声，以期将来她能嫁个好人家。

即便将军府特殊，女人们的地位略高，但嫁进来的女人们，并不是孙氏。这些媳妇儿们，大多是学着女戒女则出来，是“淑女”。

陆锦惜的原身陆氏，便是其中一个。她们主观上，是不大愿意抛头露面的。

寻常女人，还是应该守寡；寻常女人，还是应该关在家里，就像之前薛明琅问她“可不可以不出门”一样。

先前陆锦惜骤感心冷，并非因为琅姐儿与其母之间的隔阂和误解，而是因为这一句话脱口而出时的理所当然和视若寻常。

大环境如此，贺氏若对琅姐儿说了什么，只怕旁人不一定就觉得她有错；琅姐儿如此要求自己的母亲，在外人看来，说不定还是对的。

这件事，若由陆氏来处理，必定最简单不过。她本身处于这个时代，所有的想法与观念都与陆锦惜不同。

一则她已经拒绝了宋知言，二则她没有改嫁的想法，三则她已决定守着孩子们过日子。

所以，她只需要将实情告知琅姐儿。如此一来，琅姐儿从贺氏，或者“贺氏们”处得来的是非，便可与陆氏给的“是非”对应上，不会相互冲突和矛盾。

但若是陆锦惜来……她固然不会跟宋知言勾搭到一起，但要她认同此处的观念与想法，无异于痴人说梦。将来的做派，也必会有变化。

那么，她要如何处理跟琅姐儿之间的关系？陆锦惜垂着眼眸，有一会儿没有说话。诸多的念头，还有伴随而来的利与弊，都从她脑海之中，清晰地划过。最终她只道：

“再派几个稳妥的去瞧瞧。只怕几个嬷嬷丫鬟连着璃姐儿，都安慰不来她。我去一趟书房，一会儿再叫人来回我。”

“是。”

白鹭青雀但见她说完那话，面色便不大好起来，一时也不敢问她后面要怎么处理，只一个去书房张罗，一个亲挑了几个信得过的，再去姐儿们那边看看。

此时天色已见晚，府里各处已开始上灯。不一时，就完全暗了下来。

薛明璃是一路追着琅姐儿出来的。

但琅姐儿的性子一向跳脱，更习惯疯玩一些，人跑起来，一转过拐角就没了影子，薛明璃又哪里跟得上？

后头的嬷嬷出来，看不见人，都一副张皇失措的样子。

但薛明璃在这时，反倒冷静了一些。她年纪虽小，可毕竟比琅姐儿要大，又是家中的长姐，嬷嬷自来有说过府里的事情。

所以，她显得成熟许多。

心底虽然忧心忡忡，但她稍稍一思考，想到了琅姐儿的性子与习惯，便回头道："嬷嬷，你去大哥那边看看，其他人便请往花园里找。我回房去看看，说不准她已经回了。"

分头叫人，为的是早些把人找回来。自己回房去看，是因为她知道琅姐儿不开心的时候，常把自己关在书房里，谁问起都一句话："我要看书，别来吵我。"

这么想着，薛明璃就往后面的抱厦去了。不长的一段距离，但她因为小跑，走得很急，待回了门前，素来白净的脸上，已经是红扑扑的一片。

正在屋外的丫鬟们见了，都吃了一惊地问："这是怎么了？"

"琅姐儿回来了吗？"

薛明璃停下来，就问了一句。

"回来了。"小丫鬟还有些一头雾水，"刚才一阵风似的，回来就进了书房，奴婢刚准备去看看呢。"

薛明璃松了一口气，只道："我去看看。"

她额头见着微汗，气都还没喘匀。丫鬟有心多问，但薛明璃已经入了屋，向另一间书房去了。两扇门早就关了起来，推也推不动。薛明璃站在外面敲门道：

"明琅，你在里面吗？"

里面没声音，薛明璃却知道里面有人。不然门闩起来干什么？她其实很担心，也很忐忑。但眼下，她尽量放柔了自己的语气，试探着开口："明琅，我知道你在里面。你忘了吗？以前晚上你睡不着的时候，盖着被子，你跟我说过的。生气了你也不敢乱跑，怕娘亲责罚身边的人，也怕娘亲担心你的安危。"

"我不在！"

一道恼羞成怒的声音，终于从里面传了出来，但薛明璃却听出了这话里隐约着的哽咽。

她心里一时发紧，想起之前在陆锦惜那边近乎针锋相对的情况来，只顺着她的话道："好好，你不在。但是刚才你什么也不说，就跟娘亲闹成这样，还跑了出来，大家都很担心你。我最近也想看诗了，你能让我进去，借本书吗？"

"不借！不借！"

还是那一道声音。薛明琅在里面也不知道扔了什么东西，发出"砰"的一声闷响。

“你什么都不知道！不要来烦我！”

她什么都不知道？薛明璃顿时一窒，站在门外有些不知所措，好半晌才低声道：“可你也不跟我说，我怎么知道……”

里面的薛明琅，却没有再说话了。书房里面，传来隐约的哽咽声，似乎竭力地压抑着什么，但越是如此，听着越觉得伤心。

薛明璃听着，心都揪了起来。她是了解明琅的，琅姐儿的脾气虽然不大好，但对娘亲，从来都是撒娇更多。无礼这个词，本与她不沾边。

但今天这情形，近乎顶撞。且还这样毫无根由，莫名其妙。她提到大伯母，是大伯母说过什么吗？

薛明璃手按着门扇，推了推，还是不动，只好道：“你要不想出来，那我就在外面等你。晚上的饭菜，我交代嬷嬷，让厨房给你热着。有你最爱的糖蒸酥酪。一会儿你饿了，就叫人给你端来，好不好？”

屋里照旧没有回应，压抑的哭声，略停了一下，但眨眼又哭得更厉害了。伺候的丫鬟早围在外面看着，面面相觑。

薛明琅使小性子或者跟人置气是什么情况，她们也知道一点。在二奶奶不许她去找大公子的时候，她就闹过一回，后来好说歹说才哄出来了。这一回又闹起来，不知是因为什么？当下，便有个小丫鬟小声劝道：“琅姐儿是什么性子，大小姐你该知道的。要不咱们还是再等等吧？”

不等又能干什么呢？薛明璃猜她一时半会儿不出来，只好叹了口气，两道清秀的眉皱了起来，她声音细细地道：“你们去跟母亲说，也让其他人不要找了。妹妹就在书房里，回来了，并没有乱跑。只让母亲放宽心，我再等等琅姐儿。”

薛明璃就坐在外面等，不时看看针线篓子里绣了一半的海棠，又不时去看看那书房门。

时间不知不觉地流逝，这一等，竟就等到了夜深。外头厨房备的晚饭，已热了好几遍。她怕热太多了不能吃，又低声央了焦嬷嬷，去叫厨房做了一顿夜宵。可薛明琅还是没出来。

伺候的丫鬟和嬷嬷们看了就愁，不由劝薛明璃道：“大小姐，琅姐儿这样也不是办法。要不咱们叫个人，强行把门打开吧？或者您早些睡，书房里也是置着榻的，剩下的就由奴婢们来守着就好。”

“不用。”薛明璃摇了摇头，垂眸时眼底却有一点坚决的光芒闪过，只道，“大家都回去睡吧，我也回去睡。"

丫鬟们只好照办。几个人伺候薛明璃睡下，焦嬷嬷见她乖乖躺上去了，也就将屋里的烛火吹灭，自己翻身出去。

床上的薛明璃，又悄悄睁开了眼，丫鬟们都不见了。于是她无声地从床上起身，有些吃力地抱起了一床还有些温热的锦被，赤着脚，猫儿一样，没发出半点声响，就朝书房那边走去。

书房里也是黑漆漆的一片，根本没点过灯。薛明璃的心跳有些快，看了看周围，到底还是有些害怕，只壮着胆子，轻轻叩门道：

"明琅，你睡了吗？"

站在门外，她的声音也很小，细细的。里面安静一片，好像人已经睡了。薛明璃手中抱着的被子，都滑下去了一小半，差点就要抱不住，但她却不愿意放弃。

素来温婉贞静的声音里，多了点可怜巴巴的颤抖道："外面好黑，妹妹你开开门好不好？我不敢一个人睡……"

书房前的地面，是用水磨石铺的，也没盖地毯。这样的天气，踩上去冰冰凉凉，寒气从脚心就冒上来了。尽管抱着一床被子，可薛明璃依旧有些发冷。

门内好半晌也没有回答，但她隐隐期待着什么，就睁大眼睛看着门扇。足足过去了好久，约莫有大半刻，里头才传来响动。

"吱呀"一声，门终于开了。

面无表情的薛明琅两手把着门，站在门内。她的两只眼眶红红的，连眼睫毛都还湿润着。见薛明璃还站在门外没走，她便朝旁边让开了一步。这是让明璃进去的意思。薛心里松了一口气，她抱着锦被，无声地走进门来，脸上露出笑容道："谢谢明琅。"

薛明琅白眼都懒得翻，她僵着脸把门关上，这一次却没上门栓了，只虚掩着，回头来看，便见薛明璃摸黑，把锦被一起叠到了矮榻上，两床锦被厚厚地压着。

"这样就不冷了。"

"睡吧。"

薛明琅暂时谁也不想搭理，自己爬上了床，躺在靠里的位置，留出了半个床来。

薛明璃看了她一会儿，也缩上来，将自己埋在被子里，眨眨眼问她道："你真的不跟姐姐说什么吗？"

"她不要我们了……"薛明琅沉默了一会儿，才说出了这句话，"以前只有我们三个，现在她连大哥都关心起来，我不高兴。反正不许你再问了，再问我就撵你出去。”

薛明璃想要出口的话，一时都被堵住。琅姐儿这话转得很生硬，但一句“她不要我们了”，却让人觉得心惊胆战。她有心要继续追问，但这时薛明琅已经直接转过身子，背对着她，将眼睛闭上，明显是不准备再搭理她的意思了。

伸手搭了搭薛明琅的肩膀，薛明璃终于还是没有问，只小声道：“那明早见。”

琅姐儿没回答，只是蜷缩着自己的身子。慢慢地，她的呼吸声便变得均匀起来，睡着了。

也不知过去了多久，屋外忽然传来很轻的声响，像是有谁在外面敲门。随后，便是一段压低了声音的对话。

门开了，有人走了进来。昏黄的光亮，似乎是屋里的灯盏被点了起来。不多时，人就已经来到了门外。

“在里面吗？”

压低的嗓音，温温软软，是熟悉的声音！薛明璃心头忽然一跳。接着，一声轻响，书房的门也开了，脚步声也静悄悄的，很快来到了她们床边。

身边一动，好像是有人坐下了，盖在身上的锦被被角，好像被人往里掖了掖，又暖和了不少——这一刻，薛明璃终于没忍住，悄悄睁开了双眼。

那一道身影，被昏昏的灯火照着，有点朦胧和模糊。一双素白的手，都还没来得及从锦被被角收回，就停在那边。也许是见薛明璃忽然睁开了眼，她脸上出现了些微的惊讶，但眨眼又微笑起来。

是陆锦惜，她是刚才在书房里写完了一些东西，但心内还不太下得定主意，又念及两个小姑娘刚睡下，就过来看看。

此刻，她坐在床侧，刚给这姐儿俩掖好被角。琅姐儿还好，是真睡着了；可躺在外面的璃姐儿竟然睁开了眼，看这一双柔和的眼眸清明一片，竟然半点没有睡意。

陆锦惜唇角翘起来，刚想开口说话。谁想到，薛明璃将手从被窝里伸出来，食指往唇前一竖：“嘘……”然后她指了指自己身边的琅姐儿，接着犹豫了一下，又指了指门外。

陆锦惜略一思索，见着小姑娘眼底清澈的一片，便微微点了点头。于是薛明璃又轻手轻脚，从被窝里钻出来，拉着陆锦惜往外面走。她的小手掌软软的，很暖和。

陆锦惜由她牵着，回了房间。这里距离书房有一段距离，说话小声些也不会吵到。这个时候，薛明璃才有些不好意思地垂了头，小声道：

“刚才是我半夜睡不着，所以抱着被子去找妹妹，她就给我开了门。娘亲怎么来了？”

“你都睡不着，娘亲又怎么能睡着呢？”

陆锦惜的眼底，有些微的困倦，只是笑起来却很动人。她见薛明璃没穿鞋，心下微微皱眉，却没说什么，只叫她坐回了床上，又把被子扯过来给她盖上。

“你是有什么话，想跟娘说？”

薛明璃犹豫了一下，还是应了声，但又看向陆锦惜身后站着的白鹭青雀还有几个丫鬟。陆锦惜顿时会意，便回头道：

“你们都去外面等我吧。”

白鹭青雀便跟着出去了，屋里只剩下她们两个。陆锦惜走上来，侧坐到薛明璃身边来，揽了她肩膀，帮她把被子裹紧，才笑问道：

“现在没人了，你可以说了？”

薛明璃咬了咬嘴唇，看着她的目光，有些闪烁，但她其实只希望这件事快点过去。所以，她最终还是开了口：

“琅姐儿刚才说，娘亲您不要我们了。”

那一瞬间，陆锦惜眼皮一跳，忽然说不出话来。其实她心内尚算镇定，因为琅姐儿知道宋知言这件事的猜测，早就在她心中了，只是并没有想到，一向温婉贞静的璃姐儿，会这样直白地说出来。

“但是明璃追问的时候，她就用您又开始关心大哥这件事来搪塞我，什么也不肯说了。我是长姐，也比琅姐儿大三岁。虽然不知道琅姐儿到底知道什么，也不知道娘亲在做什么，但明璃相信，您不会不要我们。”

陆锦惜听着，没有反驳，只是唇边挂上点浅淡的笑意。她伸出手去，摸了摸薛明璃的头。薛明璃顿时觉得很安心，她原本带着轻颤的声音，也渐渐平稳下来。

“妹妹是刀子嘴，豆腐心。她就是有些小脾气，但平日都很亲近母亲。虽然不知道发生了什么，但明璃跟琅姐儿住在一起，对她也了解。我想把最近发生的事情，都告诉娘亲。明璃还小，不知道这些事会不会有问题，但也许对娘亲有用……”

她絮絮地说着，声音很轻。陆锦惜忽然觉得璃姐儿的嗓音，很像她娘，这样柔软，竟也有一种让人心安的味道。

外间里，白鹭和青雀已经等了许久。白鹭是半点也不知道此事的原委，只有些困意；另一侧的青雀，却是亲手处理过送信给宋知言的事，心内已经生出几分忐忑，不时抬眸去看里面。足足过了有两三刻，陆锦惜才从里面走了出来吩咐道：“好了，我们也回去吧。”

“夫人，怎么样了？”

青雀拿着陆锦惜的披风，走了上来，给她披上，但眼神里却带着几分担心。

“我跟璃姐儿谈了谈心，也没什么大事。”

她没有说太多，待披风系好，她看向屋内几个丫鬟，道：“后半夜天气挺冷的，你们也不必送了，进去伺候吧。记得灌个汤婆子，给璃姐儿琅姐儿塞到被窝里，当心冻着。”

几个丫鬟都有些惶恐，连忙答应下来。陆锦惜无意责斥她们，说完了，便出了门，下了台阶。

月光照落如水。她走在通往前院的庑廊上，抬眸一看那霜白月亮，只吩咐道：“待天亮，你们就去库房，叫人把璃姐儿琅姐儿屋里都铺上地毯。这天气，赤脚走在地上，到底怕沾了凉气。”

白鹭顿时咋舌，想说让璃姐儿琅姐儿穿鞋就好。但转念一想，的确是铺地毯更万无一失。一时竟说不出话来。青雀则是笑起来道：“刚才见您没说，奴婢们还当您没发现呢。”

“那么个小丫头，赤着脚丫走着，我又不瞎。”陆锦惜低低笑了一声，但心情并没有恢复多少，只道，“琅姐儿的事情怎么处理，你们不必担心，我心里已经有了主意。”

只是她还未下最后的决心。刚才与薛明璃的交谈，几乎每一条都在印证她的猜测。陆氏这一位大女儿，其实平日里没有什么话，在陆氏的孩子们中间，扮演的是个和事佬的角色。

但她没想到，在处理这些事情方面，她竟然能兼顾情感和理性。她并没有在言语之中怀疑什么，只是尽量将自己放在旁观者的位置，回溯了一遍琅姐儿近来的种种举动。

正如自己所言——有的细节，她身为不知情者，无法发现，但陆锦惜可以。

事实上，陆锦惜也的确从她的话中，得出了一些有用的信息。

比如，琅姐儿对那个几乎记不住脸的父亲，还有很深的向往和憧憬；母女相依为命，所以她对唯一的母亲，有着强烈的依赖。

琅姐喜欢结交朋友，这里面也包括贺氏的女儿珠姐儿；还有，她爱极了看书，但有一次从珠姐儿那边回来，却把书架角落里快要蒙尘的《女戒》翻了出来……

临走的时候，璃姐儿问她，要怎么处理此事。陆锦惜回她说，自己已经有了主意，只要她明天晚上，带着琅姐儿一起过来请安，剩下的事情则由她来处理。

想到这里，陆锦惜已经看到了自己书房里还亮着的灯火，只慢慢道："我照旧往书房去。明日还要出门，你们也早些睡下，我就睡在书房里，你们明天早起张罗，来叫我就是。"

先前为看账的事情，陆锦惜在书房熬夜，也算是常态。青雀猜她应该是还要想琅姐儿的事情，或者想自己一个人静静，便也没敢多说什么关心的话，便与白鹭一起告退。

陆锦惜独自进了书房，新新旧旧的藏书，一架一架都整整齐齐地放着，有点古卷墨香的味道。先前顾觉非送来的棋盘，被置在了靠窗的棋桌上，昏黄的灯光一照，自有温润的光泽。而那一本《义山诗集》则放在书案上。

书案上铺着几页雪白的宣纸，砚台里的墨已经干了一些，一管细细的湖笔搁在上头，旁边则是控制研墨水量的砚滴。左侧是一摞账本，右侧则是只小匣子。

陆锦惜走过去，重新坐了下来。她先前考虑过的一切，又从她脑海里划过。琅姐儿的事情，处理起来，大体有两种方法。

第一种，便当自己是陆氏。安慰孩子们，并且将本身的人生抛之于脑后，从此不去想自己上一个身份，安安心心当个寡妇。

第二种，便是主动教育琅姐儿。用她的想法和观念，影响这个孩子，让她认同自己的一切。简单来说，就是洗脑，彻底将薛明琅旧有的观念和想法清除干净。

对陆锦惜来说，第一种绝对不在她的考虑范围内。

"自我"是一个人鉴别自己身份的关键。她从头到尾只不过是代替陆氏照顾她的儿女，却不会有任何一点想要成为陆氏的想法，更不会因为从另一个世界过来，就混淆了自己的身份和存在。所以，要她失去自我，无异于痴人说梦。

如此，便只剩下第二种方法。琅姐儿今年才七岁，即便这个时代的孩子可能有些早熟，但距离三观成熟还早着。要施加影响，并不困难。困难的地方在于，这种办法所造成的后续影响。贺氏为了让珠姐儿嫁个好人家，自己守寡不说，也不许珠姐儿出门。一方面来说，是贺氏自己的选择；可另一方面来说，何尝不是外界的环境本就要求女性如此？

如果她真的将琅姐儿，甚至璃姐儿，教成了独立自主的女性，她们真的就会比同时代的其他女孩儿过得好吗？处于一个与周围人都不同的环境里，便不会动摇吗？这里毕竟不是先进的时代。更何况，关键还在于陆锦惜本人。她对感情的事，看得的确很淡，但对每一段感情也并不都是玩笑。也许她哪天真的就找到一个很合适的，要嫁人了呢？

这个时候，作为她女儿的琅姐儿和璃姐儿，在其他人眼中，又会是怎样的存在？家里门风不好都不一定好嫁，更别说没娘教养的孩子了。陆锦惜是着实头疼过了一把，但她也比任何人都清楚，要解决这个选择所带来的难题，其实有一个十分简单粗暴，甚至放之四海而皆准的办法——那就是，成为下一个“永宁长公主”。

她忍不住摇头笑了一声，隐隐约约嗅到了一点从未来传来的腥风血雨的味道，但眼底却是一点点闪烁的光华。

山越高，才会越让人想登顶。毫无困难的事，她没有半点兴趣。

不知觉间，三更将尽。她往榻上一躺，凑合着睡了一会儿。

白鹭青雀到了点，便来叫她。今天陆锦惜还要出门，会会印六儿。

陆锦惜起身来洗漱，热毛巾向脸上一搭，她就醒过了神来，只问道：“昨日大奶奶那边有什么动静没有？”

“没有。”

白鹭一向是消息最灵通的，闻言摇头道。

“照旧还是原来的样子，只教养珠姐儿，不过又问厨房要了一小碗燕窝，说对珠姐儿身子好。”

“是吗？”陆锦惜脸盖着毛巾，湿润的热气烘着她的脸颊舒服极了，声音变得有些模糊，更带着一点漫不经心的慵懒，“看来大嫂养女儿，可也是很娇贵的。”

白鹭听着这声音，心跳都忽然停了一下，只觉得这话品着不很对味儿。

“今日我出门，你就留在府里吧，我有件要紧差事交给你。”陆锦惜把毛巾揭了下来，递回给白鹭，“我书房里放了几本账册，你拿了，去找大奶奶对对。我瞧她前两月支领了不少的东西，我前阵子病着，也没仔细看账，昨日才觉得不对。大嫂这样老实的人，想必是误领了，你也莫要声张，但请大嫂把东西退到库房就是。千万仔细，别坏了她的名声。”

“这……”

白鹭两只眼睛都瞪大了。她们都知道的，虽然二奶奶与大奶奶交集不多，但因为都是寡妇，所以陆氏也常对大奶奶抱有同情之心，每月的月例银子都是提前放过去的。

平日若贺氏有什么需要，她也是从不怀疑，直接过掉。这也是白鹭先前不喜欢贺氏的原因，二奶奶对她这样好，她却对人爱答不理。

可她万万没想到，陆锦惜竟然说出这样一番话来！太狠了！不算账则已，一算账，简直像是几个耳光，啪啪地甩人脸上。两本账册？岂止两本那么简单！

白鹭傻了好半天才反应过来，随即却感觉到了一点暗暗的兴奋，道："您放心，这件事奴婢一定给您办好！"

陆锦惜只一笑，早先她看过府里的账目，也没跟任何人算过账。可如今，这不派上用场了么？要她说啊，陆氏的善心，简直跟她的狠心是绝配。

陆氏做过了老好人，留下这一群吃饱喝足满身破绽的傻子。她到了这里，负责拿把柄收人头。

陆锦惜只打妆奁里挑了一只银镀金累丝嵌白玉的荔枝耳坠，俯身对着镜面，挂在了自己耳垂上，漫不经心道："若她到时要来找我，你只说我出门了，还不知什么时候回，让她改个时间。反正也不是什么大事，不着急的。"

第十四章 套路

陆锦惜出门，带走了青雀，准备去会印六儿。白鹭当然是留在府里，摩拳擦掌，准备给贺氏一顿好排头吃。

马车早已备好，她们上了车，便向着外城去。

青雀蹲身给陆锦惜倒茶，轻声道："奴婢已经通知过了印六儿。今日要去的翰墨轩，便是他前阵子从人手中买下的，在外城那边，周围一片都是文人雅士聚集的地方，去做买卖的人也不少，一般不会引人怀疑。"

"他买的？"

之前在府里，陆锦惜只交代青雀办事，却对个中细节不清楚。如今听青雀一说，却是有些惊讶。

听这形容，翰墨轩也该小有名气。印六儿不过小混混之流，哪里来的钱，竟能买下翰墨轩？

青雀知道这事其实也是不久之前，声音照旧低低的，道："这个印六儿，奴婢也不知道怎么形容，只曾听市井之中人提到，他乃是京城有名的掮客。但凡谁有事情要办，找到他，他大半都能帮你牵线搭桥，找到合适的人。"

掮客？这个陆锦惜略知一二。但凡是能当掮客的，用现代的话来说，人脉关系广，借着自己上下的关系来攒局，自己就能从中获利。一定意义上，与"中介"类似。不过这印六儿，竟是京城有名的掮客，就有些出乎陆锦惜的意料了。这种人，一般是黑白通吃的。

唇边挂上一抹笑容，她忽然笑了起来道："你当初怎么跟他搭上的？"

"不瞒您，他曾是奴婢同乡，后来到京城，奴婢也曾接济他两分。但后来，他人就不见了。"

说到这里，青雀也微微皱眉。

"等他出现的时候，已经是个入流的小混混，三教九流也认识一些。您上次吩咐办事，奴婢也只能想到了他。"

难怪青雀还信得过他，雪中送炭的恩情，且曾是同乡，自然比外面乱找的要好。

陆锦惜本想打趣青雀与他是不是有什么关系，但看青雀一脸坦然，实在不像是与这个印六儿有首尾的模样，便打消了这念头。

她靠在马车内，看那小风吹起车帘，露出外面飞快掠过的景致来，也没说话了。

因昨日没睡太久，此刻在车上，她便闭上了眼睛养神。

大约过了小半个时辰，马车绕过内城的几条长道，终于到了外城的地界。周围的声音，一下变得大了起来。

街市之中人来人往，熙熙攘攘。讨价还价，吆喝叫卖……喧嚣地填充着整个外城。

过了某一条街，声音便渐渐变化了。原本那些卖吃的喝的甚至狗皮膏药的声音，都少了，偶尔出来的声音，也是“您看看这，董之航的真迹”“上好的松烟墨”之类的。

想必，已经到了文人士子聚居的地方了。京城每三年都有举子赶考，大多住在这一片，时日一久，也就成了京城里文人们聚集的地方。更不用说，今逢科举，正是最热闹的时候。

走了又小半刻，车夫便喊了一声：“二奶奶，到了。”

青雀忙上前去，撩起帘子，把陆锦惜扶出来。

翰墨轩是个颇有些规模的二层小楼，临街的三间铺面打通了，装潢颇为雅致，甚至门扇上还绘着几根青竹，倒的确配得上“翰墨”这三个字。

陆锦惜走下车来，打量了一番，发现此刻时辰尚早，翰墨轩的位置略有些偏僻，所以也还没热闹起来。

门内门外，都少有人走动。当然也没人注意到这一辆停在前面的马车。青雀去交代那车夫赶马停到一旁，之后才上来对陆锦惜道：“里面就是了，楼下不好说话，又怕来人太多太杂，虽则这个时辰人少，可有备无患，还是请您往楼上去。”

这是稳妥的，陆锦惜当然也没意见，一点头，便迈步上了前面低矮的台阶，进了那翰墨轩的大门。铺面内摆着许多的博古架，地面上则有一些画缸，放着一些卷起来的画轴。周围的墙壁上，更是挂了不少的字画，看笔墨是左边新右边旧。

几个身着春衫的姑娘，正拿着掸子，打扫周围的博古架。几个伙计则挪动着地面上的画缸，像是要调整位置。

一架楼梯，设在大堂最左侧。青雀一摆手，引了个路。陆锦惜便上了楼梯，还没等踏上最后一级，楼上某个角落里，就传来一嗓子响亮的声音：“银子，赶紧叫人来搬一下，这都发霉多久了？简直浪费老子的钱啊！”

“是是是！”

楼下有个小伙计听到声音，连忙答应着。陆锦惜不由微微一挑眉，脚下却稳稳地踏了上去。

楼上的格局，与楼下略有不同。楼梯两侧，都与楼下一样，挂着不少的书画，但对着设的四个房间，基本都临街，门开着，隐约可以看见里面更为精致的摆设。

刚才那声音就是其中一个房间里传出来的。陆锦惜循声望去，只见翰墨轩靠东的那一间屋子里，一个穿着一身褐色富贵纹圆领袍的青年，一把把桌上的一些诗文扔到了地上，嘴里还骂骂咧咧。

“老子真是倒了血霉，怎么就盘下这么间烂店！叫你手贱……”

这竟然是在骂自己呢，陆锦惜略一思量，就猜出了对方的身份，再转眸一看青雀的表情，已经有些惶恐，战战兢兢的。

“夫人，他、他、这……”

“我知道。”

市井习气，也还好。陆锦惜又不是没见过比这更粗鲁的人，况且人骂的也不是她。

“过去看看吧。”

说着，她方向一转，便向着这靠东的屋子走了过去。那印六儿还在往外面砸东西，身上的衣服都有些发皱，腰上系着一根俗气极了的金丝腰带，怎么看怎么吊儿郎当，颇有点沐猴而冠的感觉。

“奶奶的早跟你们说了老子要待贵客，让你们收拾就收拾成这个鬼样子！耽搁了老子的大事，当心老子削你们！”

骂人的话就没停过，楼下和周围一片安静，似乎也没人敢顶嘴。

“哗啦！”

又是一本已经被墨迹染污了的诗集，被他从屋里扔了出来。

“这种破书怎么也在？写的什么玩意儿？看都看不清了！还不赶紧——”

“啪嗒。”

诗集落地，印六儿的声音也戛然而止。他原本是一面扔书，无意之间一个扭头，竟然就看见门外出现了一道人影，啊不，酸儒们那句话怎么说？

丽影？倩影？哎，管他怎么说呢，反正就是好看。原本还在翻箱倒柜扔东西，这一时见着门口的陆锦惜，印六儿都傻了。

他顶多二十五六的年纪，额头宽阔，眉毛很浓，一双眼睛里则是市侩又精明的光芒。

“你便是印六儿吧？”

对旁人的目光，陆锦惜早就免疫了。她打量了一眼已经傻了的青年，又一扫地面上的一片狼藉，一时微微挑眉道：“听青雀说，你想要见见我。”

印六儿顿时就回神了，在陆锦惜目光的注视下，他甚至浑身一个激灵，竟莫名有一种“这女人道行好像不浅”的感觉。

京城这地界儿，天子脚下。说好混是好混，说艰难也艰难。印六儿是个浑人，初来京城的时候，可算是穷困潦倒，如今却已经是有名的掮客。下九流里面，甭管干净的还是脏的，旁人要办事，他总能介绍到人。

久而久之，他的日子也算好了起来。但见多了下面人过的是什么样的日子，对上面人的日子，也就越向往。混混出身，连户籍都搞不定。这掮客，也就是一辈子的掮客。

印六儿并不是甘心居于人下的，青雀的再次出现，让他觉得自己抓住了一个千载难逢的机会，也许能跳出眼下的层次，博一场富贵。

可如今正主来了，他竟莫名觉得自己可能无法从这女人手中讨了好。想到这里，印六儿的眼皮不由得一跳，竟然跟换了个人似的。之前满嘴胡咧咧的脏话不见了，一副恭谨的模样，躬身行礼，虽有些四不像，却还很规矩。

“将军夫人来，小的有失远迎了。小的便是印六儿，您看得起，叫小的一声‘六儿’就成。”

六儿？她可知道，旁人都要叫一声“六爷”或者“小六爷”的。陆锦惜觉得这人有些意思了。她一笑，俯身将刚才落在自己面前的诗集捡了起来道：“是你客气了。这一段时间，都劳你帮忙办着事情，该是我要道谢才对。”

“小的不敢。”印六儿见她捡书，也不敢阻拦，只是眼下的境地却有些尴尬起来，“都怪小的考虑不周，这翰墨轩也才盘下来不久，叫他们打扫也没打扫出个样子来。夫人您是千金之躯，小的万万不敢怠慢，要不换个地方，小的给您端茶赔罪吧……”

陆锦惜并没有介意的意思，她直接走了进去，只道：“不必了，这个地方挺好的。我并没有打算留很久，三两句话的工夫，你也不必很紧张。”

不必很紧张？印六儿还真轻松不起来。三教九流他接触多了，有些有本事的他也见过。但像这种朝廷诰封的一品夫人，传说中的大将军夫人，他还是头一次见。这是住在京城内城的贵人，不是他这种小角色能够得上的。

尽管曾为这一位夫人给宋知言送过信，但印六儿半点不觉得这有什么。大将军夫人的品行，与他毫无干系。他想搭上陆锦惜，看中的当然是她的身份，和背后可能代表的势力。见陆锦惜进来，甚至开口说了不介意，印六儿也不好提出换地方。

屋子内外有屏风隔开。墙上挂着不少的名人字画，一张圆桌上则摆着诗集，靠窗不远处还摆着书案，笔墨纸砚都有，应该是供人写写画画的地方。

角落里，则放着一口打开的大箱子，里面的书卷都有些受潮。想必，这就是刚才印六儿破口大骂的原因了。陆锦惜扫了一眼，也就随手把手中的诗集给扔了进去，顺着博古架的边缘，她就朝靠窗的书案走去。

印六儿跟上来几步，看了旁边的青雀一眼，青雀没有说话。

印六儿于是躬身道："前阵子都是小的闯下大祸。本是准备在宋大人出宫的时候，伪装成家信送出，但那时永宁长公主的车驾经过。那个驾车的侍卫，也不知怎么就一眼看出小的有不对来，将小的拿了，搜出了您那一封信。"

驾车的侍卫？陆锦惜脑海中，浮现出了当初扶永宁长公主下车的那个人。

"这件事已经解决，你虽有处理不妥的地方，好在将功补过。最终你运气不错，也没酿成大错，也就不必跟我说什么负荆请罪的话了。倒是后来叫你又送了一封信，怎么样了？"

印六儿只觉得眼前的陆锦惜，很高深莫测。永宁长公主这样的身份，撞破了这件事之后，陆锦惜竟然安然无恙，且事后还给他送了一封信，让他交给宋知言。如今还问起……

人家内宅中的事情，印六儿可不敢多问。他心里一思量，斟酌着用词，便开口回道："宋大人跟往常一样，不过接信时有些忐忑，不知道是高兴还是害怕。后面几日，他也再没有回信送过来。这几天小的着意打听，倒听人说他在酒馆青楼里出现过几次，到底做了什么，小的也就不很清楚了。"

他的消息来源虽然多，但宋知言这事，有永宁长公主那边发现的前车之鉴，他到底不敢打听得太露骨。反正青雀当时说了，这是最后一封信，所以他不打听才是正经。

陆锦惜听了，却是心中一叹。和宋知言原本就是一桩孽缘，到头来还是两边伤心人罢了……她也不知道应该怎么评价，只能说包办婚姻害死人。

书案上放着一只祥云纹水滴状的砚滴，看着精致而可爱。陆锦惜拿了起来，便向那一方砚台上滴了几滴，声音里没什么起伏道：

"往后这件事就结束了，你只管把它烂在肚子里。还是说说你的事吧。青雀说你有些着急，好像是因为隼字营招纳新丁？"

一提到这个，印六儿便是精神一振。但一颗心也跟着七上八下。他费尽心思，这已经等待了有小半年了，一开始他其实还没怎么怀有希望，不过想要试试。可直到前几天，他听说了长顺街上发生的那件事。

满街的兵士，都给一个女人跪下，足可见她这身份有多要紧。而且带头的那个人，不是旁人，正好是步军统领九门提督刘进，也就是亲自督办此事之人……

所以，印六儿心底的希望，一下就大了起来。但这事，其实挺棘手。他不动声色地打量着陆锦惜，只看见她那雪白的手指，似乎百无聊赖，已将砚滴内的水滴得差不多了。墨就放在一旁，她又拿起来，慢慢地磨了两下。

“怎么不说了？”

陆锦惜半天没听见声音，不由有些奇怪地回头看了一眼。印六儿似乎有些犹豫，陆锦惜一催，他才似十分为难又十分难以启齿地开了口：

“回夫人的话，如今隼字营招兵，已经有不少人进去了，眼下名额怕是已经差不多满了。小的也想要进去……”

“这不难。”

跟陆锦惜一开始猜的一样，应该是这印六儿想去隼字营，但没有门路。

“不过我也不能保证能送你进去。回头我可以为你写一封荐信，你带着去找刘大人，应该也就妥了。”

话是这么说……可实际上，没有那么简单。印六儿看不到陆锦惜的脸色，只能带了几分小心，补了一句道：“可是……小的也没有能用的户籍。”

陆锦惜研墨的手，一下就顿住了。就是她身边的青雀，也不由讶然道：“你不是……”

他们是同乡，印六儿怎么可能没有户籍？陆锦惜不由一挑眉，打量着印六儿的目光，顿时变得带了几分探究，隐隐还有一种看到个狡诈之人的感觉。什么叫作“没有能用的户籍”呢？

能用，这意思可就广了去了。入军伍，自需要户籍登记造册。步军几大营，查得也就更为严格，没有户籍谁知道你是什么来历，清白不清白？所以一律是不用的。

这印六儿，竟然没有能用的户籍。陆锦惜不由笑了一声，半开玩笑地打趣道：“你这是作奸犯科，还是杀人放火？”

印六儿不大敢说话，陆锦惜面上的笑容，淡了几分，又问道：“那问个直接的，奸淫掳掠做过吗？”

印六儿终于慢慢抬起头来，目光便与陆锦惜对在了一起。

“你可以不回答，也可以哄骗我，我照旧会帮你。但你最好有本事一直瞒着，不然我有本事为你解决户籍问题，帮你入隼字营，也自然有办法让你现原形从军中滚回来。”

陆锦惜这话说得不很客气。印六儿听出来了，他注视着陆锦惜良久，眼底的精光一现，摇头保证道：

“奸淫掳掠之事，小的并未做过，还请您放心。”

这话是真是假，陆锦惜当然不知道，但她回头会找人去求证。

“你说没有，我便这样相信。不过，你想好了要去隼字营？那边都是虎背熊腰的大汉，少有像你这个体格就能混出一番人样来的。更何况，如今朝中没有战事了……”

大夏与匈奴议和了，过不了多久，匈奴的使臣就要来京，前阵听说使臣已经过了含山关。这一点，印六儿当然也知道。没有战事，也就没有了快速建功立业获得地位和官位的途径，像薛况这样三五年封大将军，达到人家三五十年都达不到的高度的事情，是不会再有了。

战争，固然是修罗场，可也是名利场。

“夫人所虑极是，印六儿也自知以自己的体格，若上战场，建功立业的可能微乎其微。但也正如您所言，眼下不是乱世……小的没什么本事，但有一颗野心。它告诉我，如今的将便是官。朝堂上刀光剑影，哪里不比边关厉害呢？”

印六儿说起这个，竟然颇给人几分睿智的感觉。陆锦惜不由看向他。印六儿换上一脸极有市井气的笑容来，像是街面上的地痞流氓，涎着脸续道：

“您看，小的这样的人，就是混在各处，接触各种各样的人，岂不是很有混迹在这等千变万化环境里的天赋？万一他日让小的捡着，当了大官呢？”

万一……这野心，也真是不小。

陆锦惜看着他的目光，不由多了几分探寻，就好像在估量一件货物，到底值不值这个价儿。

“你对自己倒是很有信心。要知道，天下没有不透风的墙，你的户籍问题固然能解决，他日就不会被人翻旧账吗？”

“这个……”印六儿一声讪笑，“小的还真没想那么远。要倒霉，那也是当大官之后的事情了。眼下您看见的小的，哪里有资格为这些事情担心呢？”

那都是高位者的烦恼，是“甜蜜”的烦恼。

陆锦惜没想到他还真这么豁达，或者说够光棍儿。这些事情，他想得如此透彻。

“今朝有酒今朝醉，明日愁来明日愁……”她念了一声，便绕到了书案后面，提了笔起来，“你心里有数就好，那我就为你写一封荐信——嗯？”

话都还没彻底落地，尾音便忽然有些上扬。印六儿顿时一怔，有些奇怪，抬头来看：只见先前还要落笔的陆锦惜，忽然像是看到了什么，竟然朝着窗外看去。

这书案本就摆在离窗不远的位置，而窗对着外面街上开。站在窗前，就能将整条街的情况纳入眼底。陆锦惜虽在书案后，可一抬头，还是能看见小半。

一道挺拔的身影，不知何时，竟从远处走来。

太眼熟了啊，可不是那一棵老草吗？陆锦惜微微一挑眉，心底觉得有些微妙了起来，目光一转，扫视一圈，最后落在了自己手中执着的湖笔上……太巧了，不套路一把都对不起自己。

她莫名地一笑，手指将湖笔一转，重新看向了下方的街道。

顾觉非今日换了一身，却依旧是藏青色，但领扣子袖口换了白色的云鹤纹，为他增了几分卓然俊逸之感。唯有那鹤氅一压，才使人觉得又沉了下来。昨日他在府中会客，也没想到会有那么巧，正有光阴学斋的几个先生来。薛况那儿子薛迟，可不就是他们教吗？

所以，顾觉非对他们自然是盛情款待。席间，他别有心机地透露了自己将联合几个大儒一起开学斋并收学生的消息，倒也不是他顾觉非高看自己，实在是外面人高看他很多，所以这消息，想必不日就会传遍京城。

大将军府的人，当然就会知道，陆锦惜也会知道。

这个名字，又一次地蹦了出来。顾觉非心里那种微妙的感觉，又密密麻麻冒了出来，他抬手轻轻一点自己的眉心，却无法将脑海中的那些想法驱走。

昨日孟济送礼回来，看他的眼神就很不对。他说礼送了，但人没见着。所以顾觉非也就无从得知，陆锦惜到底是看懂了，还是没看懂。

当然，孟济也说，在将军府看到了刘进和方少行。朝中那件事，他们不去谢永宁长公主，却跑去大将军府，实在不合常理。

只是不知道，这里面到底是谁牵扯了进去……顾觉非微微一眯眼，却一点也不着急。不管到底是谁牵扯了进去，这一场好戏，才刚刚开场……

他不疾不徐地走着。今天，他是要去拜襄阳学府的计老，也是一代大儒。这等开学斋的事情，对他来说，是“请君入瓮”的“瓮”，但对旁人来说，却是头等的大事。

计老与他乃是忘年交，这等事若忘了他，回头还不知被念上多少遍呢。

顾觉非想着，搭着眉心的手指落了下来，自然地负在了身后。颀长的身材，挺直的脊背，越发让他看起来从容拔俗。

唇边两分若有若无的笑意，因想到什么，略有加深。

顾觉非脚步平缓，方向一转，便从街这边，走到了街那边。挨街边的，依次是八宝斋、琴楼、翰墨轩……

计老住的地方，还在前面。

他回想着以前走过的路，款步经过了八宝斋，经过了琴楼，很快到了翰墨轩的西边，又经过了大门……

可就在他顺着街道，走到翰墨轩最东边的时候，头顶竟传来一声惊呼道："哎呀！"

这声音有些耳熟？顾觉非的脚步不由一顿，一管湖笔，便在此刻从天而降，无巧不巧落在了他左肩肩侧！蘸过墨的笔端，顺着他的衣袍就滑了下去。

一道黑色的墨迹，在他身上画了一路，将那雪白的云鹤纹染污。

这一管湖笔，最终从他袖口处滚落，正好落在他脚边不远处。

一股书墨香气，顿时从身上留下的墨迹上散发出来。顾觉非的眉头微微皱了一下，凝视着这一管湖笔，俯身捡起来，在手里一转，指上沾了点墨迹。

这时他才抬起头来向上面看去。那是一个临街的雅间，靠街这边的窗户开着。一张明媚端丽的脸，出现在了窗内——一双眼却带着点不食烟火的清冷与淡泊，朝下一看，似乎带着几分惊讶；檀唇微启，更似乎发出了点错愕的声音；银镀金累丝嵌白玉荔枝耳坠，挂在她雪白的耳垂上，正在轻轻晃动，似乎她也是才站到窗边来……

目光在顾觉非身上一转，又落到他手中的那一管湖笔上，陆锦惜惊讶的神情，便很快变成了一点不好意思的歉意。

顾觉非看到她回过头去，似乎对人低声说了些什么。

很快，翰墨轩的大门里，就跑出来一个二十五六的青年，正是印六儿。他脸上带着一种见鬼的表情，只对着顾觉非躬身一拜道："顾大公子，小的印六儿。真是十分抱歉，大将军夫人方才在楼上提笔，未料手滑，倒把这一管笔掉下来，污了您的衣袍。您若不介意，还请入内，小的给您寻身干净的衣袍换了，也打盆水来净手……"

顾觉非一时没有说话，是他近日不适合穿干净的衣裳吗？待顾觉非重抬眸看去，窗边的陆锦惜，已不见了影子。

顾觉非修长的手指执着这狼藉的湖笔，眼底神光变幻，一时如云影，一时如薄雾……

有缘吗？他还在想，要等开学斋收薛迟的时候，才有再接近她的机会呢，如今他根本没有拒绝的理由。顾觉非唇边慢慢勾了一抹俊俏的笑容，只道："如此，便有劳了。"

番外

大雪满弓刀

又是一年大雪时。

地处大夏北方，京城的冬天，比起别的地方，总是要冷上很多。昨日寒风吹了一夜，今晨那大雪就盖满了京城。放眼望去，一片雪白。就连那一片绵延巍峨的紫禁城，都被皑皑白雪覆盖。

顾承谦从御书房出来的时候，太阳已经从东面升起，正是化雪时候，冷得越发厉害。

他穿着一品文官朝服，已经有些上了年纪。加上去年在那一场宫变里护驾时伤了腿，患了腿疾，身子骨不如从前，所以格外怕冷，只将两手揣进滚着雪貂毛的袖子里，听着与自己一道出来的几位朝廷大员说话。

“今年的雪，来得可真是格外早。”

“哈哈，过两日就可以赏雪吟诗了，岂不美哉？”

……

顾承谦眉头慢慢皱了起来，侧头看了他们一眼，正待要说些什么，旁边一声冷哼冷不防地传了过来。

“哼，边关战事未定，你等还有心思赏雪吟诗！”

这声音，实在是有些耳熟。

他转头一看，便瞧见了落在后面，留着一把美髯的卫秉乾——当今朝野，唯一堪与自己比肩的权柄重臣，乃是三公之一，人称一声“卫太傅”。

年过不惑的他，人长得很干瘦，脸上皱纹也多，不苟言笑的时候看上去格外吓人，一如此时此刻。

卫秉乾出来得比他们稍迟一些，这会儿正从后面走过来。

一面走，还一面冷笑：“京城都这样的天气了，边关塞外还不知道冻成什么模样。御书房内才在议粮草之事，你等出来却满脑子的风花雪月！真是好了不得，好了不得！”

所有人都噤若寒蝉，不敢发一言。

谁都知道卫秉乾位高权重，而今脾气也见坏，且是他们自己忘形理亏，哪里还敢为自己分辩半分?

倒是顾承谦在旁边听了，不由叹了口气：“卫大人，还请息怒。边关之事悬而未决，与其训斥他们，还不如叫他们回去好生处理手上的事情，免得贻误战机。”

卫秉乾是见了这些人就生气，看顾承谦出来当和事佬，心里很不舒服，还想要训斥上两句。

但这时候，御书房里面伺候的总管太监郭得明却走了出来，一见顾承谦与卫秉乾都还没走，便有些惊喜，躬身就凑了上来：“哎哟，正要出来请太师大人与太傅大人二位留步呢，皇上请您二位进去说话。”

顾承谦顿时一怔，不由与卫秉乾对望了一眼。

他二人在先皇在时，便是朝中重臣，如今早修炼成了老狐狸，只觉得皇帝这召见不大对劲。

要知道，他们才从御书房出来不久，该商议的朝政之事似乎都已经处理妥当。现在召见他们，还有什么事?

两人心里，各有各的猜测，但面上却都没显露，各自应了一声，便一道返身重新进了御书房。

这样冷的天气，御书房里烧着上好的银炭，显得暖烘烘的。

去年刚登基的庆安帝萧彻，才及冠没两年，看上去格外年轻，也格外温厚。

他本是先皇后宫中不受宠的端妃纪氏所出，在几位皇子之中，既不出类拔萃，也没有强大的母家势力可以依靠，只有他长姐永宁公主能在先皇面前说上两句话。而今他能登上皇位，很多人私底下都说，凭的就是“运气”两个字。

毕竟，当时宫中有德皇贵妃所出的四皇子萧齐，十分受先皇喜爱；先皇后卫氏所出的七皇子，年虽尚幼且身子骨很弱，可毕竟是先皇嫡子，更不用说为卫氏乃是卫太傅的亲妹妹，母家势力极为强大。

先皇病重时，谁能想到，这皇位最终会落到萧彻的头上呢?

那一场宫变，几乎染红了整个宫廷。

四皇子萧齐谋逆篡位，残忍杀害先皇后与嫡出的七皇子，幸有太师顾承谦率兵而来，与宫中的永宁公主里应外合，才阻止了这一场叛乱。

谋逆的四皇子自然无缘皇位，终是竹篮打水一场空，让本来没有什么存在感的三皇子萧彻得了渔翁之利，登上皇位，改国号为“庆安”。

身为功臣的顾承谦，自然受到重用；卫太傅痛失胞妹，且也支持了新皇登基，因而也维持了上一朝的地位，加官晋爵。

只不过，明眼人其实都能看出来。

萧彻乃是新皇登基，根基未稳，依旧重用卫太傅，实则为了防止顾氏一门独大。

顾承谦与卫秉乾也都是聪明人，哪里又能看不出来？只是权力的制衡，从来如此，他二人都是看破不说破。

进了御书房之后，两人便齐齐躬身行礼：“臣等叩见皇上，吾皇万岁。”

“两位大人快快请起，朕早就说过了不必多礼。”

萧彻连忙放下了手中的奏折，甚至走过来将两人扶起，又道：“请两位大人回来，实是有要事想要商议。方才议事的时候，两位大人应该都听见了吧？”

顾承谦和卫秉乾两人对望了一眼，却都没说话。

萧彻也不介意，只叹了一口气：“如今西域各族连成一片，频繁骚扰我大夏边境。朝中诸位大臣，都说如今朝局方定，该求一个稳字，西域各族与匈奴不足为患。”

“但今年冬早，西北夷狄不事耕种，只怕又要南下进犯边关，烧杀抢掠。朕只怜边关百姓，乃我大夏子民，却总不能过个安生日子啊。且匈奴伊坤太子野心勃勃，暗中联络西域，我大夏若再不行动，只怕是坐以待毙的下场……”

宫变过后，朝中种种势力，都被洗过了一遍，如今国库虽然还算充盈，但政局的确很不稳当。

顾承谦乃是文官中的第一流，对此十分清楚。

但萧彻说的话，也是他曾担忧过，却出于对朝政的种种顾虑而未敢说出的。

只是……

他听着这话，怎么觉得萧彻像是已经下定了决心？

思量片刻，顾承谦还是开了口：“边关之乱，实苦百姓。听皇上此言，似欲发兵边关，以绝战乱？”

“不错！”

萧彻身量颀长，站在这御书房里，负手而立，却已经有了几分帝王的气势。

“边关之乱，绝不能轻易纵容。否则我退一尺，人进一丈，只会养肥了豺狼，令大夏永无宁日。朕决意要发兵扫清匈奴，只是战争之事，关系甚大，思来想去，还是想要听听两位大人的意见。”

“最近两年，天下风调雨顺，国库充盈，皇上若要打这一仗，倒不成问题。”卫秉乾思考之后，也开了口，但言语之中却多几分不认同，“但带兵打仗，除却粮草，还缺一个三军统帅。这人选上，实在不好抉择。”

本朝本就重文轻武，到先皇的时候，才稍好了一些。大将军薛远调兵遣将，手握虎符，抵御外敌；其弟，也就是永宁长公主的驸马薛还及其长子薛冷，也熟读兵法，武艺高强，是带兵打仗的好手。

可天不怜英才。

薛远、薛还，甚至是薛冷，都先后殒身沙场，为国捐躯。

如今将军府门庭冷落，都没剩下几个男丁；至于朝中其余的武将，想起来却也都不是能堪大用的模样。

卫秉乾其实看得很清楚：要打仗，银钱粮草不成问题，但问题在于没有人。

这样一个明显的问题，萧彻又如何能看不明白？

他听着便叹了口气，又请了顾承谦与卫秉乾两人坐下，只与他们细细地商议，将朝中内外的有资历的武将都摆出来一一讨论。

只可惜，直到小两个时辰后他们离开御书房，都没有讨论出一个合适的人选。

从高高的台阶上走下去的时候，外面的雪早已经化了大半。

但只要看看天边密布的阴云就知道，今夜只怕又是一场大雪，这雪化不化得干净，都不很要紧。

顾承谦照旧把两手揣进了袖子里，想起先前在御书房中的事情，不由得摇头：“匈奴之事，实不能纵。诚如皇上所言，那伊坤太子狼子野心，也非池中之物，焉知他日不搞出什么事情来。一旦入侵中原，后果不堪设想。可咱们又能有什么办法呢？”

卫秉乾瞅了他一眼，笑一声，可话里却不乏嘲讽：“如今朝野上下都找不出一个堪用的武将。冰冻三尺，非一日之寒。这局面怎么来的，你难道还不清楚吗？”

“……”

顾承谦听明白了卫秉乾话里的深意，于是一时沉默。

卫秉乾却没再说了，也没管他如何，便径自走下了台阶，朝外面行去。

这朝中的事情，从来都是这样，功高震主，有时候就得认命。

伴君如伴虎，从来不是一句虚言。

他们这些人，宦海沉浮不知多少年了，说什么同情怜悯都是假的，顶多在想起来的时候唏嘘一两句，用旁人的经历，来提醒自己莫要行差踏错罢了。

顾承谦在原地站了一会儿，目送卫秉乾离开了，才慢慢一步步走下了台阶。

太师府的轿夫，早已经在门外等候。

远远见着顾承谦走过来，便连忙将暖轿压下，扶了他进去，一路朝着宫门而去。

外面的天，越发阴沉，还刮起了刺骨的寒风。

不一时，天上便落下雪来。鹅毛似的白雪，密密地压下，几个轿夫走了没两步，肩头便全白了，轿顶上也压了一层雪。

顾承谦坐在里面，就听着外面呼啸的风声，只觉得自己那腿又开始隐隐地犯疼，像是有人拿着针在里面扎一样。

京城回生堂那一位鬼手张，怎么也不肯为他医治，只怕往后都要落下病根了。

也许，这就是报应吧？

天下政权的更替，从来伴随着鲜血。

为着顾氏一门的存亡，他当时别无选择。

“但求大人，留我孩儿一命……”

恍惚间，先皇后卫嫱那绝望而含泪的姿态，卑微祈求的声音，又在他的眼前、耳边出现。

顾承谦长长地叹了一口气。

还是不要去想，先皇驾崩时这一场宫变的真相，如果没有意外，从此都会埋进历史的尘埃里，随着知情人的去世，封进棺材，再不会有人知晓。

他苦笑了一声，靠在那软软的椅背上，只觉得累极了，想要闭上眼休息一会儿。

正自睡意昏沉之间，外面忽然传来一声大喊。

“快，快躲开！马惊了，马惊了！快躲开！”

“嗒嗒嗒嗒……”

清晰的急促的马蹄声，伴着尖锐的嘶鸣，一下将顾承谦惊醒。

一匹高头骏马，径直从前面大道上冲过来，马上作戎装打扮的兵士一脸惊慌，奋力地拉扯着缰绳，却无法将此马阻拦半分，只好扯着嗓子大声地叫喊，好让前面的人尽量避开。

前面抬着轿子的轿夫，哪里见过这种阵仗？

眼见得那马直朝着这边冲过来，立刻就慌了神，抬着轿子左闪右避想要避开，可奈何几个人的想法都不一样，一时便陷入了左右摇摆的窘境中。

轿内的顾承谦，只觉得整个轿子都晃动了起来，差点就把脑袋磕到了窗上。

在这危急时刻，却有一道挺拔的身影，驰马而来！

所有人只见得马上的青年猛地一勒缰绳，竟在这间不容发之际，插入了软轿与那受惊的骏马之间，随后俯身一手伸出，便将马上的兵士拽了下来，自己翻身上马，死死攥紧了缰绳，朝着旁侧一偏！

“咴——”

骏马一声长嘶，前面两只马蹄高高扬起，终于险之又险地避过了轿子，重重落在了地上。

“大人，大人，您没事吧？”

这时候，慌张的轿夫们才勉强回过神来，连忙落了轿，去扶轿中的顾承谦。

顾承谦那一点困意，早被这突如其来的变故给惊走了。只是他到底是经历过大事的人，心里毕竟没有很把这件事放在眼中，因此从轿中出来的时候，面上并不惊慌失措，反而有几分从容。

但在看到前面已经翻身下马的身影时，却忽然怔了一下。

此地还在皇城外面，刚出宫门不远。

那受惊的骏马还有些不安分，但这会儿宫门外的侍卫们都已经反应了过来，连忙上来，一起将此马制住。

一名身穿明光铠的青年，便站在那马旁边，将缰绳交到了其余侍卫的手中。

顾承谦一眼就看到了他手掌上那一道深深的血痕。

是先前勒马时候留下的。

鲜血滴滴答答从伤口上流淌下来，落在地面那一片已经被马蹄践踏过的脏雪上，一时竟有一种塞外沙场征战的酷烈之感。

青年的面容，是一片冷峻。

英俊的眉眼，并不能掩盖他由内散发出的那一股子冰刀霜剑般的冷寒，整个人看上去极为冷肃。长飞的剑眉，此刻微微皱了几分，更为他添上几分凌厉。

但在他转过头来，注意到顾承谦的时候，便露出了几分笑意。

“顾太师，您没事吧？”

声音低沉，听上去的感觉与他给人的感觉一般，却多了一点不易察觉的柔和，让人感觉出几分暖意。

顾承谦已经认出他来了——

右中郎将薛况，今年才二十一岁，乃是朝中最年轻的四品武官。也是薛家将门出身，乃已故大将军薛远的嫡次子、副都统薛还的亲侄、参将薛冷的二弟。

前两年，他便已经随父兄出征过，习得一身的好武艺，立过几次战功。

后来就被安置在了京中，封了四品中郎将。去年宫变，永宁长公主派在宫内接应的那些人里，似乎就有他。

顾承谦其实认得他兄长薛冷多一些，对薛况却没有太深的了解，此刻想起来，只摇了摇头，道："我无大碍，也未受惊吓。倒是薛中郎将，这伤……"

"皮外伤罢了，也不妨事。"

薛况低头看一眼自己手上的伤，浑然没有当一回事。

倒是旁边立刻有侍卫递上来一条汗巾，他接了来将手上血擦了，又回头问旁边那犹自惊魂未定的兵士，道："这可是宫门外，皇城下，何事如此慌张？"

"是边关八百里加急，要立刻禀告皇上，小人不敢耽误，所以，所以……"

这一回冲撞的可是当朝太师，这兵士已经吓出了一头冷汗，连忙"扑通"跪在了地上。

他本以为这一回铁定难逃一劫，谁想到，此言一出，顾承谦与薛况皆是骇然色变。

"边关八百里加急？！"

两个人几乎同时开口，为这兵士口中透露出来的消息所震惊。

所谓的八百里加急，可以说是毫无间隙，路上就算是跑死马都不算什么事儿。所传递之事，没有一件不要紧！

顾承谦本不是那作威作福的人，更没想过要责难这兵士，更何况事情还如此紧急？

他眉头已经直接皱了起来："既是有八百里加急，还不赶紧入宫觐见？莫要贻误了时机！"

"是！"

那兵士一张脸还发着白，听了顾承谦的话，再也不敢有所耽搁，急急忙忙就朝着宫门口跑了过去，一路进了几重宫门，很快消失不见。

原地，只留下了顾承谦与薛况两人，而且两个人的表情都不那么轻松。

"边关来的急报……"薛况低语了一声，眼底神光闪烁，又有几分忧心，但转头一看顾承谦，却道，"太师大人，如今风雪正大，您还是去城门守卫处先避避雪，请府里马车来接吧，更稳妥些。"

这样大的雪，轿夫们要行走也是有些艰难。

顾承谦何尝不知道？

只是他回头一看宫门，想起刚才进去送急报的兵士，又想起先前在御书房与新帝萧彻谈论的那些，心里面便覆盖上了一层阴云。

他猜想着，今日怕是不必回府了。

于是，也没有拒绝薛况的话，便与他一道，朝着皇城城门那边走去，城门楼内乃是守城士兵驻扎之地，正好也有歇脚的地方，只是比较简陋。那些兵士们眼见得太师大人竟然来到这种地方，急急忙忙收拾干净一处地方，请顾承谦坐下了。

薛况本就出身将门，更曾随军出征，再恶劣的环境也能受得了，倒不觉得什么，只对顾承谦道："这城门楼里便是如此，实在简陋，也就勉强能避避风雪，太师大人且先将就些。"

四面都是灰黑色的石砖砌起来的墙，点着几盏油灯，光线有些昏暗，守城的兵士都在外面站着，屋里只有一张简单的四方桌，还有几只歪脚凳子。

顾承谦打量了打量，也没介意。

他记挂着边关急报的事情，显得有些心不在焉，眼角余光一瞥，才发现薛况站在一旁，并未坐下。

于是道："你也坐吧。我与你父亲也算是多年的同僚了，颇有几分交情在，又不是在朝上，不必如此拘礼。"

"多谢太师大人。"

薛况犹豫了一下，看了他一眼，到底还是坐下了，只是观顾承谦神情之中忧心不减，他不由问道："太师大人可是为方才的边关八百里加急担心？"

"是啊。"

这是很明显就能看得出来的事情。

顾承谦叹了一声，忽然想起坐在自己身边的这青年也是上过战场的，且还是薛远之子，便转头问他："说起来，前两年，薛中郎将也曾到西域，曾与北面匈奴打过仗。我这一把老骨头是没上过战场的，对边关更不了解。不知道，你看边关，是何情况？"

大夏的疆域极为广阔，需要驻守的地方也实在很多。

这个年岁的薛况，征战过的地方也实在不多，也就在玉门关和含山关两处。听顾承谦此问，他眼底似乎露出几分回忆之色，但面上的神情，却有些沉了下来。

"西北边关，都是苦寒之地，春夏的时候还好，方一入秋，便什么都看不到了。再往西北走，都是黄沙戈壁。地无所长，民无计以生。每逢深秋初冬，北方游牧便会集结而来，侵扰边境，掳掠烧杀。年复一年，边城之内，百姓日减，都快成了空城。"

顾承谦不由沉默。

有的事是奏报之中就有的，但他还是第一次听见人讲出来。

薛况看上去还很年轻，只是一张脸上却已隐约看得出那塞外风霜雕刻的棱角，面容与其父、其兄，很有几分相似。

“前年我与兄长一道驻扎在含山关，进去的时候，城里面只有老弱病残，或者孤苦伶仃的妇幼。商铺酒家能关的都关了，地面上，屋顶上，铺的都是城外吹来的黄沙。路边的老乞丐说，能跑的都跑了，留下的都是跑不动认了命的，因为匈奴兵很快就要打进城了……”

那般凄冷残酷的场面，几乎历历在目。

薛况说着，似乎说不下去了，便慢慢地笑了一下，但眼底却没有丝毫笑意，只有那冷肃的凝重：“如今边关又传急报，只怕又有不少百姓要罹难于战火、丧命于匈奴屠刀之下了。”

“……”

外面的风雪，眼见着没有半点小下来的迹象，反而更大了一些。正如先前卫秉乾所忧虑的：今年的天冷得这样早，边关又该是何等境地？

他注视了薛况良久，却不知道应该说什么，只好这样坐着，一语不发。

薛况也不说话了，只看着外面的雪。

一名守卫城门的兵士走了进来，端上来一盏粗茶，顾承谦便接了过来，捧在手里。

仅仅过了一刻多时间，手中捧着的那一盏茶都还没冷，宫里的急诏便下来了，宣朝中几位议事大臣即刻入宫，不得有误。

顾承谦因路遇那八百里加急之事，早料到有此刻，他在城门楼里接了旨意，便重新返回了宫中。

果真是边关出了事。

今年京城冷得早，边关冷得更早，这也导致了匈奴那边更为苦寒，进犯之期比起往年早了不少，也凶狠了不少。

八百里加急传来之时，边关已经破了两座城，形势刻不容缓。朝野上下，谁还敢说“不战”二字？

他与其余几位大臣一道，在宫中一整夜都没合过眼，在激烈的争执之后，终于选定了朝中一位颇有行军打仗经验的都统张凌云为统帅，即刻调兵前往边关作战。

只不过，在甄选副将人选的时候，顾承谦却莫名地想起了薛况，这个年纪轻轻、看起来还远远无法与其父、其兄相比的将门之后。

在说出他名字的时候，他其实也有所犹豫。

只是那一张年轻的脸，偏偏浮现在了他的眼前，那样冷峻的面容，在提到边关百姓疾苦之时，却有一种沉重而刻骨的情感。

于是，他终于还是说出了这个名字——薛况。

周围所有的同僚，都极为诧异，面容枯瘦的卫秉乾更是用一种不怎么敢相信的眼神看着他，也反驳他："此子年纪轻轻，可算是乳臭未干，如何能担当重任？顾太师你莫不是老糊涂了！"

可他没理会，只言薛况已经上过战场，且曾立功，更是薛氏将门之后，容易在军中立起威信。更不用说，薛况本身有勇有谋，可以一试。若薛况不行，再将其换下即可。

彼时朝中哪里有几个堪用之人？

用这样年轻的将领虽然看上去很冒险，可也不是完全不可行。而且薛况的本事，在京中也曾得到不少人的认可。

所以最终，萧彻几经思虑，还是力排众议，将薛况定为了三位副将之一，随军前往边关，抵御敌寇。

于是，便开启了大夏一代战神的传奇。

战无不胜，攻无不克，排兵布阵总能出乎意料，各种计谋层出不穷，几乎打得匈奴落花流水，战得西域各国不敢来犯！

在他出征含山关第一次立功的那年，萧彻便亲下诏书为其赐婚，将陆九龄独女陆锦惜许配给他，一时荣宠无两。

虽然薛况自边关带回来的那胡姬和孩子着实引人非议，可一切的非议，都敌不过后来那些实打实的战功。

一战，一战，又一战……

一次比一次辉煌。

那时候，边关的百姓们都知道，大将军薛况长刀所向之处，便是大夏三军前进的方向，而蛮夷悉数溃散！

何等的铁血，何等的峥嵘？

从初时一介人人看轻的小小副将，到后来令敌人闻风丧胆的武威镇国大将军，薛况的崛起，来得如此迅猛，如此激烈，让所有人始料不及，也让举国上下为之沸腾……

匈奴太子伊坤命丧他刀下，匈奴大将那耶扎数次领兵进犯也被他数次击溃。

他的每一次还朝，都会带来旗开得胜的消息。

而每一次，顾承谦都能看到这年轻人身上的成长，岁月开始在他的眼底刻下痕迹，鲜血和战争却让他的目光更加锋锐，步伐更加沉稳。

他成了一把刀。

成了大夏最锋锐的那一把刀。

只是，在那些年里，谁也没有想过，这样的一把刀，竟也有断裂的一天……

边关噩耗传来的那一天，是庆安七年的一月廿三，正是隆冬时节，满朝文武为其举哀。

顾承谦看着周遭世界一片的雪白，只觉得站都站不稳了。

恍惚间，还是那一张年轻的脸，站在京城这一片皑皑的白雪里，一身冷峻，却挺拔而坚毅。

后来的很多很多年里，顾承谦都在想：如果当初他没有将薛况的名字说出来，是不是也就不会有这样荒谬的惨剧发生？

只可惜，这世上根本没有回头路，更没有后悔药。

他不喜欢雪天。

雪天会让他腿疾重犯，也会让他想起当年那一位峥嵘的年轻人，想起他出征的时候，也想起他埋骨他乡的时候。

可在今天，在薛况殒身六年后的今年，他却不得不在这样寒冷的天气里，一路上山，拜上大昭寺。

觉远方丈早已经得了信儿，在山道的尽头等久了。

见着他一路自山道上来，便将双手合十，持着那一串紫檀念珠，长长地叹息了一声：“阿弥陀佛……”